Florence Tholozan

The Chinese Woman from the Painting

A Novel

Translated from the French by N. Theo

Harvard Square Editions
New York
2022

Praise for

The Chinese Woman
from the Painting

Saint Clément Authors' Words Prize Winner, 2020
Romantic Book Prize finalist, 2019
Lions Literature Award, 2021 finalist
Asia 2021 Award finalist
Prix des Auteurs Inconnus Shortlisted, 2020

"Winner of the Saint Clément Prix de Paroles d'auteur(e)s de Saint Clément 2020, and finalist for the 2019 Prix du Livre Romantique from the Charleston and City of Cabourg Publishing, the book tells a fascinating story of mysteries and emotions."

— *CLAAP.fr*

"Florence Tholozan, school teacher in Castelnau, is the author of a debut novel that brings the reader to China. A welcome literary voyage during these times when borders are closed."

—*Magazine de la-Ville de Castelnau le Lez*

"A novel evoking life's encounters, eternal love, and plunging us into a fascinating adventure."

—*Rencontre des Auteurs Francophones*

"Florence Tholozan manages to put into words the brevity of certain moments, intuitions, impressions and feelings. She translates, through language, the beauty of these moments suspended in the void, almost unreal. She finally wraps everything in a soft style, a melodic phrasing, as if not to rush these impressions, not to scare them away. "

— *Zoé Prend La Plume*

"The first words that come to mind to describe the encounter with this story are 'sweet' and 'delicate'. The same sweetness and delicacy that characterizes Chinese culture, which this novel reveals better than an organized trip."

—Prix des Auteurs Inconnus

"A romance filled with tenderness, written with a fluid and easy-to-read pen."

—*MuseMania*

"I quickly became attached to Mélisende and Guillaume. They are a beautiful couple, full of tenderness and love for each other. They complement and resemble each other at the same time, these are what we call soulmates. It's a very complete story, very well constructed, which explores all sides of a life. A little touch of magic and fantasy brings another dimension to existence."

—*Marie-Nel lit*

The Chinese Woman from the Painting
by Florence Tholozan

Translation Copyright © 2021 Harvard Square Editions

Original version, *La Chinoise du Tableau*

Copyright © 2020 Florence Tholozan

ISBN 978-1-941861-82-0

Printed in the United States of America

Published in the United States by

Harvard Square Editions

www.harvardsquareeditions.org

À Clarence, Grégoire, Emma

À tous ceux que j'aime, ils se reconnaîtront

To Clarence, Gregoire, Emma,

To everyone I love. They know who they are.

PROLOGUE

*Personne ne sait encore si tout ne vit que pour mourir
ou ne meurt que pour renaître.*

Marguerite Yourcenar

PROLOGUE

*No one knows if one lives only to die
or dies only to be reborn.*

Marguerite Yourcenar

Province du Guangxi, Sud-Ouest de la Chine
24 août 1907

Shushan

Tout le monde me connaît aux alentours.

Cependant, il serait plus exact de dire que l'on croit me connaître. On me rencontre quotidiennement, on m'adresse la parole, on me sourit... Néanmoins personne ne sait l'essentiel, jusqu'à mon nom de naissance. Nul n'imagine qui je suis en réalité. Ceux qui m'appellent Shushan sont les rares survivants d'une lointaine époque où je n'étais qu'une petite fille. Ils se comptent dorénavant sur les doigts de la main.

Pour tous, jeunes et vieux, hommes, femmes et enfants, peu importe, je suis la « passeuse d'offrandes ». Voilà comment on me nomme dans mon village natal, « passeuse d'offrandes ».

Voyez-vous, c'est à mon aïeule que je dois ce titre distinctif. Elle le tenait de sa propre mère, qui le tenait de la sienne et ainsi de suite, depuis toujours. Vraisemblablement à partir de la date mémorable où la valeureuse guerrière Shasui a sauvé son peuple – mes ancêtres – en l'incitant à s'exiler dans les montagnes afin de fuir ses ennemis. Acte plein de sagesse, qui lui a valu, par ailleurs, d'être glorifiée telle une éminente prophétesse aux pouvoirs divins.

Guangxi Province, Southeast China

August 24, 1907

Shushan

Everyone knows me around here.

However, it would be more appropriate to say that they think they know me. They see me on a daily basis, they talk to me, they smile at me... yet no one knows the essentials, even my birth name. No one can imagine who I really am. Those who call me Shushan are the rare survivors of a faraway time when I was only a little girl. They can now be counted on my fingers.

For everyone, young and old, men, women and children, no matter who, for them, I am the "bearer of offerings".

You see, I have my grandmother to thank for my distinct title. She got it from her own mother, and so on, throughout the ages. Presumably from the memorable date that the brave warrior Shasui saved her people – my ancestors – by inciting them to go into exile in the mountains in order to flee the enemy. An act full of wisdom that earned her, among other things, glorification as an eminent prophetess with divine powers.

Lorsqu'un beau jour j'ai quitté l'âge tendre et gagné celui de raison, mon honorable *Waipo*, ma grand-mère comme l'on dit ici, m'a transmis ce que l'on pourrait appeler un don, mais qui, je l'avoue, est à la portée de tout un chacun, pourvu qu'il sache lier son mental aux essences de la vie. Oh, ce n'est pas difficile, avec de l'entraînement. Ne voyez là aucune sorcellerie. Pour votre gouverne, cette aptitude ne m'est pas tombée dessus. On ne m'a pas jeté un sort en marmonnant une formule magique ; non, elle a nécessité un dur apprentissage, auquel j'ai dû me plier chaque soir, sans exception.

Je me suis donc exercée, lune après lune, à concentrer mon énergie de manière à ce que celle-ci soit en osmose avec mon environnement.

Je n'en ai jamais parlé. Oh que non ! Jamais.

Selon les habitants de mon pays, aux abords de la bourgade de Yangshuo, je suis uniquement l'élue qui dépose, dans des gestes gracieux et ritualisés, les huit offrandes destinées à célébrer la déesse-mère Sheng Mu. Les braves gens espèrent, en contrepartie, qu'elle éloignera la maladie, que le futur bébé sera un garçon bien portant, que les récoltes de riz seront généreuses et les moussons relativement clémentes. Ils s'attendent à ce que ces dons apaisent les démons, tout en honorant les anciens.

Je suis un lien entre les esprits mystiques et protecteurs de la nature (c'est à dire, les âmes du pont et du fleuve, mais également celles de la haute cime, du foyer, de la prairie, de la colline bleue ou du chemin...) et les hommes et femmes de cette contrée qui m'a vue naître et qui m'a tant donné.

When one fine day I left childhood behind me and reached the age of wisdom, my honourable *waipo*, my grandmother as we say here, gave me what you could call a gift, which, I confess, is within reach for anyone, as long as they know how to link their minds to the essences of life. Oh, it's not difficult, with a bit of practice. There was no magic formula for it; no, it required hard training, which I had to undergo every night, with no exception.

So I practiced, moon after moon, focusing my energy in such a way that it was in harmony with my environment.

I have never spoken about it. Of course not! Never have I. According to the people of my country, on the outskirts of the town of Yangshuo, I am the only chosen one who places, with graceful and ritualized gestures, the eight offerings intended to celebrate the mother goddess Sheng Mu. The brave people hope, in return, that she will keep disease away, that future babies will be healthy boys, that the rice harvest will be generous, and that the monsoons will be relatively mild. They expect these gifts to appease the demons, while honoring the ancestors.

I am a link between mystical spirits and protectors of nature (that is, the souls of the bridge and the river, but also those of the high peak, the home, the meadow, the blue hill or the path…), and the men and women of this land who saw me being born and who gave me so much.

Ils ignorent toutefois – y compris Lao Dong Baoqiang, mon époux – que je peux m'adresser, aussi surprenant que cela puisse paraître, à l'ensemble des créatures et créations de notre vénérable Terre ; les humains et les animaux, ainsi que les végétaux et la matière.

Puisque tout est énergie. Puisque tout n'est qu'énergie.

Rien n'est plus simple, en l'occurrence, il suffit que mes mains établissent un contact, que ce que je touche soit réceptif et laisse circuler entre nous la puissance du *qi*. Nos souffles se mêlent alors, et se fondent.

Un jour, tandis que nous étions confortablement installées à l'ombre, le dos appuyé contre les racines noueuses du grand arbre sacré, ma veille *waipo* m'a mise en garde de ne pas abuser de cette disposition mentale si durement acquise, ma force diminuant à chaque fusion. Bigre ! Il n'en avait pas fallu plus pour me terroriser.

C'est pourquoi je n'ai eu de cesse d'éviter de saisir ce qui m'entourait, tout en basculant simultanément dans un état caractéristique, proche de la transe.

Nul n'a jamais rien su. Nul n'en saura jamais rien.

Exception faite de ces inconnus qui ont croisé ma route, un couple de *laowai* – nous appelons ainsi les étrangers, nous autres Chinois.

However, they don't know – including Lao Dong Baoqiang, my husband – that I can address, as surprising as it may seem, all the creatures and creations on our beloved Earth; humans and animals, as well as plants and matter.

Since everything is energy. Because everything is only energy.

Nothing could be simpler, in this case it's enough that my hands make contact, that what I touch is sensitive and lets the power of *qi* flow between us. Our breath then mingles and melts together.

One day, while we were sitting comfortably in the shade with our backs pressed against the knotty roots of the great sacred tree, my old Waipo warned me not to abuse this hard-won mental disposition, since my strength would decrease with each fusion. My goodness! It didn't take much to terrify me.

That's why I kept avoiding grasping at what surrounded me, while simultaneously falling into the distinctive, trance-like state.

No one ever knew anything. No one will ever know anything about it.

Except for these strangers who crossed my path, a couple of *laowai* – that's what we Chinese call foreigners.

J'emporterai mon secret dans la tombe, moi qui n'ai pas eu de descendance féminine. À vrai dire, je me demande si c'est une bonne ou une mauvaise chose. Je n'en sais fichtre rien, en vérité. Non, vraiment, ce don n'était pas pour moi.

Aussi, je me suis contentée d'exécuter les tâches qui m'avaient été assignées.

À savoir : apporter les différentes offrandes – j'entends par là les eaux désaltérantes, lustrales et parfumées, les fleurs, de même que l'encens, la lumière prisonnière de la petite lampe à huile, sans oublier la nourriture et la clochette pour la musique. Puis veiller à ce que le *qi* circule dans l'intervalle qui nous sépare, elles et moi. Les mettre sur l'autel, devant le moulin à prières du temple. Et enfin frapper le gong suspendu. La dernière étape est celle que je préfère. Les vibrations du son profond et soutenu parcourent mon corps, me ressourçant d'une vitalité protectrice.

La suite incombe aux moines. Drapés d'une robe carmin, le crâne rasé en signe de détachement, ils se chargent de répandre les paroles sacrées à tous les vents. Pour ce faire, ils tournent, dans le sens des aiguilles d'une montre et de la main droite, les cylindres alignés, de sorte que les mantras calligraphiés qu'ils contiennent soient correctement disséminés. La subtile fumée de la résine contribuant à faciliter l'ascension vers les cieux.

I will take my secret to the grave, I who had no female offspring. To tell the truth, I wonder whether this is a good or a bad thing. I really don't know. No, really, this gift was not mine.

I just did what I was told to do.

Namely: to bring various offerings – by this I mean the water that satisfies thirst, shiny and perfumed, the flowers, as well as the incense, the light trapped in the little oil lamp, not forgetting the food and the bell for the music. Then I make sure that the *qi* circulates in the space between me and them. I put them on the altar, in front of the prayer wheel in the temple. And finally, I hit the hanging gong.

The last step is the one I like the best. The vibrations of the deep and constant sound run through my body, giving me a protecting vitality.

The rest is up to the monks. Draped in red carmine robes, their heads shaved as a sign of emancipation, they are in charge of spreading the sacred words far and wide. To do this, they turn the cylinders in a clockwise direction with their right hand so that the calligraphic scripts they contain are correctly spread out. The subtle smoke of the wax helps to ease ascension to the heavens.

Sachez que sélectionner les offrandes requiert beaucoup de virtuosité. J'ai une prédilection pour les fleurs de frangipanier. Je les utilise fraîches ou sèches, c'est selon. Elles sont ravissantes, n'est-ce pas, avec leurs pétales divinement agencés, leur texture soyeuse et leur douce courbure qui suggère une volute d'une attendrissante ingénuité... Immanquablement, je ressens une émotion singulière à la vue de leur délicatesse qui contraste avec leur fragrance puissante et envoûtante. J'affectionne les blanches au cœur teinté de jaune. Leur odeur spécifique véhicule dans son sillage des accents d'amande, mêlés à d'insoupçonnables notes de vanille.

Vous voyez, tant s'en faut, que ces obligations ne sont pas déplaisantes. Et vous pouvez constater que le rôle pour lequel j'ai été choisie est si commode qu'un enfant le tiendrait aisément. Il n'empêche que je m'y suis employée avec sérieux et application tout au long de mon existence.

Pour sûr, cette situation me procure un statut particulier. On vient quérir des conseils, s'épancher. En retour, je bénéficie de certains avantages. On ne s'invite guère les mains vides. On me remercie généreusement en m'offrant de la saumure de poisson et du riz gluant ; à l'occasion, on m'apporte des cagettes de champignons noirs ou de tubercules de taro, parfois de goyaves bien mûres ou de kakis. Il arrive que l'on me prépare des tourtes au porc laqué ou que l'on me fournisse des paniers de pousses de bambou.

Know that choosing the offerings requires a great deal of cleverness. I am particularly fond of frangipani flowers. I use them fresh or dry, depending. They are delightful, aren't they, with their divinely arranged petals, their silky texture and their gentle curves that suggest a pleasingly ingenious twist. I inevitably feel a unique emotion at the sight of their delicacy, which contrasts with their powerful and bewitching fragrance. I like the white ones with a yellow-tinged heart. Their specific fragrance conveys almond accents in their wake, mixed with subtle notes of vanilla.

You can see that these duties are not unpleasant at all. And you can see that the role for which I have been chosen is so simple that a child would easily do it. Nevertheless, I've taken it seriously and applied myself to it throughout my life.

For sure, this position gives me a special status. People come to ask for advice, and open up to me. In return, I enjoy a number of benefits. They don't invite themselves empty-handed. They thank me generously by offering me fish pickles and gluey rice; occasionally, they bring me baskets of black mushrooms or taro roots, sometimes ripe guavas or persimmon khakis. Sometimes I am given baskets of bamboo sprouts or pork pies with lacquered pork.

Ceci me donne une raison d'être et j'en suis satisfaite. En conséquence l'ordinaire s'en trouve amélioré, ce qui n'est pas négligeable, je vous l'avoue.

J'ai donc grandi, je me suis mariée et j'ai eu mes enfants, comme tout le monde. Ainsi s'est déroulée mon humble destinée, au sein d'un hameau perché et figé dans le temps. Ce dernier est idéalement situé, entre les doux méandres de deux fleuves, sur les rives verdoyantes de rizières terrassées et supplantées de sommets arrondis, vertigineusement naïfs.

D'où que l'on soit, dans la campagne environnante qui surplombe ma maison, on finit par apercevoir *la tour du tambour* dont nous sommes fiers. Il faut souligner qu'elle s'élève à près de vingt-et-un mètres de hauteur au milieu de notre merveilleuse vallée. Si bien que l'*arbre de la vie et de la chance*, un camphrier majestueux qui se dresse à l'entrée de la pagode, ne peut rivaliser, malgré l'étendue de sa ramure. *Le pont du vent et de la pluie* réclame quelques réparations, mais cela ne retire rien à son immense beauté, avec ses tourelles aux toitures harmonieusement recourbées. Il nous relie au vaste empire et célèbre, autant qu'il se doit, l'esprit qui habite les cours d'eau.

Nous sommes restés des millénaires en marge de la Chine, nous autres, vous savez. Nos coutumes ancestrales n'ont guère évolué.

Nous sommes heureux, mon vieux mari et moi, au crépuscule de nos jours, dans notre belle région reculée. Nous avons élevé tant bien que mal nos trois fils. Nous sommes maintenant des grands-parents comblés.

This gives me a reason to live, and I am satisfied with it. As a result the ordinary is improved, which is no small thing, I must confess.

So I grew up, got married and had my children, just like everyone else. This is how my humble destiny unfolded, in the heart of a hamlet perched and frozen in time. The latter is ideally located, between the gentle curves of two rivers, on the green banks of terraced rice fields supplanted by rounded, breathtakingly pristine peaks.

Wherever you are, in the surrounding countryside overlooking my house, you end up seeing the drum tower, of which we are proud. It is worth noting that it stands almost twenty-one metres high in the middle of our wonderful valley. So much so that the tree of life and luck, a majestic camphor tree that stands at the entrance of the pagoda, cannot compete, despite the extent of its branches. The Bridge of Wind and Rain needs some restoration, but this doesn't detract from its extraordinary beauty, with its harmoniously curved roof towers. It connects us to the vast empire and appropriately celebrates the spirit that inhabits the rivers. For thousands of years, we have remained on the edge of China, you know. Our ancestral customs have hardly changed.

We are happy, my old husband and I, at the twilight of our days, in our beautiful remote region. We have raised our three sons as best we could. We are now happy grandparents.

Le quotidien des paysans n'est pas facile. Grâce au ciel, il nous a été possible d'acheter un buffle. Les terribles périodes de sécheresses, d'inondations, d'épidémies et de disettes causées par les sauterelles, n'ont pas réussi à nous décourager. Régulièrement, la malédiction arrivait au moment de la moisson. Quel malheur ! Une période entière de labeur anéantie. Malgré tout, la fortune était de notre côté, car nous n'avons guère manqué de riz même s'il n'y a pas toujours eu de chou pour l'agrémenter. Il serait ingrat de se lamenter.

Nous habitons une demeure traditionnelle, dotée d'un séchoir et d'un grenier. J'en suis si fière ! Elle est entièrement réalisée en bois, à l'instar de celles des environs, et possède des balcons et des balustrades d'où pendent, pour sécher, les piments, les épis de maïs et les pans de tissu indigo tout juste teints. Elle est jolie, ma foi. Nous y vivons paisiblement, en accord avec la nature. Les bêtes sont libres d'aller et venir.

Ici, nous nous entraidons. Les vieilles dont je fais partie s'occupent des plus petits. Elles nourrissent les poules et les canards, tirent les seaux du puits. Elles filent le coton, également, tissent, cousent et brodent les costumes des fêtes. Ce sont elles aussi qui soignent, qui cuisinent, lavent le linge au ruisseau, ravitaillent le bétail, ramassent des fagots, déterrent les racines… Les jeunes femmes aident aux champs, repiquent, coupent et battent le riz. Les hommes chassent, pêchent et construisent. Ils sont de remarquables bâtisseurs, vous savez. Ce sont eux qui vont au marché, quand les récoltes ont été généreuses. Et le matin, les habitants partent ramasser l'herbe des vaches en famille. Le terrain se révèle farouche chez nous, il faut l'apprivoiser.

The daily life of farmers isn't easy. Thank heavens, we were able to buy a buffalo. The terrible periods of drought, floods, epidemics and starvation brought on by locusts have not managed to dishearten us. Regularly, the plague came at harvest time. What a disaster! A whole period of labour devastated. In spite of everything, fortune was on our side, for we hardly ever lacked rice even if there was not always cabbage to garnish it. It would be ungrateful to complain.

We live in a traditional house with a drying room and an attic. I am so proud of it! It is made entirely of wood, like those in the surrounding area, and has balconies and handrails from which hang, to dry, chillies, corn cobs and freshly dyed indigo cloth. It's pretty, I must say. We live here peacefully, in harmony with nature. The animals are free to come and go.

Here we help each other. The old women, a group I belong to, take care of the little ones. They feed the chickens and the ducks, they pull the buckets from the well. They also spin cotton, weave, sew and embroider costumes for the festivals. They are also the ones who look after the children, cook, wash clothes in the stream, feed the cattle, collect bundles, dig up roots... The young women help in the fields, transplant, cut and thresh rice. The men hunt, fish and build. They are outstanding builders, you know. They are the ones who go to the market, when the harvests have been abundant. And in the morning, people go to collect grass for the cows with their families. The land is very wild here, it has to be mastered.

Voyez, l'atmosphère est bienveillante. Chacun a un rôle à tenir, chacun a sa place.

Les conflits sont peu fréquents et s'apaisent vite. Il ne serait pas dans notre intérêt de nous quereller : nous avons besoin les uns des autres. Isolés de toute civilization, nous subsistons en quasi autarcie et cela nous rend dépendants de la communauté que nous formons. Sûr que cet état de fait nous oblige à nous respecter afin que règne une bonne entente. Il en va de notre survie, nous n'avons pas le choix, pour ne rien vous cacher.

Je m'aventure encore sur la rivière à l'aide de ma barque. Je suis habituée, n'ayez crainte. Elle est rudement pratique. Je cueille les lentilles d'eau, pour donner aux cochons. Qui le ferait sinon ? Je ne déteste pas me sentir en osmose avec le dragon du fleuve. Je passe le temps. Une multitude d'actions apprises dès l'enfance, reproduites et inlassablement répétées chaque jour. Une vie tranquille et agréable ; modeste, me diriez-vous ; emplie de plaisirs simples et dépourvue de véritables surprises – les changements les plus importants étant liés aux saisons et aux festivités, ainsi qu'aux mariages, naissances et décès, j'entends. Les choses sont réglées selon un ordre réconfortant. Immuable. Une existence calme et paisible, sans rien qui puisse fournir matière à se faire du souci…

Prévisible donc. Prévisible.

Jusqu'à ce matin d'été, où il m'a été donné d'accomplir ce don si troublant que j'ai reçu en héritage.

Depuis, rien n'est plus comme avant.

See, the atmosphere is friendly. Everyone has a role to play, everyone has their place. Conflicts are rare and quickly settled. It would not be in our interest to argue: we need each other. Isolated from civilization, we remain nearly self-sufficient, and this makes us dependent on our community. This situation forces us to respect each other in order to get along well together. Our survival is at stake, we have no choice, to tell you the truth.

I still go on the river with my boat. I'm used to it, don't worry. It is very handy. I pick lentils, to give to the pigs. Who else would do it? I don't dislike feeling in harmony with the river dragon. I take my time. A wealth of actions learned from childhood, reproduced and tirelessly repeated every day. A quiet and pleasant life; modest, you might say; filled with simple pleasures, free of any real surprises – the most important changes being related to the seasons and festivities, as well as weddings, births and deaths, I mean. Things are settled in a comforting order. Unchanging. A calm and peaceful existence, with nothing to worry about…

Foreseeable. Therefore, predictable.

Until that summer morning, when I was challenged by this troubling gift I'd inherited.

Since then, nothing has been the same.

Oh, mes journées se ressemblent, avec les mêmes besognes quotidiennes !

Mis à part que désormais, je sais.

Je sais que j'appartiens à un tout. Je sais que je suis, moi aussi, cette énergie fluide qui régit le cosmos et qui réunit les êtres.

Ce matin-là, je me suis perdue dans une kyrielle d'étoiles scintillantes… Je me suis oubliée parmi ces milliers de minuscules paillettes lumineuses suspendues au profond firmament, concentrant en moi l'espace et le temps, en un céleste infini.

Un infini abyssal.

L'univers tout entier m'a ouvert ses portes et j'ai été émue par ce que j'y ai vu.

J'en suis bouleversée, voyez-vous. Irrémédiablement.

Mais qui ne le serait pas ?

Oh, my days seem the same, with the same daily chores!

Except that now I know.

I know that I belong to a whole. I know that I too am this fluid energy that governs the cosmos and brings beings together.

That morning, I got lost in a multitude of shimmering stars… I lost myself among the thousands of tiny luminous flakes suspended in the deep blue sky, gathering space and time in me, in an infinite celestial world.

An abyssal infinity.

The whole universe opened its doors to me, and I was moved by what I saw there, overwhelmed by it, you see. Irremediably.

But who wouldn't be?

PREMIÈRE PARTIE

*Une vie, tu sais, Fanette, c'est juste deux
ou trois occasions à ne pas laisser passer.
Ça se joue à ça, ma jolie, une vie !
Rien de plus.*

Michel Bussi,
Nymphéas noirs

PART ONE

*A life, you know, Fanette, is just two
or three opportunities not to be missed.
That's how it plays out, my pretty, a life!
Nothing more.*

Michel Bussi,
Black Water Lilies

Paris, Porte des Lilas
18 août 2001

Elle

Elle le voit. Elle descend du wagon du métro. Il monte. Elle se retourne, la porte se referme. Il la regarde, debout derrière la vitre ; elle le regarde aussi.

Un instant qui s'étire, isolé, en suspens hors du temps. Gravé.

Pourtant, moins de dix secondes plus tard, le train est reparti, avalé par le noir du tunnel.

Persistance rétinienne. Son image est imprimée. Des yeux bleu-vert en amande, un peu enfoncés sous des sourcils broussailleux ; la figure plutôt triangulaire, avec des pommettes hautes et le teint clair, des taches de rousseur, discrètes, des cheveux bruns, pas trop courts et en bataille. Souvenir précis de son allure, de ses épaules larges, de son odeur, un parfum iodé, légèrement douceâtre... De son regard surtout. Profond. Un beau ténébreux...

Mais déjà les contours deviennent flous, veulent s'effacer, qu'importe les efforts pour les retenir. Elle lutte. Ils s'éloignent, hélas, happés par le bout du quai, dissous à l'intérieur du blanc de la faïence des voûtes carrelées.

Paris, Porte des Lilas
August 18, 2001

Her

She sees him. She gets out of the metro car. He gets in. She turns around, the door closes. He looks at her, standing behind the window; she looks at him too. A moment that stretches out, isolated, suspended beyond time.

Engraved.

Yet, less than ten seconds later, the train has set off again, swallowed up by the darkness of the tunnel.

Perpetual vision. His image, engraved. Blue-green almond-shaped eyes, a little sunken under bushy eyebrows; his face is rather triangular, with high cheekbones and a light skin tone, freckles, discreet, brown hair, not too short or messy. A precise memory of his appearance, his broad shoulders, his smell, an iodized scent, slightly sweet… Especially his eyes. Deep. A handsome, dark beauty…

But already the outlines are becoming unclear, fading, no matter how hard she tries to hold them back. She struggles.

They drift away, alas, caught by the end of the platform, dissolved inside the white of the tiled arches.

Remonter à la surface, retrouver sa place dans la turbulence de la vie, un pincement au cœur qui persiste, celui de l'avoir perdu, *lui*. Respirer l'air libre et poursuivre sa journée. Se laisser enrober par la chaleur étouffante d'un Paris au mois d'août avec ses senteurs de bitume fondu, et n'y prêter aucune attention. Marcher sans distinguer grand-chose, alors que le bel inconnu du métro ne cesse de s'interposer par bribes, au milieu des pensées les plus impénétrables. Croiser des gens et chercher des ressemblances afin de préciser une réminiscence qui pourrait bien finir par s'évaporer complètement. Se rendre à l'évidence qu'il n'est absolument pas possible de reconstituer son portrait, que ce qu'il en reste est cruellement fuyant, parfaitement insaisissable : il paraît, presque, vous narguer.

Se dire qu'on le reconnaîtrait entre mille, ce visage entraperçu pendant quelques infimes moments de rien du tout...

Reprendre le cours de l'existence, la tête ailleurs. Échafauder des scénarios dans lesquels on joue avec lui le premier rôle. Imaginer un prénom qui serait le sien et ne pas en trouver un seul qui convienne. Se présenter, comme prévu, à son déjeuner professionnel, néanmoins... un vide au creux du ventre. Un vide aussi grand que ce Paris qui est parti en vacances. Le cœur amputé, dans une ville désertée.

Et s'avouer que l'on est vraiment pathétique.

Affligeant.

Rising to the surface, finding her way back to her place in the turbulence of life, a pang in the heart that persists, that of having lost him. Breathing in the open air and carrying on with her day. She lets herself be enveloped by the stifling heat of Paris in August with its scents of melted pavement and pays no attention to it. Walking without distinguishing much, while the handsome stranger in the underground keeps interposing himself in bits and pieces, in the middle of the most baffling thoughts. Passing people and looking for similarities in order to clarify a memory that may well end up evaporating completely. Realizing that it's absolutely impossible to recreate his likeness, that what remains of him is cruelly fugitive, perfectly ungraspable: it seems, almost, to tease her.

Thinking that he's recognizable among a thousand people, this face caught in a few tiny moments of nothing at all…

Resuming the course of life, with her mind elsewhere. Developing scenarios in which she plays the lead role. Imagining a first name that would be his and not finding a single suitable one. Showing up, as planned, at her professional lunch, nevertheless… an emptiness in the pit of the stomach. An emptiness as big as this Paris on holiday. With an amputated heart, in a deserted city.

And admitting that she's really pathetic.

It's sickening.

Paris, Pont d'Iéna

3 décembre 2001

Lui

Il descend du bus 72. Petite bousculade. Chacun est pressé. À trois semaines de Noël, l'euphorie est palpable. Il pense qu'il va falloir qu'il s'occupe sérieusement de remplir sa hotte de cadeaux. Il déborde de travail. Quatre mois qu'il est charrette. C'est-à-dire qu'il doit tout boucler avant les fêtes. L'agitation sur les boulevards indique que le compte à rebours a bel et bien débuté. Avec la complicité de ses frères et sœurs, il a pu intercepter les lettres que ses neveux et nièces ont adressées au sacré vieux bonhomme rouge, à la bedaine généreuse et à la longue barbe blanche. Par contre, pour les adultes... c'est en passe d'être le même casse-tête chinois que chaque année. Eventuellement une bouillotte sèche garnie de noyaux de cerises pour sa mère qui souffre de torticolis, ou un diffuseur d'huiles essentielles... oui, pourquoi pas... et pour sa sœur Éline... un massage. À voir. Rémi... euh...

Il soupire, puis lève le nez, comme si l'inspiration pouvait tomber d'en haut. Il constate que le ciel a pris une teinte laiteuse. La neige n'est pas loin. Il redresse son col : le froid est piquant.

Une intuition ?

Il se retourne.

C'est elle.

Paris, Pont d'Iéna
December 3, 2001

Him

He gets off bus 72. A little rush. Everyone is in a hurry. Three weeks before Christmas, the excitement is palpable. He thinks that he will have to get serious about filling his sack with presents. He's overwhelmed with work. Four months now he's been working non-stop. He has to finish everything before Christmas. The hustle and bustle on the boulevards shows that the countdown has indeed begun. With the help of his brothers and sisters, he was able to intercept the letters that his nephews and nieces addressed to the sacred old man dressed in red, with his generous belly and long white beard. For the adults, on the other hand… it's about to be the same crazy headache as every year. Perhaps a dry hot water bottle filled with cherry pits for his mother who suffers from a stiff neck, or a spray of essential oils… yes, why not… and for his sister Eline… a massage.

He should think about it. Rémi… uh…

He sighs, then looks up, as if inspiration could fall from above. He notices that the sky has taken on a milky shade. Snow is coming. He raises his shirt collar: the cold stings.

Intuition?

He turns around.

It's her.

Il s'immobilise sur la voie. Concert de klaxons. Il ne bouge pas d'un pouce ; il la suit du regard. Elle se déplace dans le couloir du bus dont il vient à peine de sortir, en quête d'un siège disponible. Elle s'assoit du côté droit, range son sac sur ses genoux, pensive. Soudain elle le voit, elle se fige, elle le reconnaît, elle le boit des yeux.

Une chance sur combien de la rencontrer une deuxième fois ?

Le car se remet en branle, dans le grondement sourd du moteur et le couinement des portes qui se referment simultanément. Leurs regards s'accrochent, cependant que le 72 avance. Le jeune homme commence à marcher. Elle pivote afin de ne pas le perdre de vue tandis que le bus s'éloigne. Il hâte le pas de plus en plus vite. Il court en direction du prochain arrêt. Il ne décide pas, il ne réfléchit pas, il agit.

La revoir.

Hors d'haleine, il arrive au bout de l'avenue. Il aperçoit le véhicule immobile, les personnes qui descendent se mêlant à celles qui montent. Il accélère.

Descends, s'il te plaît. Descends !

He stops on the road. Horn honks. He stands still; he follows her with his eyes. She's walking down the corridor of the bus he has just left, looking for an available seat. She sits on the right side, puts her bag on her lap, pensive. Suddenly she sees him, she freezes, she recognizes him, she looks at him intensely.

What's the chance of meeting her a second time?

The bus starts moving again, in the low rumble of the engine and the squeaking of the doors that close simultaneously. Their eyes catch hold of each other as the bus moves forward. The young man begins to walk. She turns so as not to lose sight of him as the bus moves away. He hastens, walking faster and faster. He runs towards the next stop. He doesn't choose, he doesn't think, he acts.

See her again.

Out of breath, he arrives at the end of the avenue. He sees the vehicle standing still, people getting off mingling with those getting on. He speeds up.

Get out, please. Please get out!

Il n'a jamais cru aux signes, au destin, ni à ce genre de choses... Il est très cartésien : c'est le hasard qui construit notre chemin. Point. Il s'impose et ensuite on compose. Rien n'est écrit. L'idée que les événements ne manqueraient pas de se produire quelles que soient nos décisions, le gêne profondément. Tout espoir d'échapper à la fatalité serait vain. Des marionnettes. Voilà ce que nous serions. De misérables polichinelles égarés dans une aventure fantoche. Non, il n'y croit pas une seconde. Comment concevoir qu'une entité puisse tirer les ficelles selon un scénario immuable ? Foutaises. Et notre propre liberté ? Nous ne serions responsables de rien ? Il se dit que quoi que l'on fasse, on a peu de contrôle. Que l'on est suffisamment mobilisé pour s'adapter et se maintenir à flot sans boire trop de tasses. Que si nos options sont restreintes, on en choisit tout de même une poignée et que c'est leur enchaînement qui forme notre vie. Le tout étant de les sélectionner judicieusement... Et oui... Et que ça, c'est pas gagné.

Il est des phénomènes qui échappent à la raison.

Il s'octroie une courte pause, recourbé, les mains à plat sur ses cuisses. L'air glacial brûle ses poumons.

On a l'impression que l'on a le choix. Une impression, seulement.

Le bus repart. Les gens se dispersent en étoile. Il ne fait pas bon traîner, par un temps pareil. Sauf elle. Figée. Elle le cherche. Elle le voit. Elle se dirige vers lui, maintenant. Il sent son cœur battre dans ses tempes.

Prendre le risque de se mettre en danger. Et si c'était cela, aimer ?

He has never believed in signs, in destiny, or anything like that... He's strongly Cartesian: it's chance that builds our path. That's all. It imposes itself and then we deal with it. Nothing is written in stone. The idea that events are bound to happen, no matter what we decide, deeply troubles him. Any hope of escaping fatality would be pointless. Puppets. That's what we would be. Miserable bunnies lost in a puppet show. No, he doesn't believe it for a second. How can we imagine that an entity can pull the strings according to an unchanging scenario? Rubbish. What about our own freedom? We wouldn't be responsible for anything. He thinks that no matter what we do, we have at least some control. That we're flexible enough to adapt and stay afloat without drowning. That, even if our options are limited, we still make the choices, and it's their combination that shapes our lives. The trick is to choose wisely... And yes... That's not easy to do.

There are phenomena that are beyond reason.

He gives himself a short break, his hands flat on his thighs. The icy air burns his lungs.

It feels like he has a choice. Just an impression.

The bus leaves again. People scatter in a star shape. It's not good to hang around in such weather. Except for her. Frozen. She's looking for him. She spots him. She's heading towards him now. He feels his heart beating in his temples.

To take the risk of putting yourself in danger. What if this was it, love?

Mais il l'aime déjà, sa chevelure aux reflets blond-doré qui suit son mouvement en cadence. Et aussi sa silhouette gracile, élancée, son port de tête altier, trahissant une mobilité, une amplitude et une aisance acquises par des années de pas d'entrechats, d'arabesques et de pirouettes, dans la discipline des ballets de danse classique. Sa démarche aérienne est décidée.

Leurs regards se rejoignent et elle ralentit. Puis s'arrête. Ils se retrouvent en face l'un de l'autre, immobiles. Si près qu'il respire son odeur, un parfum vanillé de fleurs raffinées, soulignant son élégance naturelle, la fraîcheur de son teint lumineux, avec juste ce qu'il faut de maquillage pour ombrer d'un gris perle ses paupières.

Il noie ses yeux dans les siens, pétillants et chaleureux, couleur vert foncé. Un visage inconnu et familier à la fois. Rassurant.

Il lui semble l'avoir connue un jour, ou depuis toujours et la découvrir à nouveau.

Il la fixe, prisonnier de profondeurs insondables.

Il sait que c'est là qu'il doit être. À ce moment précis. Exactement.

Une vague de quiétude le submerge. Et avec elle un sentiment magnifique que tout est désormais envisageable.

Instant de grâce.

But he already loves her, her hair with its golden blond highlights that follows the rhythm of her movements. And also her graceful, slender silhouette, her head held high, showing a mobility, amplitude and ease acquired through years of intertwining steps, arabesques and pirouettes, disciplined by classical ballet. Her light-headed gait is determined.

Their gazes meet and she slows down. Then she stops. They find themselves standing in front of each other, frozen. So close that he breathes her scent, the vanilla of refined flowers underlining her natural elegance, the freshness of her luminous skin tone, just the right amount of makeup shading her eyelids with a pearl grey.

His eyes drown in hers, sparkling and warm, a dark green colour. A face unknown yet familiar at the same time. Reassuring.

He feels as if he has known her once, or has known her forever and discovered her again.

He stares at her, prisoner of impenetrable depths.

He knows that this is where he must be. At that very moment.

Exactly.

A wave of serenity overwhelms him. And with it a wonderful feeling that everything is now possible.

A moment of grace.

Paris, Pont d'Iéna
décembre 2001

Guillaume

Comme si nous nous connaissions depuis la nuit des temps, nous nous sourions, je lui prends le bras et nous marchons au hasard des rues, tout naturellement, sans parler, conscients dela fragilité de l'instant.

Son long manteau en daim doublé de fourrure, bouge au même rythme que nous, tel un drapeau flottant dans le vent autour de ses bottes cavalières, assorties à son sac. Seuls nos silences se font la conversation, ponctués par le bruit de nos pas. Ceux-ci nous guident au fond d'un passage étroit et humide, couvert de vieux pavés irréguliers. De là nous nous engouffrons sous un porche qui abrite un improbable salon de thé.

« Le septième tibétain » lit-on sur l'enseigne aux lettres dorées de la devanture carmin, en bois laqué. D'une question muette, je désigne l'établissement. En guise de réponse, elle m'y entraîne et pousse la porte. Nous entrons.

Paris, Pont d'Iéna
December 3, 2001

Guillaume

As if we had known each other since the dawn of time, we smile at each other, I take her arm and we walk randomly through the streets, quite naturally, without speaking, aware of the fragility of the moment.

Her long, fur-lined suede coat moves at the same pace as us, like a flag fluttering in the wind around her riding boots, matching her bag. Only our silences make conversation, punctuated by the sound of our footsteps. They guide us to the end of a narrow and damp passage, covered with old irregular cobblestones. From there, we rush under a porch that houses an unlikely tearoom.

"The seventh Tibetan" say the gilded letters on the carmine, lacquered wood storefront. With a silent question, I indicate the establishment. In response, we push the door open. We enter.

Chaleur et ambiance cossue. Un véritable musée. De riches tapis persans au sol, des cadres dorés aux murs, figurant aussi bien des paysages de mer couverts de ciels bas et gris, que des natures mortes et des aquarelles. Mais également, une multitude de lampes posées sur des tables d'antiquaire dépareillées qui diffusent une lumière pourpre, ainsi que des buffets envahis de vases, de statuettes et d'objets anciens. Sur les étagères : des livres reliés de cuir. Par terre, un immense Bouddha assis, en porcelaine craquelée turquoise, nous accueille. Le plafond voûté de la pièce est paré de parasols balinais. Des breloques en métal martelé ont été accrochées à leurs baleines exotiques. Un élégant désordre. Une caverne d'Ali Baba.

Elle abandonne son sac caramel au pied de la chaise, ôte sa pelisse soyeuse et l'installe sur le dossier. Lentement, elledéroule son écharpe de laine et s'assoit. On se dévore des yeux. Et toujours ce silence. Serein. Rare.

D'où me vient cette certitude de la connaître ?

La musique, chuchotant à l'oreille de l'âme la douceur de la vie qui s'allonge à n'en plus finir, nous envahit d'un murmure aux effluves d'ailleurs. La mélodie, prodigieuse incitation à l'apaisement, nous plonge au cœur de nos émotions. Les clochettes d'une percussion tibétaine apportent régulièrement une touche métallique.

Le serveur, barbu et charpenté, nous présente les cartes, précise que la maison est actuellement en rupture de *Brume de lune* et s'éloigne à pas feutrés.

A warm and opulent atmosphere. A real museum. Rich Persian rugs on the floor, gilded frames on the walls, all showing sea landscapes covered with grey, low skies, still life paintings, and watercolors. But also, a multitude of lamps placed on mismatched antique tables which diffuse a purple light, as well as an invasion of vases, statuettes, and old objects on the sideboards. On the shelves: leather-bound books. On the ground, a huge sitting Buddha, in crackled turquoise porcelain, welcomes us. Hammered metal charms are attached to exotic whales. An elegant disorder. An Ali Baba's cave.

She leaves her caramel-colored bag at the foot of the chair, takes off her silky pelisse and places it on the backrest. Slowly, she unrolls her woolen scarf and sits down. We devour each other with our eyes. And always this silence. Serene. Rare.

Where does this certainty that I know her come from?

The music, whispering within the soul the sweetness of life, stretches out endlessly, overwhelms us with a whisper of scent from elsewhere. The infinitely calm melody plunges us into the heart of our emotions. Tibetan percussion bells regularly add a metallic touch.

The well-built, bearded waiter presents us with the menus, specifies that the house is currently out of Moon Mist, and quietly walks away.

Je m'efforce de déchiffrer. Les lignes ondulent. Je tourne des pages auxquelles mon esprit ne se fixe pas. Elle agit de même.

— Avez-vous fait votre choix ?

Pris de court, je m'entends commander au quart de tour :

— Un *thé vert à la rose* pour mademoiselle et un *thé*... euh... (je précipite mon regard n'importe où sur la page)... un *thé du hammam* pour moi.

Je réalise ce que j'ai dit, quand à ces mots elle relève brusquement la tête et me scrute avec des billes écarquillées. Je bredouille, sentant le rouge me monter au visage :

— Pardon, euh, désolé, vraiment... je... si vous le voulez bien... euh... on va la refaire... qu'avez-vous choisi ?

Elle met une éternité à répondre. Je suis figé, suspendu à ses lèvres.

Qu'est-ce que j'ai dans le crâne, bon sang !

— Ce sera un *thé vert à la rose* pour moi et un *thé du hammam* pour monsieur, s'il vous plaît, annonce-t-elle finalement, en ne me quittant pas des yeux, l'air déconcerté.

Un soupir de soulagement m'échappe. Elle sourit, troublée.

Je lui rends son sourire.

— Formidable sélection, conclut le garçon de salle d'un certain âge, un peu cabotin sur les bords, semblant déguisé avec son costume de belle facture. Puis-je vous suggérer un assortiment de petites friandises libanaises ?

I try to unscramble the menu. The lines undulate. I turn pages, but my mind doesn't settle down.

– Have you decided?

Taken aback, I hear myself ordering:

– *Rose green tea* for Mademoiselle and... uh... (I glance randomly at the page)... *hammam tea* for me.

At these words, she suddenly raises her head and scrutinizes me with googly eyes. I realize what I said. I mumble, feeling the red rise in my face:

– Sorry, uh, sorry, really... I... if you don't mind... uh... we're going to re-do that... what did you choose?

She takes forever to answer. I'm frozen, listening attentively to her.

What the hell was I thinking!

– It will be a *rose green tea* for me and a *hammam tea* for the gentleman, please, she announces finally, looking puzzled, and not taking her eyes off me.

A sigh of relief escapes me. She smiles, confused.

I smile back at her.

– A fine choice, concludes the middle-aged waiter, a little ragged around the edges, seeming disguised in his well-made costume. Can I suggest an assortment of small Lebanese sweets?

J'acquiesce sans réfléchir, afin de dissiper complètement lemalaise.

Et là, elle me parle.

Sa voix.

Douce. Calme.

Elle est sereine. Je suis tétanisé sur mon siège.

— Heureuse de te revoir.

— Enchanté de faire enfin ta connaissance. Et, tout à coup, en me tendant la main :

— Mélisende Forinelli, on m'appelle Mel.

— Guillaume Calvan, dis-je en saisissant ses doigts, pour ne plus les lâcher.

Un éclair malicieux illumine ses prunelles lorsqu'elle ajoute, en me laissant sa main :

— Je ne bois que du thé à la rose, en vérité !

Nous rions. Je fonds à la vue des fossettes qui se dessinent sur ses joues, lesquelles ont sensiblement rosi.

Notre serveur aux manières affectées, invariablement guindé, revient avec un plateau décoré de fleurs de cerisier d'un vert pâle. Le service à thé est finement orné de motifs japonais aux tons pastel, mauve et bleu ciel.

Précautionneusement, le garçon – car c'est ainsi qu'on les nomme même s'ils ont largement dépassé la cinquantaine – verse de très haut les liqueurs ambrées. Il dispose ensuite, au centre de la table, une assiette de pâtisseries noyées sous le miel et les graines de sésame, nous souhaite une excellente dégustation et s'incline.

I nod without thinking, in order to banish the unease.

And there, she talks to me.

Her voice.

Sweet. Calm.

She's serene. I'm paralyzed in my seat.

– Good to see you again.

– Nice to finally meet you.

And suddenly, holding out her hand:

– Mélisende Forinelli, they call me Mel.

– Guillaume Calvan, I say, grabbing her fingers, never to let go.

A mischievous flash of lightning illuminates her eyes as she adds, leaving her hand in mine:

– I only drink rose tea, really!

We laugh. I melt at the sight of the dimples on her cheeks, which have turned noticeably pink.

Our staid waiter returns with a tray arranged with pale green cherry blossoms. The tea set is finely decorated with Japanese patterns in pastel, mauve and sky-blue tones.

Carefully, the boy – for that's what they're called even though they're well over fifty – pours the amber liquid from a great height. He then places, in the center of the table, a plate of pastries doused in honey and sesame seeds, wishes us an excellent tea tasting, and bows.

Alors, elle retire sa main encore dans la mienne et, pensive, s'empare d'un sucre. Machinalement, elle le partage en deux morceaux et en met un à l'intérieur de ma tasse, puis, sans relever la tête, elle replace l'autre dans le sucrier.

— Oups ! fait-elle, cachant sa bouche de la paume, les yeux agrandis.

— Oh non, au contraire ! Merci beaucoup ! Je n'en prends qu'un demi. Impeccable !

Elle porte la boisson à ses lèvres, effleure la surface brûlante et en absorbe une minuscule gorgée. Je la regarde, sidéré, et je balbutie :

— Mais, vous… vous ne sucrez pas votre thé ?

— Non, jamais.

So, she takes her hand from mine, and, doubtful, grabs a piece of sugar. Mechanically, she divides it into two pieces and puts one inside my cup, then, without raising her head, she places the other in the sugar bowl.

– Oops! she says, hiding her mouth with her palm, her eyes widened.

– Oh no, on the contrary! Thank you very much! I only take a half. Impeccable!

She brings the cup to her lips, brushes the hot surface and takes a tiny sip. I look at her, dumbfounded, and I stammer:

– But, you… you don't take sugar in your tea?

– No, never.

Paris

4 décembre 2001

Mélisende

Puis l'escalier moquetté d'un petit hôtel, bras dessus, bras dessous.

Chambre 24. L'odeur au creux de son cou.

Son odeur.

Nos cœurs qui battent à l'unisson, nos souffles accordés sur la même mesure. Sa peau veloutée. Les bouches qui se trouvent, les mains qui courent sur nos corps ; lesquels se cherchent, se découvrent, s'apprivoisent timidement, et se reconnaissent. Tout est si simple, si évident.

Il me chuchote tendrement:

— Je pourrais rester ici toujours.

— Je le pourrais, moi aussi.

Ces paroles, nos premiers mots d'amour, nous soulèvent par-delà les étoiles. Je suis à toi, tu es à moi, nous ne faisons plus qu'un. Savourer l'instant. S'abandonner à une ivresse commune.

Une partie de moi sait qui il est.

* * *

Je repense à nos premières heures, hier.

Paris

December 4, 2001

Mélisende

Then the carpeted staircase of a small hotel, arm in arm.

Room 24. The smell in the crook of his neck.

His smell.

Our hearts beating in unison, our breath in equal measure. His velvety skin. The mouths that find each other, the hands that run over each other's bodies; that seek each other, discover each other, tame each other timidly, and recognize each other. Everything is so simple, so obvious.

He whispers to me tenderly:

– I could stay here forever.

– I could, too.

These words, our first words of love, lift us beyond the stars. I am yours, you are mine, we're one. Savor the moment. Surrender to a common intoxication.

Part of me knows who he is.

* * *

I think back to our first hours together yesterday.

Pas moins d'un millier doit être le nombre de questions que j'ai posées à Guillaume. Nous avons essayé d'expliquer l'évidence, curieusement partagée, de se connaître. En vain. Ni le thé, ni les délicieuses douceurs orientales, ne nous ont rafraîchi la mémoire. Nous avons dû nous quitter à regret, nous promettant de nous revoir. Vite. Très vite.

Et il a disparu. Le goût persistant de miel des mignardises ainsi que la fièvre qui irradiait de mon visage attestaient que ce que je venais de vivre était bel et bien réel, et que non, il ne s'agissait pas d'un mirage. La ville et son ciel de coton qui touchait le sol, venaient d'avaler Guillaume. Et ce moment parfait a été immédiatement supplanté par un vide. Un vide insupportable. Irrationnel.

Il fallait revenir sur terre. Avec ce manque, désormais.

Combien de temps ?

Je mesurais, étonnée, le bouleversement que cette rencontre avait provoqué. Je ne désirais rien d'autre que de me trouver près de lui.

J'ai erré dans la capitale, un sourire aux lèvres, de l'un de ces sourires tournés vers l'intérieur que l'on ne destine à personne. J'ai vécu le reste de la journée dans un état second, accomplissant chaque geste mécaniquement et essayant de ne pas songer à mon beau ténébreux. Chose manifestement impossible.

I must have asked Guillaume at least a thousand questions. We tried to explain the idea, which we curiously shared, that we already knew each other. In vain. Neither tea, nor delicious oriental sweets refreshed our memories. We regretted having to leave each other, promising to meet again. Soon. Very soon.

And he disappeared. The lingering honey taste of the sweets and the fever that radiated from my face were proof: what I had just experienced was indeed real. No, it was not a mirage. The city and its cotton sky that touched the ground, just swallowed Guillaume. And that perfect moment was immediately replaced with a void. An unbearable emptiness. Irrational.

I had to come back to earth. With this lack, from now on.

How long?

Amazed, I could see the upheaval that this meeting had caused. I wanted nothing more than to be near him.

I wandered around the capital with a smile on my face, one of those inward-looking smiles not intended for anyone. I lived through the rest of the day in a daze, making every move mechanically and trying not to think of my dark beau. Obviously impossible.

Subitement, il prenait trop de place ; un unique sujet m'absorbait. L'intégralité de mon être ne fonctionnait plus quepour cela : penser à lui. Etrange impression de jouer le rôle de ma propre vie avec une fraction de mon esprit seulement, alorsque la plus grande partie était ailleurs. Loin.

La nuit suivante a été pratiquement blanche.

Les souvenirs défilaient en boucle, se mêlant à des interrogations lancinantes. La scène de notre étreinte fougueuse et du premier baiser sous le porche, à deux pas du salon de thé, juste avant de nous séparer, s'invitait dans mon cerveau par éclairs et me tordait le ventre de doux spasmes. Son irrésistible regard me hantait sans relâche. Ses paroles tourbillonnaient en permanence dans ma tête, en une interminable et infatigable farandole. Un air béat était plaque sur ma figure, dans le noir de ma chambre. Heureusement que nul ne me voyait. Il aurait cru avoir affaire à une dingue, à une folle à lier, qui sourit aux anges, ravie, sur son lit. Une folle d'amour, aurais-je plaidé pour ma défense.

Je me sentais emplie d'un bonheur tellement grand, tout à coup, qu'il paraissait me soulever par l'action de je ne sais quelle magie enchanteresse.

J'étais Ariane. Ariane qui aimait Solal, et qui l'attendait. Comment avais-je pu me passer de Guillaume jusqu'ici ?

Suddenly he took up too much space; a single subject absorbed me. My whole being only worked for one purpose: to think of him. A strange feeling of playing the part of my own life with only a fraction of my mind, most of it elsewhere. Far away.

The following night, I hardly slept.

The memories paraded in a loop, mingling with haunting questions. The scene of our fiery embrace and first kiss on the porch, a stone's throw from the tearoom, just before we parted, flashed into my brain and twisted my stomach with gentle spasms. His irresistible gaze haunted me relentlessly. His words swirled constantly in my head, in an endless and tireless dance. A blissful air was plastered on my face, in the darkness of my room. Fortunately, no one saw me. They would have thought I was crazy. A madwoman, who smiles at delighted angels on her bed. Crazy in love, I would have pleaded in defense.

I felt filled with such great happiness, so sudden that an unknown enchanting magic seemed to lift me up.

I was Ariane. Ariane who loved Solal, and who was waiting for him. How could I have done without Guillaume before now?

Des sentiments inédits m'envahissaient, l'angoisse viscérale de perdre ce à quoi je m'attachais inexorablement, intimement liée à celui, presque violent, d'aimer. Je pressentais que je ne pourrais me priver de Guillaume, moi qui y parvenais très bien la veille… Je réalisais avec stupeur que je devenais accro, que le poison suave s'écoulait dans mes veines. Mon cœur se dilatait au maximum, prêt à déborder. Une douce euphorie me gagnait, la sensation d'exister s'intensifiait. Et tout se mélangeait en un feu d'artifice interne. Malgré moi.

J'étais incapable de lutter, je ne pouvais que me laisser bousculer et submerger… Je me retrouvais mystérieusement unie à lui, dans une symbiose qui échappait à toute rationalité et à tout contrôle. Ce pont spirituel entre nous s'avérait inexplicable. Un mystère. C'était si soudain !

Des raisons, il y en avait des tonnes. Son apparence charmante, sa personnalité radieuse, son odeur, le timbre de sa voix mais je savais pertinemment que ce brusque attachement prenait sa source au-delà du perceptible.

Je tournais et virais sous mes draps, ensuite sur mes draps et à nouveau sous mes draps, sur le dos, d'un côté, de l'autre, à plat ventre le corps fatigué, exténué, les yeux ouverts, cependant, et l'esprit survolté. Et ce besoin cuisant de le revoircontre lequel rien n'y faisait, pas même l'épuisement.

Au matin, un SMS patientait sur mon téléphone qui, lui, avait eu la chance de dormir, couché au fond de mon sac. Guillaume! Mon sang n'a fait qu'un tour, j'ai balayé l'écran à vive allure.

New feelings overcame me, the visceral anguish of losing what I was attached to, inexorably. An intimate way of loving, almost violent. I had the feeling I couldn't do without Guillaume. I, who had done just fine the day before... amazed, I realized I was becoming addicted, that a sweet poison was flowing through my veins. My heart was expanding to the max, ready to overflow. A sweet euphoria swept over me. My awareness of my existence intensified. And it all mixed together, in internal fireworks. Beyond my control.

I was unable to fight, I could only let myself go under and get pushed around... I found myself mysteriously united with him, in a symbiosis that was beyond all rationality and control. The spiritual bridge between us was inexplicable. A mystery. It was so sudden!

Reasons? There were tons. His good looks, his radiant personality, his smell, tone of voice, but I knew full well that the source of this sudden attachment was beyond the perceptible.

I tossed and turned under my sheets, then over my sheets and again under my sheets, on my back, to one side, to the other, face down with my body tired, exhausted. However, my eyes stayed open, I had a supercharged mind. I had this burning need to see him again. Nothing helped, not even exhaustion.

In the morning, an SMS was waiting for me on my phone, which was lying at the bottom of my bag. It was lucky to be able to sleep. Guillaume! I was overwhelmed, I quickly scanned the screen.

« Tu me manques déjà. On ne va pas jouer au jeu du chat et de la souris Je ne dors pas. »

Totalement hystérique, j'ai vu l'heure de son message : 23 h 36. Mes doigts pressés se sont activés sur les touches. « Je ne te lis que maintenant. Je n'ai pas pu fermer l'œil. Tu me manques. »

Un ange gardien venait de me prendre sous son aile. Un échange de SMS a suivi et un rendez-vous a été pris pour le lendemain soir dans un restaurant du Marais, ce quartier pittoresque unique en son genre, au charme apaisant des temps anciens, que j'affectionne.

On ne peut qu'apprécier le vieux Paris lorsque l'on vient de province, avec ses galeries d'art, ses librairies, ses boutiques aux devantures d'antan, ses bistrots typiques et ses hôtels particuliers qui dissimulent cours et jardins. J'aime m'égarer le long des voies pavées, flâner sous les arcades de la place des Vosges à l'atmosphère incomparable, admirer ses voûtes de grés et de brique, écouter un air de violon improvisé, déambuler dans la rue des Rosiers afin de m'imprégner du fumet des *fallafels*, me régaler de gâteaux aussi appétissants les uns que les autres, et rejoindre mes amis, au calme d'une impasse arborée, pour le brunch du dimanche.

* * *

« Chez Jeanne », on servait des tartes salées accompagnées de salades de mâche et de roquette, nappées de sauce mousseline. Une table recouverte d'une nappe épaisse, nous avait été réservée. Ici, on vous apportait des mets mitonnés, dans leur plat de cuisson, sans chichi, à la bonne franquette.

"I already miss you. We're not going to play the cat and mouse game. I'm not sleeping."

Completely hysterical, I saw the time on his message: 11:36 pm. My fingers flew over the keys.

"I'm only reading this now. I couldn't sleep. I miss you."

A guardian angel had just taken me under his wing.

An SMS exchange followed, and an appointment was made for the following evening at a restaurant in the Marais, the unique, picturesque district that I love, with its soothing charm of ancient times.

You can only appreciate old Paris when you come from the provinces. Its art galleries, its bookstores, its shops with old-fashioned storefronts, its traditional bistros and its houses that hide courtyards and gardens. I like to get lost along the cobbled roads, stroll under the arcades at the Place des Vosges with its incomparable atmosphere, admire its sandstone and brick arches, listen to an improvised violin tune, stroll down the rue des Rosiers to soak up the aroma of *fallafels*, feast on cakes each more delicious than the next, and meet my friends, in the calm of a wooded cul de sac for Sunday brunch.

* * *

"Chez Jeanne" served savory pies accompanied by lamb's lettuce and arugula and topped with mousseline sauce. A table covered with a thick tablecloth had been reserved for us. Here, they brought simmering dishes in the pan with no fuss, in all simplicity.

Nous n'avons quasiment pas entamé nos assiettes, occupés que nous étions à faire connaissance et à entrelacer nos mains.

Au dessert, chacun savait l'essentiel. Enfin, les grandes lignes. Nos métiers – moi professeur de chinois, lui architecte – nos études, nos loisirs, nos adresses successives, les endroits que nous avions visités, nos anciens amoureux, nos souvenirs d'enfance... Nous avons tout passé au crible. Encore une fois, rien ne se superposait dans nos univers distincts. Excepté une chose : les dragons que Guillaume collectionne depuis son adolescence.

— Si j'en vois un, je ne peux pas me retenir : il faut que je l'achète ! C'est plus fort que moi. Ces bestioles me fascinent...

— Ce sont des figurines ?

— Pas obligatoirement. Ça va de l'affiche du *Lotus bleu* de Tintin, à la théière, et aux miniatures en plomb, en effet. Je possède une peluche, des stylos, un tampon avec un bâton et une pierre à encre... J'ai même déniché un casse-noix à Moscou ! Mes parents et mes copains s'en sont donné à cœur joie à l'occasion des Noëls et des anniversaires. Tu parles, ça leur évitait de se creuser la tête ! J'ai un timbre avec la grande muraille, tiens, j'allais oublier.

— Le *Lotus bleu*, la théière, l'encre et le timbre ! Nous avons un pays en commun.

— Tout juste. Ah oui, j'oubliais l'album de jeunesse *Petit dragon*. Tu connais ?

Euh... non, ça ne me dit rien... *Petit dragon*, tu dis ?

We hardly touched our dinner, we were so busy getting to know each other and intertwining our hands.

By the time desert arrived, we both knew the basics. At least, the outlines. Our jobs – me a Chinese teacher, he an architect – our studies, our hobbies, our successive addresses, the places we had visited, our former lovers, our childhood memories... We went over every detail. Again, nothing overlapped in our separate universes. Except one thing: the dragons that Guillaume had collected since he was a teenager.

– If I see one, I can't help myself: I have to buy it! It's stronger than me. Those creatures fascinate me...

– Figurines?

– Not necessarily. They range from the Tintin *Blue Lotus* poster, to the teapot, and lead miniatures, yes. I have a stuffed animal, pens, a pad with a stick and an ink stone... I even found a nutcracker in Moscow! My parents and friends had a blast at Christmases and birthdays. You know, it saved them from racking their brains! Hey, I almost forgot, I have a stamp with the Great Wall on it.

– The *Blue Lotus*, the teapot, the ink and the stamp! We have a country in common.

– Just barely. Oh yeah, I forgot the *Little Dragon* kids' album. Do you know it?

– Uh... no, that doesn't ring a bell... *Little Dragon*?

— C'est l'histoire d'une fillette, Lin, je crois, qui a reçu un bébé dragon en cadeau. Ça ne te dit vraiment rien ? Ce récit mêle aventures, amitié et initiation aux idéogrammes. Il était en vitrine dans la librairie du coin. Je n'ai pas pu y résister. Je te le montrerai.

Je pense qu'il va me plaire. Peut-être as-tu également des tatouages de chimères ? ai-je ensuite plaisanté, en me sentant rosir devant tant d'audace.

— Eh non ! Ça ne me tente pas. La peur de l'irréversible, certainement.

Gênée face à sa moue amusée qui s'élargissait et à son regard pénétrant qui ne me lâchait pas d'une seconde, j'ai bafouillé, paniquée par mes joues, lesquelles, cela ne faisait aucun doute, viraient au rouge tomate :

— Pareil. Je... c'est joli sur les autres, mais pour moi... non... La vie est longue, les goûts évoluent... Ils ternissent et se fripent en vieillissant, d'abord !

Il a ri d'un rire franc, de ceux que j'aime. Je me suis perdue dans ses yeux et j'ai constaté que leur couleur variait légèrement selon la luminosité. Des ondes bleues se détachaient du fond vert émeraude. Je me suis arrêtée sur ses lèvres charnues, bien dessinées, aux contours ourlés, et, à gauche de son menton, sur une imperceptible cicatrice quiprenait l'aspect d'une goutte d'eau.

Il est des personnes dont on ne se lasse pas.

— J'ai découvert que Guillaume s'intéressait à l'Asie. Au Japon, plus précisément.

– It's the story of a little girl, Lin, I think, who receives a baby dragon as a gift. Doesn't that ring a bell? This story combines adventures, friendship and an initiation into ideograms. It was on display in the local bookstore. I couldn't resist it. I'll show it to you.

– I think I'd like it. Maybe you also have tattoos of chimeras? I joked, feeling myself blushing at such boldness.

– No! I'm not a fan of tattoos. Probably out of a fear of the irreversible.

Embarrassed under the spread of his amused pout, and his penetrating gaze that never let go of me for a second, I stammered, panicking that my cheeks were no doubt turning tomato red:

– The same. I… they look good on other people, but for me… no… Life is long, tastes change… They'd tarnish and crumble as I got older.

He laughed a real laugh. I loved that. I got lost in his eyes and found that their color varied slightly depending on the light. Blue waves stood out against an emerald-green background. I rested my gaze on his full, shapely lips, the contours, and to the left of his chin, an imperceptible scar that took on the appearance of a drop of water.

He's one of those people you don't get tired of.

I discovered that Guillaume was interested in Asia. In Japan, to be more precise.

Une heureuse coïncidence. Il façonne des origamis et écrit des haïkus, ces poèmes extrêmement brefs de trois vers et dix- sept syllabes au total, visant à exprimer la quintessence de la nature. Et les sushis : il en raffole ! Quand deux passionnés se rencontrent...

— Tu sais, Guillaume (*J'adore prononcer son prénom !*) que l'art de l'origami n'est pas né au Japon ?

— Vraiment ?

— Il est apparu sous la dynastie Han... euh, oui Han. Il a été apporté au pays du Soleil-Levant par des moines bouddhistes qui l'ont développé pour les rituels religieux. Et plus tard on a utilisé des origamis en témoignage de sympathie. Il s'agissait de fleurs. Les caractères viennent d'ailleurs du chinois. Ils signifient *plier-papier*. Cet art populaire est très ancien.

— Et diablement raffiné ! Je te ferai une fleur de lotus.

— Et moi une grenouille !

Nous avons ri. Ces promesses de papier nous propulsaient, sur-le-champ, dans le future. Un future ensemble.

— Et les haïkus, ils sont de quelle origine ?

— La forme codifiée serait apparue au Japon, mais c'est probablement dans l'empire du Milieu que tout a démarré. Bashô, le célèbre poète japonais, évoque le haïkaï – ça veut dire *badinage*, en mandarin.

— Ah bon, je n'en ai pas entendu parler ! Tu me le récites ?

Enfin si t'es d'accord !

Je me le suis rapidement remémoré et je me suis lancée.

A happy coincidence. He made origami and wrote haikus, those extremely brief poems of three lines and seventeen syllables in total, to express the quintessence of nature. And sushi: he loved it! When two enthusiasts meet…

– You know, Guillaume (I loved pronouncing his name!) that the art of origami didn't originate in Japan?

– Really?

– It appeared in the Han dynasty… uh yeah, Han. It was brought to the Land of the Rising Sun by Buddhist monks who developed it for religious rituals. And later they used origami as a token of sympathy. They were like flowers. The characters actually come from Chinese. They mean *fold-paper*. It's a very old popular art.

– And devilishly refined! I'll make you a lotus flower.

– And I'll make a frog!

We laughed. These promises of paper propelled us, on the spot, into the future. A future together.

– And the haikus, where did they come from?

– The codified form would have appeared in Japan, but it was probably in the Middle Kingdom that it all started. Bashô, the famous Japanese poet, mentions *haikai* — it means banter, in Mandarin.

– Wow, I didn't know that! Will you recite one? I mean, if you don't mind!

I quickly remembered it and got started.

« Quant au haikaï de Chine

J'interroge

Le petit papillon qui voltige »

— Hum, délicat et puissant en même temps... c'est ça qui est beau, en fait ce contraste. Et l'image fugitive qui s'imprime dans nos esprits... On doit perdre énormément de qualité en traduisant mot à mot en français, non ? Surtout qu'en occident nous sommes plus sensibles au nombre de pieds des vers, qu'à la quantité de syllabes du texte. Tu vois Mel, les fois où je m'amuse à en écrire, c'est une jubilation de parvenir à extérioriser une émotion en étant limité par la contrainte des sonorités... J'avoue que lorsqu'une rime s'y glisse, je suis carrément en extase.

— Tu en rédiges souvent ?

— Oui... euh... non, ça me prend par période. J'écris dans les salles d'attente, dans le métro, ou dans le bus...

En accentuant la fin de la phrase, il m'a adressé un clin d'œil auquel j'ai répondu par un hochement de tête complice et il a ajouté :

— J'ai toujours un carnet et un stylo. Je note de suite mes idées, pour ne pas qu'elles s'envolent. Et dès qu'un haïku me convient, je le copie dans un cahier que je garde chez moi.

Il a ri en précisant :

— Je te rassure, à part les dragons et la poésie, je ne collectionne rien d'autre !

Cette conversation me plaît. Il me plaît.

"As for the *haikai* of China

I ask

The little fluttering butterfly"

– Hmm, delicate and powerful at the same time... that's what's beautiful, in fact, the contrast. And the fleeting image imprinted on our minds... An enormous amount must get lost translating word-for-word into French, right? Especially since in the West, we're more sensitive to the number of feet in the verse, than the number of syllables in the text. You see how much fun I have writing, Mel? It's a joy to manage to express an emotion while being limited by the constraint of the sounds... You know, when a rhyme slips in, I'm downright ecstatic.

– Do you write often?

– Yes... uh... no, when I have a bit of time. I write in waiting rooms, in the metro, or on the bus...

Accentuating the end of the sentence, he gave me a wink to which I responded with a knowing nod, and he added:

– I always have a notebook and a pen. I write down my ideas right away, so they don't fly away. And as soon as a haiku comes to me, I copy it into the notebook I keep at home.

He laughed, saying:

– I promise, apart from dragons and poetry, I don't collect anything else!

I like this conversation. I like him.

Bashô a écrit le texte que je t'ai récité en référence à Zhuangzi – un sage et philosophe taoïste – qui se demandait au réveil, alors qu'il venait de rêver qu'il était un papillon, s'il n'était pas plutôt un papillon qui rêvait qu'il était Zhuangzi. Ça donne le vertige, ces différentes perceptions de la réalité. Ça nous met le doute. On ne peut jamais être certain que l'on n'est pas en train de rêver.

— D'autant plus que quand on rêve, on l'ignore.

Je me souviens avoir pensé sans le dire « J'espère que je ne dors pas ! ».

Discrètement, j'ai pincé mon bras. « Eh non, tu es bel et bien réveillée, ma vieille ! ».

Fascinant.

— Les interactions qui existent entre ces pays sont multiples. Et, en définitive, elles ont contribué à ce qu'ils s'enrichissent mutuellement pendant des siècles. Tu disais, Mélisende, que le haikaï n'a pas de règles de composition aussi strictes ?

— Il n'est pas forcément un poème court. Et, si la forme est assez libre, on y décèle l'évocation de l'éternel et de l'éphémère, pareil que pour le haïku nippon.

— Il provient des mêmes courants philosophiques, non ?

— Du taoïsme et du bouddhisme. *Chan* : méditation silencieuse, illumination psychique. Le *zen* japonais.

Bashô wrote the lines I just recited in reference to Zhuangzi — a Taoist philosopher sage — who, when he woke up after dreaming that he was a butterfly, wondered if he was not rather a butterfly who dreamed that he was Zhuangzi. It makes you dizzy, these different perceptions of reality. It puts everything in doubt. You can never be sure that you're not dreaming.

– Especially since we don't know when we're dreaming.

I remember thinking to myself, "I hope I'm not sleeping!"

Quietly, I pinched my arm. "No, you're really awake!"

Fascinating.

– There were so many interactions between these countries. And, ultimately, they helped enrich each other for centuries. What were you were saying, Mélisende, that the haikai doesn't have such strict composition rules?

– The haikai doesn't have to be a short poem. And, if the form is free enough, it evokes the eternal and the ephemeral, as does the Japanese haiku.

– It comes from the same philosophical wave, doesn't it?

– Taoism and Buddhism. *Chan*: silent meditation, psychic enlightenment. Japanese *Zen*.

— C'est fou à quel point nous sommes attirés par ce continent, hein ? a-t-il résumé, les yeux pétillants, visiblement ému. Je suis content de partager ça avec toi, Mel !

— Idem... Sourires attendris. Puis, curieuse :

— T'as songé à aller au Japon, ou ailleurs en Asie ?

— Tu penses !

Après un bref silence, il m'a confié dans un souffle :

— Ensemble, ce serait encore mieux... Sourires, à nouveau. Rayonnants.

Et Guillaume de préciser, espiègle :

— En Chine, alors. Il n'y aura pas la barrière de la langue : tupourras traduire !

Rires. Mêmes paillettes dans nos yeux éblouis.

J'aime ce que j'entends.

* * *

Une complicité immédiate s'est installée entre nous. Nous nous sommes rapidement trouvé tant de points communs ! Deséchanges tels que je les affectionne.

Notre bonheur, semblable à une onde invisible, rayonnait à l'intérieur de la pièce bondée. Les gens s'étaient fondus dans le décor, au milieu d'un brouhaha de discussions, de bruits de couverts sur les assiettes et de musique d'ambiance. Il n'y avait que lui et moi.

— It's crazy how attracted we are to this continent, huh? he said, his eyes sparkling, visibly moved. I'm glad to be sharing this with you, Mel!

— Ditto... Warm smiles. Then, curious:

— Have you considered going to Japan, or elsewhere in Asia?

— You bet!

After a brief silence, he whispered to me:

— Together, it would be even better... Smiles, again. Radiant.

And Guillaume clarifying, mischievously:

— China, then. There won't be any language barrier: you can translate!

Laughs. The same glitter in our dazzled eyes.

I like what I hear.

* * *

An immediate bond has developed between us. We've quickly found so much in common! The kind of conversations I like.

Our happiness, like an invisible wave, radiated inside the crowded room. People had melted into the background, amid a hubbub of discussions, the noise of cutlery on plates and piped music. It was just him and me.

Un horizon de tous les possibles venait de s'ouvrir. Je sentais des ailes de papillon me pousser dans le dos et frémir d'impatience. Mon cœur, gonflé à bloc, voulait sortir de ma poitrine.

Un horizon infini.

Mais d'où vient cette étrange sensation, si déstabilisante, de nous connaître ?

Au mieux, nous nous étions croisés un jour ou bien un soir, dans un train, un avion, une salle pleine à craquer, que sais-je…

Évidemment, nous n'en garderions aucun souvenir précis, seulement l'empreinte profonde que chacun de nous aurait laissée sur l'autre. Il en resterait une certitude. Tenace. Considérablement tenace.

Au pire, cette impression ne serait qu'une farce de nos esprits déjà amoureux.

Une histoire de chimie cérébrale.Un mirage.

Peu importe, puisque l'on s'aime.

* * *

Quand les cafés sont arrivés, j'ai fait tomber un demi-sucredans sa tasse, sans réfléchir.

Comme la dernière fois, au salon de thé.

Lorsque, médusée, j'ai surpris ses sourcils relevés au-dessusde ses yeux qui s'arrondissaient, j'ai suspendu mon geste.

Surprenant.

A horizon where everything was possible had opened up. I felt butterfly wings sprouting in my back and quivering with impatience. My heart, swollen to the max, wanted out of my chest.

An infinite horizon.

But where did this strange, unsettling feeling of knowing each other come from?

At best, we might have crossed paths one day or one evening, on a train, on a plane, in a packed hall, what did I know…

Obviously, we wouldn't have any particular recollection of it, only the deep imprint we had left on each other. A certainty would remain. Tenacious. Ineradicable.

At worst, this impression would only trick our already enamored minds.

"Brain chemistry". A mirage.

It doesn't matter, since we love each other.

* * *

When the coffees arrived, I dropped half a piece of sugar into his cup without thinking.

Like last time, in the tearoom.

When I caught his eyebrows raised above his rounded eyes, I stopped, dumbfounded.

Surprising.

Saint Guilhem-le-désert, Sud de la France 12 mai 2002

Guillaume

J'ouvre les volets fraîchement lasurés de blanc sur la bignone envahissante, enroulée autour de la tonnelle, arborant sa teinte orange vif ; le figuier qui se déploie en contre-bas devant le muret en pierres sèches ; les champs d'oliviers, disproportionnés, aux troncs charnus et noueux, bien alignés ; les ocres des villas parsemées dans la garrigue et la vue imprenable sur le château en ruines.

La frêle voilure des rideaux filtre une lueur printanière. Beau dimanche, un de ceux où l'on se dit que l'hiver est derrière soi, où une vitalité toute neuve nous saisit.

— Mel, mon cœur, ça te dirait d'aller nous balader ? Je crois qu'il y a un vide-greniers. Peut-être qu'on dénichera de quoi nous meubler !

— Bonne idée, chéri, me répond-elle d'une voix éraillée encore ensommeillée, tout en remontant la courtepointe aux fleurs rouges et fuchsia par-dessus sa tête. Donne-moi juste deux petites secondes.

Toujours levé le premier, je l'admire en posant le plateau sur le matelas. Elle rabat le drap froissé, cligne des yeux et son joli visage ovale, aux joues rosies, se fend d'un large sourire en voyant le bol de lait chaud et la tartine beurrée saupoudrée de cacao.

— T'es un amour Guillaume ! réussit-elle à articuler en réprimant un bâillement.

Guillaume

I open the freshly stained white shutters on an invasive plant, its bright orange hue wrapped around the trellis; on the fig tree which unfolds in counterpoint, in front of the dry stone wall; on the olive groves, disproportionate, their fleshy and gnarled trunks well aligned; on the ochres of the villas dotted around the scrubland and the breathtaking view of the ruined castle.

The delicate sails of the curtains filter a spring glow. A beautiful Sunday, one of those where we say to ourselves that winter is behind us, where a whole new vitality seizes us.

— Mel, sweetheart, would you like to go for a walk? I think there's a garage sale. Maybe we'll find some furniture!

— Good idea, honey, she answers in a sleepy, hoarse voice, pulling the quilt with the red fuchsia flowers up over her head. Just give me two quick seconds.

Always up first, I pay homage to her by placing the tray on the mattress. She pulls down the crumpled sheet, blinks her eyes, and her pretty oval face, with its rosy cheeks, breaks into a broad smile when she sees the bowl of hot milk and the buttered toast sprinkled with cocoa.

— You're a sweetheart Guillaume! she manages to articulate, suppressing a yawn.

– Elle se redresse maladroitement, cale un oreiller, s'empare de la boisson et en absorbe une gorgée. Puis, parfaitement réveillée, elle me remercie en me soufflant un baiser.

La regarder. Sa façon bien à elle d'essuyer sa bouche avec le dos de la main.

Sa madeleine de Proust, m'a-t-elle avoué. Ses goûters d'enfance. À cela près qu'à l'époque, son adorable grand-mère râpait la tablette directement sur la tranche de pain, à ce que j'en sais. J'imagine Mélisende coiffée de couettes, mouiller son index de manière à récupérer les vermicelles de chocolat qui tombaient sur la toile cirée, un brin collante. Evidemment, sa mémé ne la grondait pas. Ainsi que toute bonne-maman qui se respecte, elle l'a gâtée, régalée, câlinée... aimée, pour faire court. Et elle lui donnait, afin qu'elle le croque, le dernier morceau qui avait échappé aux dents de la lime en fer.

J'aime tant la voir manger de si bon appétit, moi qui me contente de n'avaler qu'un simple café, agrémenté d'un demi- sucre.

Un demi-sucre...

Je me fraye un chemin au milieu de nos vêtements emmêlés, jetés en boule au pied du lit sur le parquet, et, avec mille précautions, je m'assois à côté d'elle.

Je touille mon expresso en laissant vagabonder mes pensées, avant de l'avaler d'un trait. Je passe les doigts dans mes cheveux en bataille, tentant d'y mettre un peu d'ordre. J'observe Mel, ses lèvres délicieuses que je ne me lasse d'embrasser, sur lesquelles flotte l'esquisse d'un amusement, et ce, qu'elle soit triste ou en colère.

She sits up awkwardly, props herself up with a pillow, grabs the drink, and takes a sip. Then, perfectly awake, she thanks me by blowing me a kiss.

To look at her. Her unique way of wiping her mouth with the back of her hand.

Her Proust's madeleine, she confessed. The flavours of her childhood. Except back then, I gathered, her adorable grandmother grated the chocolate bar right onto the slice of bread. I imagine Mélisende in curls, wetting her index finger in order to catch the sticky chocolate sprinkles that fell on the oilcloth. Obviously, her grandmother didn't scold her. Like any self-respecting grandmother, she spoiled, feasted, cuddled... loved, in short. And she gave her the last piece that had escaped the teeth of the iron file so that she could bite it. I, on the other hand, am happy with a simple coffee and half a sugar.

Half a sugar...

I make my way through our tangled clothes thrown in a ball at the foot of the bed on the floor, and, taking a thousand precautions, I sit down next to her.

I stir my espresso, letting my thoughts wander before gulping it down. I run my fingers through my messy hair, in the hopes of tidying it up a bit. I watch Mel, her delicious lips that I never tire of kissing, the hint of amusement that hovers over them, irrespective of whether she's sad or angry.

Je m'en étonnais, au début. À cause de ça, je ne prenais pas suffisamment au sérieux ses états d'âme, supposant à tort qu'elle plaisantait, alors qu'elle tentait de retenir un flot de larmes qui ne demandait qu'à s'échapper. J'ai appris à mieux la deviner depuis, et si j'ai besoin de décoder son humeur, je n'ai qu'à plonger entre ses cils, et hop, invariablement, nous nous retrouvons, à nouveau branchés sur la même longueur d'ondes.

Un ange. Mon ange.

* * *

Il est presque onze heures lorsque nous pointons le nez dehors. Le chant des oiseaux est déjà bien entamé. Pas le moindre nuage dans le ciel parfait, d'un bleu limpide, profond et éclatant. Le jardin est maintenant inondé d'un léger soleil. La végétation commence à bourgeonner. On entend le bruit métallique des boules de pétanque des anciens, plus matinaux que nous.

Mélisende porte une jupe patineuse évasée, confectionnée dans un lourd piqué de coton blanc. Elle se réjouissait de la ressortir du placard. Un tee-shirt ajusté, rose poudré, souligne sa cambrure. Ses jambes nues sont un avant-goût de l'été. Elle est ravissante. Sa chevelure blonde, qu'elle a attachée en queue de cheval, accentue son air enfantin qui me fait fondre. Quant à moi, je sens ma démarche allégée, dans mon bermuda à grandes poches et ma chemise en vichy marine. Un cadeau de la Saint Valentin.

I was surprised at first. As a result, I didn't take her moods seriously enough, mistakenly assuming she was joking, as she tried to hold back a flood of tears that just had to escape. I've learned to understand her better now, and if I need to decipher her mood, I just dive between her lashes, and – hey presto! – invariably, we find each other, again plugged into the same wave length.

An angel. My angel.

* * *

It's almost eleven o'clock when we step outside. Birdsong is already well under way. Not a single cloud in the perfect sky, a clear blue. Deep and dazzling. The garden is now flooded with gentle sunlight. The plants are beginning to bud. We can hear the metallic noise of old people's petanque balls.

Mélisende is wearing a flared skater skirt made of white cotton. She was delighted to take it out of the closet. Her curves are emphasized by a power pink T-shirt. Her bare legs remind me of summer. She's lovely. Her blond hair, tied back in a ponytail, accentuates her childish look. It makes me melt. As for me, I can feel my step lighten, in my Bermuda shorts with large pockets and my navy gingham shirt. A Valentine's Day gift.

Près de l'église, jusque sur le parvis, le trottoir est jonché d'un bric-à-brac usagé en tout genre : des habits pendus à des portants, de la vaisselle et de l'argenterie entassées sur des nappes en dentelle d'antan, des verres dépareillés, une multitude de bibelots ainsi qu'un certain nombre de livres jaunis, de disques vinyle, de cartes postales sépia, mais aussi de boîtes en toile de Jouy. À l'écart, on découvre des paniersen osier de style vendangeur, des jouets délavés, des articles revisités, des bijoux et autres accessoires de mode fanés… Uneribambelle de boutiques éphémères.

Sa main dans la mienne, nous déambulons. C'est calme, il n'y a pas foule dans cette brocante chic où il fait bon chiner, il est encore tôt. On distingue le rafraîchissant clapotis de la fontaine sous le vieux platane, lequel expose avec fierté une écorce écalée par plaques, dévoilant le liège virginal dans le grège d'un tronc imposant. Les ombres de la lumière crue du matin se faufilent au travers de son tendre feuillage et dansent sur le sol en terre battue. Des odeurs appétissantes de crêpes et de barbes à papa chatouillent nos narines, effaçant à mesure que nous nous éloignons, les senteurs fortes et tenaces qui émanent de l'arbre centenaire.

Mel me retient devant des meubles et des miroirs piqués, en stuc doré. Elle frôle tour à tour un buffet patiné en *gris gustavien* et un meuble d'atelier, puis elle ouvre les portes grinçantes d'un vestiaire industriel rouillé. Je remarque une échelle qui conviendrait pour bricoler une étagère. Les longuesbarres sont larges, on pourrait y ranger des objets… nos clefs, par exemple. Je fixerais des lampes sur la planche du haut. Et on suspendrait des cadres à photos entre les barreaux…

From the church all the way to the square, the sidewalk is littered with all kinds of junk: clothes hung from racks, crockery and silverware piled up on old lace tablecloths, mismatched glasses, a multitude of trinkets as well as numerous yellowing books, vinyl records, sepia postcards, but also boxes covered in canvas from Jouy. Further down, we discover harvester-style wicker baskets, faded toys, used items, jewelry and other faded fashion accessories... A street full of pop-up shops.

We walk around hand in hand. It's quiet, there are no crowds in this chic flea market. This is a good time for bargaining; it's still early. We see the refreshing droplets of the fountain under the old plane tree, proudly displaying patches of harvested bark, revealing the color of virgin cork within an imposing trunk. Shadows of the harsh morning light weave through its tender foliage and dance across the dirt floor. Appetizing scents of pancakes and cotton candy tickle our nostrils, erasing as we move away, the strong and lingering scents that emanate from the hundred-year-old tree.

Mel keeps me in front of the furniture and aged mirrors in gilded stucco. She brushes past a gray Gustavian sideboard and a workshop cabinet. Then she opens the creaking doors of a rusty industrial locker. I notice a ladder that would be suitable for doing some DYI on a bookcase. The long bars are wide, we could store objects there... our keys, for example. I would attach lamps on the top plank. And we would hang photo frames between the bars...

Sillonner les rues, en quête de trésors insolites à transformer, est un réel plaisir pour moi. J'adore prêter une seconde vie à des affaires récupérées, en les restaurant ou en les détournant de leur fonction première, et tenter d'en tirer des merveilles. Si l'une d'entre elles me charme, je prévois de suite ce que je vais en faire. Ah ça, je ne suis pas en panne d'inspiration ! Je discute avec le vendeur. Chaque objet déniché a une histoire singulière. Dans le cas contraire, je me plais à en inventer une. Le choix est une question de ressenti, n'importe quelle bricole possédant intrinsèquement un intérêt caché. J'offre à mes trouvailles une nouvelle peau, rehaussée de touches actuelles. Le pire, quand je me mets à poncer, peindre, découper, coller... c'est de m'arrêter ! Une seule solution : me lancer dans un énième projet avec une nouveauté.

Ce passe-temps m'apporte une totale liberté, inconnue dans mon métier sans cesse limité par les promoteurs, les clients, les budgets, les normes, les contraintes variées et les préférences de tout un chacun.

Jusqu'à présent nous n'avons pas déniché grand-chose au milieu de ce fatras hors d'usage, excepté trois pots de confiture artisanale aux parfums qui ne manquent pas d'originalité. Mélisende est comblée par ces achats.

— Je me rappelle que ma mère en faisait à l'abricot, et qu'elle ajoutait des amandes prélevées à l'intérieur des noyaux. Le fin du fin ! Ça donnait à l'ensemble un goût inimitable.

Je contemple sa mine gourmande et ses yeux qui pétillent pendant qu'elle bavarde.

Walking the streets in search of unusual treasures to transform is a real pleasure for me. I love to give a second life to salvaged objects, by restoring them or diverting them from their primary function, and attempting to extract wonders from them. If one of them appeals to me, I plan what to do with it right away. Ah, I'm so inspired! I bargain with the seller. Each object we unearth has a unique story. Otherwise, I like to invent one. It's a matter of feeling. Any old object has a hidden past. I give my finds a new skin updated according to current trends. The worst part is that when I start sanding, painting, cutting, gluing... I'm unstoppable! There's only one solution: to embark on yet another new project.

This hobby gives me complete freedom, something that is unknown in my job, which is constantly limited by promoters, clients, budgets, standards, various constraints and everyone's preferences.

So far, we haven't found much in the midst of this obsolete clutter, except three jars of homemade jam with original flavors. Mélisende is delighted by these purchases.

— I remember my mother made it with apricots, and she added seeds taken from the inside of the pits. The be all and end all! It gave the jam a unique taste.

I contemplate her hungering face and her sparkling eyes as she talks.

– Et ma grand-mère, ma mémé, eh bien elle réussissait divinement la marmelade de melon. Il faut dire qu'elle ajoutait des gousses de vanille dedans. Hum ! Ce qui est étonnant, c'est que la saveur est très différente de celle du fruit cru. Elle collait des étiquettes indiquant le nom et la date de réalisation, de son écriture penchée d'autrefois. Elle en avait plein la cave.

Au détour d'une allée, non loin du passage voûté, nousachetons des noix cévenoles. Ce sera l'occasion de me servir de mon dragon casse-noix !

Pour la maison, en revanche, rien de bien folichon. Nous n'abandonnons pas la partie, la promenade est agréable.

Je m'empare d'une montre de gousset en argent. J'apprécie la finesse des aiguilles, la poésie des chiffres calligraphiés du cadran. Je manipule le boîtier. Au dos, un coq patriotique d'un gris plus foncé, pose sur un rocher, altier, les ailes largement déployées, au milieu de joncs arqués vers lui. Des coulures de rayons de soleil décorent le firmament au-dessus de lui. J'actionne le poussoir. Mel se positionne face à moi, la tête inclinée sur le côté, comme elle le fait souvent... Je fonds immanquablement.

Je me dis que c'est lors de ces moments – dans ces instants anodins, ces mimiques, ces œillades, ces gestes, ces demi-mots, ces silences... dans tous ces détails, si infimes soient-ils —que l'amour transparaît.

Sa charmante frimousse est éclairée d'un air espiègle, àpeine perceptible, tandis qu'elle me suggère avec une moue capricieuse :

— And my grandmother, my grandma, well she was divinely successful with her melon marmalade. She added vanilla pods to it. Mmm! What's amazing is that the flavor is very different from that of the raw fruit. She labeled them with the name and date using her old slanted handwriting. She had a cellar full of them.

At a bend in the alley, not far from the arched passage, we buy walnuts. This will be my chance to use my dragon nutcracker!

For the house, on the other hand, nothing too heavy. We're not stopping here; the walk is pleasant.

I grab a silver pocket watch. I appreciate the finesse of the hands, the poetry of the calligraphic numbers on the dial. I manipulate the box. On the back, a patriotic rooster in a darker gray, perched on a rock, haughty, its wings spread wide, rushes arching over it. Streams of sunrays decorate the firmament above him. I press the button. Mel positions herself in front of me, her head tilted to the side, as she often does… I inevitably melt.

I tell myself that it's in these moments — in these innocuous moments, these reflections, these glances, these gestures, these half-words, these silences… in all these details, no matter how small they may be — that love shines through.

Her charming face is lit with a mischievous, almost unnoticeable air, while she suggests with a capricious pout:

— Si par hasard on tombe sur une coiffeuse baroque bien galbée, on l'achète. O.K. ? J'en ai toujours rêvé ! Et un tabouret, spécifie-t-elle enjouée. Ce serait idéal pour créer un effet boudoir dans notre chambre, hein ? Et tu pourrais les retaper en laissant le plan de travail en bois naturel et enpeignant le reste avec la patine *Noir de Lune* que t'as choisie pour les tables de nuit. Ça ferait un bel assortiment, non ?

Je le lui accorde, accentuant sensiblement la diplomatie de ma réponse :

— Tes désirs sont des ordres, ma puce. Et aussi une poêle à châtaignes en tôle d'acier avec des trous, tu vois ? Une qu'on met sur les braises, dans la cheminée.

Comment résister à Mélisende alors qu'elle esquisse l'un de ses sourires si craquants ! Ils resplendissent avec la luminosité de vacances d'été. Je la soupçonne de les utiliser sciemment et de me les réserver spécifiquement quand elle souhaite me convaincre.

Je repose la montre et entoure la taille de Mel, radieuse, qui jette un œil à un tableau, négligemment appuyé contre unfauteuil voltaire, derrière une vieille machine à coudre *Singer*,à l'armature en fer forgé vert-de-gris.

— Guillaume ! T'as vu ? s'exclame-t-elle, je sais où ça se trouve ! J'y étais !

C'est dingue !

Je suis la ligne de son regard qui admire la somptueuse tenue de soie que revêt une jeune femme.

— If by chance we come across a shapely Baroque dressing table, we buy it. Okay? I've always dreamed of one! And a stool, she specifies cheerfully. It would be ideal for creating a boudoir effect in our bedroom, huh? And you could spruce them up by leaving the natural wood countertop and painting the rest with the Moon Black patina you chose for the nightstands. Wouldn't that make a nice ensemble?

I answer diplomatically:

— Your wish is my command, Sweetie. And also a sheet steel chestnut pan with holes, you know? One that goes on the embers in the fireplace.

How can you resist Mélisende when she gives one of her cute smiles! They shine with the brightness of a summer vacation. I suspect her of knowingly using them and reserving them for me specifically when she wants to convince me.

I put the watch down and circle Mel's waist with my arm, beaming. She glances at a painting casually leaning against a Voltaire armchair behind an old Singer sewing machine with a verdigris wrought iron frame.

— Guillaume! Did you see? she exclaims, I know where it is! I was there !

That's crazy!

I follow her gaze, admiring the sumptuous silk outfit on a young woman.

— Et la robe au col Mao, qu'est-ce qu'elle est originale de cette couleur anis ! s'extasie-t-elle en poussant un soupir de ravissement. Waouh, elle est splendide ! lance-t-elle émerveillée, en cherchant mon approbation.

— *Le lieu m'est familier…*

J'attrape le cadre atypique, d'une essence exotique sombre. Je sens le menton de Mélisende qui se pose au creux de mon épaule. Elle se tait.

Brusquement, elle se tend.

— Là, s'écrie-t-elle en pointant des personnages de l'index tout en prenant soin de ne pas les toucher. On dirait nous ! Nous, en vieux, précise-t-elle en les scrutant de plus près, les yeux écarquillés. C'est fou !

Je me colle à la peinture. Effectivement la ressemblance est frappante, c'est indéniable.

N'empêche que je n'ai pas mis les pieds en Asie, moi !

Mel me révèle avec émotion que la rue se situe en Chine, plus exactement au cœur d'un village féérique nomméYangshuo, le long de la rivière Li.

Elle me confie qu'au cours de ses études elle s'y est rendue et qu'elle a beaucoup aimé cette région. Elle ajoute qu'elle s'y est sentie tellement bien, qu'elle y est restée jusqu'à la date de son retour en France.

Je l'écoute distraitement, retranché dans mes pensées, face àl'endroit que je crois avoir déjà vu et à ce couple âgé qui est notre réplique, trait pour trait.

— And the dress with the Mao collar. How original this anise color is! She goes into ecstasy, heaving a sigh of delight. Wow, she's gorgeous! she says in wonder, seeking my approval.

The place is familiar to me…

I catch the atypical frame, dark and exotic. I feel Mélisende's chin resting in the crook of my shoulder. She stops talking.

Suddenly, she stiffens.

— There, she cries, pointing at the figures with her index finger while making sure she doesn't touch them. They look like us! Us, an older version, she says, scrutinizing them more closely, eyes wide. This is crazy!

I stare at the painting. Indeed the resemblance is striking, it's undeniable.

Yet, I haven't set foot in Asia!

Mel reveals to me, with emotion, that the street is located in China, more exactly in the heart of a fairy-tale village called Yangshuo, on the Li River.

She tells me that during her studies she went there and that she really liked this region. She adds that she felt so good there that she stayed until the date of her return to France.

I listen absentmindedly, lost in my thoughts, facing a place I think I have seen before, and this elderly couple who are our mirror images, feature for feature.

Perdue quelque part dans le tableau, ou ailleurs, loin d'ici, elle poursuit, intarissable, qu'elle observait des heures durant les barques et les buffles paisibles, quasi immergés dans l'eau émeraude, qui se régalaient d'algues. Que le temps, là-bas, paraissait suspendu. Elle me raconte que dans la magnifique province du Guangxi, les pêcheurs éprouvaient tant de gratitude envers les cormorans qui les avait aidés à capturer les poissons, que lorsque ces oiseaux noirs parvenaient à l'âge de ne plus pouvoir rapporter de proie, ils leur offraient un copieux repas, complété de rasades d'alcool de riz au fond du gosier. Les fidèles volatiles s'éteignaient ainsi, dans leur sommeil et que...

Je ne la suis plus.

– Mel, la montre !

Je m'entends crier.

Elle se place à côté de moi, qui ai gardé la bouche ouverte.

– Quoi la montre ?

– Sa montre ! Là, sur la toile ! Sur le vieillard ! C'est la même que la mienne !

Celle que j'ai au poignet ! Non ! C'est pas vrai ! Je ne comprends pas, Mel... c'est une pièce unique pourtant. Je l'ai héritée de mon père...

À l'évocation de ce dernier ma voix se brise. Mélisende me caresse le dos d'un geste régulier, tel un bercement qui m'apaise immédiatement. Je ne parviens pas à me détacher de ce que je vois. Cette montre, personne ne l'a portée, si ce n'est papa ou moi. Je l'examine, jouant au jeu des sept erreurs qui me passionnait à l'école élémentaire. Aucune différence ne me frappe.

Lost somewhere in the painting, or somewhere else far from here, she persists, inexhaustible. She had observed the peaceful boats for hours, and the buffaloes, almost immersed in emerald water, feasting on seaweed. Time over there seemed suspended. She tells me that in the beautiful province of Guangxi, fishermen were so grateful to the cormorants who had helped them catch fish, that when these black birds reached the age when they could no longer bring back any prey, they offered them a hearty meal, finished off with rice alcohol. The faithful birds were thus extinguished, in their sleep and that...

I'm not following anymore.

— Mel, the watch!

I hear myself shouting.

She stands next to me. My jaw has dropped.

— What about the watch?

— His watch! There, on the painting! On the old man! It's the same as mine!

The one I have on my wrist! No! I don't believe it! I don't understand, Mel... it's a unique piece. I inherited it from my father...

At that exact revelation, my voice breaks. Mélisende caresses my back with a steady movement; it's like a lullaby, calming me immediately.

I can't get over what I see. That watch. No one has worn it, except me and dad. I examine it, playing a game I used to play in elementary school. Not one difference hits me.

– Il faudrait une loupe…

Je réalise que j'ai pensé tout haut et que Mel s'est éloignée.

Elle s'adresse à un homme entre deux âges, à la peau irrégulière creusée par des vestiges d'acné, et à la tête rasée de près pour cacher sa calvitie. Il est accoutré d'un jean fatigué et d'un marcel échancré qui dévoile un tatouage de marin à l'encre délavée sur l'un de ses biceps, trop développés par un abus de salles de musculation. Un corps qui doit peser lourd.

Mélisende pointe l'index dans ma direction.

– Il est à combien ? demande-t-elle au brocanteur qui s'approche d'elle en caressant le dessus de son crâne chauve, comme s'il voulait le faire briller.

Je me replonge dans l'image. C'est hallucinant.

Je me redresse. Je discerne Mel qui ouvre son sac et qui tend un billet. Je n'ai pas saisi le prix.

Je m'avance vers eux, le châssis sous le bras et je retrouve la parole :

– Monsieur, bonjour ! Connaissez-vous son origine ?

L'exposant, campé sur ses jambes qu'il tient écartées, bombe un torse taillé en V et répond à mon salut d'un hochement de tête bourru.

Il se décide, lève les sourcils, gonfle les joues, et avoue :

– Ah… celui-là, là… Ah bah… Franchement chai pas… j'en ai pas la moindre idée, mon gars.

Il rend la monnaie.

– Vous savez, moi, je débarrasse, juste. Voilà. Pas plus. C'est pour aider, je pose pas de questions… Si je peux être utile…

– I need a magnifying glass…

I realize that I'm thinking out loud, and that Mel has left my side.

She's speaking to a middle-aged man, with irregular skin scarred by acne and a shaved head to hide his baldness. He's wearing worn jeans and a short-sleeved T-shirt, revealing a marine tattoo made of washed-out ink on his over-worked bicep. A body that must be heavy.

Mélisende points her index in my direction.

– How much is it? She asks the seller as he approaches her, caressing the top of his bald head as if he wants to make it shine.

Once again, I dive into the image. It makes me hallucinate.

I straighten up. I see Mel opening her bag and handing him a bill. I didn't catch the price.

I walk towards them with the frame under my arm, and once more, I find my words:

– Sir, hello! Do you know its origin?

He stands with his legs apart, the inverse V accentuating his torso, and nods his head abruptly.

He thinks, raises his eyebrows, sighs, and admits:

– Ah… this one, well… to be honest I don't know… I have no idea, bro.

He gives me the change.

– You know, I just get rid of things. That's it. Nothing more. It's to help out, no questions asked… if I can be of any more help…

En parlant, il récupère d'une main le tableau et de l'autre il masse sa nuque plissée de bourrelets disgracieux.

– Cette croute, fait-il en haussant ses épaules de docker … franchement je vois pas… non, désolé… En tout cas, ce que je sais, c'est qu'elle vaut pas de l'or, ça c'est sûr, parce que je vais vous dire, mon collègue, l'antiquaire, il n'en a pas voulu, *tè* !

Il marque un silence pendant lequel il emballe notre achat. Puis il marmonne, avec son accent marseillais à couper au couteau :

– Et croyez-moi, il s'y connaît, celui-là ! Je te jure… Ah ça, pour sûr, il en a du flair, il ne rate pas une affaire. Un fin limier ! Il les renifle, les bonnes pioches, ça je vous le garantis, m'sieur dame ! Et à tous les coups, il essaye de m'escroquer ! Enfin, il essaye, quoi !

C'est qu'il a des oursins dans la poche ! Ma foi… on se refait pas.

Il survole sans s'y attarder nos grimaces polies, me donne le paquet et continue de son ton familier :

– Ah si, peut-être, *tè*… *ouais*, en y réfléchissant, il m'a dit qu'elle était asiatique, ou vietnamienne, je crois, enfin un truc du style quoi, ou peut-être chinoise, si je me rappelle, et que c'est pas le genre de truc qu'il y a par ici. *Ouais*, c'est ça, je m'en rappelle. Même qu'on a plaisanté sur la jolie *pépé*. Il l'avait bien reluquée ! Un top model, qu'il a dit ! Oh *fan*, Bonne-Mère, on a rigolé ! Franchement ! Vous savez, la métisse bien *tanquée*, en gros plan !

While talking, he takes back the painting with one hand, with the other he massages his wrinkly neck.

– This junk… honestly I don't know… no, sorry… all I know is that it's not worth much, that's for sure, because I'll tell you what, my colleague, the antique dealer didn't want anything to do with it!

His silence finalizes our purchase. Then, he whispers in a strong Marseille accent:

– And believe me, he knows about these things! I swear… ah, he has a nose for it, he doesn't miss a deal. A professional! He sniffs out the good pieces, that I guarantee you, ladies and gents! And he always tries to trick me! Well, he tries!

He's stingy! I gotta say it.

He notices our grim facial expression, gives me the parcel and continues with a familiar tone:

– Ah yes, maybe… yeah, now that I think about it, he did tell me that it was Asian or Vietnamese, I think, something like that, or Chinese, if I remember correctly, and that it's not the type of thing he's interested in. Yeah, that's it, I remember. We even joked about the hot chick. He remodelled her well! A top model, he said. Oh man, we laughed a lot! Really! You know, the really tanned girl in the foreground!

Il ricane en émettant un borborygme gras, tout en me gratifiant d'une joyeuse tape dans le dos, alors que nous nous apprêtons à partir.

– Oh *fatche* ! Allez, bon vent, jeunes gens !

Je passe mon bras gauche autour du cou de Mélisende, j'embrasse ses cheveux en humant leur parfum sensuel de fleurs de tiaré qui m'ensorcèle, et nous nous en allons, le cadre sous mon bras droit, décidés à tirer au clair ces troublantes coïncidences. Je pouffe, tant l'excitation de Mel d'avoir fait une telle découverte est palpable.

Elle ne marche pas, elle sautille. On dirait un cabri. Ses talons claquent par terre, dans un bruit sec de castagnettes. Un flamenco improvisé, accompagné du murmure des feuilles éclaboussées de soleil.

Oubliées les crêpes. Bah, aucun regret, elles ne seraient pas arrivées à la cheville des bretonnes de mon enfance, de toute façon. En particulier celles dont je raffole : les galettes croustillantes et dentelées sur les bords, garnies de quartiers de pommes cuites, et généreusement nappées de *Salidou*, qui n'est autre qu'une pâte divine de caramel au beurre salé.

Et tant pis pour l'échelle-étagère, ce n'était pas son jour.

Je cherche mentalement les endroits où j'aurais pu ranger ma loupe. Dans le tiroir de mon bureau, sinon au fond de ma boîte à outils…

Je me sens gagné par une vive impatience d'arriver chez nous.

J'accélère le pas.

He laughs with a harsh rhythm, playfully patting my back as we get ready to leave.

– Alright, go on, young people!

I put my left arm around Mélisende, I kiss her hair while smelling her flower-scented perfume that bewitches me, and we leave with the painting under my right arm. We have decided to examine these coincidences. I sigh. Mel's excitement about her discovery is palpable.

She isn't walking, she's skipping. She looks like a goat. Her heels hit the floor with the sounds of castanets. An improvised flamenco, accompanied by a murmur of leaves splashed with sun.

We forgot the crêpes. Well, no regrets, they wouldn't have come close to the ones I had during my childhood, anyway. Especially the ones I'm crazy about: the crispy waffles with holes in them, garnished with cooked apples, and generously topped with salted caramel cream.

As for the ladder-shelf, nevermind, it's not its day.

Mentally, I'm looking for places in which I could have put away my magnifying glass. In my desk drawer, or at the bottom of my tool case…

I can't wait to get home.

I walk faster.

Saint Guilhem-le-désert

12 mai 2002

Mélisende

De retour à la maison, noyée de soleil, dans laquelle nous venons d'aménager, je me précipite, fébrile, vers mon ordinateur portable.

Je pianote rapidement sur le clavier et lance le moteur de recherche.

Yangshuo.

Je clique sur des photos, puis en ouvre une qui a été prise d'un point de vue identique à celui du peintre. La voici en plein écran.

* * *

Originaire du midi, je n'ai eu aucune difficulté à convaincre Guillaume de m'y rejoindre. Pour mon plus grand bonheur, en quelques mois, il quittait Vannes. Les bretons sont de notables voyageurs, à ce que l'on dit.

J'étais enchantée de lui faire visiter ma région. C'est au cours d'une promenade dans un magnifique village médiéval, que nous avons repéré une maisonnette avec son panneau « À louer ».

Nous avions emprunté la passerelle des Anges. Elle nous a conduits au pont du Diable datant du XIème siècle. Il se dressait fièrement à l'entrée des gorges, rivé aux berges. Il enjambait la rivière limpide, très étroite ici, aux reflets émeraude.

Saint-Guilhem-le-Désert

May 12, 2002

Mélisende

As we arrive back at the house we had just moved into, drowning in sun, I rush feverishly towards my laptop.

I quickly type on the keyboard and press the search button.

Yangshuo.

I click on some photos, and open one that was taken from an identical viewpoint to the one in the painting. There it is, on full screen.

* * *

I'm from the South, and it was no problem convincing Guillaume to join me. In a few months time, he would be leaving Vannes, to my great satisfaction. Apparently, Bretons are known for travelling.

I was glad to introduce him to my hometown. While we were strolling through a magnificent medieval village we noticed a maisonnette with a "For rent" sign on it.

We took the Angel's Pathway. It led us to the Devil's Bridge, dating back to the XIth century. It proudly guards the entry to the gorge, spanning the limpid and very narrow river, with its emerald reflections.

Un coup de foudre. Nous flânions le long des vieilles constructions basses, imbriquées les unes aux autres, chapeautées de tuiles patinées par le poids des ans. Notre futur logement nous attendait, avec ses façades gorgées de lumière du sud, ses volets blancs et sa porte ornée d'une *cardabelle* séchée – une sorte de chardon dont la fleur dorée possède la singularité d'annoncer le temps en se fermant en cas de pluie imminente.

Tout nous séduisait : la charpente apparente, la cuisine ouverte et son carrelage carmin de tomettes anciennes, la douche à l'italienne parée de minuscules carreaux moirés. Il y avait même une cheminée dans le séjour ! Le jardinet était ceinturé d'un muret en pierres – à moitié envahi par des figuiers de barbarie avec leurs improbables fleurs jaune pâle. Vue sans pareille sur le château du Géant, surplombant les escarpements rocheux. Splendide.

– Pour la petite histoire, la légende rapporte qu'un colosse sanguinaire vivait autrefois sur les hauteurs, nous a relaté l'agent immobilier qui nous incitait à admirer le paysage.

– J'adore les mythes, a commenté Guillaume, bon public.

– Il va vous plaire, alors ! Voyez-vous, ce redoutable personnage n'avait pour seule distraction qu'une pie malicieuse. Elle le prévenait lorsqu'un individu osait s'aventurer jusque dans son antre, mais le plus souvent, ce n'étaient que de fausses alertes. Un beau jour, un valeureux guerrier nommé Guilhem tenta d'aller se mesurer à celui qui semait la terreur. Le cerbère donna l'alerte en jacassant : « Prends garde Géant, Guilhem est en route, prends garde Géant ! ».

Love at first sight. We strolled alongside the old terraced buildings covered with ancient roof tiles. Our future home was waiting for us, with its façades full of light coming from the south, with its white shutters and a door decorated with a dried cardabelle – a sort of thistle that can warn of imminent rain with its golden flower.

Everything was attractive to us: the exposed woodwork, the open kitchen and its ancient floor tiles, the Italian shower done in mosaic. There was even a fireplace in the living room! The small garden was surrounded by a stone wall – half invaded by prickly pears with their improbable, pale yellow flowers. Unbeatable view of the Giant's Castle, overlooking the rocky escarpments. Gorgeous.

– The legend says that a bloodthirsty colossus once lived on those heights, the real estate had told us as he encouraged us to admire the landscape.

– I love myths, Guillaume replied, always a good sport.

– You'll like it here then! This dreadful ogre only had a magpie for company. It came out when a person dared to approach the entrance, but most of the time, it was only false alerts. Then one fine day, a brave soldier named Guilhem, attempted to stand up against the terrifying monster. The magpie gave the alert, yelling: "Beware, Guilhem is on his way, beware Giant!"

Le méchant ne fît aucun cas des cris de cette canaille de volatile et fut occis par le brave jeune homme qui le fît basculer de son donjon.

Conquis, nous avons signé le bail sur-le-champ.

* * *

J'indique à Guillaume, qui me rejoint :

– On reconnait la ruelle, sur ce cliché de Yangshuo.

Il me tend un verre de citronnade glacée, parsemée de menthe du jardin, dans lequel teintent des glaçons.

Je goûte, une suave acidité emplit ma bouche. La note mentholée relève le tout.

– Hum, excellent, chéri ! T'as ajouté un soupçon de sucre de canne, pas vrai ?

– Non, une cuillerée de miel de garrigue. J'ai entamé celui qu'on a rapporté de la miellerie du lac de… euh… ah, j'ai oublié le nom, tu sais le lac… Ah ! Avec les plages rouges, tu ne vois pas ? Le lac du Sali…

– Salagou.

– Voilà !

– Ah oui, la production de ma cousine Maguelonne ! T'as bien fait.

Je lève mon coude une nouvelle fois, en cherchant à détecter la saveur du nectar.

– Hum… très réussi.

The villain ignored the cries of this scoundrel of birds and was killed by the brave young man who made him fall from his dungeon.

Conquered, we signed the lease on the spot.

* * *

I point out to Guillaume, who joins me:

– I recognize that alley in the picture of Yangshuo.

He gives me a glass of iced lemonade with a hint of mint from the garden.

I taste it. A sweet acidity fills my mouth. The hint of mint makes all the difference.

– Hmm, excellent, honey! You added a hint of brown sugar, no?

– No, a spoon of honey. I opened the one that we brought back from the honey farm at that lake... um... ah, I forgot the name, you know the lake... Ah! With the red beaches, you don't remember? Sali...

– Salagou.

– That's it!

– Ah yes, my cousin Maguelonne's products! Well remembered.

I raise my elbow once again, looking to detect the flavor of the nectar.

– Hmm... very nice.

Nous nous sourions amoureusement et nous nous donnons un rapide baiser, sur nos lèvres humides et rafraîchies.

Nous examinons la photo qui s'étale sur l'ordinateur. La rue n'a pas subi de changements, ou à peine. Je scrute alternativement l'écran et la peinture.

Non, décidément je ne regrette pas mon acquisition : j'aime ce tableau, tant pour ses qualités plastiques que pour les émotions qu'il suscite en moi.

Je m'attarde sur les bicoques de guingois qui s'alignent du côté droit. Elles sont si charmantes !

– Ils ont bâti une résidence, t'as vu, à la place de l'habitation individuelle, depuis l'époque où la toile a été peinte, relève-t-il, tout architecte qu'il est. Les échoppes sont différentes. Il n'y avait pas ce réparateur de vélos, ni cette terrasse de restau…

* * *

Je me souviens. La Chine. Des visions affluent comme des vagues.

Les contours étranges des montagnes arrondies de Guilin, érigées vers le ciel, à plus d'un millier de kilomètres de Pékin. La végétation luxuriante. Le vert cru et lumineux des rizières étagées qui s'étendent à l'infini sur les Monts de la lune. Les forêts de conifères et de bambous.

We smile at each other lovingly, and give each other a quick kiss, our lips are fresh and wet.

We examine the picture on the computer. The alley is identical. I alternately scan the screen and the painting.

No, I definitely don't regret my purchase: I love this painting, both for its plastic qualities and for the emotions it arouses in me.

I linger on the lopsided shacks lining up on the right hand side. They're so lovely!

– They've built a residence, look, to replace the single-family dwelling, from back in the day when the canvas was painted, he points out, always the architect. The stalls are different. The bicycle repairer and the restaurant terrace weren't there…

* * *

I remember. China. Visions rush back to me like waves.

The eerie contours of Guilin's rounded mountains, soaring skyward, over a thousand kilometers from Beijing. The luxurious vegetation. The raw and luminous green of the tiered rice fields that stretch endlessly over the Monts de la Lune. The coniferous and bamboo forests.

Leur bourgade préservée, confortablement installée à flanc de falaise et nichée dans l'écrin d'une vallée cernée de versants vertigineux, était restée longtemps isolée. Des habitants paisibles, au sens de l'hospitalité éminemment développé, qui pour dire bonjour demandaient « As-tu mangé ? ».

Je repense au repas que nous avons partagé dans une maison sur pilotis, solidement construite à l'aide de longues poutres en pin. Nous étions regroupés près du foyer, sobrement assis sur des tabourets bas, autour d'un plateau laqué. Nous avons trinqué avec de l'alcool de riz, en entrechoquant nos verres par en-dessous. Un signe de respect. Le poisson était délicieux. Inimitable. Mariné et salé, selon toute apparence. En guise d'accompagnement, on servait du riz gluant, empaqueté dans des feuilles de bananier grillées, ainsi que des patates douces que nous cuisions directement sur le feu. Le chou séché était très relevé.

Les enfants venaient toucher mes mèches blondes et repartaient en riant, tandis que nous buvions le *Youcha*, ce mélange revigorant de thé saisi dans de l'huile puis ébouillanté et enrichi de cacahuètes.

Les hommes, affublés de pantalons larges en coton bleu, assortis à des vestes au col Mao, étalaient le riz frais au soleil. Le contraste entre le blanc éblouissant des céréales et l'indigo des vêtements attirait mon regard.

The dishes that I tasted with the family from an ethnic minority, in the land of the Dong, a country much closer to Vietnam than to the Chinese capital. Comfortably placed on the cliff edge, surrounded by vertiginous slopes, was their well-preserved village. It had been isolated for a long time. It had peaceful inhabitants who had the highest degree of hospitality. Their way of saying hello was "Have you eaten?"

I think back to the meal we shared in a well-built, house on pine stilts. We had gathered in the foyer, sitting on the low stools around a veneer tray. We toasted with rice alcohol by clinking our glasses under it. A sign of respect. The fish was delicious. Inimitable. It appeared to have been marinated and salted. As a side dish, sticky rice wrapped in roasted banana leaves was served, as well as sweet potatoes cooked directly on the fire. The dried cabbage made all the difference.

Kids would come to me and play with my blond hair, and run away giggling, while we drank *youcha*; an invigorating mix of tea dipped in oil, then boiled and topped with peanuts.

Men in wide blue cotton pants with matching Mao-collar jackets, spread out the fresh rice in the sun. The contrast between the dazzling white of the grain and the indigo of the clothes caught my eye.

De vieilles femmes en costume traditionnel, aux rides marquées, à la peau usée et tannée par la vie au grand air, surveillaient les plus jeunes. D'autres lavaient le linge au ruisseau.

Des cages à oiseaux étaient suspendues aux balustrades des habitations.

Au rez-de-chaussée, sous le plancher de la pièce à vivre : l'étable, occupée par des cochons, des vaches et des volailles. La chaleur et l'odeur âcre des animaux remontaient. Comment faire, avec les tigres et les bêtes sauvages qui rodaient aux alentours ? Il fallait avoir le bétail à l'œil !

Tout en haut, dans le grenier, des tas de riz nouvellement récolté, presque translucide. À l'arrière des logis se trouvaient des cours exigües. Les bûches et les réserves naturelles y étaient stockées. De là, on accédait par une échelle aux cuisines bourrées de cageots de victuailles, telles que des tubercules de taro, des jujubes, des graines de lotus ou de courge. On y voyait des étagères pleines à craquer de bocaux de pâte de piment, de viandes de porc fermentées et de champignons séchés. Elles renfermaient de surcroît des pots garnis d'épices et de condiments que je ne connaissais pas, et des marmites pour chauffer l'eau.

Et pour finir, ceinturant le hameau, la campagne, sublime avec ses cultures aux formes géométriques gracieuses et ses jardins de théiers s'étageant dans un décor digne des plus belles estampes.

Je me revois franchir les ravissants ponts du vent et de la pluie et contempler, sans me lasser, les roues centenaires.

Old women in wrinkled traditional dresses, skin worn and tanned by life in the great outdoors, watched over the younger ones. Others washed clothes in the stream.

Bird cages were hung on the railings of the houses.

On the ground floor, under the living room: the stables, where pigs, cows and poultry lived. The heat and the pungent smell of the animals rose up through the floor. What else could be done, with the tigers and other wild animals that roamed the area? The livestock had to be looked after!

Up in the attic were heaps of newly harvested, almost translucent rice. Behind the apartments were cramped courtyards. Logs and preserves were stored there. With the help of a ladder, we reached kitchens stuffed with crates of food, such as taro tubers, jujubes, and the seeds of lotus or squash plants. There were shelves full of jars of chili paste, fermented pork meats and dried mushrooms. There were also pots filled with spices and condiments that I had never heard of, and pots for heating water.

And finally, surrounding the hamlet, the countryside, sublime with its graceful geometric shapes; its tea gardens spread out in a way that was worthy of the most beautiful prints.

I see myself crossing the lovely Bridge of Wind and Rain and gazing tirelessly at the hundred-year-old waterwheels.

Elles permettaient l'irrigation, dans un martellement de clapotis sourd et répétitif. J'entends les chants mélodieux de ce peuple merveilleux et les danses rythmées par les joueurs de *Lusheng*...

« Écoute, petite sœur, écoute la manière dont cet instrument aide le riz à pousser » me murmurait-on à l'oreille.

Je n'ai pas oublié non plus les cliquetis des vieilles clochettes en cuivre de la pagode bercées par la brise, ni le délicat pépiement du rossignol. Le patriarche l'appréciait tant qu'il ne s'en séparait jamais. Il l'emportait lorsqu'il se rendait dans son champ, au lever du soleil...

* * *

– Mel ? me chuchote Guillaume, interrompant ma rêverie.

Je tourne la tête, surprise de revenir de si loin. Il tient une grosse loupe.

– Il a été peint à quelle époque, selon toi ? s'enquiert-il de son timbre profond, dévoilant un léger accent breton.

– Il a l'air relativement ancien, au vu de toutes ces craquelures. Je demanderai à Lisa. Elle parviendra certainement à le dater, dis-je en effleurant la fossette qui se creuse au coin de sa bouche. Alors, qu'est-ce que ça a donné avec la loupe ? –

– Rien de plus. C'est la même montre. C'est incompréhensible mon père m'a certifié qu'elle était unique.

They irrigated the area, in a thudding of muffled and repetitive lapping. I hear the melodious songs of the wonderful people and the rhythmic dances of the *lusheng* players…

"Listen little sister, listen to the way this instrument helps rice grow," they whispered in my ear.

I haven't forgotten the clanking of the old copper bells of the pagoda as they rocked in the breeze, nor the delicate chirping of the nightingale. The patriarch appreciated it so much that he never parted with it. He took it with him when he went to his field at sunrise…

* * *

– Mel? Whispers Guillaume, interrupting my dream.

I turn my head, I'd been a million miles away. He's holding a big magnifying glass.

– When was it painted, do you think? He asks in a deep voice, revealing his Breton accent.

– It seems relatively ancient, looking at all these cracks. I'll ask Lisa. She'll probably be able to date it, I say brushing his dimple on the side of his mouth. So, what did the magnifying glass reveal?

– Nothing more. It's the same watch. It's incomprehensible, my dad made sure it was unique.

Sa voix s'altère sur les derniers mots et meurt. Il me fixe sans me voir, égaré, la mâchoire crispée. Il pince ses lèvres afin d'effacer la moue boudeuse qui s'affiche. Je lis une immense déception. Et une blessure. On lui a raconté des balivernes.

Je pose le verre que je remuais distraitement entre mes mains. Je serre Guillaume dans mes bras, émue par sa soudaine vulnérabilité, et je le berce. Ses cheveux que j'ébouriffe, aussi soyeux que ceux d'un bébé, sont éclairés par les rayons obliques d'une luminosité méditerranéenne, qui jouent et font apparaître de tendres marbrures.

Il inspire pour tenter de se reprendre.

Brusquement il se redresse, se détache de moi et se lève. Le corps campé en avant sur ses pieds, il assène, furibond :

— Mélisende, papa détestait le mensonge plus que tout ! Je ne peux pas croire qu'il m'ait menti. C'est pas lui ça, de dire n'importe quoi. Je t'assure ! Et à moi, en plus… Il était si fier d'attacher sa montre à mon poignet.

Il se met à faire les cent pas, incapable de s'asseoir, consterné par sa propre agressivité, et arpente le salon de long en large tel un ours en cage, en agitant nerveusement sa loupe.

Il finit par pivoter vers la fenêtre, figé par la réflexion qu'il mène in petto.

His voice trails away, and dies. He's staring at me without seeing, distraught, with a strained jaw. He bites his lips in order to erase his pouting expression. I read on his face an immense sense of deception. A wound. He had been fooled.

I put down the glass that I had been turning in my hand. I hold Guillaume tight in my arms as emotions come over me. He was so vulnerable. I rock him slowly. His hair is as silky as a baby's. I play with it till it's messy, letting in rays of light that illuminate it with a Meditteranean flair.

He breathes in, hoping to come back to normal.

Suddenly, he straightens up, detaches himself from me, and gets up. His body is leaned forward, he exclaims furiously:

– Mélisende, Dad hated lies more than anything! I can't believe he lied to me. It's not like him to make up nonsense. Believe me! Especially to me… He was so proud to put his watch on my wrist.

He starts walking up and down, incapable of sitting still, dismayed by his own agressive behaviour. He paces every corner of the living room, like a bear stuck in a cage, waving his microscope nervously.

Finally, he turns towards the window, frozen by the reflection he sees of himself.

Une hypothèse germe sous la forme de deux possibilités : soit on a monté un bateau à son père, soit la montre de Guillaume et celle du tableau ne font qu'un. Devant son désarroi, je décide d'évoquer seulement la première éventualité. La seconde étant peu probable…

J'objecte donc, espérant le consoler :

— Alors c'est le vendeur qui n'a pas dit la vérité.

— Sûrement.

Il soupire.

— Papa doit se retourner dans sa tombe, à l'heure qu'il est.

— J'appellerai Lisa dès demain.

Guillaume hoche faiblement la tête, les yeux dans le vague, rivés sur les dalles hexagonales. Plongé en son for intérieur, il se débat contre des pensées auxquelles nul n'a accès. Une brèche vient de se rouvrir sur des choses profondément enfouies.

Tandis que je m'approche pour essayer de l'apaiser et que j'esquisse une caresse emplie de muette compréhension, je décèle un air de petit garçon triste qui me touche au plus profond de moi-même.

Je me fais la remarque que ce sera l'occasion de prendre des nouvelles de Zsa.

* * *

Nous nous sommes connues sur les bancs de la fac, Lisa Coulet et moi.

Our hypothesis brings out two possibilities: either we've fallen for a joke played by his father, or Guillaume's watch and the one in the painting are the same. Faced with his dismay, I decide to mention only the first possibility. The second being unlikely…

I object, hoping to console him:

– So it's the seller that lied to us.

– For sure.

He sighs.

– Dad must be spinning in his grave right now.

– I'll call Lisa first thing in the morning.

Guillaume shakes his head weakly, his eyes fixed on the tiles. Deep inside, he struggles with thoughts that no one has access to. A breach has just reopened on deeply buried things.

As I walk over to try to appease him, giving him a caress filled with silent understanding, I detect the look of a sad little boy. It's deeply touching.

I realize this will be an opportunity to check in with Zsa.

* * *

Lisa Coulet and I met each other on the benches outside our university.

Nous appartenions à une bande de gais lurons. Au fil des mois et des confidences, nous sommes devenues des amies.

Zsa... Une personne formidable. Nous sommes entrées dans le monde des adultes, main dans la main, étape après étape, sans nous en apercevoir. Progressivement nous avons tissé des liens uniques, si bien que nous avons fini par nous connaître parfaitement l'une l'autre et que nous avançons côte à côte. Elle est irremplaçable, pour moi. Nos ressemblances et nos différences formant un bel équilibre, nous nous complétons à merveille.

Une image d'elle me traverse l'esprit. Celle de la superbe femme qu'elle est maintenant, grande et élancée, avec de l'allure, très élégante, d'une élégance si naturelle que tout ce qui l'habille lui va. Il est dommage qu'elle ne soit pas plus consciente de sa personnalité. Son visage au teint mat, à peine maquillé, entouré d'une crinière d'anglaises brunes tombant en cascade sur ses épaules, garde des traces de l'enfance. Les taches de rousseur, qui lui donnent un aspect mutin, y sont pour beaucoup. Elle a un je-ne-sais-quoi de doux et puissant à la fois, une aura joyeuse et chaleureuse qui se dégage.

Elle est celle sur qui je peux compter dans les bons et dans les mauvais moments, celle qui me console, qui m'amuse, me conseille, me soutient, m'encourage lorsque je suis tentée de renoncer... Pour résumer, elle est celle qui croit en moi. Et réciproquement.

C'est une chance.

We were part of a happy-go-lucky group. As the months passed and trust grew between us, we became friends.

Zsa... A wonderful person. We entered the adult world hand in hand, step by step, without even realizing it. Gradually, we built a unique connection, we ended up knowing each other perfectly, growing side by side. For me, she's irreplaceable. Our similarities and our differences creating a beautiful balance, we completed each other perfectly.

An image of her crosses my mind. That of the superb woman she is now, tall and slender, stylish, elegant, an elegance so natural that anything she wears suits her. It's a shame that she lacks awareness of her personality. Her pale face, barely wearing any makeup, surrounded by a mane of brown highlights cascading over her shoulders, she still bears traces of childhood. The freckles give her a mischievous appearance, which has a lot to do with it. She has a *je ne sais quoi* that is sweet and powerful at the same time, emanating a joyful and warm aura.

She's the one I can count on in the good and the bad times, the one who consoles me, amuses me, advises me, supports me, encourages me when I'm about to quit... basically, she's the one who believes in me. And it's mutual.

It's lucky.

Nous avons tant de points communs Lisa et moi, tant de souvenirs et de fous rires ! Je me rappelle. Le resto U. Son dessert en échange de mon entrée, et inversement. La crème chantilly qu'elle prélevait de son assiette pour, d'un geste entendu, la transférer dans la mienne, sans me poser la question. Les disques et les bouquins que l'on avait appréciés et que l'on se faisait passer...

Une brochette de jolis instants, mais avec, en revanche, son lot de difficultés : les doutes, les choix, les décisions, les échecs, les chagrins et les besoins de réconfort qui nous poussaient à nous réfugier dans l'une de nos chambres de la cité universitaire jouxtant le campus.

Nous dînions sur le pouce, assises par terre, le dos calé contre des coussins. Nous nous gavions de pain et de fromage affiné, au goût prononcé. Nous finissions ces gueuletons en croquant du chocolat que nous dégustions avec une tasse de thé ou de café.

Elle avait déjà le don de ne pas mâcher ses mots, Zsa, de remuer le couteau dans la plaie et de vider l'abcès, préférant la franchise aux non-dits et aux paroles complaisantes. Nous discutions, mangions, pleurions, et riions jusqu'à ce que plus rien de douloureux ne reste enfermé dans les cœurs. Généralement cela suffisait à nous requinquer. Ce n'était souvent que des égratignures, avec du recul.

Quoique... pas toujours.

Lisa and I have so much in common, so many memories, so many laughs. I remember. The U restaurant. Her desert in exchange for my main dish, and the other way around. She used to give me the whipped cream from her plate without even checking with me. The CDs and books that we exchanged...

A string of beautiful moments, but with a few difficulties: the doubts, the choices, the decisions, the failures, the tears and the need for comfort, which would force us to stay in one of our rooms located on the university campus.

We dined on the go, sitting on the floor with our backs against pillows. We stuffed our faces with bread and mature cheese with a pronounced taste. We finished our hangouts with chocolate and tea or coffee.

Zsa already had the gift of articulating her words, of wagging the knife in the wound and draining the abscess, preferring frankness to unspoken, self-indulgent words. We chatted, ate, cried, and laughed until nothing painful remained locked in our hearts. Usually that was enough to perk us up. It was often just scratches, in hindsight.

However... not always.

Lisa et moi... Notre entente nous est d'un précieux secours pour traverser l'existence. Zsa est disponible pour m'écouter et me comprendre. Nous avons la conviction que chacune ne désire que le bonheur de l'autre. Son regard sur moi, sa bienveillance désintéressée, font que je m'améliore, que je modifie ma façon de voir, de penser, de réagir.

Lisa a appris à distinguer dans mes yeux le chagrin, la douleur, voire la vexation, la gêne ou la honte, au lieu de croire au sourire de façade que j'affiche. On ne se cache pas grand-chose. Une complicité du tonnerre.

Nous gardons une juste distance, qui nous permet de nous investir dans nos espaces sentimentaux, familiaux, amicaux et professionnels. Nous n'avons aucune tendance à l'exclusivité ou à la jalousie, ni de demande affective débordante et de penchants négatifs empoisonnants. Ce sont tous ces éléments qui font que nos liens ne s'altèrent pas.

Ceci dit, quand ça marche, on ne sait précisément pourquoi. C'est pareil en ce qui concerne l'amour. On cherche des raisons, des affinités, des traits de caractère, des exemples d'entre-aide... Ce ne sont, cependant, que les justifications d'un phénomène qui nous dépasse.

Il s'agit d'une histoire d'âmes. Et, par la plus extraordinaire des coïncidences, les inclinations que l'on éprouve, amicales ou bien amoureuses, débutent toutes par la lettre A, tout comme âme !

Lisa and I... Our understanding is so precious, it helps us through existence. Zsa is available to listen to and understand me. We believe that we each desire the happiness of the other. Her eyes locked on me, her disinterested benevolence makes me improve, change the way I see, think, react.

Lisa learned to see grief, pain, even annoyance, embarrassment or shame in my eyes, instead of believing in the façade of a smile I put on. We don't hide much from each other. A thunder of complicity.

We keep a fair distance, which allows us to invest in our sentimental, family, friendly and professional spaces. We have no tendency towards exclusivity or jealousy, nor overflowing emotional demands or poisonous negative inclinations. These are all things that keep our bond from deteriorating.

It works, and we don't know exactly why. It's the same with love. We're looking for reasons, affinities, character traits, examples of mutual aid... These are, however, only the justifications for a phenomenon that is beyond us.

This is a story of souls. And, by the most extraordinary of coincidences, the inclinations that we experience, friendly or loving, all begin with the letter A, just like *animus*, the soul!

Zsa a eu une sensibilité artistique développée. Elle est assistante de conservation dans un musée. Elle y accomplit des tâches variées, au sein d'une équipe fort sympathique, à ce qu'elle me dit. Son métier est épatant. Il va de la contribution au développement d'actions culturelles, à la documentation et à la valorisation des collections.

— J'organise des expos internationales publiques et privées. Tu réalises ? C'est énorme ! a-t-elle claironné, les yeux brillants d'excitation.

Elle m'a tout raconté par le menu.

— C'est moi qui gère l'agencement des tableaux, des dessins et des sculptures.

— Je détermine les axes autour desquels s'articulent les productions afin de les mettre en évidence. Le but est de faciliter l'accès du public aux différentes périodes de la vie du peintre, au contexte historique, aux thématiques qu'il a privilégiées… C'est très enrichissant.

— Il faut que tu fasses une tonne de recherches en parallèle, non ? Du coup tu apprends des tas de trucs !

— C'est fabuleux ! Je produits les écrits qui jalonnent le parcours et, en collaboration avec le groupe, je participe à l'élaboration du catalogue qui réunit des essais d'auteurs spécialistes du maître en question, ainsi que des notices détaillées des œuvres. Enfin, c'est plutôt pour les événements temporaires.

— C'est palpitant ! T'as trouvé ta voie, non ?

Elle n'a pas pris la peine de répondre, elle était lancée.

Zsa has a developed artistic sensibility. She's an assistant curator in a museum. She does a variety of tasks there, as part of a very nice team, she tells me. Her job is amazing. It ranges from helping develop cultural events, to archiving and evaluating collections.

– I organize international exhibitions, for both the public and the private sector. Can you imagine? It's crazy! she exclaimed, her eyes shining with excitement.

She gave me the whole list.

– I manage the arrangement of all the paintings, drawings and sculptures.

– I determine the themes for the productions to give them meaning. The goal is to facilitate public access to the different periods of a painter's life – the historical context, the subjects they concentrated on... It's very fulfilling.

– And you have to do a ton of research in parallel, right? So you learn loads!

– It's just fabulous! I write all the labels and I'm part of the group that develops the catalogue – which is a collection of essays by experts on the artist, as well as detailed descriptions of individual works. Well, more for temporary events than anything else.

– Exciting! Sounds like you've found your calling...

She didn't bother to answer, she rattled on.

— Je prends part à la création des films pédagogiques, ceux qui sont diffusés en boucle. Tu réalises ?

— Je suis scotchée, Zsa.

— Et aussi je procède à la mise en vitrine d'objets ayant appartenu à l'artiste.

C'est intime, ça me trouble.

— Tu parles ! Tenir entre ses mains des esquisses, une palette ou un pinceau de Courbet, ce doit être sacrément impressionnant !

— Tu ne crois pas si bien dire, on projette de lui consacrer une expo d'ici quelques années.

— Fantastique ! Il n'y aura pas besoin de pub !

— Oh que si, figure-toi ! C'est plus dur d'attirer les gens dans les musées que de remplir des salles de cinéma pour le dernier James Bond ! Je m'occupe de ça, en prime. Le soir, je m'attèle à la maquette de la brochure : je propose un titre attractif, je rédige une présentation, je sélectionne les photos et j'ajoute une citation. Après, le staff se réunit, chacun expose ses idées et on finalise. Ah ! C'est génial ! Je n'aurais jamais osé imaginer un tel job, Mel ! Même en rêve. Qu'est-ce que je suis contente !

— Je suis ravie pour toi, Zsa. Je suis sûre que t'as déjà su te rendre indispensable. Ils ne pourront bientôt plus se passer de toi !

Elle m'a remerciée du compliment par l'un de ses sourires radieux.

– You know those films that play in a loop, that explain art? I even help design those. Can you imagine?

– That's fascinating, Zsa.

– I organize the exhibition of objects that belonged to the artist, the ones in the glass cases.

It's intimate, it'stirring stuff.

– Wow! Imagine having actual sketches by Coubet in your hands, a palette he used, one of his paintbrushes – what a trip!

– You won't believe this, we're actually devoting a whole exhibition to him in a few years.

– Amazing! You won't even need to advertise for that one!

– We will actually, crazy as it sounds! It's much harder to bring people into museums than it is to fill cinemas for the latest James Bond movie! I'll take care of that, as well. I'll spend a few evenings working out the brochure layout: I'll come up with an attractive title, write an introduction, select some photos, do the captions. Afterwards, we'll have a team meeting, everyone will bring their different ideas and we'll sign off on something. It's just awesome! I never imagined having such a good job, Mel! Never even dreamed about it. I'm over the moon!

– I'm happy for you, Zsa. I'm sure you've already made yourself indispensable. Soon they won't be able to do without you!

She thanked me for the compliment with one of her radiant smiles.

– Je ne compte pas mes heures. Je me régale. Et puis, je ne te dis pas la joie que je ressens de pouvoir aller admirer ma *Philomène* de Sonia Delaunay quand ça me chante. Tu sais, toi, l'importance que j'accorde à la couleur. Dès que je franchis le seuil de la salle où elle est accrochée, je suis transportée par ce vermillon et ces touches de bleu et de vert. Idem pour la *Fernande Olivier* de Kees Van Dongen. Oh là là ! Les visages ombrés de vert, ça me remue.

– Mouais, bof… on dirait qu'elle est malade et qu'elle va vomir ta Fernande. Si j'étais à ta place, je contemplerais le bel *Ange déchu* de Cabanel. Il a un regard qui tue ! Et une musculature ! Dieux du ciel !

– Moi je préfère *Albaydé*.

– Les couleurs, j'ai bien compris !

– Oh, il n'y en a pas tellement, c'est assez foncé.

– Elle est sinistre, oui ! Un crève-cœur !

Elle m'a ensuite précisé, surexcitée, qu'elle s'investissait également dans des programmes éducatifs. Elle n'a pas oublié de mentionner qu'elle effectuait des visites guidées et qu'elle animait des ateliers, des conférences et des stages.

– Le rôle de formateur est celui qui me convient le mieux, notamment les cours que je donne aux étudiants, m'a confié Lisa, récemment.

– I don't watch the clock. I enjoy myself. And then, I can't tell you how much sheer joy I feel at being able to go and admire my *Philomène* by Sonia Delaunay whenever I want. You know the importance I place on color. As soon as I cross the threshold of the room where it hangs, I'm transported by the vermilion and those touches of blue and green. Ditto for *Fernande Olivier* by Kees Van Dongen. Oh dear! Faces shaded with green, that moves me.

– Yeah, well… looks like your Fernande's sick and is going to throw up. If I were you, I'd meditate on the beautiful *Fallen Angel of Cabanel*. He has a killer look! And what musculature! The gods of the sky!

– I prefer *Albaydé*.

– The colors, I get it!

– Oh, there aren't that many, it's dark enough.

– It's sinister, yes! A heart-breaker.

She then explained to me in an excited tone that she focused on education programs. She mentioned that she led guided tours, workshops, conferences and camps.

– Working as a trainer suits me best, Lisa confided recently, especially teaching students.

Zsa ne peut s'ennuyer tant les missions qui lui incombent échappent à la routine. Le musée ayant taille humaine, elle assiste, tour à tour, l'agent du patrimoine, le régisseur des expositions, le médiateur des publics... Elle fait le lien entre ses collègues et le directeur, secondé par le conservateur en chef, et a l'opportunité de toucher à tout, d'avoir une vision d'ensemble des actions menées. C'est très instructif. Elle exerce une profession captivante qui lui correspond totalement, l'art, qu'elle se plaît à partager, étant une véritable passion pour elle.

Je parie que ma trouvaille va lui taper dans l'œil, avec ce vert anis. Des teintes saturées, elle en aura plein les yeux !

Elle sera enchantée de m'aider.

Zsa will never get bored as long as her duties take her beyond her routine. Since the museum she works in is a small organization, she wears a lot of hats: heritage officer, exhibition manager, public mediator, etc. She mediates between her colleagues and the director. Assisted by the chief curator, she's in a position to oversee all the activity. It's very informative. She has a captivating profession that suits her completely. The art that she loves to share is her true passion.

I bet my discovery will catch her eye, with its anise green. She will go crazy over all these vibrant colors.

She will be delighted to help me.

Montpellier, Sud de la France
13 mai 2002

Lisa

Encore une nuit écourtée. Trop de boulot. Il va falloir que je me contraigne à me coucher tôt. Et cette énième conférence que je n'ai su lui refuser... Vais-je parvenir à donner des limites à Luc ? Il n'a pas conscience du temps que ça me prend ! Au détriment du sommeil ! Et ne parlons pas des sorties : je ne vois personne... hormis Luc ! Ce qui n'est pas pour me déplaire, du reste.

« De quelle manière l'art du portrait s'est-il perpétué jusqu'à notre époque à travers des étapes choisies de son évolution dans l'histoire de la peinture ? » Cela ne devrait pas me poser de difficultés. J'ai déjà sélectionné les œuvres qui pourront illustrer mon propos.

J'ai un métier captivant, mais j'avoue qu'il empiète plus qu'assez sur ma vie privée. Une éternité que je n'ai pas mis un pied à la piscine, par exemple... À ce sujet, il faut que j'appelle Mélisende pour que l'on se bloque un créneau samedi prochain. On pourra faire d'une pierre deux coups et papoter dans le petit bassin après nos longueurs. Je ne parviens pas à me souvenir depuis quand nous ne nous sommes pas octroyées un dîner entre filles, elle et moi.

La bouilloire en tôle émaillée émet son chant strident et me tire de mes pensées.

Montpellier, South of France
May 13, 2020

Lisa

Another long night. Too much work. I'll have to start going to bed earlier. And this lecture that I couldn't bring myself to refuse... Will I manage to set some boundaries for Luc? He doesn't realize how long this work takes me! At the expense of sleep! Not to mention going out: I don't see anyone... except Luc! Not that it bothers me.

"How has the art of portraiture evolved to the present day throughout the history of painting?" This shouldn't be a problem for me. I've already chosen the works illustrating my point.

I have a fascinating job, but I admit it digs into my privacy. It's been an eternity since I went to the pool, for starters... On that note, I have to call Mélisende so we can reserve for next Saturday. We can kill two birds with one stone and chat in the small pool after our lengths. I can't remember how long it's been since we treated ourselves to a girls' night out, her and me.

The enamel tin kettle sings its shrill song and stirs me from my thoughts.

Je verse l'eau frémissante dans la théière en fonte que Mel m'a offerte pour mes vingt-cinq ans.

Par la fenêtre ouverte sur le balcon, je contemple la vue au-dessus des toits de Montpellier.

Une brise ondule le rideau, apportant avec elle de légers relents douceâtres caractéristiques des vieilles pierres, des caves humides et des caniveaux remplis de flaques croupies. Un chat enroué miaule en bas.

Coup d'œil en passant au miroir en bois flotté, trouvé dans un marché. Quelques cernes ce matin. Etape maquillage incontournable. Je glisse mes doigts dans les lourdes boucles de mes cheveux châtains pour les replacer. Toujours indomptables. Je me rapproche afin de débusquer les nouvelles ridules autour de mes yeux noisette. Je recule d'un pas, détaille sans complaisance mon allure, un poil longiligne à mon goût. Je sais que je ne suis pas suffisamment indulgente envers moi-même. Mélisende me le serine à chaque séance de shopping…

J'inaugure ce nouveau chemisier vert bouteille, acheté sur internet et reçu hier dans ma boîte aux lettres. N'est-il pas un peu trop cintré et décolleté pour aller travailler ? Surtout ne pas paraître apprêtée. Avec un sautoir, cela devrait convenir.

J'allume l'ordinateur. Quatorze mails non lus. Impossible de les consulter… Ah, il y en a un de Mel.

Je clique pour l'ouvrir, les messages de ma meilleure amie sont prioritaires.

Mélisende… ma sœur de cœur. Elle est si fabuleuse !

I pour the simmering water into the cast iron teapot Mel gave me for my twenty-fifth birthday.

Through the window opening onto the balcony, I contemplate the Montpellier rooftops.

A breeze ripples the curtain, bringing with it hints of old stone, damp cellars and gutters filled with stagnant puddles. A hoarse cat meows below.

A glance in the driftwood mirror, found in a market. A few dark circles this morning. Essential makeup needed. I slide my fingers through the heavy curls of my brown hair and pull it back. Ever unmanageable. I move closer to flush out the new fine lines around my hazel eyes. I take a step back, reflecting objectively on my appearance. A bit lanky for my taste. I know that I don't indulge enough. Mélisende scolds me about it every shopping trip…

I inaugurate this new bottle-green blouse, bought on the internet and received yesterday in the mail. Does it show too much cleavage to wear to work? Above all, I need to appear well dressed. With a long necklace, it should be fine.

I turn on the computer. Fourteen unread emails. Impossible to go through them… Ah, there's one from Mel.

I click to open it, my best friend's messages take priority.

Mélisende… my dear sister. She's so fabulous!

Continuellement enjouée, enthousiaste, pétillante, sociable… Elle a un optimisme à toute épreuve qui fait qu'elle voit invariablement les aspects positifs dans les moments difficiles qu'elle traverse. Dans ces instants-là, elle se raccroche à un vieil adage ; elle s'y cramponne. « C'est un mal pour un bien » l'ai-je entendue proclamer à maintes reprises, étouffée de larmes ou de colère.

Et puis elle laisse la magie s'immiscer. Elle croit en une bonne étoile qui suivrait chacun de ses pas et estime que le hasard n'existe pas vraiment, que les gens communiquent plus qu'ils ne l'imaginent, d'inconscient à inconscient.

Elle est un brin superstitieuse. « C'est quand on a peur des choses qu'elles arrivent. » m'a-t-elle avertie, le jour où j'attendais avec anxiété le résultat d'un test de grossesse, priant pour qu'il soit négatif – mon amoureux de l'époque ayant pris la poudre d'escampette avant que je constate un retard de règles.

La liste de tout ce que j'apprécie chez elle est relativement longue.

En particulier, ce que l'on pourrait appeler des défauts sont touchants et font partie de sa personnalité. Je pense à sa sensibilité à fleur de peau, à son émotivité débordante, à son manque d'assurance, sans oublier sa crainte du conflit et du regard des autres. Elle est donc assez secrète. Je suis persuadée que cette façade lui permet de protéger sa liberté à laquelle elle est attachée.

Playful, enthusiastic, bubbly, sociable... She has an unfailing optimism, always seeing the positive side of the difficulties she goes through. During hard times, she has an old saying; she swears by it. "It's bad for good," I heard her say over and over again, choked with tears or anger.

And then she lets the magic come in. She believes in a lucky star that follows her every step. She believes that chance doesn't really exist, that people communicate more than they imagine, from one subconscious to another.

She's a bit superstitious. "It's when you're afraid of things that they happen," she warned me, the day I was anxiously waiting for the results of a pregnancy test, praying it would be negative – my lover at the time on the run.

The list of things I love about her is pretty long.

Especially, what you might call flaws: they're touching, part of her personality. I think of her deep sensitivity, her overflowing emotivity, her insecurity, not to mention her fear of conflict and the scrutiny of others. So she's quite secretive. I'm convinced that this façade allows her to protect her precious freedom.

Fréquemment, elle nous informe de ses décisions alors qu'elles sont prises, évitant moult conseils et commentaires de son entourage – pourtant bien intentionné – dont elle serait regrettablement forcée de ne pas tenir compte.

Il est extrêmement embarrassant pour elle de refuser et de décevoir. Elle s'est mise à l'abri de ce type d'intrusions : la fuite plutôt que l'affrontement. Elle a le cran de ne pas chercher systématiquement l'approbation, non qu'elle se moque des opinions, mais parce qu'elle veut vivre libre. Si elle est à l'aise avec Guillaume et moi, au demeurant, c'est que nous ne sommes pas tentés de la juger et qu'elle ose s'affirmer. Elle nous écoute, pèse le pour et le contre et décide. Et ce, même si cela ne correspond pas à ce que nous lui avons suggéré, car elle a la certitude que nous respecterons ses choix, que nous croyons en elle et que nous la soutiendrons quoi qu'il arrive.

Bien que nous ne nous voyions pas souvent, elle est présente.

Elle a pansé les blessures de mon cœur qui saignait. Elle a fait preuve d'une patience d'ange tandis que j'en voulais à la terre entière et que je ne m'intéressais plus à rien. Elle m'a tendu sa main pour que je me relève et m'a menée lentement vers la sortie d'une période douloureuse.

Mel, c'est mon alter ego. À ses côtés, j'ai la possibilité d'être moi-même, de fendre l'armure et de dévoiler mes appréhensions et mes faiblesses… autant que mes espoirs et mes rêves.

* * *

She often informs us of her decisions as they're being made, avoiding advice and comments from those around her – however well-meaning – which she would regrettably be forced to ignore.

She feels extremely embarrassed if she has to refuse or disappoint people. She shields herself from this type of situation: flight rather than confrontation. She has the guts not to seek approval systematically, not because she doesn't care about opinions, but because she wants to live freely. And if she's comfortable around me and Guillaume, it's because we're not tempted to judge her, so she dares to assert herself. She listens to us, weighs the pros and cons and decides. Even if that means not going with what we suggested to her, because she knows that we'll respect her choices, that we believe in her and that we'll support her no matter what.

Although we don't see each other often, she's present.

She healed the wounds of my bleeding heart. She showed the patience of an angel when I resented the whole world and had completely lost interest in life. She held out her hand to help me up and slowly led me out of a painful period.

Mel. She's my alter ego. With her, I can be myself, take off my armor and reveal my fears and weaknesses... as well as my hopes and dreams.

* * *

Un sourire s'affiche sur mon visage à la lecture de son écriture dynamique. C'est elle. Je la reconnais bien là. C'est Mel. Absolument ! Rien de tel qu'un rayon de soleil pour entamer la journée !

De : mélisendeforinelli@um3-lvo.fr

À : lisacoulet@mna-m.com

Date : 12/05/02- 14h23

Objet : Un service à te demander

Hello Zsa !

Ça va comme tu veux, ma grande ?

Tu as encore du courage pour lire tes mails ?

Et la natation, alors ? Si ça continue, tu vas finir aussi raide que tes statues !

Moi je compte y aller samedi. Tu m'accompagnes ? Je passe te prendre à 10 h.

OK ?

Dis-moi, on a acheté un tableau dans un vide-greniers et j'aurais bien aimé avoir ton avis. Crois-tu que c'est dans tes cordes ?

Je suis au courant : tu bosses trop, tu n'as pas une minute à toi, blablabla… mais si tu peux y jeter un œil, tu serais adorable. Je l'ai livré à l'hôtesse d'accueil. Rassure-toi, il n'y a pas d'urgence.

Merci d'avance, ma belle !

J'espère que tout va bien et que ton Luc t'a enfin repérée, au milieu de vos chefs d'œuvre. Un conseil : déguise-toi en Joconde, on ne sait jamais !

À samedi !

A smile spreads across my face as I read her lively writing. It's her. I recognize her there. It's Mel. Absoutely! Nothing like a ray of sunshine to start the day!

From: mélisendeforinelli@um3-lvo.fr

To: lisacoulet@mna-m.com

Date: 05/12/02 – 02:23 p.m.

Subject: A favour to ask

Hello Zsa!

How are you doing, my dear?

Do you still have the courage to read your emails?

What about swimming? If this continues, you'll end up as stiff as your statues!

I plan to go on Saturday. Want to come with me? I'll pick you up at 10 a.m.

OK?

By the way, we bought a painting at a garage sale and I would love to hear your opinion. Are you up for it?

I know you're working too hard, and don't have a minute for yourself, blah blah… but it would be great if you could take a look. I delivered it to the receptionist. Rest assured, there's no rush.

Thanks in advance, Sweetheart!

I hope all is well and that Luc has finally found you, in the midst of your masterpieces. A word of advice: dress up as Mona Lisa, you never know!

See you Saturday!

Bises,

Mel

*　* *　* *　*

Intriguée, je récupère le paquet dès mon arrivée au musée, me précipite dans mon bureau et déchire le papier kraft.

Une chinoiserie, forcément !

Le format est traditionnel : un rectangle vertical. Par contre, la technique ne l'est pas. L'huile sur toile a été choisie, à l'occidentale, au lieu de l'encre et du lavis, privilégiés en Asie.

Etonnant

La composition est typique : en trois plans. On distingue bien les différents espaces dans la hauteur avec les points d'intérêt sur lesquels le regard s'arrête : la ruelle du premier tiers, les montagnes en pain de sucre ensuite et, au loin, les collines arrondies. Une division en S est matérialisée par la rivière qui serpente.

En haut à gauche, on observe un texte calligraphié. Je ne suis pas surprise : ce procédé est habituel dans l'art chinois.

Mel m'a appris que les entités majeures qui définissent un paysage sont, premièrement la montagne (*shan*) et deuxièmement l'eau (*shui*). *Shanshui* désignant donc ce genre pictural. Elle m'a précisé que ce dernier était propice à l'expression de la spiritualité, qu'il s'agit moins de représenter la réalité que l'on visualise que d'exprimer un état intérieur. Et que cela explique pourquoi nul ne dessine sur le site, mais de mémoire, dans un atelier.

Kisses,

Mel.

* * *

Intrigued, I retrieve the parcel as soon as I arrive at the museum, rush into my office and tear open the packaging.

A chinoiserie, of course!

The format is traditional: a vertical rectangle. The technique, however, is not. Oil on canvas was chosen, like in the West, instead of ink and wash, the style in Asia.

Astonishing.

The composition is typical, with its three planes. You can clearly see the different ascending spaces with their points of interest arresting the gaze: the alley in the first third, the sugar loaf mountains above that, and in the distance, the rounded hills. An S-shaped division is suggested by the meandering river.

In the top left corner, there's a calligraphic text. I'm not surprised. This format is common in Chinese art.

Mel taught me that the major entities that define a landscape are, firstly the mountain (*shan*) and secondly the water (*shui*). Hence *shanshui*, designating this pictorial genre. She told me that the latter was conducive to the expression of spirituality: it's less about representing the reality that one visualizes than about expressing an inner state. And this explains why no one draws on-site, but rather in a workshop, from memory.

Ici, le fleuve et les sommets rebondis sont l'ossature sur laquelle tout le reste vient s'appuyer. Les arbres au tronc dénudé – des pins – en sont les ornements et leur confèrent plus de caractère en nous accrochant, avec leurs silhouettes stylisées. Leur feuillage persistant, à la ramure aplatie, symbolise la puissance vitale et la longévité car il résiste aux tempêtes qui l'assaillent.

Mon amie dit que ce que l'on estime réussi, possède toujours le *qi* – on prononce « Chi ». Qu'il naît de l'acte de peindre et qu'il se transmet à celui qui admire la production. Qu'il s'agit de lier les choses par un souffle que l'on peut sentir, à défaut de le voir. « Le *qi* doit circuler, soulignait Mélisende. On connaît alors une harmonie, un bel équilibre. Cette notion est essentielle dans les cultures asiatiques. Elle désigne un principe fondamental qui anime l'univers et la vie. En fait, chaque élément conduit à un autre et ainsi de suite, de même que l'artiste et le spectateur sont reliés à ce qui est passé et à venir. De votre emplacement, vous ne pouvez croiser, ni vos ancêtres, ni vos descendants, cependant vous êtes conscients de leur existence. »

Revenons à notre toile. Je la pose délicatement sur ma table inclinée et oriente l'éclairage. Je me penche en avant, les coudes sur le rebord, et entreprends de trouver la clef qui me permettra de pénétrer l'âme du tableau. J'aime cet instant précis où je suis aspirée. Puis capturée. Dès lors que je perds le contrôle, je suis entraînée sur un chemin invisible qui ne m'appartient pas et qui a été tracé par le peintre.

Le premier plan est peu banal : une Eurasienne au nez court mais droit, dotée de jolis yeux kaki en amande, essaie une boucle d'oreille sertie d'une perle noire, à l'étal d'un artisan.

Here, the river and the bouncy peaks are the backbone on which everything else rests. The trees with their bare trunks – pines – are ornamental, and add character, drawing us in with their stylized silhouettes. Their evergreen foliage, with flattened branches, symbolizes vital power and longevity because they resist the storms that assail them.

Mélisende says that what you think is successful always has *qi* – we pronounce it "chi". That it arises from the act of painting and is passed on to those who admire the production. That it's about binding things together with a breath that you can feel, if not see: "The *qi* must circulate. We then sense the harmony, a beautiful balance. This notion is essential in Asian cultures. It designates a fundamental principle that animates the universe and life. In fact, each element leads to another and so on, just as the artist and the viewer are connected to what is past and to come. From your location, you can meet neither your ancestors nor your descendants, however you're aware of their existence."

Returning to our canvas, I place it gently on my tilted table and adjust the lighting. I lean forward, my elbows on the ledge, and set out to find the key that will allow me to penetrate the soul of the painting. I love that exact moment when I'm sucked in. Then captured. As soon as I lose control, I'm drawn on an invisible path that doesn't belong to me, one revealed by the painter.

The foreground is unusual: a Eurasian woman with a short but straight nose, endowed with pretty khaki almond eyes, tries on an earring set with a black pearl from a craftsman's display.

Elle est vêtue d'une magnifique robe au col Mao, décorée de carpes anis, lesquelles se détachent, ton sur ton, du fond de l'étoffe soyeuse, à la faveur de leurs contours aux reflets jaunes et blancs – le vert des motifs étant plus soutenu. Elle est également ornée de pivoines blanches, avec, de-ci, de-là, des pétales bleu-outremer.

Elle porte des chaussons assortis dont la semelle, immaculée, est fine.

Le visage de la jeune femme, lisse, au teint pâle, est tourné vers moi. Ses cheveux, de jais, sont attachés et se confondent avec l'obscurité de l'arrière-boutique. Ses lèvres pulpeuses sont sobrement maquillées d'une nuance orangée.

La lumière qui éclaire sa figure semble provenir d'une source, hors de la scène, de telle manière que je me sens partie intégrante de l'œuvre. Un courant d'énergie circule grâce à la courbe de son bras qui m'entraîne le long de la rivière.

Les détails sont décrits avec une précision digne de l'école flamande. Ce style n'est pas fréquent dans l'art asiatique, d'autant plus que la dame est proportionnellement plus grande que les personnages qui se promènent au milieu de la ruelle commerçante.

Traditionnellement, les Chinois représentent les sujets des trois plans de taille identique... Tiens, il y a des touristes européens dans la rue. Et ce couple... On dirait Mel et Guillaume !

On dirait juste, parce que ces passants-là sont plus âgés.

Bizarre.

She's dressed in a magnificent dress with a Mao collar, decorated with anise carps, which stand out, tone for tone, from the background of the silky fabric, due to their outlines and yellow and white reflections – emphasizing the green in the patterns. It's also adorned with white peonies, and strewn with ultramarine petals.

She wears matching slippers with immaculate, slender soles.

The face of the young woman, smooth, with a pale complexion, is turned towards me. Her jet-black hair is tied back and blends in with the darkness of the back room. Her full lips are soberly painted a shade of orange.

The light that illuminates her face seems to come from a source off scene, in a way that makes me feel part of the work. A current of energy flows through the curve of her arm, carrying me along the river.

The precision in the detail is worthy of the Flemish school. This style isn't common in Asian art, especially since the lady is proportionately taller than the figures walking through the middle of the market lane.

Traditionally, the Chinese paint the subjects of the three planes the same size… Here, there are European tourists in the street. And this couple… They look like Mel and Guillaume!

Almost, only the passers-by here are older.

Weird.

Je braque ma lampe d'architecte, tout en m'emparant de ma loupe. Quelle ressemblance ! Je me demande s'ils s'en sont aperçus et si c'est pour cela qu'ils ont fait cet achat. Une voix en moi me glisse que oui, évidemment !

Mélisende est pourvue d'un sens aigu de l'observation. Pas étonnant qu'elle ait apprivoisé le mandarin. Elle a développé une hypersensibilité envers un tas de données insignifiantes, qui, pour elle, font la différence. Elle les collectionne quelque part dans son cerveau, même les plus infimes. Toutefois, cette faculté ne l'empêche pas de garder une vue d'ensemble.

Lorsqu'une incohérence se présente, un signal d'alarme retentit dans sa tête. Tous les voyants sont au rouge. Le grain de sable dans les rouages lui saute aux yeux. Elle retient facilement ce que disent les gens. Leurs contradictions, petits mensonges et arrangements, aussi. À son insu. Elle aime regarder et écouter, bien plus que converser, en général. Elle évalue rapidement si un individu est fiable, s'il est authentique, si l'on peut devenir son ami. Avec elle, les menteurs, affabulateurs et mythomanes sont vite identifiés.

Je me verse du thé. *Wedding impérial* est mon préféré, le matin. J'hume l'odeur corsée de cacao caramélisé.

Drôle de coïncidence...

Je repose la tasse. Les parois me brûlent les doigts. Je prends le cadre à pleines mains et je palpe une aspérité. Je vérifie. Il y a un creux qui suggère qu'un tableau était fixé à celui-là. Je note les mêmes irrégularités des deux côtés. Tiens donc ! Il s'agissait d'un triptyque à l'origine et ce morceau en est la partie centrale.

I shine my architect's lamp on them while grabbing my magnifying glass. What a resemblance! I wonder if they saw it and if that's why they bought it. A voice resonates through me: Yes, of course!

Mélisende has a keen eye for observation. No wonder she mastered Mandarin. She has developed a hypersensitivity to a lot of insignificant data, which, for her, makes all the difference. She collects it somewhere in her brain, even the smallest bits. However, this ability doesn't prevent her from seeing the bigger picture.

When an inconsistency arises, alarm bells ring in her head. The lights turn red. The grain of sand in the cogs jumps out at her. She easily remembers what people say. Their contradictions, little lies and arrangements, too. Without being told. She usually likes watching and listening, more than conversing. She quickly assesses whether an individual is reliable, whether they're genuine friend material. She sees through liars, storytellers, mythomaniacs.

I pour myself some tea. *Imperial wedding* is my favorite in the morning. I breathe in the strong aroma of caramelized cocoa.

Funny coincidence…

I put the cup down. The surface is burning my fingers. I take the frame with both hands and feel its roughness. I check. There's a hollow that suggests another painting was attached to this one. I note the same irregularities on both sides. That's it! It was originally a triptych, and this piece is the central part.

Intéressant.

Il est fort possible que la périphérie du village était représentée à droite et que, sur la rive gauche, on pouvait découvrir la continuité des rizières. Ça alors !

Il faut que je le montre à Luc. Il se passionne pour les curiosités et les énigmes.

Peut-être est-il attiré par les filles mystérieuses. Qui sait ? Mel a raison : un masque indéchiffrable à la Joconde, en voilà une idée ! Mouais… non, ce n'est pas mon truc les jeux de rôle, les calculs et les feintes. Je ne suis pas douée pour mentir. Ça sonnerait faux à tous les coups. Avec, en sus, le risque de passer pour une pimbêche…

Luc est expert d'art au laboratoire du musée. Lui, saura me préciser la date de conception. Il fait parler les œuvres.

Ce sera un excellent prétexte pour me rendre dans son bureau.

Et, plus tard, Mélisende se fera un plaisir de me traduire la calligraphie.

* * *

— Il est assez réussi, confirme Luc. Ce n'est pas un hollandais, mais il est fascinant, dans son genre, avec la demoiselle à la beauté troublant.

Je ressens une légère pointe de jalousie à cette dernière remarque. Mieux vaut dévier la conversation.

— La présence de la perle évoque Vermeer.

Interesting.

It's quite possible that the periphery of the village was represented on the right and that the left bank might reveal a continuation of the rice fields. Wow!

I must show it to Luc. He loves curiosities and puzzles.

Maybe he's attracted to mysterious girls. Who knows? Mel is right: a mask as indecipherable as the Mona Lisa, what an idea! Hmm… no, role-play, calculating and pretending is not my thing. I'm not good at lying. I'd sound false every time. Add on the risk of seeming like a know-it-all…

Luc is an art expert in the museum's laboratory. He will be able to date this. He makes works speak.

It will be an excellent excuse to go to his office.

And later on, Mélisende will gladly translate the calligraphy for me.

* * *

— It's quite accomplished, confirms Luc. It's not Dutch, but it's fascinating in its own way, with the disturbingly beautiful young lady.

I feel a slight hint of jealousy at this last remark. Better to divert the conversation.

— The presence of the pearl evokes Vermeer.

C'est ce qui m'a frappé en premier. Il y a une sorte de sentiment profond de vie qui émane de son regard, ça rappelle *La Joconde du Nord*, approuve Luc, pensif.

— *Vermeer affectionn*ait l'appariement de jaune et d'outremer naturel, avec le lapis-lazuli broyé. Ici on s'en approche avec ce vert acidulé.

— Oui. On retrouve l'éclat et la fraîcheur… Mmm… la comparaison s'arrête là. OK, c'est pas un tableau de maître, mais bon, il faut avouer qu'il se défend bien quand même !

Concentré, il marque une courte pause durant laquelle il se masse la nuque.

— Il est… déroutant.

Je contemple Luc. Un peu trop longtemps. Je lis sur son visage une multitude de réflexions opposées. J'éprouve toujours un trouble confus lorsqu'il touche la barbe de trois jours de son menton. Rien à dire, il m'attire. Je laisse traîner mes yeux, aussi discrètement que possible. Ses mains aux ongles rongés sont émouvantes, pour un homme si sûr de lui dans le cadre du travail. Et ses cuisses, larges et musclées, qui tirent sur le tissu de son jean, une fois assis.

Je me dis que ses traits qui s'éclairent à ma vue lorsque nous nous croisons dans les couloirs, ce n'est quand même pas du fantasme ! Pourvu que je ne me fasse pas un film !

J'ai la désagréable impression de m'entendre prononcer, en spectatrice de la scène :

— Je suis d'accord, Luc, il est atypique. Il dégage quelque chose, en tout cas.

C'est indéniable.

– That's what struck me first. There's a kind of deep feeling of life that emanates from her gaze, it's reminiscent of *La Joconde du Nord*, Luc assesses it, thoughtfully.

– Vermeer liked the pairing of yellow and natural ultramarine, with crushed lapis lazuli. This comes close with its tangy green.

– Yes. It has the radiance and freshness... Mmm... the comparison ends there. Okay, this isn't a masterpiece, but hey, we have to admit that he defends his turf well anyway!

Concentrated, he pauses briefly and massages the back of his neck.

– It's... confusing.

I contemplate Luc. A little too long. I read a multitude of opposing reflections on his face. I still have a confused cloudiness when he touches the three-day-old beard on his chin. What can I say, I'm attracted to him. I let my eyes bulge, as discreetly as possible. His hands with bitten nails are moving, for a man so sure of himself at work. And his thighs, broad and muscular, pull on the fabric of his jeans when he's sitting down.

His features light up when we see each other in the hallway... it's not a fantasy after all! As long as I don't make my life into a movie!

I have the unpleasant feeling of hearing myself say, as if I'm a spectator watching the scene:

– I agree, Luc, it's atypical. It's inspiring, anyway.

It's undeniable.

Cesse donc de le mater comme ça, ma pauvre ! Tu vas finir par te faire repérer !

Il poursuit :

— Je n'arrive pas à déterminer si c'est un Asiatique qui l'a conçu. Le traitement des lignes de fuite appartient à notre école, en revanche on perçoit également le mouvement.

— Le « dragon du tableau », oui, et c'est tout à fait chinois !

— Exact, dit-il en levant un sourcil et en me fixant du coin de l'œil.

Je trace un S, un centimètre au-dessus de la toile et j'ajoute :

— La force énergique est fluide. Examine la représentation de l'espace, Luc.

— Tu vois ? Ce n'est pas commun, non ? Enfin, dans la culture chinoise. La jeune métisse, devant, est disproportionnée. Une perspective photographique qui évoque encore Vermeer. Qu'est-ce que tu en penses ?

Il prend le temps de me répondre, très professionnel à son habitude.

So stop watching him like that, imbecile! You'll end up getting caught!

He goes on:

– I can't tell if it was an Asian who painted it. The treatment of vanishing lines belongs to our school. On the other hand, you can see the movement.

– The "dragon of the painting", yes, and it's quite Chinese!

– Right, he said, raising an eyebrow and staring at me out of the corner of his eye.

I draw an S, one centimeter above the canvas and add:

– The energetic force is fluid. Look at the representation of space, Luc.

– You see? It's not common, right? At least, not in Chinese culture. The young Mestizo, in front, is disproportionate. A photographic perspective that still evokes Vermeer. What do you think about that?

– He takes his time to answer, professional as always.

Je crois que le peintre est de chez nous, au final. Il a choisi la technique de l'huile. Et même s'il avait l'objectif de ne pas traiter son motif à l'occidentale, il n'a pas pu se résoudre à minimiser le personnage du premier plan qui devait avoir une certaine importance pour lui. Et ce vert anis est si lumineux que nos yeux reviennent constamment sur la jeune femme. C'est pas courant cette couleur, sur une robe... Et ces carpes... Tiens, j'ai lu un article à ce sujet, récemment. Il parait que ce poisson calme et pacifiste a été introduit pour fertiliser les rizières. Il régulerait la quantité d'azote et neutraliserait les parasites. En outre, il diversifierait le régime alimentaire des paysans.

— Il a été apporté en Europe par les romains. C'est fou !

— Mmm... C'est frais, c'est joli, sur le tissu... ça donne du mouvement, ça évoque la rivière. La toile me paraît récente. Cinquante ans maxi... Enfin, ce qu'on peut affirmer avec certitude c'est qu'elle n'est pas du tout académique, s'exclame- t-il en riant. Ça, c'est le moins qu'on puisse dire !

Je m'attarde sur son sourire qui lui creuse des fossettes, le rendant irrésistiblement attendrissant.

— Bon, il est tard Lisa, je ferai les analyses cet après-midi. Tu déjeunes avec moi ? me propose-t-il soudain, d'un regard appuyé.

Silence.

Je le dévisage. Il ne s'en prive pas en retour.

Un ange passe.

– I think the painter is one of ours, basically. He chose the oil technique. And even though his goal was to not treat his subject in a Western manner, he couldn't bring himself to downplay the character in the foreground who must have been of some importance to him. And this lime green is so bright that our eyes constantly come back to the young woman. This color isn't common on a dress... And those carp... Here, I read an article about it recently. It seems that this calm, peaceful fish was used to fertilize rice fields. It regulated the amount of nitrogen and neutralized parasites. It also diversified the diet of the peasants.

– It was brought to Europe by the Romans. It's crazy!

– Mmm... It's cool. It's pretty, on the fabric... it adds movement; it evokes the river. The canvas seems recent to me. Fifty years or less... Finally, you can be sure that it's not at all academic, he exclaims, laughing. At least we can say that!

I dwell on his dimpled smile, which makes him irresistibly stunning.

– Well, it's late Lisa, I'll do the analyses this afternoon. Are you having lunch with me? he suddenly suggests. His gaze is deep.

Silence.

I stare at him. He goes ahead and stares back at me.

An angel passes.

Un échange suffisamment long pour lever toute ambiguïté quant à nos troubles respectifs, me semble-t-il.

Néanmoins, rien n'est jamais gagné dans le domaine des sentiments, n'est-ce pas ?

Encouragée, un air énigmatique et serein à la Mona Lisa, je lui lance :

– « Les Caves gourmandes », tu connais ?

Luc se rallie à ma suggestion.

– J'y suis déjà allé, oui. Parfait. J'aime ce bar à vin. Ça fait un bail... À l'époque, la déco était branchée, tu sais dans le style industriel des ateliers d'autrefois...

– Exact ! Le mobilier est un méli-mélo de métal rouillé et de bois brut vieilli...

– Et, si je ne m'abuse il y a des lettrages façon container, non ?

– Oui, c'est toujours pareil. Ils font des tapas savoureuses sur des ardoises et la carte des vins servis au verre est faramineuse ! On n'est pas loin, en plus, c'est dans une petite rue des anciens quartiers de l'Ecusson qui débouche sur la place de la Canourgue. La rue du Puits des Esquilles, si ma mémoire est bonne. Tu situes ?

J'espère qu'on la trouvera, dans ce labyrinthe de ruelles tortueuses !

– Je vois où elle est. D'ici on rejoint la rue de l'Aiguillerie, ensuite on remonte en face...

– Par la rue de Girone...

– C'est ça, après on prend à droite et tout au bout à gauche, dans la rue de la vieille Intendance.

An exchange long enough to remove any ambiguity as to our respective troubles, it would seem.

Nevertheless, nothing is ever won in the realm of feelings, is it?

Encouraged, with an air as enigmatic and serene as the Mona Lisa, I say:

– *Les Caves Gourmandes*, do you know it?

Luc agrees with my suggestion.

– I've been there before, yes. Perfect. I love that wine bar. It's been a while... Back then, the décor was trendy, you know in an industrial style like the workshops of yesteryear...

– Exactly! The furniture is a mishmash of rusty metal and aged raw wood...

– And, if I'm not mistaken, it has container-style lettering, right?

– Yes, it's still the same. They have tasty tapas on slates and the wine list is huge! And it's not far, in a small street in the Ecusson, on the way to the Place de la Canourgue. The rue du Puits des Esquilles, if my memory serves me correctly. You know where that is?

I hope we find it, in that labyrinth of winding alleys!

– I know where it is. From here you go to rue de l'Aiguillerie, then you go up opposite...

– By the rue de Girone...

– That's it, then we take a right and at the end a left, onto the rue de la Vieille Intendance.

– Et on peut même tourner avant, par la rue de la Cavalerie, euh, non, qu'est-ce que je dis, par la rue du Figuier et on tombera pile sur le restau. J'adore cet endroit ! Juste à côté, il y a une façade insolite du XVIème siècle dont la base est incurvée en forme de coquille, tu vois laquelle ?

– Oui, elle est magnifique ! Elle marque l'angle. Un tour de force d'architecture. Il parait c'était pour faciliter le passage des fiacres.

Et, saisissant sa veste :

– Alors on est partis Lisa ! Tu m'as donné faim.

Il glisse son bras sous le mien et ajoute avec un clin d'œil irrésistible :

– Tu me raconteras où t'as déniché une telle perle.

Tout arrive !

– And we can even turn beforehand, down the rue de la Cavalerie, uh, no, what am I saying, the rue du Figuier, and we'll come to the restaurant. I love that place! Right next to it there's an unusual 16th century façade whose base is curved in the shape of a shell, you know the one?

– Yes, it's beautiful! It marks the corner. An architectural tour de force. It seems it was to help the cabs pass.

And, grabbing his jacket:

– So we're on our way, Lisa! You made me hungry.

He slips his arm under mine and adds with an irresistible wink:

– Tell me where you found such a gem.

Everything comes together!

Montpellier, Laboratoire du musée
14 mai 2002

Lisa

J'aime cette salle vitrée, avec tous ces appareils sophistiqués. L'éclairage est identique à la lumière du jour, et un puissant système de ventilation aspire les poussières et les produits toxiques qui pourraient altérer les œuvres. Le ronronnement oppressant qu'il produit suscite l'impression d'être à l'intérieur d'un caisson étanche.

Luc m'a entraînée dans un dédale de couloirs, se servant à plusieurs reprises d'un code pour ouvrir des sas et des portes blindées. Le lieu n'était pas moins sécurisé que la banque de France, le Louvres et le MoMA réunis !

Montpellier, Museum laboratory
May 14, 2002

Lisa

I love this glass room, with all these fancy devices. The lighting is the same as daylight, and a powerful ventilation system sucks up the dust and toxic products that might alter the works. Its oppressive purr makes you feel like you're inside a watertight chamber.

Luc led me through a maze of corridors, repeatedly using a code to open airlocks and armored doors. The place was no less secure than the Banque de France, Louvres and MoMA combined!

Mon collègue, spécialisé dans la lutte contre les falsifications et les imitations, procède surtout à des datations et des authentifications. C'est lui, entre autres personnes, qui soumet les peintures à différentes méthodes d'investigation, dans le but de distinguer ce qui n'est pas visible à l'œil nu. Ces expertises sont effectuées, en partie, grâce à des techniques scientifiques dignes de celles que l'on manipule dans la recherche en milieu hospitalier. Elles nécessitent un matériel de pointe ultra sophistiqué tel que des microscopes électroniques à balayage, des équipements produisant divers rayonnements – les rayons X, les lumières à ultraviolets ou à infrarouge – mais également des dispositifs d'imagerie pour les radiographies, les scanners, etc. Ces explorations concernent actuellement les ouvrages conçus jusqu'en 1920 environ. Elles permettent de documenter précisément l'état de conservation des couches picturales et de leur support, de décomposer la structure de la matière et de déceler des repeints, des repentirs, d'éventuelles réfections, des inscriptions.

Luc vérifie que l'âge, ainsi que les matériaux et les savoir-faire utilisés, sont compatibles avec la date de production présumée. Il est donc souvent amené à effectuer des prélèvements d'échantillons pour réaliser des micro-analyses.

Un travail méticuleux pour lequel il faut pas mal de patience.

My colleague, who specializes in the fight against forgeries and imitations, mainly performs dating and authentication. He subjects the paintings to different methods of investigation in order to distinguish what's invisible to the naked eye. Some of these tests are carried out using scientific techniques worthy of a research hospital. They require ultra-sophisticated, state-of-the-art equipment such as scanning electron microscopes, equipment producing various types of radiation – X-rays, ultraviolet or infrared lights – but also imaging devices for X-rays, scanners, the works. He focuses on works painted up to around 1920. They make it possible to precisely document the state of conservation of the pictorial layers and their background, to break down the structure of the material and to detect repainting, possible repairs, inscriptions.

Luc checks that the age, as well as the materials and know-how, are compatible with the presumed production date. He's therefore often required to take samples for performing micro-analyses.

A meticulous job requiring a lot of patience.

Ces études fournissent des informations non négligeables et améliorent considérablement nos connaissances en histoire de l'Art, tout en faisant reculer les faussaires par la même occasion.

Luc a vu passer de grandes œuvres, depuis qu'il a été recruté. Je sais combien il en est fier, bien qu'il s'évertue à camoufler ce sentiment. Il est d'un naturel modeste et discret. Une pudeur qui ne le rend que plus attachant à mes yeux...

– Aucune signature apparente. Au dos non plus : il est anonyme, m'annonce-t-il.

Je n'ignore pas que jusqu'à la période médiévale les auteurs n'apposaient que rarement leur nom. Ils pouvaient, à la place, représenter leur propre portrait dans le tableau. Il arrivait fréquemment qu'ils y intègrent le commanditaire, le donateur ou le destinataire de l'œuvre. En occident, les marques distinctives sont apparues entre les XIIIe et XVe siècles pour éviter les copies. Elles se présentaient sur la face ou sur l'envers. Toutefois, beaucoup d'artistes, à l'instar de Raphaël et Vinci, ne signaient jamais. C'est seulement au XIXe siècle qu'une méthode d'attribution s'est développée. Les signatures célèbres sont maintenant répertoriées.

Luc devine ma pensée :

– Il est probable que le peintre soit l'un des personnages.

– Quel intérêt ? S'il n'a pas signé, son tableau perd de la valeur. Il ne date pas du Moyen Âge, quand même !

– Peut-être qu'il n'avait pas besoin de fric et qu'il peignait juste pour le plaisir.

These tests provide valuable information and considerably improve our knowledge of art history, while reducing counterfeits.

Luc has seen great works go through here since he was recruited. I know how proud he is of this, although he goes out of his way to cover it up. He's modest and discreet by nature. A modesty that only makes him more endearing in my eyes...

– No apparent signature. Not on the back, either: it's anonymous, he tells me.

I'm aware that until medieval times authors rarely signed their names. Instead, they could represent their own portrait in the painting. It often happened that they included the commissioner, donor or recipient of the work. In the West, distinctive marks appeared between the 13th and 15th centuries to prevent copies. They appeared either on the front or back. However, many artists, like Raphael and da Vinci, never signed. It was only in the 19th century that a method of attribution was developed. Famous signatures are now listed.

Luc guesses my thoughts:

– It's likely that the painter is one of the characters.

– Why would he do that? If he didn't use a signature, his painting would lose value. It's not from the Middle Ages, anyway!

Maybe he didn't need the money and painted just for fun.

Ou pour se distraire, suggère-t-il.

— Tout le monde a besoin de fric, Luc. Il y a d'autres raisons, pour ne pas signer.

— Mmm... dans l'ensemble, l'œuvre est bien conservée, si on exclut des déchirures verticales évidentes sur les bords latéraux...

— Preuve qu'elle est le centre d'un triptyque.

— Exact. D'autre part, l'analyse au stéréomicroscope de l'état de la surface, montre qu'elle est récente parce que les craquelures, ici et là, sont artificielles. Lorsqu'elles sont naturelles, elles se manifestent environ quatre-vingts, voire cent ans, après l'exécution.

— Et qu'a donné l'analyse de la peinture en profondeur avec la réflectographie I.R. ? Je serais curieuse de savoir s'il y a des traces à la mine de plomb ou de carbone sous la couche picturale.

Je louche furtivement sur mon collègue qui ne répond pas de suite, captivé par ce qu'il regarde, puis je me replonge dans la toile.

Je contemple les hautes montagnes abruptes, noyées dans les nuages de brume qui apportent du relief. Ce sont de sensationnelles colonnes couleur grès céladon, évoquant à la fois la fragilité de la porcelaine chinoise bleu-vert et la force sacrée de la pierre de jade. Je me perds dans les dégradés délavés des pics les plus éloignés qui me transportent dans un horizon dentelé quasi-invisible. Le peintre a brillamment capté les reflets du ciel et de l'eau qui s'impriment sur les faces de ces rochers d'abîmes vertigineux.

Or to distract himself, he suggests.

– Everyone needs money, Luc. There are other reasons for not signing.

– Mmm… overall, the work is well preserved, excluding obvious vertical tears on the side edges…

– Proof that it's the center of a triptych.

– Exactly. On the other hand, the stereomicroscope analysis of the surface condition shows that it's recent because the cracks here and there are artificial. When natural, they appear about eighty or even a hundred years after execution.

– And what did the in-depth analysis of the painting with the IR reflectography give? I'd be curious to know if there are traces of lead or carbon under the paint.

I sneak a peek at my colleague. He doesn't respond immediately, captivated by what he's looking at, then I dive back into the web.

I contemplate the high, steep mountains, drowned in the clouds of mist that bring relief. They're sensational celadon stone columns, evoking both the fragility of blue-green Chinese porcelain and the sacred force of jade. I get lost in the faded shades of the most distant peaks, which transport me to an almost invisible jagged horizon. The painter brilliantly captured the reflections of the sky and the water imprinted on the faces of these vertiginously abysmal rocks.

Le manque de netteté m'oblige à revenir au premier plan, bien distinct avec ses teintes éclatantes, et me ramène à l'allure placide de la jeune femme. Lentement, je dérive vers la rivière. J'admire le frêle miroitement d'une barque de pêcheur sur l'onde claire, agitée d'infimes vaguelettes. Fascinant. Un peu comme si l'artiste désirait inciter le spectateur à méditer sur la toute-puissance de la nature. Beau travail. Quelle finesse ! Et la transparence de l'eau…

Luc s'éclaircit la voix, interrompant ma contemplation et me répond enfin :

— C'est curieux… Elle a révélé un authentique dessin, en-dessous, au lieu des simples lignes-guides ou des quadrillages que l'on trouve habituellement. Il faudra effectuer des recherches plus poussées parce que je n'ai pas réussi à le distinguer correctement. Je n'ai constaté aucune corrélation entre le croquis faisant office d'étude préparatoire et le motif final. Mmm… C'est vraiment bizarre… On dirait que le peintre a changé d'idée, pense-t-il tout haut.

— Un repentir d'auteur, dis-je songeuse… Je me demande ce qu'il a voulu modifier dans la composition et pourquoi… C'est étrange.

— Je te l'accorde !

— T'as pu obtenir des renseignements sur la palette ? T'as eu le temps de procéder à l'étude spectroscopique FI-IR ?

The lack of sharpness forces me to come back to the foreground, quite distinct with its vibrant hues, and brings me back to the placid allure of the young woman. Slowly, I drift towards the river. I admire the frail shimmer of a fishing boat on the clear wave, agitated by tiny ripples. Fascinating. As if the artist might have wanted to encourage the viewer to meditate on the omnipotence of nature. Good work. What finesse! And the transparency of the water...

Luc clears his throat, interrupting my contemplation and finally answers:

– It's curious... They painted a real picture, below, instead of the usual simple guide lines or gridlines. It requires further research because I haven't identified it properly. I found no correlation between the sketch that served as the preparatory study and the final motif. Hmm... It's really weird... Looks like the painter changed their mind, Luc thinks out loud.

– An author's repentance, I say thoughtfully... I wonder what they wanted to change in the composition and why... It's strange.

– I agree!

– Were you able to get some information on the pallet? Did you have time to do the FI-IR spectroscopic study?

Oui, c'est fait. J'ai sélectionné des points chromatiques sur des échantillons extrêmement réduits, pour vérifier la constitution des pigments, des liants, des colles et des vernis. La teinte du fleuve provient du bleu de Prusse. Le blanc de préparation est un alliage de céruse et de carbonate de calcium et celui de la surface s'avère être du blanc titane.

— Utilisé uniquement à partir de 1920, dis-je.

— Exact, confirme-t-il, en ne quittant pas la toile des yeux.

J'observe Luc à la dérobée. Il se dégarnit et prend soin de couper courts ses cheveux châtains. Ses lunettes rectangulaires anthracite, aux branches droites dépourvues de recourbures derrière l'oreille, qu'il ne porte qu'au laboratoire, lui donnent un style intello. Elles contrastent avec la souplesse de son allure d'« éternel étudiant aux beaux-arts ». Toujours en jeans avachis et savamment usés, plutôt grand, il est habillé d'un tee-shirt dont le col en V laisse déborder sa virilité.

Je me rapproche insensiblement pour humer son parfum *Cerruti*.

Le regard de Luc se détourne et se rive sur moi.

— Il est récent, comme je le pressentais, poursuit-il. Tous les matériaux sont compatibles avec les années soixante-soixante-dix. Le châssis est d'origine. Je vois qu'il est de bonne tenue. J'ai pu opérer une datation spectroscopique du bois.

— Et ?

– Yes it's done. I selected chromatic points on extremely small samples, to check the constitution of the pigments, binders, glues and varnishes. The color of the river comes from Prussian blue. The prep white is an alloy of white lead and calcium carbonate and the surface white turns out to be titanium white.

– Used only from 1920, I say.

– Right, he confirms, not taking his eyes off the web.

I watch Luc stealthily. He's balding and takes care to cut his brown hair short. His rectangular black glasses, without any curvature behind the ear, which he only wears in the laboratory, give him an intellectual look. They contrast with his laid-back appearance as an "eternal student of fine art". Always in well-worn jeans, rather tall, he's wearing a T-shirt with a V-neck letting his virility overflow.

I lean towards him imperceptibly and inhale his Cerruti cologne.

Luc's gaze turns and falls on me.

– It's recent, as I expected, he continues. All materials are compatible with the Sixties/Seventies. The frame is original. I see it's in good shape. I was able to perform a spectroscopic dating of the wood.

– And?

– Il est âgé de plus ou moins cinquante ans, avec une marge d'erreur de dix ans. Par contre je n'ai pas passé les ultraviolets de la lampe de Wood, ni les lumières monochromatiques, pour évaluer s'il y a eu des restaurations, des retouches et éventuellement de nouvelles exécutions.

Luc scrute à nouveau la toile, concentré, les sourcils froncés, essayant de la faire parler un peu plus.

Au bout d'un certain temps, il recule bruyamment le tabouret sur lequel il avait fini par s'affaisser. Il s'étire pour dissiper un léger engourdissement. Le tableau n'a plus rien à dire, apparemment.

– Voilà, voilà, tu sais tout, déclare-t-il, un sourire en coin.

– Je te remercie, Luc. Nous verrons si le dessin sous-jacent nous révèle quelque chose.

– Je vais devoir le garder au labo, si ton amie est d'accord. J'attends un nouvel appareil, plus performant, pour exécuter les réflectographies à infrarouge, me précise-t-il, adoptant un air professionnel. On doit nous le livrer d'ici deux ou trois jours, maximum. Elle n'y verra pas d'inconvénient ?

– Aucun, dis-je en tombant par hasard sur la pendule murale, suspendue au dessus de la porte. Mince ! Luc, je n'ai pas vu l'heure ! Vite, il faut que je me sauve, j'ai une conférence à la fac !

Rapide coup d'œil à la toile, avant de me diriger vers la sortie. L'heure n'est déjà plus à la méditation. Dernier regard, lourd de sens, jeté à Luc. Droit dans les yeux.

– It's more or less fifty years old, with a margin of error of ten years. On the other hand, I haven't passed it under the ultraviolet Wood's lamp rays, or monochromatic lights, to assess whether there were any restorations, alterations or possibly new executions.

Luc scans the canvas again, concentrated, his brow furrowed, trying to make it talk a little more.

After a while, he noisily pulls back the stool he had ended up collapsing on. He stretches to dispel a slight numbness. The painting has nothing more to say, apparently.

– There you go, you know everything, he says, a smirk.

– Thank you, Luc. We'll see if the underlying drawing tells us anything.

– I'm going to have to keep it in the lab, if your friend agrees. I'm waiting for a new, more efficient device to perform infrared reflectography, he tells me, adopting a professional air. It'll be delivered to us in two or three days, at most. She won't mind?

– No problem, I say, my gaze falling on the clock hanging over the door. Oh no! Luc, I didn't see the time! I have to hurry, I have a lecture at the university!

A quick glance at the canvas, before heading for the exit. The time for meditation is already over.

One last look, heavy with meaning, cast at Luc. Right in the eyes.

Puis, sans réfléchir, je profite de ce départ précipité pour revenir d'un bond et lui déposer une bise sur la joue. Une seule. Audacieuse. Près des lèvres.

Un baiser furtif et complice, plein de promesses à venir.

Then, without thinking, I take advantage of this hasty departure to jump back and kiss him on the cheek. Only one. Bold. Near the lips.

A stealthy and knowing kiss, full of promises.

DEUXIÈME PARTIE

*Un voyage de mille lieues
commence toujours par un premier pas.*

Lao-Tseu Tao te king, autour de 600 avant J.-C

PART TWO

*A journey of a thousand leagues
always starts with a first step.*

Tao Te Ching, around 600 BC

Vol international CA934

Paris (Charles de Gaulle – CDG) – Beijing (Capital International Airport Company – PEK)

13 Juin 2002

Guillaume

Je ne me sens pas très rassuré de rester enfermé dans une carlingue propulsée à travers le ciel vide, à une vitesse vertigineuse, pendant les dix heures et dix minutes annoncées. Totalement surréaliste, en plus, cette précision à la minute, pour parcourir les quelques 8220 kilomètres qui nous séparent de Pékin. C'est dingue quand on y pense !

Mel s'est endormie, bercée par le ronron des réacteurs du Boeing 777-300 flambant neuf, dont le fuselage gris bleu est joliment décoré de gigantesques pivoines blanches, au cœur orangé. Celles-ci flottent sur des vagues dentelées d'écume, d'une mer démontée, s'enroulant en arabesques jusque sous le cockpit. Une image inspirée des célèbres estampes du japonais Hokusai. Lui aussi utilisait du bleu de Prusse, de l'ocre jaune et le noir de l'encre de Chine. Pareil que notre tableau. Sa technique de gravure sur bois a permis de procéder – et permet encore, à qui possède une grosse fortune – de nombreuses reproductions. À la différence de la toile achetée dans le vide-greniers d'un village escarpé du sud de la France, forcément unique, elle.

International flight CA934

Paris (CDG) – Beijing (PEK)

June 13, 2002

Guillaume

I don't feel cozy locked in a cabin propelled through the open skies at breakneck speed, for the ten hours and ten minutes just announced. Totally surreal, in addition, this precision to the minute, to travel the some 8,220 kilometers that separate us from Beijing. It's crazy when you think about it!

Mel fell asleep, rocked by the purring of the engines of the brand new Boeing 777-300, whose blue-gray fuselage is nicely decorated with gigantic white peonies and an orange heart. These float on jagged waves of foam, from rough seas, curling in arabesques below the cockpit. An image inspired by the famous Japanese Hokusai prints. They, too, used Prussian blue, yellow ochre and black India ink. Same as our painting. This woodcut technique was and still is used – by the wealthy – to make countless reproductions. Unlike the canvas bought at a garage sale in a craggy village in the South of France, which is necessarily unique.

Me voilà donc, à la crête d'une lame écumante qui déferle vers Pékin, en quête d'un peintre inconnu qui ne signe pas ses œuvres.

Avec Air China, on est dans l'ambiance : pratiquement que des Asiatiques, personnel de bord compris, films chinois à l'écran et brouhaha feutré des conversations en mandarin. Même les journaux sont noircis de caractères. Des baguettes jetables nous ont été fournies avec le plateau-repas, en tant qu'uniques couverts. Au menu : poulet sauté au gingembre accompagné de cheveux d'ange translucides et au dessert, un bol de fruits. Correct, pour de la nourriture industrielle.

Déjà, à Roissy, dans la salle d'embarquement, nous n'étions plus à Paris. On ne parlait pas français, autour de nous. Premier bain de putonghua.

Sa musique m'est si familière.

J'ai rarement entendu Mélisende la pratiquer, pourtant.

Ça me fait l'effet d'un mot sur le bout de la langue, sauf que là, il ne s'agit pas d'un mot, mais d'un souvenir.

C'est ça : j'ai des souvenirs… Des tas de souvenirs. Tout le temps.

Depuis que j'ai vu le tableau.

Le voyage a été vite décidé. Mel devait se rendre à l'université des langues étrangères de Pékin – ou plutôt de Beijing, pour employer le véritable nom de la capitale. Il fallait qu'elle rencontre la directrice qui s'occupe du cursus des étudiants français.

So here I am, at the crest of a foaming wave surging towards Beijing, in search of an unknown painter who doesn't sign his works.

Flying Air China sets the right tone: practically only Asians, flight attendants included, Chinese films on the screen and the muffled hubbub of conversations in Mandarin. Even the newspapers are blackened with characters. With the meal tray came disposable chopsticks as the only cutlery. On the menu: sautéed ginger chicken with translucent angel hair noodles and, for dessert, a bowl of fruit. Not too bad for canteen food.

Already, at Roissy, in the departure lounge, we were no longer in Paris. People weren't speaking French. Our initiation in Putonghua.

Her music is so familiar to me.

I've rarely heard Mélisende practice, though.

It feels like a word on the tip of my tongue, except that it's not a word, but a memory.

This is it: I have memories... Lots of memories. All the time.

Since I saw the painting.

We decided on the trip quickly. Mel had to go to the University of Foreign Languages in Peking – or rather Beijing, to use the true name of the capital. She had to meet the director in charge of the French students' courses.

– Pékin, est prononcé Beijing. Il contient un couple de caractères : l'un bei, signifiant nord, l'autre jing qui se traduit par capitale, m'a appris Mel, lorsque nous préparions notre séjour.

– Capitale du Nord ! avions-nous résumé en chœur.

– Et Chine ?

– *Zhong guo.*

Mélisende s'est étirée pour attraper un stylo-feutre posé sur la table basse, ainsi qu'un carnet à spirales et petits carreaux, à la reliure fatiguée.

– Ces sinogrammes-là sont nécessaires pour écrire Zhong guo, a-t-elle précisé en les calligraphiant (中 国). Le premier, Zhong (中), veut dire milieu…

– Très explicite, ce trait vertical qui coupe le rectangle ! Ça me plaît. Tiens, je garde l'idée pour le prochain Pictionnary avec mes neveux et nièces !

– Le second, guo (国), signifie pays ou empire, a-t-elle ajouté d'un ton professoral, sans relever ma remarque.

– L'empire du Milieu !

– Ce dernier caractère est complexe, il est constitué d'éléments graphiques de base, juxtaposés. On les appelle des radicaux. On voit celui d'enclos, ici, pour exprimer le mot frontière. Il est représenté par ce carré que tu vois, là, et qui entoure d'autres graphismes.

– Une Grande Muraille encerclant tout le territoire. Et chinois, mon cœur ?

– Facile ! Tu rajoutes un troisième caractère, dont le sens est homme : *ren*.

***

– Peking is pronounced Beijing. It contains a couple of characters: one *bei*, meaning north, the other *jing*, which translates to capital, Mel told me when we were planning our trip.

– Capital of the North! we said in chorus.

– What about China?

– *Zhong guo.*

Mélisende stretched out to grab a felt-tip pen from the coffee table, as well as a spiral notebook with a worn binding.

– These sinograms are necessary to write *zhong guo*, she wrote in calligraphy (中 国). The first, *zhong* (中), means middle...

– Very explicit, the vertical line intersecting the rectangle! I like it. Wow, I'll use the idea for the next game of Pictionary I play with my nieces and nephews!

– The second, *guo* (国), means country or empire, she added in a professorial tone, ignoring me.

– The Middle Empire!

– This last character is complex, it consists of basic graphic elements, juxtaposed. They're called radicals. This enclosure here, is the word border. It's represented by this square, which surrounds the other graphics.

– A Great Wall encircling the whole territory. And Chinese, Sweetheart?

– Easy! You add a third character for man: *ren*.

— Zhong guo ren. Un jeu d'enfant, dis-donc !

— Tu apprends plus vite que mes élèves, a-t-elle plaisanté, après avoir correctement répété à mon encontre la prononciation en putonghua.

— Je me suis toujours demandé comment font les Chinois pour se passer du dictionnaire, vu qu'ils n'ont pas d'alphabet…

— Il n'y a pas d'alphabet, certes, mais avec de l'imagination on peut comparer les radicaux à des lettres qui forment des mots. On les emboîte à la manière des Legos. Et il y a des dictionnaires, tu sais ! Ce sont les radicaux qui permettent de classer les caractères. Et il y en a 214, figure-toi !

— Un code secret ! Je sens que je vais adorer ! On les range de quelle façon, alors ?

— Les sinogrammes qui partagent la même clef – la clef étant le radical le plus important – appartiennent à un champ lexical identique. Ceux-ci sont rangés selon le nombre de traits qui les composent.

— Quel est le plus simple ?

— Il y en a plusieurs qui n'ont qu'un seul trait. Tu as Yi, qui veut dire le chiffre un. C'est un petit trait horizontal qu'on trace de gauche à droite.

— Parce que t'es en train de m'expliquer qu'il y a un sens conventionnel pour la calligraphie ! Pareil que pour notre écriture cursive ! Je vois… J'en ai, du pain sur la planche, moi ! Continue, je t'en prie ! Il en faut plus pour me décourager, chérie.

– *Zhong guo ren.* Child's play!

– You learn faster than my students, she teased, after correcting my prounounciation in Putonghua.

– I've always wondered how the Chinese manage without a dictionary, since they don't have an alphabet...

– There's no alphabet, of course, but with imagination you can compare radicals to letters that form words. We put them together like Lego. And there are dictionaries, you know! The radicals allow for the classification of characters. And there are 214 of them, just imagine!

– A secret code! I think I'm going to love it! How do we organize them, then?

– Sinograms that share the same key – the key being the most important radical – belong to an identical lexical field. These are arranged according to the number of lines they have.

– Which is the easiest?

– There are several that have only one trait. You have *yi*, which means the number one. It's a small horizontal line drawn from left to right.

– You're telling me that there's a common meaning for calligraphy! Like our cursive writing! I see... my work's cut out for me! Go on, please! It takes more than that to discourage me, Honey.

En poursuivant – Dieu que j'aime ses yeux quand ils pétillent ! – Mel a griffonné un autre signe sur son calepin aux pages cornées. Elle était assise, enfoncée dans le canapé, les jambes tournées sur le côté et repliées sous elle, ainsi qu'elle le fait d'ordinaire.

— Pour illustrer mon propos aux jeunes de première année, je donne un exemple qui a le mérite de capter l'attention des rêveurs : le radical femme (女) collé à celui de porte (户) signifie : une femme dissimulée dans l'entrebâillement d'une porte, observant secrètement les autres concubines. (女 户)

— Et ?

— Ça se traduit par jalousie, a-t-elle conclu en riant.

— Joli ! Ça nécessite pas mal d'inventivité, je te l'accorde. Et une mémoire d'éléphant !

— Ça aide. Mais étant donné l'évolution des radicaux dans le temps et les simplifications dont ils ont fait l'objet, il est assez difficile de les identifier et de les mémoriser. Bon, je ne le dis pas à mes étudiants, naturellement, histoire de ne pas en perdre trop en route ! Bah, on finit rapidement par repérer des constances au fil des leçons. Souvent, un nouveau caractère qui paraît complexe au premier abord, est constitué de deux ou trois clefs déjà connues.

— Les pauvres ! Ils ne sont pas au bout de leur peine, parce qu'ils doivent aussi retenir la diction, et ce n'est pas une mince affaire, à ce que je vois !

— C'est très bien pensé : en ce qui concerne la majorité des signes, les radicaux sont spécialisés pour fournir une indication sémantique ou phonétique. La forme et le son sont donc associés.

Continuing on as usual, God I love her eyes when they sparkle! – Mel scrawled another symbol on her notepad with its dog-eared pages. She sank into her seat, legs tucked under her to the side, as she usually does.

– To illustrate the point to first-year students, I give an example that captures the attention of dreamers: the radical woman (女) glued to the door (囗) means: a woman hiding behind a door, secretly observing the other concubines (女 囗).

– And?

– It translates into jealousy, she concluded with a laugh.

– Nice! It takes a lot of inventiveness, I'll grant you that. And the memory of an elephant!

– It helps. But given the evolution of radicals over time and their simplification, it's quite difficult to identify and remember them. Well, I don't tell my students, of course, so as not to lose too many along the way! Anyway, we eventually notice the patterns as the lessons progress. Often, a new character that seems complex at first glance is made up of two or three key ones they already know.

– Poor students! That's not the end of the tunnel either, because they still have to take into account the diction, and that's no small feat, I hear!

– True: for the majority of the symbols, the radicals are specialized to provide a semantic or phonetic indication. So form and sound are linked.

– Il faut combien de caractères, pour parler couramment ? Grosso modo.

– Il y a un seuil minimum qui est estimé à quatre voire cinq cents.

– Tu peux répéter ?

– Environ cinq cents. C'est le niveau attendu en fin de lycée pour les élèves de LV2 et LV3, en France. Ça permet de déchiffrer soixante à soixante-dix pour cent des textes ordinaires. On considère qu'une personne est illettrée si elle ne possède pas la connaissance de cinq cents caractères environ. Sachant qu'on en a besoin de deux à trois mille si on veut lire les journaux !

– Bon, ben, c'est pas gagné… Heureusement que j'ai un merveilleux professeur particulier !

* * *

J'ai su que j'accompagnerais Mélisende dès elle qu'elle m'a fait part de ce déplacement à Pékin. Je me sentais irrésistiblement attiré par les images de la Chine qu'elle avait suscitées en moi.

Il ne m'a pas été facile de poser des congés entre de gros projets immobiliers. J'ai du boulot par-dessus la tête. Il serait ingrat de s'en plaindre, mon activité me passionne, en vérité.

Avant de partir, j'ai achevé, in extrémis, quelques plans d'exécution et descriptifs de la salle de spectacle du village voisin, suite au dépôt et à l'obtention du simple permis de construire. Il faut dire qu'au préalable, j'avais réussi à boucler plus vite que prévu les ultimes étapes concernant l'école maternelle.

– How many characters do you need to know to speak fluently? Roughly speaking.

– There's a minimum threshold, about four or even five hundred.

– What?

– About five hundred. This is the expected level at the end of high school for LV2 and LV3 students in France. It allows you to decipher sixty to seventy percent of ordinary texts. A person is considered illiterate if he doesn't know about five hundred characters. You need two to three thousand if you want to read the newspapers!

– Well, well, I'm not there yet... Luckily I have a wonderful private teacher!

* * *

I knew that I would accompany Mélisende as soon as she told me about this trip to Beijing. I felt irresistibly drawn to the images of China she had ignited.

It wasn't easy for me to take time off between big real estate projects. I have a lot of work to do. It would be ungrateful to complain about it, though. My business really fascinates me.

Before leaving, I completed, in extremis, some execution plans and descriptions for a performance hall in the neighboring village, following the filing and obtaining of a simple building permit. Before that, I had managed to complete the final stages of a nursery school quicker than expected.

Cette dernière m'a mobilisé des mois et j'y ai travaillé d'arrache-pied. Un édifice de cette envergure ne se conçoit pas en un jour.

Pour mon plus grand plaisir, la municipalité m'a laissé pas mal de latitude quant à la conception de ce projet-là. Elle a organisé, à ma demande, une réunion en présence des enseignants afin que le résultat final puisse coller à leurs exigences et à celles des élèves.

En élaborant les plans, j'ai conçu un établissement en étoile, en privilégiant de beaux volumes indépendants, agencés autour d'une cour centrale. Les pièces posséderont de larges baies vitrées orientées vers la garrigue ou les champs d'oliviers. J'ai fait en sorte que nous puissions conserver un certain nombre d'arbres, des chênes, afin de produire de l'ombre en été. Ce n'est pas un détail. J'y tiens. Cela m'aurait arraché le cœur de les éliminer !

Les professeurs ont été emballés lorsque je leur ai présenté les tubes en carton remplis de croquis et d'esquisses.

Ultérieurement, je me suis attelé à l'ensemble des plans techniques et des descriptifs, en collaboration avec les ingénieurs. Une évaluation du coût de l'ouvrage a suivi.

Ça n'en finissait plus ! J'y ai passé mes soirées jusqu'à pas d'heure. Parfois des nuits blanches, dans le silence de la villa endormie, propice à la création ; la nuque endolorie, les yeux rougis par l'épuisement et l'estomac à l'envers, à cause de tous les cafés que j'absorbais pour tenir. Il ne m'a jamais fallu beaucoup de sommeil, certes. C'est une chance, dans ce métier où les charges de travail sont inégalement réparties.

It kept me busy for months, and I worked very hard on it. A building of that magnitude can't be designed overnight.

To my glee, the municipality gave me a lot of latitude in the design of this project. It organized, at my request, a meeting in the presence of the teachers so the final result would meet their requirements and those of the students.

In drawing up the plans, I designed a star-shaped establishment, favoring beautiful independent spaces, arranged around a central courtyard. The rooms will have large bay windows facing the scrubland or the olive groves. I made sure that we could conserve a number of trees, oaks, to provide shade in the summer. This isn't a detail. I care about them. It would have broken my heart to eliminate them!

The teachers were taken aback when I presented them with the cardboard tubes filled with sketches and draft drawings.

Subsequently, I got down to all the technical plans and descriptions, in collaboration with the engineers. An assessment of the cost of the work followed.

There was no end to it! I spent my evenings there until late. Sometimes I spent sleepless nights, in the silence of the sleeping villa. It was good for creativity but the back of my neck was sore, my eyes red with exhaustion, and my stomach turned upside down from all the coffee I was drinking to keep me going. I never needed a lot of sleep, though. I'm lucky the workloads are unevenly distributed in this profession.

Contrairement à ce que j'avais imaginé, la maquette m'a demandé beaucoup de travail. Destinée à être exposée dans le hall de la Mairie, je ne me suis pas ménagé. J'ai pu enfin lancer l'appel d'offres sans trop de retard, en définitive, après avoir consulté diverses entreprises au moyen des derniers documents…

Ouf ! Il n'a pas été commode de coordonner ce petit monde !

Le projet définitif est bouclé. Dans les temps, en plus ! Le choix des mieux-disants, comme d'habitude, ne s'est pas porté sur les moins chers. Cependant, Monsieur le Maire – fraîchement élu et père de gamins encore scolarisés – voulait une belle école. Soit. J'ai dû procéder à des modifications du programme.

Cyril, mon collègue, s'occupe de le chiffrer. Je serai largement de retour au cabinet avant le début du chantier.

* * *

L'heure est venue de lever le pied et de souffler… Et puis, il est gentil, Cyril, mais il a le don de m'exaspérer. Qu'est-ce qu'il est irascible ! Il me fatigue. Je viens d'atteindre la limite du supportable. M'octroyer des vacances n'est pas du luxe. Marre de le prendre avec des pincettes et de ménager sa susceptibilité.

Bah, abstraction faite de son mauvais caractère, il abat du bon boulot. Je peux lui confier le bébé et dormir sur mes deux oreilles, alors…

Contrary to what I had imagined, the model required a lot of work. It would be exhibited in the Town Hall, so I took pains to give it my all. After consulting various companies with the latest plans, I was ultimately able to launch the tender without too much delay...

Phew! It was not easy to organize this small world!

The final project is complete. And on time! As usual, the best-performing choice was not the cheapest. However, the mayor – newly elected and the father of some students – wanted a nice school. That said, I still had to make some changes to the program.

My colleague, Cyril, takes care of the encryption. I'll be back at the firm before they start on the building site.

* * *

Now is the time to ease up and take a breather... He's nice, Cyril, but he has a knack for pissing me off. He's so touchy! He wears me out. I couldn't stand any more. Giving myself a vacation isn't a luxury. I'm tired of taking things with a grain of salt and sparing his feelings.

His bad temper aside, he does a good job. I can hand him the baby and sleep soundly, so...

Disons, à sa décharge, qu'il a des circonstances atténuantes, le pauvre gars. Il est impossible d'endosser le rôle de brave toutou à la fois, au bureau et à la maison. Il faut bien un endroit où évacuer les tensions et frustrations accumulées. Sinon le *pétage* de plombs vous guette.

Il en fait, des efforts et des concessions pour sa femme ! Il en fait des tonnes. Ah, elle est plutôt séduisante, Suzana ! Un beau brin de fille ! Néanmoins, quel trompe-l'œil ! Derrière le masque de l'épouse sympathique, ce n'est pas joli joli !

Je ne parviens pas à saisir ce qui pousse mon collaborateur à accepter d'être si mal aimé, ni ce qui a pu se passer pour qu'il en soit arrivé là. Un pur mystère.

Tous ces appels et ces SMS à longueur de journées auxquels il est sommé de répondre s'il veut éviter les esclandres et la soupe à la grimace en rentrant, tous ces dîners d'affaires pour lesquels il se défile, comme par hasard, dès qu'il en touche un mot à Suzana. Et ces coups d'œil incessants à sa montre, quand j'ai fait le forcing afin qu'il m'accompagne. Horripilant. Les déplacements, c'est simple, il n'y a que moi qui m'y colle. Suzana a toujours une bonne raison pour le coincer à domicile. Evidemment. Et lui, cette andouille, il n'y voit que du feu ! C'est pathologique d'appeler en permanence. J'ai l'impression que Suzana est carrément dans le cabinet.

J'ai maintes fois essayé de lui ouvrir les yeux. Peine perdue. Il n'a de cesse de lui chercher des excuses. Si ce n'est pas malheureux...

Let's say, in his defense, he has extenuating circumstances, poor guy. It's impossible to take on the role of a brave doggie both in the office and at home. There must be a place to vent all those accumulated tensions and frustrations. Otherwise you go crazy.

He bends over backwards for his wife! He does tons of that. Ah, she's quite attractive, Suzana! A beautiful slice of a girl! But what a sham! Behind her sympathetic-wife mask, there's nothing pretty!

I can't understand what makes my colleague accept being loved so badly, what could have happened to make it come to this. A pure mystery.

All these calls and texts all day long that he's summoned to answer if he wants to avoid long faces and humiliation when he gets home, all the business dinners he misses, as if by chance, as soon as he says a word about them to Suzana. And those incessant glances at his watch, when I pushed for him to come with me. Horrifying. Traveling is simple, I'm not the only one who has to do it. Suzana always has a good reason for keeping him at home. Obviously. And he, this idiot, he sees nothing but the illusion! It's pathological to call all the time. It feels like Suzana is sitting right there in the office with us.

I tried many times to open his eyes. A waste of time. He keeps making excuses for her. If that's not bad luck...

Maintenant le pli est pris. Vingt ans de mariage, des enfants, des habitudes. Il est tenu en laisse. Mieux que ça : il se tient en laisse lui-même, à la longue.

Bon sang, l'amour, ce n'est pas cela ! Elle s'approprie l'énergie positive de son mari – énergie qui lui fait, à elle, cruellement défaut – en le dévalorisant continuellement. À dose homéopathique, s'il vous plaît. Matin, midi et soir. Efficacité garantie. Elle souffle alternativement le chaud et le froid, incognito.

Cyril est sous son emprise. C'est insidieux, la manipulation. On ne s'aperçoit de rien, paraît-il. Il n'est pourtant pas bête, mon collègue. Il n'y a pas pire aveugle que celui qui ne veut pas voir. J'en déduis qu'aucune intelligence ne résiste à l'affect. Le besoin d'amour, de tendresse, de reconnaissance, de considération, de confiance... domine le reste. Cyril est prêt à payer le prix fort dans le but d'esquiver les conflits et qu'elle lui fiche la paix : une liberté réduite comme une peau de chagrin, des remarques acerbes, blessantes, des regards plein de mépris, des réactions agressives... La liste est longue. Bref, j'en passe, des vertes et des pas mûres.

La dernière en date : elle a trouvé le moyen de lui reprocher de s'empâter, lui qui n'est guère plus épais qu'un fil de fer ! 60 kg tout mouillé, pour 1,80m. C'est dire ! Le comble, je vous le donne en mille, c'est qu'il croyait que c'était vrai ! Il s'est mis à manger salade sur salade. Sincèrement, à part perdre un os, que pouvait-il perdre d'autre, hormis son amour-propre ?

Now the deal is done. Twenty years of marriage, children, habits. He's been kept on a leash. Or rather, he keeps himself on a leash, in the long run.

For crying out loud, that's not love! She sucks up her husband's positive energy – energy that she sorely lacks – by continually putting him down. Morning, noon and night, she demands guaranteed efficiency from him, while she, on the sly, alternates hot and cold.

Cyril is in her grip. The manipulation is insidious. He doesn't seem to notice it. Although my colleague's not stupid. There's no worse blind man than the one who doesn't want to see. I guess no amount of intelligence can shield you. The need for love, tenderness, recognition, consideration, trust... dominates the rest. Cyril is ready to pay a heavy price in order to dodge conflict and get her to leave him alone: freedom reduced, little by little, to sorrow, scathing and hurtful remarks, contemptuous looks, aggressive reactions... The list goes on. In short, nothing but bitter fruit, never a taste of anything ripe.

The latest: she found a way to blame him for gaining weight. Cyril, who's as thin as a wire! At 5 feet 11 inches, 132 pounds if he's wet. I mean it! The worst part, I tell you, was that he believed it! He began to eat salad after salad. Honestly, unless he lost a bone, what else could he lose, besides his self-esteem?

J'étais tellement sidéré que j'ai abordé le sujet. À son habitude, il a défendu sa moitié bec et ongles. « Elle n'est pas méchante, tu sais, elle a du tempérament. Elle a eu une enfance difficile, elle a morflé, gamine. Faut la comprendre, elle traîne des casseroles. Du coup elle n'est pas sûre d'elle, tu vois. Ne t'en fais pas, ça va, je suis heureux, je t'assure. On fait un tandem assez complémentaire. Si elle est dure avec les gamins, je rééquilibre, ça fait la balance… Elle évolue, on discute elle et moi. Si, si, je t'assure. Tiens, au décès de mon grand-père, elle m'a caressé la main tendrement. Tu vois… Oui, je sais ce que tu penses, Guillaume. Tu l'as pensé si fort que je l'ai entendu. Elle n'aime pas trop ça, les effusions, les câlineries, c'est pas son trip… Je m'y suis habitué… j'en ai pris mon parti, ça y est. Ça va, je t'assure, fais pas cette tête ! »

Mouais. Qu'il dit. Tout va très bien, Madame la Marquise ! Bah, c'est un mécanisme de défense. Il est ainsi, Cyril. Il se persuade que ce n'est pas grave et s'escrime à en convaincre les autres. Enfin, les autres, il faut le dire vite… La famille et les amis… il n'y a pas foule.

Ceux qui ont osé émettre des critiques ont été habilement mis sur la touche par madame, ou par monsieur incité par madame. Ils se sont entourés d'une poignée de relations, des couples triés sur le volet. Leur point commun : posséder une mentalité inoffensive. Et si l'un d'entre eux se risque à avoir la langue pendue et a le tort de se mêler de ce qui ne le concerne pas, malheur ! Direction les oubliettes ! Et Cyril de fermer les yeux.

La réalité serait traumatisante. Le déni est plus confortable.

I was so flabbergasted that I broached the subject. As usual, he defended his other half tooth and nail. "She's not mean, you know, she's just got a temper. She had a difficult childhood, she had it real hard as a kid. You have to understand her, she has skeletons in the closet. So she's not confident, you know. Don't worry, it's okay, I'm happy, I swear. We're riding a fairly complementary tandem. If she's hard on the kids, I compensate, that balances things out... She evolves, we discuss things. Yes, yes, I'm telling you. Look, when my grandfather died, she caressed my hand tenderly. You see... Yes, I know what you're thinking, Guillaume. You thought it so loudly that I heard it. She doesn't really like shows of affection, hugs, it's not her trip... I'm used to it... I've made up my mind, that's it. It's okay, I swear, don't look like that!"

Yeah. It's like he's trying to convince himself. Everything's going great with Madame la Marquise! Bah, it's a defense mechanism. That's Cyril all over. He convinces himself that it's okay and tries to convince others of it. At the end of the day, the others, I can tell you... family and friends... there aren't many.

Those who dared to express criticism were skilfully sidelined by Madame, or by Monsieur, incited by Madame. They've surrounded themselves with a handful of relationships, handpicked couples. What they have in common: they're completely harmless. And if any risk wagging their tongues and getting involved in things that are none of their business, woe betide them! To the dungeons! And Cyril must close his eyes.

The reality would be traumatic. Denial is more comfortable.

Je me demande si l'on peut se mentir à soi-même indéfiniment... Car il se leurre : on ne change pas, au fond. Et surtout, on ne change pas quelqu'un. Chassez le naturel, il revient au galop.

Quand je songe au peu d'estime qu'il a de sa personne, pour s'être mis dans une telle situation, j'en suis attristé. Pauvre de lui... Je ne serais pas resté trois secondes avec une fille pareille, moi ! Dieu m'en garde !

Elle a immédiatement flairé le bon coup, à l'époque, quand ils se sont rencontrés. En moins de deux, elle lui mettait le grappin dessus, habitait chez lui, virait les meubles et les amis encombrants, oubliait sa pilule. En un temps record, elle est devenue la mère de ses enfants, dévouée et dépendante de son salaire. Bien joué. Bien ferré, le Cyril. Un gentil mari. Un beau train de vie. Plus de soucis à se faire jusqu'à la fin de ses jours.

Ce n'est pas sans évoquer une expérience dans laquelle des animaux de laboratoire sont enfermés à l'intérieur d'une cage. À force de subir des stress répétés en n'ayant aucune possibilité de s'y soustraire, ils entrent tous, au bout d'un certain temps, dans un état neurasthénique, jusqu'à ne plus vouloir se sauver à l'ouverture de la porte. De guerre lasse, ils ont renoncé. On appelle cela, la « résignation acquise ».

Pourvu qu'il ne tombe pas en dépression, à faire la carpette... Parce que, malgré son foutu caractère, je l'apprécie. On forme un duo de choc, nous deux. On a développé une sacrée complicité en bossant ensemble.

I wonder if we can lie to ourselves forever... Because he's kidding himself: we don't change, basically. And above all, you can't change someone. Hunt for their nature, and it comes galloping back.

When I reflect on how little he thinks of himself, putting himself in a situation like that, it makes me sad. Poor Cyril... I wouldn't have stayed three seconds with a girl like that, not me! God forbid!

She immediately had his number when they first met. In less than two months, she'd chained him down, living at his place, removing bulky furniture and friends, forgetting her pill. In record time, she became the mother of their children, devoted and dependent on his salary. Good game. She had Cyril all tied up. A nice husband. A beautiful way of life. No more worrying until the end of his days.

It reminds me of an experiment where laboratory animals are locked inside a cage. From undergoing repeated stress without any way of avoiding it, they all eventually enter into depression, until they no longer want to save themselves when the door is opened. Tired of war, they give up. This is called "acquired resignation".

As long as he doesn't fall into depression, submitting ... Because, despite his broken character, I like him. The two of us make for a dynamic duo. We've developed a strong bond, working together.

Ses sautes d'humeur ne sont qu'une manière maladroite de me manifester sa souffrance. Nul n'est capable de vivre des années, assujetti, dans l'abnégation, sans y laisser sa peau. Croisons les doigts pour qu'il tienne le coup. S'il me fait faux bond, je peux plier boutique !

Un peu de repos ne sera pas du luxe. Je ne suis pas son punching-ball. Il n'a qu'à l'envoyer sur les roses, sa bonne femme !

* * *

Quoi qu'il en soit, cette histoire de tableau a aiguisé ma curiosité. Assez pour ne pas me concentrer efficacement sur mon travail. Et de surcroît, je suis curieux de découvrir l'univers de Mel. Elle se montrait enchantée à l'idée de me servir de guide à Pékin, puis à Yangshuo, la petite ville où elle s'était tant plu.

Une escapade qui nous tiendra lieu de lune de miel.

« Lune, ô douce lune [...] », dit la chanson qui me revient par bribes,

« [...] dis-moi quel sera mon destin [...]. Lune, je ne crois en rien, ni aux Dieux

[...], ni à l'avenir incertain. Mais lorsque je te vois briller, il me vient envie de prier. »

La poésie... un pur plaisir de l'esprit, empli de grâce et de fantaisie. Le genre de beauté qui m'apaise.

His mood swings are just a clumsy way of showing me his pain. No one is capable of living for years in subjugation, in selflessness, without some damage. Let's keep our fingers crossed that he makes it. If he fails me, I could go out of business!

A little rest wouldn't be a luxury. I'm not his punching bag. He just needs to send some roses to his old lady!

* * *

Anyway, this painting story piqued my curiosity. Enough to distract me from my work. And what's more, I'm curious about Mel's universe. She was delighted to be my guide in Beijing and then in Yangshuo, the small town where she has had such a good time.

A getaway that will serve as a honeymoon.

"Moon, oh sweet moon...", says a song that comes back to me in snatches,

"...Tell me what my fate... Moon, I don't believe in anything, not even the Gods

...Nor the uncertain future. But when I see you shine, I feel like praying."

Poetry... a pure spiritual pleasure, full of grace and fantasy. The kind of beauty that calms me down.

Pour paraphraser Valéry, il est quelques combinaisons de paroles qui peuvent produire une émotion, que d'autres ne traduisent pas, et que nous appelons poétiques.

Je concède que cela nous échappe.

Au plus loin que je me souvienne j'ai toujours eu le goût des mots, de leurs sonorités, des images qu'ils suscitent en nous. À quinze ans j'écrivais les compositions de mes amis musiciens. Je jouais avec les rimes et le tempo, rapprochant les termes par associations d'idées et de sons. En général les paroles venaient d'elles-mêmes, à l'écoute de la mélodie.

Il me fallait une atmosphère pour l'inspiration. Parfois c'était au lit. Les phrases se bousculaient dans ma tête, sur l'air qui repassait en boucle ; il devenait alors impossible de trouver le sommeil ; je devais me lever, attraper un stylo et l'histoire prenait vie. Enfin apaisé, je pouvais me recoucher. Le lendemain, je la relisais et je procédais à diverses modifications en la fredonnant sur la musique. Je me régalais d'alterner les couplets et les refrains structurés par les contraintes.

J'en noircissais, des pages ! On me complimentait, on me disait que j'avais du talent, une belle plume. J'obtenais les meilleures notes en dissertation.

To paraphrase Valéry, there are some combinations of words that can produce emotion, that can't be translated, that we call poetic.

It escapes us.

As far back as I can remember, I have always had a taste for words, their sounds, the images they arouse in us. When I was fifteen I was writing the lyrics for my musician friends. I played with rhymes and tempo, bringing the terms together by associating ideas and sounds. Usually the lyrics came on their own, just from listening to the melody.

I needed an inspiring atmosphere. Sometimes when I was in bed, the sentences jostled in my head, a loop playing in the air; then I wouldn't be able to sleep; I had to get up, grab a pen and the story would come to life. Then, calm, I could go back to bed. The next day, I would read it again and make various modifications by humming it to the music. I enjoyed alternating verses and choruses using the constraints of the structure.

I'd be filling pages! People complimented me, told me I had talent, wrote beautifully. I got the best marks for my essays.

Contre toute attente, je me suis dirigé vers l'architecture. L'écriture me mettait trop à nu pour en vivre. Mais elle était mon oxygène. Or je ne voulais pas qu'elle soit liée à des impératifs professionnels. La garder en l'état d'amusement me convenait mieux. Mon métier est plus carré, chiffré, mesuré, millimétré. Il introduit un peu d'ordre dans mon esprit fantasque et débordant. C'est pendant mes études d'archi que je me suis mis à rédiger des haïkus, sur des carnets qui me suivaient partout.

Je me sens comblé de partager mes passions avec Mélisende. On se comprend si bien, elle et moi... Avant de partir, elle s'est attelée à la traduction du texte calligraphié à l'encre noire, sur notre tableau.

– Tu vois Guillaume, en Chine, la poésie, eh bien elle occupe la place numéro un des modes d'expression. Elle est la composante majeure de la littérature. Tu imagines ! Etant donné que les mots n'ont qu'une syllabe, dans une langue où la tonalité est très importante, le poème chinois est principalement un rythme. En réalité il est souvent court, il évoque l'éphémère et l'éternel, et il est fidèle aux courants philosophiques que sont le taoïsme et le bouddhisme.

Mel m'a parlé avec enthousiasme de Li Bai, l'un des grands poètes de la dynastie Tang. Elle m'a récité de mémoire *Pensées d'une nuit calme*, le plus célèbre, celui que tous les écoliers apprennent.

Les miennes – de pensées – dans la nuit calme et feutrée, me ramènent ici et maintenant, à l'intérieur de cet engin dont la vitesse vertigineuse me rapproche de l'Asie.

Against all the odds, I turned to architecture. Writing exposed me too much to allow me to make a living from it. But it was my oxygen. On the other hand, I didn't want it to be tied to professional imperatives. Keeping it fun suited me better. My job is more square, quantified, measured, millimetered. It brings order to my freakish, overflowing mind. It was during my architecture studies that I started writing haikus, in notebooks that came with me everywhere.

I feel overwhelmed sharing my hobbies with Mélisende. She and I understand each other so well... Before we left, she started translating the calligraphy in black ink on our painting.

– You see Guillaume, in China, poetry, well it's the number one form out of all the modes of expression. It makes up the largest component of their literature. Can you imagine! Since the words are only one syllable, in a language where intonation is very important, the Chinese poem's mainly a rhythm. In fact, it's often short, it evokes the ephemeral and the eternal, and it's faithful to Taoist and Buddhist philosophical currents.

Mel told me enthusiastically about Li Bai, one of the great poets of the Tang Dynasty. She recited from memory *Thoughts from a Quiet Night,* the most famous one, the one all school children learn.

My thoughts in the hushed, calm night bring me back to the here and now, inside this machine drawing me closer to Asia at a dizzying speed.

Le bout du monde... J'ai le mien, à Saint Guilhem-le-désert. Inutile de parcourir des milliers de kilomètres. Il existe. Si, si ! Il n'y a qu'à suivre le chemin qui mène au cirque du Bout-du-monde depuis le centre du village, puis longer le ruisseau et continuer jusqu'à la gigantesque muraille rocheuse aux parois vertigineuses qui empêche tout passage. C'est là que Guilhem le guerrier y aurait dissimulé son épée, parait-il, dès lors qu'il avait fait vœux de ne se consacrer qu'à la foi. Epée que nul n'a jamais retrouvée.

Je sors de mon sac à dos la calligraphie et je la relis. Je la connais par cœur. Elle ne me quitte plus, tout comme la photo du tableau que j'ai imprimée.

Il s'agit d'un poème de Wang Wei, datant de l'an 720.

« Au printemps l'étang est large et profond

J'attends le retour de la barque légère

Lentement, les lentilles d'eau se rassemblent,

Le saule pleureur les balaye, à nouveau les éparpille. »

La nature, la vie, éternel recommencement. Tout est en constant mouvement. Le fameux « Rien ne se perd, rien ne se crée, tout se transforme. » de Lavoisier.

J'ai en tête le dessin caché sous la peinture, que Lisa et son équipe ont mis en évidence. L'esquisse comporte des différences par rapport à l'œuvre destinée à être vue. Les personnages ne sont pas placés au même endroit : le couple âgé est représenté devant, et la jeune femme derrière.

The end of the world… I have mine, in Saint-Guilhem-le-Désert. No need to travel thousands of kilometers. It exists. Yes it does! All you have to do is follow the path that leads to the End-of-the-world Circus from the village center, then follow the stream and continue up to the gigantic stone wall with vertiginous rock faces that block your passage. Gilhem the warrior must have hidden his sword there, it seems, since he had made a vow to devote himself only to the faith. A sword no one has ever found.

I take the calligraphy out of my backpack and reread it. I know it by heart. It never leaves me, just like the picture of the painting I printed.

It's a poem by Wang Wei, dating from the year 720.

"In spring, the pond is wide and deep.

I'm waiting for the return of the light boat.

Slowly the duckweeds come together,

The weeping willow sweeps them away, scattering them anew."

Nature, eternal life restarting. Everything is in constant motion. The famous "Nothing is lost, nothing is created, everything is transformed," from Lavoisier.

I have in mind the design hidden under the paint, which Lisa and her team highlighted. The sketch different from the work intended to be seen. The characters are not placed in the same area: the elderly couple is represented in the foreground, and the young woman behind.

Zsa a laissé entendre que le peintre aurait sûrement changé d'avis.

En première intention, les vieux touristes revêtaient de l'importance pour lui. Et au moment de la réalisation, il a donné la priorité à la jolie Chinoise. Ceci dit, il est tout à fait défendable de mettre en lumière un sujet si agréable à regarder. Le vendeur marseillais du vide-greniers approuverait ce choix !

Pourquoi l'artiste n'avait pas cet objectif au départ ? Et pour quelle raison les trois parties sont-elles séparées ? Pourquoi une telle similitude avec Mel et moi, par-dessus le marché ? Une chance sur combien de milliards ? Avec ma montre en plus !

On est en pleine quatrième dimension, là !

Soupir.

Par réflexe, je jette un coup d'œil à mon poignet gauche et en profite pour rajouter six heures. Autant s'habituer.

Et la conviction d'avoir connu Mélisende bien avant de la croiser dans le métro ?

Hein ? D'être déjà allé dans l'empire du Milieu ?

Soupir, encore.

* * *

Zsa said that the painter must have changed his mind.

His first intention showed that the old tourists held a position of importance for him. But in the final configuration, he gave priority to the pretty Chinese woman. Having said that, it's entirely defensible to bring to light such an enjoyable subject to look at. The Marseillais garage-sale seller would approve of this choice!

Why didn't the artist organize it that way in the first place? And why are the three parts separate? Why such a similarity with Mel and me, on top of that? One chance in how many billions? With my watch in addition!

We're in full fourth dimension, there!

Sigh.

By reflex, I glance at my left wrist and take advantage of the opportunity to add six hours. You might as well get used to it.

And the feeling of having known Mélisende long before meeting her in the metro?

Huh? Ever been to the Middle Kingdom?

Sigh, again.

* * *

Altitude : 11850 pieds

Instinctivement, je m'accroche aux accoudoirs, tandis qu'une faible tension monte. Pourquoi, pourquoi, pourquoi... Ces questions qui me taraudent... je les retourne continuellement dans toutes les directions. Arrête donc ! Allons, toi qui te targues d'avoir la tête sur les épaules, d'ordinaire !

Lassé par ces délirantes chinoiseries, je décide de me plonger dans une lecture plus concrète. Je range alors le poème et extirpe un pavé : le *Lonely Planet* ; Radiohead dans les écouteurs de mon MP3, enfoncés au fond de mes oreilles.

De simples oreillettes auraient-elles la vertu de couvrir ma cacophonie interne ?

« No alarms and no surprises (Pas d'alarmes et pas de surprises)

Such a pretty house, such a pretty garden. (Une si belle maison, un si beau jardin.) »

Quelles surprises nous attendent là-bas, à Yangshuo ? Ouvrir une porte. Ne pas savoir ce qu'elle cache...

Mais vouloir l'ouvrir.

« No surprises. »

Tu as toujours craint les surprises, c'est tout... me dis-je en moi-même. Avoue !

Altitude: 11850 feet

Instinctively, I hold onto the armrests as a hint of tension builds. Why, why, why... These questions that torment me... I keep turning it around from all angles. Enough! Come on, when you pride yourself on having a stable head on your shoulders. Most of the time!

Tired of these chinoiseries making me delirious, I decide to bury my nose in my more concrete book. I then put the poem away and dig out a paving stone: the *Lonely Planet*; Radiohead in my MP3, headphones wedged into my ears.

Would a pair of simple earphones be able to cover my internal cacophony?

"No alarms and no surprises

Such a pretty house, such a pretty garden."

What surprises await us there, in Yangshuo? Open a door. Not knowing what it's hiding...

But wanting to open it.

"No surprises."

You've always feared surprises, that's all... I told myself. Confess!

Tu voudrais tout deviner, tout comprendre, tout conduire, tout imaginer… Comme si c'était possible ! À ton âge, tu pourrais être plus courageux. C'est vrai que tu as progressé depuis l'époque où tu avais une trouille bleue du noir, dans ta chambre d'enfant et où les clowns te terrorisaient. Tu as couru après le bus 72. Tu n'as pas eu peur de prendre le bras de Mel, de l'embrasser, et de quitter ta Bretagne natale pour elle. Quand j'y pense, j'ai eu du cran pour faire une chose pareille. Enfin, c'est ce que je me dis, avec du recul, en revoyant la scène. Aussi incroyable que cela puisse paraître, agir de la sorte me semblait normal. Il n'a pas été question d'audace. Ni de défi. Ni de quoi que ce soit.

En l'espace d'une poignée de secondes, on m'a poussé à courir. J'ai couru. Je répondais à un appel. Tout simplement.

Mélisende… Regarde-la. Elle fonce dans la vie, elle envoie valser les obstacles et elle avance, le nez au vent, à l'écoute de ses intuitions dont elle a le sens particulièrement aiguisé… Oh, elle a bien des tourments ! Rares sont ceux qui y échappent. Mais j'admire son courage. Les femmes en ont beaucoup… plus que les hommes. On le dit. J'en suis convaincu. Bah, des généralités. Je suis cependant obligé d'admettre que nombre d'entre elles ont une force intérieure qui me fascine…

Et que Mel est de cette trempe.

You'd like to guess everything, understand everything, drive everything, imagine everything... As if it were possible! At your age, you could be braver. It's true that you have come a long way from the days when you were scared rigid in your nursery, when the clowns terrorized you. You ran after the 72 bus. You weren't afraid to take Mel's arm, kiss her, and leave your native Brittany for her. Come to think of it, I had the guts to do such a thing. Well, that's what I tell myself, looking back, watching the scene again. As unbelievable as it may sound, doing this seemed normal to me. There was no question of boldness. No challenge. Not in the least.

In a matter of seconds, I was urged to run. I ran. I was answering a call. Simply.

Mélisende... Look at her. She rushes through life, she sends obstacles waltzing and she moves forward, her nose in the wind, listening to her intuitions, which she's keenly in-tune with... Oh, many things torment her! Few escape that. But I admire her courage. Women have a lot... more than men. We say so. I'm convinced of it. Bah, generalities. However, I have to admit that many women have an inner strength that fascinates me...

And Mel is of that caliber.

Emouvants décibels, relayés ensuite par la voix de Jeff Buckley dans son ardente interprétation stratosphérique du mélancolique *Hallelujah* de Leonard Cohen. Des vibrations mystiques d'arpèges de guitare bienvenues qui finiront par m'élever encore plus haut dans les airs, couvrant le bourdonnement des moteurs de l'appareil.

Sublime évocation d'un extrait de la bible, celui du Roi David, follement épris de Bethsabée, l'épouse de son chef de guerre Urie, depuis la nuit où il l'a vue se dévêtir sur une terrasse qui surplombait son palais. Bethsabée qui est devenue sa maîtresse, qui est tombée enceinte de lui, et dont il a envoyé à la mort le mari afin de l'épouser à son tour, espérant que son forfait passerait inaperçu. Voilà comment David, d'abord apprécié de Dieu, a été disgracié.

Je n'aurais pas compris le geste de ce roi avant ma rencontre avec Mel.

Avant Mélisende… je ne savais pas ce qu'aimer signifiait. Aimer vraiment, je veux dire, d'une manière intense, absolue. Je croyais savoir. Je gardais constamment le pouvoir sur mes émois. J'ai connu quelques filles. J'ai eu plaisir en leur compagnie. Je me suis senti en phase avec certaines, parfois amoureux, passant du bon temps, ayant des projets… J'ai cru les aimer toutes, mais j'étais un ignorant. Il y avait quand-même en moi une sensation de manque, diffuse et inexplicable, qui subsistait, me faisant subodorer que ma moitié m'attendait ailleurs. Faute de mieux, je m'efforçais à combler illusoirement les vacuités de mon cœur.

Moving decibels, followed up by the voice of Jeff Buckley in his ardent stratospheric interpretation of Leonard Cohen's melancholy *Hallelujah*. Mystical vibrations of welcome guitar arpeggios eventually lift me even higher in the air, drowning out the hum of the engines of the machine.

Sublime evocation of an extract from the *Bible*, that of King David, madly in love with Bathsheba, the wife of his warlord Uriah, since the night he saw her undressing on a terrace overlooking his palace. Bathsheba who became his mistress, who got pregnant with his child, and whose husband he sent to death in order to marry her in turn, hoping that his crime would go unnoticed. This is how David, first loved by God, was disgraced.

I wouldn't have understood this king's gesture until I met Mel.

Before Mélisende... I didn't know what love meant. Truly loving, I mean, in an intense, absolute way. I thought I knew. I constantly kept control over my emotions. I've known a few girls. I enjoyed their company. I felt in tune with some, sometimes in love, having a good time, having plans... I thought I loved them all, but I was ignorant. There was still in me a feeling of lack, diffuse and inexplicable, that remained, making me suspect that my other half was waiting for me elsewhere. For lack of anything better, I struggled to fill the emptiness of my heart with illusion.

Je ne m'attendais pas à Mel, à la puissance de ce que j'ai éprouvé d'emblée pour elle, à une telle intensité. J'ai saisi aussitôt que là, je ne dominais rien, que je ne décidais pas d'aimer ou non, que j'aimais, un point c'est tout. Avec mes tripes, avec ma peau, avec mon âme.

Mon âme sœur...

J'avoue que ce tsunami affectif m'a effrayé, au début. Le manque, immense, se faisait douloureux dès que nous étions trop longtemps éloignés... Jusqu'à ce qu'elle me confie au téléphone, un soir où la distance devenait insupportable, qu'elle ressentait des sentiments identiques. Soudain, j'étais moins seul ; nous étions deux désormais. Deux écorchés vifs. Fous l'un de l'autre.

Cette nuit-là, en raccrochant, j'ai pris la décision de la rejoindre dans le sud. Sans l'ombre d'une hésitation. Cela n'avait jamais été aussi clair. Je n'avais pas le choix. Question de survie. Séparés, je dépérissais dans l'attente de nous trouver à nouveau réunis.

I wasn't expecting Mel, the power of what I felt for her right away, such intensity. I immediately understood that this time, I wasn't dominating anything, that I didn't decide to love or not, that I loved, full stop. With my guts, with my skin, with my soul.

My soulmate...

I admit that this emotional tsunami scared me at first. Missing her, immensely, was painful as soon as we were apart for too long... Until she confided to me on the phone, one evening when the distance was becoming unbearable, that she had the same feelings. Suddenly, I was less alone; there were two of us now. Two flayed alive. Crazy for each other.

That night, when I hung up, I made the decision to join her in the South. Without a shadow of a hesitation. It had never been so clear. I had no choice. A question of survival. Separated, I was wasting away, waiting to reunite with her again.

« Tu sais Guillaume, je ne peux pas faire autrement que de t'aimer. Je me suis toujours débrouillée pour avoir le contrôle. Avec toi, je n'ai pas pu. Je l'ai su tout de suite. Je l'ai su au moment précis où tes yeux se sont posés sur moi et où j'ai eu l'impression de te connaître depuis toujours... J'ai peur, tu sais. Avant j'aimais confortablement. Ce n'était pas très risqué. Là, il n'y a plus de garde-corps. Si ça se terminait, je n'aurais pas de filet et je tomberais dans le vide... J'ai pris conscience de ma fragilité. J'ai besoin de toi à mes côtés, dorénavant. Ton amour me nourrit, m'épaule, et donne une justification à ma vie. Tu me rends forte. Avant, je n'avais rien à perdre. Maintenant que serait ma vie, si j'étais privée de toi ? Cette pensée m'angoisse terriblement. Dans ces instants-là, je suis si vulnérable... dépendante de ce que l'on s'apporte. Mais rassure toi, mon cœur, même si ce que je ressens est lié à la crainte de le voir disparaître, je ne retournerais en arrière à aucun prix, crois-moi ! On a tant de chance ! On s'est trouvé ! Ce n'est pas donné à tout le monde...»

Je l'ai laissée parler jusqu'au bout, savourant chacune de ses paroles, le téléphone pressé contre l'oreille afin de ne pas en perdre une miette.

Se taire, surtout, ne pas l'interrompre. Ne pas gâcher. Et graver ses mots dans ma tête.

Ma vue se brouille pendant qu'un sourire béat se plaque sur mon visage. C'est ainsi, lorsque je me remémore cet aveu. L'émotion est intacte.

Quand on s'aime, les choses ont un sens. Un tel bonheur justifie le simple fait d'être vivant.

"You know Guillaume, I can't help but love you. I have always managed to be in control. With you, I can't. I knew it right away. I knew it the exact moment your eyes landed on me, and I felt like I had known you forever... I'm scared, you know. I used to love comfortably. It wasn't very risky. There are no more guardrails now. If this ended, I wouldn't have a net and I would fall into the void... I realized how fragile I was. I need you by my side from now on. Your love nourishes me, supports me, and gives my life meaning. You make me strong. Before, I had nothing to lose. Now what would my life be if I didn't have you? The thought worries me terribly. In these moments, I'm so vulnerable... dependent on what life will bring. But don't worry, my Love, even if what I'm feeling is linked to the fear of seeing it disappear, I wouldn't take it back at any cost, believe me! We're so lucky! We found each other! Not everyone gets to have this..."

I let her speak until the end, savoring her every word, the phone pressed to my ear so I wouldn't miss a beat.

Be silent, above all, don't interrupt. Don't spoil it. And engrave her words in my head.

My eyesight blurs as a blissful smile spreads across my face. This is what happens when I remember that confession. The emotion stays with me.

When you're in love, things have meaning. Such happiness justifies simply being alive.

Les dieux s'y sont employés. Le premier jour. La première fois que nos regards se sont croisés dans le métro.

* * *

Je sais par cœur l'enchaînement des morceaux que j'ai téléchargés ; hors de question de les faire défiler en mode aléatoire : assez de déstabilisantes interrogations sans réponse, un peu de routine me fera le plus grand bien. Quelle jubilation que d'anticiper le prochain morceau, dans le silence qui le sépare du précédent ; puis de jouir de la seule évidence que ce que l'on s'attende à écouter parvienne enfin jusqu'à soi ! Jouissif donc, car sécurisant. Illusion de maîtriser le réel. De maîtriser au moins un objet.

Piètre illusion…

Le menton calé sur ma main, le front collé au hublot qui figure un rond noir de nuit, je sens le sommeil me gagner. Je surprends ma fatigue qui se reflète. Je remonte vers moi une couverture bleue et rêche, gentiment distribuée par une hôtesse de l'air aux longs cheveux noirs, qui semblait tout droit sortie d'un manga.

Je contemple Mélisende, paisible – si belle, si émouvante, son poignet replié près de ses lèvres entrouvertes – avant de la rattraper au beau milieu de l'un de ses rêves, à des milliers de pieds dans le vide du ciel.

The gods did it. The first day. The first time our eyes met in the metro.

* * *

I know the sequence of the songs I downloaded by heart; no way will I to listen to them in random mode: enough of unsettling unanswered questions, a little routine will do me the most good. Sheer jubilation anticipating the next song during the pause between each, then enjoying what you expect to hear finally reaching you! Such a good time, because it's reassuring. The illusion of mastering reality. To master at least one object.

Poor illusion...

Chin resting on my hand, forehead glued to the window which shows a dark circle of night, I feel sleep overcoming me. My fatigue surprises me, which is reflected. I take a rough blue blanket kindly handed out by a long, dark-haired flight attendant, who looks like they're straight out of a manga.

I gaze at Mélisende, peaceful – so beautiful, so moving, her wrist tucked close to her parted lips – before catching up with her in the middle of one of her dreams, thousands of feet in the void of the sky.

Aéroport de Pékin

Beijing (Capital International Airport Company – PEK) – Guilin (Liangjiang Airport-KWL)

21 juin 2002

Guillaume

La semaine que nous venons de vivre dans la capitale chinoise a été fabuleuse.

Un véritable choc culturel.

Nous voilà prêts pour un nouveau décollage.

Zone d'embarquement à destination de Guilin, dernière étape avant Yangshuo. Je me délecte du son feutré du roulement des valises, évoquant les voyages lointains, les dépaysements, la découverte d'autres cultures... la rupture d'avec le quotidien. Je ressens néanmoins une appréhension familière au moment d'embarquer dans l'avion, d'autant plus que celui-ci est relativement petit. Panique et fascination, les deux étant étroitement liées. Nos bagages sont enregistrés. Mel est blottie au creux de mes bras. Elle a glissé ses mains au fond des poches arrière de mon jean. J'entends battre son cœur contre moi. Nous restons enlacés dans le terminal, plusieurs minutes encore, après un échange de baisers. C'est fou cet amour qui nous relie. Cette fusion.

Je quitte Pékin non sans une pointe de regret. Cependant, la curiosité de visiter Yangshuo domine.

La vision de notre tableau s'impose brusquement.

Voir ou revoir Yangshuo ?

Beijing Airport

Beijing (PEK) – Guilin (KWL)
June 21, 2002

Guillaume

It's been a fabulous week in the Chinese capital.

A real culture shock.

We are now ready for a new takeoff.

Boarding area bound for Guilin, last stop before Yangshuo. I delight in the muffled sound of the rolling suitcases, it evokes distant journeys, disorientation, the discovery of other cultures... the break with everyday life. I still feel a familiar trepidation when it comes time to board the plane, especially since it's relatively small. Panic and fascination, the two being closely linked. Our luggage is checked. Mel is nestled in the crook of my arm. She slipped her hands deep into the back pockets of my jeans. I hear her heart beating against me. We remain entwined in the terminal, several minutes more, after an exchange of kisses. It's crazy, this love that binds us together. This fusion.

I'm leaving Beijing not without a touch of regret. But curiosity about Yangshuo dominates me.

The image of our painting suddenly takes hold.

See or re-see Yangshuo again?

* * *

Les images de la capitale affluent dans mon esprit. Mélisende a été un guide formidable ! Infatigable. Intarissable. Adorable.

À peine étions-nous sortis des salles climatisées de l'aéroport de Pékin, que la chaleur humide s'est posée sur nous de tout son poids. Au-dessus de nos têtes : un plafond bas, gris et brumeux. « Me voici en terre totalement inconnue » ai-je pensé.

Quoi que…

Dès l'arrivée, cela a été un éblouissement. L'endroit est un poème à lui seul. Des millénaires de perfection, tant dans son art de vivre, que dans l'art lui-même et sa culture. Elégance, beauté, raffinement, philosophie, subtilité… et j'en passe.

Son architecture reflète les époques successives, de la période mongole jusqu'à nos jours. Une agglomération en chantier dont les vieux quartiers sont hérissés de grues. Une cité en constante évolution, au détriment de son âme poétique qu'elle risque de perdre dans les décombres, abandonnant au diable sa singularité. Une course folle, fulgurante et insatiable, qui s'est emballée, visant le plus haut, le plus neuf, le plus moderne, le tout de verre, de béton et d'acier. Une urbanisation galopante. Comme ailleurs dans le monde. Et la foule, omniprésente, compacte, avec ses visages différents, ses odeurs, ses langues, ses bruits.

Je me suis immédiatement senti dans un nouvel univers. Celui de Mel.

Un univers qui m'apparaissait étranger et familier à la fois.

* * *

Images of the capital flow into my mind. Mélisende was a wonderful guide! Tireless. Inexhaustible. Adorable.

As soon as we left the air-conditioned halls of Beijing Airport, the damp heat descended on us with all its weight. Above our heads: a low ceiling, gray and misty. "Here I am in a completely unknown land," I thought.

Whatever...

I was dazzled from the moment I arrived. The place is a poem on its own. Millennia of perfection, both in its art of living, and in its art itself and its culture. Elegance, beauty, refinement, philosophy, subtlety... and more.

Its architecture reflects successive eras, from the Mongolian period to the present day. An urban area under construction, the old quarters bristling with cranes. A city in constant evolution, to the detriment of its poetic soul which it risks losing in the rubble, abandoning its uniqueness to the devil. A mad, meteoric and insatiable race that got carried away, aiming for the tallest, the newest, the most modern, all of glass, concrete and steel. Galloping urbanization. Like elsewhere in the world. And the crowd, omnipresent, compact, with its different faces, its smells, its languages, its noises.

I immediately felt like I was in a new universe. Mel's.

A universe that seemed foreign and familiar to me at the same time.

Troublante sensation, si encombrante que je l'ai vite balayée.

* * *

Mélisende avait réservé un hôtel pourvu d'une ancienne cour carrée verdoyante, ornée de lanternes carmin. Le *Pingjiang Lodge* était idéalement situé, près des lacs, dans les *hutong* – ces ensembles veinés d'étroites et irrégulières ruelles, qui sont, d'ordinaire, arborées de sophoras appréciés pour leur ombre.

– Ce mot est d'origine mongole, m'a dit Mel d'un ton plat, en adoptant un air d'accompagnatrice touristique. Il signifie *puits*, parce qu'avant les gens vivaient généralement à proximité d'une source. La plupart des arrondissements de Pékin ont été formés en joignant ces allées les unes aux autres, par des habitations traditionnelles alignées, jusqu'à créer la ville entière.

– Waouh, j'adore ! C'est exotique pour nous, européens ! T'as vu ce portail vermillon si joliment sculpté, avec ses chambranles cloutés !

– C'est l'entrée d'un *hutong*, justement. La couleur rouge de ses portes est censée attirer la chance et la prospérité sur ses occupants. Elles sont ornées de très belles calligraphies, comme celles-ci, là, qui énoncent des formules protectrices et elles sont parfois gardées par des statues de lions. Eux aussi assurent la sécurité des habitants. Et, je te le donne en mille, tu ne devineras jamais ce qu'il y a derrière le portail !

Je n'ai pu réprimer un sourire devant tant d'espièglerie.

– Quoi donc ?

A disturbing sensation, so heavy I quickly brushed it off.

* * *

Mélisende had booked a hotel with an old green square courtyard adorned with crimson lanterns. Pingjiang Lodge was ideally located near the lakes in the *hutong* – those narrow, irregular veined lanes, usually planted with sophoras and prized for their shade.

– This word comes from Mongolia, Mel told me flatly, adopting the air of a tour guide. It means *well*, because, before, people usually lived near a spring. Most of the districts of Beijing were formed by joining these alleys and aligning traditional dwellings, until the entire city crystalized.

– Wow, I love it! It's exotic for us as Europeans! Have you seen this beautifully carved vermilion gate, with its studded frames!

– It's the entrance to a *hutong*. The red color of its doors is believed to attract good luck and prosperity to its occupants. They're adorned with very beautiful calligraphy, like this one here, which enunciates protective formulas, and they're sometimes guarded by statues of lions that also ensure the safety of the inhabitants. And, I'm telling you, you'll never guess what's behind the portal!

I couldn't suppress a smile at all this playfulness.

– What?

– Un mur ! a-t-elle déclaré avec un air satisfait, visiblement ravie de son petit effet.

– Un mur ?

– Oui, un mur qui est érigé en obstacle aux indiscrétions, aux intempéries, et aux mauvais esprits !

– N'importe quoi, le Mal peut entrer et se glisser par les côtés du mur, de toute façon…

– Eh bien, figure-toi qu'il ne circule qu'en ligne droite !

– Sans blague !

Nous avons ri, puis elle a poursuivi presque aussitôt, alors que je replaçais une mèche de cheveux qui lui tombait dans les yeux :

– Donc, quand le Mal passe le portail, il se prend le mur et rebondit vers la sortie !

– Bigre ! Les rues doivent être hantées de démons en tout genre ! Ne traînons pas par ici, mon amour !

– Il y a ensuite une deuxième porte, encore plus décorée, qui ouvre sur la partie centrale…

– La cour ?

– Absolument. Elle abrite fréquemment des arbres fruitiers. Elle est entourée de quatre ailes.

– Et dis-moi, on se répartissait de quelle manière, dans les pièces des différentes parties ?

– Ça ne se faisait pas au hasard. Les règles étaient rigides, en fait. Au nord : les aïeuls ou les hôtes, dans un bâtiment surélevé…

– Pourquoi surélevé ?

– Ça permettait de conserver les tablettes à l'abri, autrefois. Et dans les salles situées à l'est : les fils ; à l'ouest : les filles, plus basses que celles des garçons.

– A wall! she said with a satisfied air, visibly delighted with her little riddle.

– A wall?

– Yes, a wall, built as an obstacle to indiscretions, bad weather, and evil spirits!

– No matter what, Evil can still get in and creep up the sides of the wall…

– Well, imagine that it only travels in a straight line!

– No kidding!

We laughed, then she went right on, as I arranged a strand of hair that had fallen in her eyes:

– So, when Evil passes the portal, it grabs the wall and bounces towards the exit!

– Oh dear! The streets must be haunted by all kinds of demons! Don't hang around here, my love!

– Then there's a second door, even more ornate, that opens on the central area…

– The courtyard?

– Absoutely. It often shelters fruit trees, and is surrounded by four wings.

– And tell me, how did they get to the rooms of the different inhabitants?

– Not randomly. Actually, they had strict rules. In the north: the ancestors or guests, in a raised building…

– Why raised?

– To ensure proper shelter, in the old days. And in the rooms to the east: the boys; in the west: the girls, lower than the boys.

– Plus basses ! Quel peuple juste ! ai-je répliqué, taquin.

J'ai évité de peu, en me cambrant, le petit coup de pied de

Mélisende visant mon postérieur.

– L'ouest est le point cardinal du respect, monsieur !

– Et l'est ?

– De la subordination !

Nous avons ri, à nouveau.

– Et l'aile sud ?

– Elle est réservée à la cuisine, à l'étude ou aux invités. Il y a aussi le cabinet du lettré. Ce coin est utilisé pour l'écriture. Il se doit d'être calme et reposant. On y brûle de l'encens et il préserve quatre trésors.

– Des trésors ? Je comprends que les lieux soient si bien gardés par des lions de pierre !

– Tu vas être déçu. Il s'agit du pinceau, de l'encre, du papier et de l'encrier !

– Je suis subjugué, Mel.

– Je savais que tu serais sous le charme ! Dans la vieille Chine, l'urbanisme, selon sa définition des rues, était strict. Les largeurs étaient fixées par des règlements, a-t-elle commenté, interprétant son rôle de gentille guide.

– Lower! What a wise people! I replied, teasingly.

Arching, I narrowly avoided Mélisende's little kick aimed at my posterior.

– The west is the cardinal point of respect, Sir!

– And the east?

– Subordination!

We laughed again.

– What about the south wing?

– It's reserved for the kitchen, the study or the guests. There's also the scholar's study. This corner is used for writing. It has to be calm and restful. Incense is burned there, and it preserves four treasures.

– Treasures? I'm thinking, that's why the place is so well guarded by stone lions!

– You'll be disappointed. It's for the brush, the ink, the paper and the inkwell!

– I'm captivated, Mel.

– I knew you'd be charmed! In ancient China, town planning and the design of streets was strict. The widths were set according to regulation, she added, getting into her role as a gentle guide.

Elle disait vrai. Un vaste maillage de *hutong* habillait Beijing. Ces derniers ne mesuraient rarement plus de quatre mètres de large. J'ai pu constater en parcourant ce dédale à en avoir le tournis, qu'ils n'ont pas été élargis, qu'ils ne sont guère entretenus et qu'ils sillonnent pratiquement toute la cité. Mais apparemment, ils sont victimes d'un processus frénétique d'urbanisation et de spéculation immobilière, qui tendent à effacer de la carte les habitats privés, au profit d'audacieux édifices modernes extravagants, des gratte-ciel avant-gardistes hébergeant bureaux, appartements et enseignes de marques internationales.

— Pff, ils sont détruits à vitesse grand V, a regretté Mélisende, qui n'était pas revenue ici depuis une dizaine d'années. Un raz-de-marée ! Quel malheur ! Ce sont d'authentiques richesses de culture populaire qui ont été anéanties à jamais… C'est pourtant à cet endroit que l'on ressent le plus l'esprit de la ville, Guillaume. J'aime cette atmosphère de communauté et d'hospitalité. Tu vas voir, c'est un labyrinthe.

— Toutes les voies ont la même orientation.

— C'est pour que la porte principale soit exposée au sud. C'est une garantie d'ensoleillement et de protection contre les démons qui s'accumulent au nord.

— Epatant. Personne ne s'insurge pour éviter ces destructions massives des hutong ?

Mel a accentué un soupir.

— Je crois bien qu'en Chine, la valeur d'un site urbain ou d'un monument dépend surtout de la littérature qui en perpétue la mémoire, plutôt que sa conservation matérielle.

She was on target. Beijing wore a vast mesh of *hutongs*. These were rarely more than four meters wide. As I walked through this dizzy maze, I noticed they had not been enlarged, that they're hardly maintained and they crisscross practically the whole city. They're evidently victims of the frantic process of urbanization and real estate speculation, which tends to wipe private homes off the map, in favor of daring extravagant modern buildings, avant-garde skyscrapers, housing offices, apartments, and international brand names.

– Pft, they're being destroyed at high speed, Mélisende said, regretfully. She hadn't been back here in ten years. A tsunami! What a shame! These authentic treasures of popular culture have been destroyed forever... Yet, this is where you can feel the spirit of the city the most, Guillaume. I love this atmosphere of community and hospitality. You'll see, it's a labyrinth.

– All the paths have the same orientation.

– This is so the main door can face south. This is a guarantee of sunshine and protection from the demons that accumulate in the north.

– Amazing. Nobody is protesting to stop this massive destruction of *hutongs*?

Mel heaved a heavy sigh.

– I believe that, in China, the value of an urban site or monument depends above all on the literature which perpetuates its memory, rather than on its physical conservation.

– Ce qui explique que le patrimoine soit laissé en l'état, quasiment à l'abandon. C'est dommage…

– Oui, un immense gâchis, se lamentait-elle.

Il paraît que des pékinois de souche ont enfin tiré la sonnette d'alarme quant à l'uniformisation de la ville. Ils ont exprimé leur indignation face à ces expulsions et à ces démolitions qui frappent les citadins vivant au centre des anciens quartiers, depuis plusieurs générations.

– Les pauvres ! Ils ont été relégués dans des logements sans âme, en lointaine banlieue. Ils ont dû abandonner leurs souvenirs, leurs repères, leurs racines. Les autorités en ont arraché quelques-uns de force. Des personnes âgées. Tu réalises ? Pff… Une honte ! Vraiment…

– Et leurs revendications ont donné quoi ?

– Elles ont probablement été prises en compte par les dirigeants. Tu sais, près de la place Tian'anmen, ils ont reconstruit à l'ancienne les maisons commerçantes à étage, mais ce n'est pas aussi beau que le vieux…

Certaines semblent protégées. Elles renferment des boutiques de thé, de soie, de vêtements traditionnels, de produits médicinaux, et également des bouquinistes, des échoppes qui vendent tout un tas de bibelots, d'antiquités…

– J'espère que le point de non-retour ne sera pas atteint, a-t-elle soupiré.

– Je le souhaite… ai-je conclu. Cette modernisation aveugle de Pékin est un sacrilège.

– That explains why the heritage sites are left as is, almost abandoned. What a shame…

– Yes, a huge waste, she lamented.

It seems that native Beijingers have finally sounded the alarm bells on standardizing the city. They expressed their indignation at the demolitions and evictions hitting city dwellers who have lived in the heart of old neighborhoods for several generations.

– Poor people! They were relegated to soulless lodgings in the distant suburbs. They had to give up their memories, their landmarks, their roots. The authorities forcibly dragged some of them away. Seniors. Do you realize? Pft… A shame! Truly…

– And were their demands answered?

– The leaders probably took them into account. You know, near Tiananmen Square, they rebuilt the two-storey shopping houses the old way, but they're not as beautiful as the old ones…

Some appear to be protected. They contain shops for tea, silk, traditional clothing, medicinal products, and also booksellers, stalls selling a whole lot of trinkets, antiques…

– I hope they don't reach the point of no return, she sighed.

– I hope so, too… I concluded. This blind modernization of Beijing is sacrilege.

Une légère brise bienvenue, jouait dans les cheveux de Mélisende, qu'elle avait libérés. Des volées de pigeons tourbillonnaient en roucoulant, se détachant à peine du ciel gris-bleu au-dessus de nous, et faisaient claquer leurs ailes.

– Il y a des pigeonniers à tire-larigot. La population les protège, a-t-elle souligné en les suivant des yeux.

Une multitude d'oiseaux et de familles en mal d'espace cohabitaient donc ici. En se faufilant le long des lacis de ruelles, on percevait sans effort des musiques derrière les fenêtres, on entendait crier les radios et les télés dans une cacophonie de programmes pour gamins, de publicités et d'émissions variées. La palme revenait à la chanson extrêmement horripilante du générique du dessin animé *Xi Yang Yang*. Celui qui parle de moutons. Un de ces genres de ritournelles criardes qui s'immisce au creux de votre cerveau dès le matin, avec le poste réglé au maximum dans la salle du petit déjeuner, qui vous accompagne ensuite la journée, ne veut plus vous quitter, et vous empêche de vous endormir. Misère.

Cela fourmillait de vie à l'intérieur des cours où s'accumulaient, dans une allure chaotique, du linge qui séchait, des cabanes, des abris et toutes sortes d'extensions de fortune, pour caser un lit de plus, une cuisinière, un placard, un frigo... bref, un véritable capharnaüm. Le soir venu, les hommes se rassemblaient devant leur porte pour boire des bières et fumer, en discutant ou en jouant au jeu de Go. Les enfants s'amusaient et couraient partout en poussant des cris perçants.

A welcome light breeze played in Mélisende's hair, which she had let down. Flocks of pigeons whirled, cooing and flapping their wings, barely discernable against the gray-blue sky above.

– There are tons of pigeon keepers. They're protected, she said, following them with their eyes.

Thus, a multitude of birds and families in need of space coexisted here. As we weaved through the maze of alleys, we could easily hear music behind the windows, we could hear the radios and TVs screaming in a cacophony of children's programs, advertisements and various shows. The prize went to the extremely horrifying song at the end of the cartoon *Xi Yang Yang*. The one about sheep. One of those kinds of garish refrains that creeps into the hollow of your brain in the morning, with the volume turned on high in the breakfast room, and then accompanies you all day, doesn't let you escape, and prevents you from falling to sleep. Misery.

The insides of the courtyards swarmed with life. A chaos of drying linen, huts, shelters and all kinds of makeshift extensions piling up, trying to cram in an extra bed, a stove, a cupboard, a fridge... in short, a real mess. In the evening, the men would gather outside their doors to drink beer and smoke, chatting or playing the game Go. The children were having fun and running around screaming.

Ici on vit les uns avec les autres, les uns sur les autres. C'est là que se cachent les entrailles du vieux Pékin.

On sortait les tables, les tabourets, les matelas et les télévisions. La chaleur était torride, les relents s'en trouvaient exhalés et la rue devenait un prolongement de l'habitat. On tombait la chemise. On espérait enfin l'orage qui dissiperait l'atmosphère moite et étouffante de la cité, liquéfierait le sol en transformant les ruelles en ruisseaux (les débarrassant au passage de ses salissures). La mousson.

* * *

Le propriétaire de la pension, un dénommé Zhao Lipeng, était invariablement jovial et serviable. Le visage carré, les pommettes hautes, la chevelure argentée avec la mèche bien plaquée sur le côté, cet homme trapu, doté d'un ventre de bon vivant, se tenait fréquemment courbé et se rendait disponible en permanence pour ses clients, majoritairement asiatiques. Monsieur Zhao connaissait quelques rudiments d'anglais, ce qui m'a permis de communiquer enfin avec un Chinois.

De sa voix d'institutrice, Mel m'a expliqué, toujours aussi volubile, que la Chine était le premier pays à avoir utilisé le nom de famille, et ce, dès l'an 2852 av J-C, sous l'empereur Fu Xi, si ma mémoire est bonne, alors qu'en occident les gens n'avaient encore qu'un prénom au début du Moyen Âge. Et que l'on énonce d'abord le patronyme, puis le prénom, qui est d'ailleurs généralement composé.

Here they live with each other, on top of each other. This is where the bowels of old Beijing lie.

They brought tables, stools, mattresses and televisions outside. The heat was scorching, the smells were exhaled and the street became an extension of the habitat. They were taking their shirts off. They looked forward to the storm that would dispel the damp and suffocating atmosphere of the city, liquefy the soil by transforming the alleys into streams (ridding them of their dirt). Monsoon.

* * *

The owner of the pension, a man named Zhao Lipeng, was invariably jovial and helpful. With a square face, high cheekbones, silvery hair and a fringe combed carefully to one side, this stocky man, endowed with a beer belly, was frequently doubled over, and available at all times to his, mostly Asian, clients. Mr Zhao knew some rudiments of English, which allowed me to finally communicate with a Chinese person.

In her teacher's voice, Mel explained to me, always so talkative, that China was the first country to use the family name, from the year 2852 BC, under Emperor Fu Xi, if memory serves, at the start of the Middle Ages when people in the West still only had one first name. And that first they say their father's name, then the first name, which is usually a compound name.

Plus d'un milliard d'habitants et seulement une centaine de noms de famille différents. C'est fou ! On doit assister à ces quiproquos !

– En fait, Guillaume, la plupart des prénoms sont formés de deux syllabes et comportent donc deux caractères. Chaque parent prête une attention toute particulière au respect phonique et graphique de l'ensemble.

– Et de leur signification, j'imagine.

– Oui. Pas la peine d'acheter un dictionnaire des prénoms et de chercher dans les saints du calendrier. Il suffit de choisir un mot désignant un objet, une qualité, un animal ou un végétal. Evidemment, les parents s'efforcent d'opter pour ce qui valorisera leur bébé, a souri Mélisende.

– Que veut dire Lipeng ? ai-je questionné, curieux.

– Puissant-Ami.

– C'est pareil pour les indiens d'Amérique avec « Coyote chassant le cerf », ou « Lune ascendante », non ? Et Meihua ?

– Fleur de prunier.

– Charmant.

Nous n'en n'étions pas aux prénoms de nos futurs enfants, mais je sais qu'elle y a songé. Tout comme moi.

Par la suite, durant notre escapade à Pékin, elle me traduisait systématiquement les noms des personnes que nous rencontrions. C'était devenu un jeu entre nous.

– Que signifie Guillaume en chinois, mon amour ? ai-je voulu savoir en l'enlaçant tendrement.

Over a billion people and only a hundred different surnames. It's crazy! We better not mix them up!

– In fact, Guillaume, most names are made up of two syllables, so they have two characters. Parents each pay special attention to the phonics and graphics of the whole name.

– And what they mean, I guess.

– Yes. No need to buy a name dictionary and look for the saints on the calendar. All you have to do is choose a word designating an object, a quality, an animal or a plant. Obviously, parents strive to choose what will enhance their baby, smiled Mélisende.

– What does Lipeng mean? I asked, curious.

– Mighty friend.

– It's the same for the Native Americans with "Coyote hunting deer", or "Ascending moon", right? What about Meihua?

– Plum blossom.

– Charming.

We didn't get to the names of our future children, but I could tell she was thinking about it. Just like me.

Subsequently, during our trip to Beijing, she systematically translated the names of the people we met. It had become a game between us.

– What does Guillaume mean in Chinese, my love? I wanted to know, hugging her tenderly.

– Oh, c'est intraduisible !

Elle a ri et m'a embrassé dans le cou.

– Alors donne-moi un prénom, pour voir, et qui me corresponde un peu, je te prie.

Elle a rapidement réfléchi.

– Longli. Dragon-Puissant.

Nous nous sommes esclaffés. Déjà le « Dragon-Puissant » la renversait sur le lit.

– Et moi ?

J'ai vite répondu, car j'avais d'autres idées, à cet instant précis.

– Perle de toute beauté.

– Zhumei, m'a-t-elle chuchoté, dans un souffle.

* * *

Impossible de dormir le premier soir, faute au décalage horaire. La fenêtre était grand ouverte : elle donnait sur un patio éclairé par trois lanternes qui diffusaient une lumière tamisée. La rumeur de la ville nous parvenait, atténuée. Une faible brise entrait, soulevant dans un bruissement de feuillage, un parfum de terre mouillée. Quelqu'un arrosait les pots de fleurs, dans la cour. Les pékinois ne se reposent-ils donc jamais ?

Je repensais au mystère du tableau et me disais que ce serait long d'attendre une semaine pour se rendre à Yangshuo.

– Oh, it's untranslatable!

She laughed and kissed me on the neck.

– So give me a first name, for fun, one that rather suits me, please.

She quickly thought about it.

– Longli. Mighty dragon.

We laughed. The "mighty dragon" threw her back on the bed.

– And me?

I responded quickly, because I had other ideas at that moment.

– Beautiful pearl.

– "Zhumei", she whispered to me, under her breath.

* * *

Impossible to sleep the first evening, due to the jet lag. The window was wide open: it overlooked a patio lit by three lanterns which diffused a subdued light. The dull murmur of the city drifted up to us. A light breeze wafted in, raising the scent of wet earth in a rustle of foliage. Someone was watering the flowerpots in the yard. So the Pekingese never rest?

I thought back to the mystery of the painting and thought it would be hard to wait a whole week to get to Yangshuo.

J'ai tourné la tête du côté de Mel. Elle dormait paisiblement, le poignet replié sous son menton. Elle était belle, dans la pénombre, le drap laissant entrevoir ses jambes bronzées repliées en chien de fusil, ses cheveux blonds rayonnants, éparpillés sur l'oreiller. Mon soleil.

Je réalisais la chance incroyable que j'avais eu de la rencontrer, de la force inconnue qui m'avait incité à courir après le bus, n'étant, tout à coup, plus maître à bord, ni de mon esprit, ni de mon corps, ni de mon cœur. Telle une simple marionnette manipulée par celui qui tire les ficelles.

Et s'il n'y avait pas eu cette partie de moi qui m'avait poussé à agir sous l'emprise d'une pulsion irrépressible, sans qu'aucune censure n'émane de ma raison ? Et si je n'avais pas tenté de la rattraper ? Et si elle n'était pas descendue ? Et si, et si, avec des si…

Nous n'avons pas eu le choix. Je le sais maintenant.

Il fallait que l'on se trouve.

Nous sommes comme aimantés par une puissance qui nous dépasse.

Vaincu par la fatigue et les questions sans réponses, je suis parvenu à m'endormir. La trêve fût de courte durée car un cauchemar s'est invité et m'a hanté cette nuit-là. Toute la nuit.

Ma montre disparaissait de mon poignet lorsque je la touchais et réapparaissait déformée, semblable à celles, presque fondues, de l'œuvre de Dali, *La persistance de la mémoire.*

I turned my head towards Mel. She was sleeping peacefully, her wrist tucked under her chin. She was beautiful, in the half-light, the sheet showing her tanned legs curled up like a hunting dog's, her blond hair shining, strewn over the pillow. My sunshine.

I realized what incredible luck it was meeting her, and thought of the unknown force that had made me run after the bus, suddenly no longer in control of my mind, nor of my body, nor of my heart. Like a simple puppet manipulated by whoever pulls the strings.

What if there hadn't been that part of me that had prompted me to act with an irrepressible impulse, without any censure coming from my reason? What if I hadn't tried to catch up with her? What if she hadn't come down? What if, what if, with more ifs...

We had no choice. I know it now.

We had to find each other.

It's like we're magnetized by a power that's beyond us.

Overcome by fatigue and unanswered questions, I managed to fall asleep. The truce was short-lived, because a nightmare arose and haunted me that night. All night long.

My watch kept disappearing from my wrist when I touched it and reappearing distorted, like the melting watch in Dali's ouvre, *The Persistence of Memory*.

Elle avait fini par ne plus réapparaître. Affolé je ratissais le matelas à tâtons, puis je m'attaquais à nos vêtements, au tapis et enfin au tableau, en y collant mon visage. Et voilà que la toile se modifiait, avançait, me happait et que je me retrouvais à l'intérieur. Mélisende était là, elle aussi, par je ne sais quel subterfuge onirique, en proie à une extrême panique. Elle n'arrêtait pas de m'interroger.

— Comment t'as fait ça, Guillaume ? Qu'est-ce qu'on fait ici, à Yangshuo ?

Je l'entendais, toutefois je ne répondais pas. Une seule chose m'obnubilait : récupérer ma montre, à quatre pattes par terre dans la rue, avant qu'elle ne fonde entièrement.

Les gens s'attroupaient autour de nous. Mel, hébétée, prenait soudain conscience de la foule qui s'amassait. Je devinais la peur qui la gagnait en voyant ces figures curieuses qui se penchaient vers nous.

Elle s'est mise à hurler à gorge déployée, d'un son suraigu, complètement hystérique.

— Guillaume ! Je veux que tu me ramènes d'où je viens ! Tu m'écoutes Guillaume ! Guil-lau-me !!!

À fouiller les pavés, je ne me souvenais plus ce que j'étais censé faire.

Et Mélisende de s'époumoner :

— Qu'est-ce que t'as perdu, bon sang ?

— Je ne sais pas…

— Comment ça, tu ne sais pas ?

Je réfléchissais, le cerveau en vrac. Je me demandais ce que je pouvais bien explorer, sur la chaussée crasseuse.

It finally stopped reappearing. Distraught I groped the mattress, then I tackled our clothes, the carpet and finally the painting, sticking my face to it. And then the canvas changed, moved forward, grabbed me and I found myself inside it. Mélisende was there, too, through some dreamlike subterfuge, in the grip of extreme panic. She kept interrogating me.

– How did you do that, Guillaume? What are we doing here in Yangshuo?

I heard her, but didn't answer. I only had one thing on my mind: getting my watch back. I crawled on all fours in the street, before it melted completely.

People gathered around us. Mel, dazed, suddenly became aware of the gathering crowd. I sensed the fear overwhelming her as she watched these curious figures leaning over us.

She started screaming at the top of her voice, shrilly, completely hysterical.

– Guillaume! I want you to take me back to where I came from! You hear me Guillaume! Guillaume!!!

Rummaging through the cobblestones, I couldn't remember what I was supposed to do.

And Mélisende shouted:

– What the hell did you lose?

– I don't know…

– What do you mean, you don't know?

I was thinking, my brain scattered. I wondered what in the world I was exploring the filthy pavement for.

— Guillaume ! Guillaume ! criait Mel à tue-tête. Qu'est-ce que tu fabriques à la fin ?

— Je sais que je cherche un truc, mais je ne sais pas quoi…

— Tu ne sais pas quoi ! s'égosillait-elle.

— Je savais… mais j'ai oublié.

— Il n'y a rien là ! a-t-elle explosé. Tu ne vois pas qu'il n'y a rien ! Lève- toi, tout le monde nous regarde ! Ramène-moi à la maison ! Guillaume !!! Je t'en prie… a-t-elle imploré, sa voix mourant sur les derniers mots, dans un sanglot déchirant.

Mélisende, à bout de nerfs, pleurait si fort qu'elle suffoquait. Je le percevais, pourtant j'étais incapable de m'interrompre. À plat ventre, le nez au ras du sol, je balayais les saletés d'un mouvement répétitif des bras. On aurait dit un papillon sur le point de succomber.

À ce moment, surgi de nulle part, le vieil homme, celui-là même du couple âgé représenté sur la peinture, s'est approché, se frayant un chemin au milieu de l'attroupement des badauds qu'il écartait d'un geste. Sa face ridée arborait une expression d'une infinie bonté.

Doucement, il s'est adressé à moi :

— Est-ce cette montre, que vous cherchez, monsieur ?

– Guillaume! Guillaume! Mel shouted at the top of her voice. What are you doing?

– I know I'm looking for something, but I don't know what…

– You don't know what! she screeched.

– I knew… but I forgot.

– There's nothing there! she exploded. Can't you see there's nothing! Get up, everyone's watching us! Take me home! Guillaume!!! Please… she pleaded, her voice trailing off, ending in a heart-rending sob.

Mélisende, at the end of her tether, was crying so hard she was suffocating. I could sense it, yet I was unable to stop. Flat on my stomach, nose flush to the ground, I swept the dirt away with a repetitive motion of my arms. I must have looked like a butterfly on the verge of succumbing.

At that moment, appearing out of nowhere, the old man, the one from the elderly couple depicted in the painting, approached, making his way through the crowd of onlookers whom he waved aside. His wrinkled face wore an expression of infinite kindness.

Slowly, he addressed me:

– Is this the watch you are looking for, Sir?

Il souriait gentiment en désignant la sienne, qu'il avait ôtée et qu'il brandissait. C'était bien la mienne, mais incontestablement plus neuve. Mes yeux ne me trompaient pas. Je me suis redressé d'un bond en me réveillant. J'étais assis sur le lit, livide, le cœur prêt à sortir de ma poitrine.

Mélisende me caressait en me berçant et chuchotait dans une litanie :

— Ça va aller, mon amour, c'était juste un mauvais rêve, là, calme-toi, je suis là, tout va bien, ça va aller…

— Je l'ai !

— Quoi donc, Guillaume ? Calme-toi, murmurait-elle en m'incitant à me rallonger.

— Ma montre ! ai-je articulé en essayant de me soulever à nouveau, en m'appuyant sur un coude.

— Elle est posée dans la coupelle, sur la table de chevet, je la vois, ne t'inquiète pas.

La main de Mel errait dans mes cheveux et le long de mon dos trempé de sueur.

Elle embrassait d'une multitude de petits baisers mon visage qui devait être celui d'un type qui n'a pas dormi, barbe naissante et tignasse sens dessus-dessous. Puis elle s'est collée contre moi et m'a bercé dans ses bras chauds au creux desquels je me suis pelotonné. Le rythme de ma respiration s'est peu à peu assimilé au sien.

Une fois apaisé, je n'ai eu qu'une hâte : essayer d'oublier.

Je suis en quête d'une chose, mais je ne sais quoi.

Ma gorge s'est serrée. Ces images ne s'évanouiraient pas de sitôt.

He was smiling sweetly, pointing to his own, which he had removed and was waving. It was mine, but definitely newer. My eyes weren't fooling me. I jumped straight up when I awoke. I was sitting on the bed, livid, my heart ready to come out of my chest.

Mélisende caressed me while rocking me and whispered in a litany:

– It's going to be fine, my love, it was just a bad dream, now calm down, I'm here, everything is fine, it will be fine…

– I have it!

– What , Guillaume? Calm down, she whispered, making me lie down.

– My watch! I articulated, trying to lift myself up again, leaning on one elbow.

– It's sitting in the cup, on the bedside table, I can see it, don't worry.

Mel's hand wandered through my hair and down my sweat-soaked back.

With a multitude of little kisses, she kissed my face, which must have looked like the face of a guy who hadn't slept, unshaven, hair rumpled. Then she snuggled up against me and cradled me in her warm arms that I curled up in. The rhythm of my breathing gradually joined hers.

Once I calmed down, I was eager to forget.

I'm looking for something, but I don't know what.

My throat tightened. Those images weren't going to fade anytime soon.

Elles ne m'avaient paru que trop réelles.

Pourquoi ai-je rêvé de Dali ? Je réfléchissais. L'allégorie du temps qui passe, inexorablement, que l'on ne peut contrôler et qui nous rapproche de la mort. Vraisemblablement. La métamorphose. La mémoire et les songes qui déforment les lointains souvenirs...

Drôle de cauchemar. Curieuse sensation.

Il avait trouvé le chemin de mon âme.

* * *

Nous voulions fuir à tout prix les grands complexes hôteliers, impersonnels et exempts de charme. Cette adresse fût un coup de maître. Je n'ai pas caché mon admiration :

— Parfait, Mel ! Exactement ce qu'il nous fallait : une ambiance familiale et conviviale !

— C'est ma collègue qui me l'a conseillée. Tu sais, Camélia, la jeune Française, celle qui enseigne à l'université de Beijing et que j'ai logée chez moi il y a plusieurs années. Je lui ai dit que nous recherchions une pension de ce style. Je savais que je pouvais compter sur elle !

Un endroit sympathique. Méticuleusement entretenu. Sans prétention. Tout ce dont j'avais besoin. On se sent terriblement anonyme à Pékin, noyé dans l'immense foule grouillante et débordante. Voir enfin les mêmes têtes le matin et le soir était rassurant.

Souhaitons que Mélisende aura été autant inspirée pour organiser la suite de notre voyage à Yangshuo. Je n'en doute pas, en vérité.

They had seemed all too real to me.

Why was I dreaming of Dali? I was thinking. The allegory of time passing, inexorably, that we're not in control and that brings us closer to death. Presumably. Metamorphosis. Memory and dreams that distort distant memories...

Funny nightmare. Curious sensation.

He had found the way to my soul.

* * *

We wanted to avoid at all costs large hotel complexes, impersonal and devoid of charm. This address was a stroke of genius. I didn't hide my admiration:

– Perfect, Mel! Exactly what we needed: a friendly family atmosphere!

– My colleague recommended it. You know, Camélia, the young French girl, the one who teaches at Beijing University, who stayed with me several years ago? I told her we were looking for a pension like this. I knew I could count on her!

A nice place. Meticulously maintained. Without pretentions. Everything I needed. One feels terribly anonymous in Beijing, drowned in the huge teeming, overflowing crowd. Finally, seeing the same faces in the morning and in the evening was reassuring.

I hope that Mélisende will be just as inspired in the organization of the rest of our trip to Yangshuo. I'm sure she will.

On mangeait très bien dans cette auberge. Il faut dire que Madame Liu Meihua, y mettait du cœur. Quelle adorable petite bonne femme, tout en rondeurs, un tablier bleu – propre comme un sou neuf – noué sur son pantalon fatigué ! Un grand sourire figé laissait deviner un esprit bienveillant qui inspire confiance. Une certaine mansuétude filtrait au travers de la fente de ses yeux noirs.

— Si le menu ne vous convient pas, c'est à elle qu'il faudra adresser les réclamations ! a plaisanté Zhao Lipeng, en nous présentant son épouse.

Cette dernière s'employait inlassablement à m'offrir une leçon de conversation. Je me pliais donc, docile, avec la meilleure volonté du monde, à poser le ton dans ma formule magique quotidienne.

— Sinon, gare, pas de petit déjeuner ! m'a traduit Mel.

Et ma prononciation faisait hurler de rire Liu Meihua, à s'en tenir les côtes. Appuyée à l'embrasure de la porte de service, elle se pliait en deux en frappant ses cuisses des paumes de ses mains. Ses paupières n'étaient alors plus que des traits fins, si fins qu'ils auraient pu, tout aussi bien, être tracés au pinceau.

— Si l'intonation n'est pas correcte, ça change le sens de ta phrase, m'a expliqué Mélisende, riant à l'unisson.

Bon élève, j'essayais de répéter mes répliques apprises par cœur.

— *Ni hao* ! (Bonjour !), claironnait Meihua qui sortait de son antre en s'essuyant à son tablier, donnant ainsi le top départ de notre jeu.

— *Ni hao* ! (*Bonjour* !)

— *Ni hao ma* ? (*Ça va* ?)

We ate very well at that inn. I have to say, Ms Liu Meihua put her heart into it. What an adorable little lady, all curvy, a blue apron – clean as a new penny – tied over her tired pants! A big frozen smile hinted at a benevolent spirit that inspires confidence. A certain gentleness filtered through the slits of her dark eyes.

– If the menu doesn't suit you, the complaints should be addressed to her! Zhao Lipeng joked, introducing us to his wife.

The latter tirelessly gave me a lesson in conversation. So I acquiesced, docile, with the best intentions in the world, to set the tone of my daily magic formula.

– Otherwise, Boy, no breakfast! Mel translated for me.

And my pronunciation made Liu Meihua roar with laughter, sticking out his ribs. Leaning against the back doorway, she doubled over, slapping her thighs with the palms of her hands. Her eyelids were then fine lines, so fine they could just as easily have been drawn with a brush.

– If the intonation isn't correct, that changes the meaning of your sentence, Mélisende explained to me, laughing with them.

A good student, I tried to repeat the lines I'd learned by heart.

– *Ni hao!* (Hello!), trumpeted Meihua, coming out of her den, wiping herself with her apron, thus giving the starting signal for our game.

– *Ni hao!* (Hello !)

– *Ni hao ma?* (How are you?)

— *Wo hen heo, xie xie ! (Très bien, merci !)*

— *Ni yao shenme ? Cha, kafei ? (Que voulez-vous ? thé ? café ?)*

— *Wo yao yi bei kafei. (Je voudrais un café.)*

— *Zhu nin hao weikou ! (Bon appétit !)*

— *Xie xie ! (Merci !)*

— *Bukeqi.* (Je vous en prie.)

J'adore mettre l'ambiance !

Et elle repartait hilare, ses socques en plastique claquant sur le sol, son gros derrière dodelinant d'un côté puis de l'autre, en cadence, faisant chanter les petites perles roses, rouges et bleues, du rideau prodigieusement kitch de l'entrée. « Elle est parfaite », ai-je songé. Son rire cristallin nous parvenait encore de la cuisine, propre et lumineuse – ce qui est assez remarquable en Chine – se détachant sur le bourdonnement de la télé qui nous bourrait le crâne avec la ritournelle des moutons.

— Très drôle, m'étais-je plaint à Mel la première fois, feignant de m'offusquer, tandis qu'elle se tenait les côtes, également.

— Non, non, c'était super bien, a-t-elle rétorqué d'une voix suraiguë, grimaçant pour que ses traits retrouvent leur calme, et je ne me moque pas de toi, je t'assure !

Ben voyons !

Elle m'a pris par la taille, provoquant une tendre étreinte qui, j'imagine, lui fournissait l'occasion, en camouflant son visage au creux de mon cou, de se laisser aller à pouffer dans mon dos sans avoir à me le cacher.

– *Wo hen heo, xie xie!* (Very well thank you!)

– *Ni yao shenme? Cha, kafei?* (What do you want? Tea? Coffee?)

– *Wo yao yi bei kafei.* (I would like a coffee.)

– *Zhu nin hao weikou!* (Enjoy your meal!)

– *Xie xie!* (Thank you!)

– *Bukeqi.* (Thanks.)

I love to set the mood!

And she would walk away hilariously, her plastic shoes slamming on the floor, her big butt nodding from side to side, in cadence, making the little pink, red and blue pearls of the prodigiously kitsch curtain in the entrance sing. "She's perfect," I thought to myself. We could still hear her crystal-clear laughter emanating from the bright, clean kitchen – which is quite remarkable in China – standing out against the hum of the TV as it filled our heads with the sound of sheep.

– Very funny, I complained to Mel the first time, pretending to be offended while she held onto her ribs.

– No, no, that was great, she retorted in a shrill voice, wincing to calm down, and I'm not laughing at you, I promise!

Well then!

She took me by the waist, in a tender embrace which, I imagine, allowed her to camouflage her face in the crook of my neck and indulge in giggling behind my back without having to hide it from me.

Les femmes !

Ma mère me disait toujours que rire équivalait à des heures de sommeil et à une poignée de minutes de vie en plus, et qu'il n'y avait pas meilleur remède. J'espère au moins que Mélisende et Meihua m'en sont reconnaissantes !

Pour revenir aux qualités de notre cuisinière, j'ai aimé son terrible canard à la pékinoise accompagné d'une savoureuse sauce aux prunes, dont l'arôme se promenait dans tous les conduits et bouches d'aération. Indiscutablement succulent. La peau du volatile, au sucre, se révélait d'un croustillant inimitable. Un délice impérial. Rien que d'y penser, j'en ai l'eau à la bouche. Et, comme on doit poliment garder un reste de nourriture dans son assiette pour signifier que l'on a suffisamment mangé, cela a été quelque peu contrariant, je l'avoue, de renoncer à ces derniers morceaux qui m'ont nargué jusqu'à la fin du repas. J'étais rassuré que Mel me traduise les menus. On ne me fera pas manger n'importe quoi !

Finalement, apprendre le mandarin n'est pas si ardu que je l'imaginais. Si l'on s'en tient à l'oral. Bien évidemment. Mélisende, modeste, affirme que ce n'est pas une langue difficile, mais une langue différente.

– Pour la grammaire, Guillaume, c'est relativement simple. La structure syntaxique est basique : sujet, verbe, complément. Et aucune conjugaison. Pas mal, non ? En plus, les noms et adjectifs sont strictement invariables en genre et en nombre. Tu vois, c'est facile ! On juxtapose les mots en respectant un ordre. Tu vois ? Par contre, la difficulté du chinois parlé réside dans la prononciation, principalement les tons.

Women!

My mom always told me that laughing equated with hours of sleep and a handful of extra minutes of life, and that there was no better medicine. I at least hope that Mélisende and Meihua are grateful!

Coming back to the qualities of our cook, I liked her killer Pekingese duck accompanied by a tasty plum sauce. The aroma wafted through all the ducts and air vents. Undoubtedly succulent. The bird's skin, sugary, revealed an inimitable crispness. An imperial delight. Just thinking about it makes my mouth water. And, since you have to politely keep some leftover food on your plate to signify that you have eaten enough, it was a bit annoying, I admit, to give up these last pieces which taunted me until the end of the dinner. I was reassured by Mel's translating of the menus for me. I won't be given just anything to eat!

Finally, learning Mandarin isn't as hard as I imagined it would be. As long as you stick to the oral. Of course. Mélisende, modest, says it's not a difficult language, but a different language.

– As for grammar, Guillaume, it's relatively simple. The syntactic structure is basic: subject, verb, complement. And no conjugation. Not bad, huh? And, nouns and adjectives are strictly invariable in gender and number. See, it's easy! We juxtapose the words respecting an order. You see? On the other hand, the difficulty of spoken Chinese lies in the pronunciation, mainly the tones.

– L'inverse m'aurait étonné ! Que veux-tu ! S'il est de bon ton d'y mettre le ton… Allons-y gaiement !

– Vois-tu, chaque syllabe est énoncée sur un certain niveau, sur une échelle de 1 à 4, allant du plus grave au plus aigu. Ne ris pas, c'est très important ! La tonalité sert à différencier les mots.

De quoi y perdre son latin, je vous dis ! Mel a élargi son sourire *Ultra Bright* en voyant mes yeux s'arrondir et a poursuivi :

– À titre d'exemple, *ma* signifie « mère » quand le ton est haut, « cannabis » s'il est montant, « cheval » s'il descend légèrement puis remonte et « gronder » s'il est descendant et bref. Et si le ton est neutre, c'est le *ma* qu'on ajoute à la fin de la phrase interrogative, similaire au point d'interrogation.

– O.k. J'ose pas imaginer la phrase : Ma mère va-t-elle me gronder si je fume du cannabis à cheval ?

– Pas mal ! Je te citerai en cours !

* * *

Lipeng, le mari de notre cuisinière hors pair, m'a pris en sympathie et a aimablement proposé de m'accompagner pour visiter Suzhou, la « Venise de l'Orient », lorsque Mélisende était à l'université.

Nous avons donc pris le train, lui et moi. Ce fût une expérience… intéressante.

Une plongée au cœur de la vie chinoise.

– The other way around would have surprised me! How else could it be! If setting the tone strikes the right chord... let's do it cheerfully!

– You see, each syllable is spoken on a certain level, on a scale of 1 to 4, going from the most severe to the most acute. Don't laugh, this is very important! The tone is used to differentiate the words.

Enough to forget your Latin, I tell you! Mel widened her Ultra Bright smile upon seeing my eyes widen and continued:

– For example, *ma* means "mother" when the tone is high, "cannabis" if it's going up, "horse" if it goes down slightly and then goes up and "scold" if it's down and short. And if the tone is neutral, it is the *ma* that is added at the end of the interrogative sentence, similar to the question mark.

– OK. I dare not imagine the sentence: Will my mother scold me if I smoke cannabis on horseback?

– Not bad! I'll quote you in class!

* * *

Lipeng, the husband of our peerless cook, took pity on me and kindly offered to accompany me to visit Suzhou, the "Venice of the East", when Mélisende was at the university.

So we took the train, him and me. It was an... interesting experience.

A dive into the heart of Chinese life.

Je réalise, après coup, que je n'aurais jamais pu me débrouiller seul. Les numéros des quais, noirs de monde, ainsi que les panneaux d'affichage des départs et des arrivées n'étaient renseignés pratiquement que par des idéogrammes et non en pinyin – la transcription du mandarin, basée sur l'alphabet romain. Impossible de distinguer, en observant le titre de transport, si les signes ou les chiffres correspondaient au train, au quai, à la voiture, à la destination ou à la ville de départ. Je me sentais bizarrement dépendant de Lipeng, tel un gosse qui n'a pas appris à lire. Nous ne communiquions qu'en anglais, lui et moi. Et l'anglais que je baragouinais était à peu près aussi mauvais que le sien. Autant dire que les échanges demeuraient assez limités ! *Of course.*

C'est impressionnant de constater combien le fait d'être étranger attise les curiosités. Nombreuses sont les personnes qui m'ont abordé en anglais, ou qui ont interpellé mon compagnon pour en savoir plus sur moi, mon pays, mon salaire, le prix de mon téléphone cellulaire en France… que sais-je encore.

I realize, after the fact, that I could never have made it on my own. The numbers on the platforms, black with people, as well as the departure and arrival display boards were filled in practically only by ideograms and not in pinyin – the transcription from Mandarin based on the Roman alphabet. Impossible to distinguish, by observing the ticket, whether the signs or numbers corresponded to the train, platform, car, destination or city of departure. I felt oddly dependent on Lipeng, like a kid who hadn't learned to read. We only communicated in English. And the English I was jabbering was about as bad as his. Suffice to say the exchanges remained quite limited! Of course.

It's incredible how much just being a foreigner arouses their curiosity. Lots of people have spoken to me in English, or have called on my partner to find out more about me, my country, my salary, the price of my cell phone in France... all sorts of things.

Dans le train, il y avait des gens partout. Et quand je dis partout, c'est... partout ! Debout sur les banquettes ! Entassés dans les espaces qui séparent les rames ! Serrés par terre, et même sur les filets destinés aux bagages ! Hallucinant. On ne tenait pas compte des places numérotées, pour une simple et bonne raison : le nombre de billets vendus était sans aucun doute supérieur à celui des sièges disponibles ! J'ai compris a posteriori pourquoi on trouvait des vendeurs de minuscules tabourets pliants dans la gare ! J'ai suivi tant bien que mal mon guide parmi la foule compacte et les files d'attente, en baragouinant des *Sorry* et en slalomant entre les valises, les cabas ouverts dont le contenu se déversait sur les jambes des voyageurs, les mains tendues des mendiants estropiés, les détritus de toutes sortes et les crachats qui jonchaient le sol. *Sorry*. *Sorry*. Nous avons enfin rejoint un lieu passablement épargné : le wagon-restaurant dans lequel nous avons pu prendre une bière, assis.

My god !

« Au ciel, il y a le paradis, sur terre il y a Suzhou et Hangzhou. », proclame un célèbre proverbe. Il ne ment pas, le village n'a pas volé sa réputation ! Cela valait largement le déplacement.

Au cours de notre promenade dans une ruelle traditionnelle, le long de canaux enjambés par des ponts ornés de magnifiques sculptures, je me suis intéressé à un marchand d'étoffes. J'ai admiré les soieries, espérant secrètement dénicher le motif vert anis de la carpe – celui de la fameuse robe. J'aurais aimé offrir ce tissu à Mel. Elle aurait pu faire confectionner par une couturière, une tenue identique à celle de la jolie Eurasienne.

On the train, there were people everywhere. And when I say everywhere, I mean... everywhere! Standing on the benches! Crowded in the spaces between the wagons! Pressed to the ground, and even on the luggage nets! Mind-blowing. Numbered seats were not taken into account, for one simple reason: the number of tickets sold was undoubtedly greater than the number of seats available! I understood in retrospect why there were sellers of tiny folding stools in the station! I followed my guide as best I could through the compact crowd and the queues, jabbering, *Sorry,* and slaloming between the suitcases, the open tote bags with the contents spilling on passengers' legs, the outstretched hands of the crippled beggars, all kinds of rubbish and spit that littered the ground. *Sorry. Sorry.* We finally reached a place relatively untouched: the dining car where we were able to have a beer, seated.

My god!

"In Heaven there's paradise, on Earth there are Suzhou and Hangzhou," proclaims a famous proverb. It's not lying, the village hasn't stolen its reputation! It was well worth the trip.

As we walked down a traditional alley, along canals spanned by bridges adorned with magnificent sculptures, a fabric merchant caught my interest. I admired the silks, secretly hoping to find the anise green pattern of the carp – that of the famous dress. I would have liked to give that fabric to Mel. She could have had a seamstress make an outfit identical to the pretty Eurasian's.

Lipeng m'a demandé ce que je recherchais. J'ai essayé de le lui expliquer. Je m'empêtrais dans mon anglais rudimentaire. Renonçant, je lui ai montré la photo en indiquant le vêtement. Il l'a présentée au vendeur qui lui a dit, très sûr de lui, qu'il n'avait vu, de sa vie entière, un tel dessin sur ce fond-là et que s'il existait, il doutait qu'il fût chinois. « Peut-être à l'étranger, mais pas dans l'empire du Milieu ! »

Well.

Le peintre de notre toile n'était pas d'ici.

C'eût été trop facile, n'est-ce pas ?

J'ai rangé cette conclusion dans un coin de ma tête et j'ai entrepris de lui acheter, en guise de remerciement, plusieurs mètres d'un tissu traditionnel vermillon, agrémenté de dragons dorés entrelacés.

Mélisende était contente de son cadeau en rentrant à l'hôtel.

Lipeng, voyant que je portais de l'intérêt à la peinture, m'a entraîné à la découverte d'exemples du « paysagisme classique ». Il voulait dire par là des jardins où les plans d'eau se mêlent aux passerelles et autres passages sinueux propices à la méditation, des jardins qui se voulaient un condensé de la nature avec leurs arbres, leurs plantes, leurs animaux, leurs montagnes et leurs hauts plateaux. Une nature miniaturisée et rassemblée dans un espace extrêmement restreint.

Mon nouvel ami m'a baragouiné qu'en Chine les artistes ne représentent pas la réalité photographique d'un paysage, mais plutôt celle qui est sous-jacente, que l'on ne peut percevoir d'emblée.

Et si le tableau nous camouflait quelque chose ?

Lipeng asked me what I was looking for. I tried to explain it to him. I got bogged down by my rudimentary English. Giving up, I showed him the photo indicating the item of clothing. He presented it to the salesman who told him, very sure of himself, that he had not seen such a drawing on this background in his entire life and that if it existed, he doubted that it was Chinese. "Maybe abroad, but not in the Middle Kingdom!"

Well.

The painter of our canvas was not from here.

That would have been too easy, right?

I pushed that conclusion to the back of my mind and proceeded to buy her, as a thank you, several yards of traditional vermilion fabric embellished with intertwined golden dragons.

When she got back to the hotel, Mélisende was happy with her gift.

Lipeng, seeing that I had an interest in painting, brought me to discover some examples of "classical landscaping". By that he meant gardens where bodies of water mingle with walkways and other winding passages conducive to meditation, gardens intended to be a microcosm of nature with their trees, plants, animals, mountains and trees. Highlands. Miniaturized nature brought together in an extremely tight space.

My new friend rambled on, telling me that in China artists don't represent the photographic reality of a landscape, but rather the underlying reality, which is not immediately perceptible.

What if the painting was hiding something from us?

Je me suis laissé entraîner dans quantité d'expositions, de galeries et d'ateliers. J'ai sorti à maintes reprises le cliché. Toujours la même réaction : ce n'était pas l'œuvre d'un compatriote. Sans conteste. Eventuellement celle d'un Vietnamien. Cependant, tous s'accordaient sur le fait qu'il s'agissait effectivement de la bourgade de Yangshuo. Et ça, je le savais déjà.

* * *

Les jours qui ont suivi, Mel et moi n'avons eu de cesse de pédaler dans Beijing. Une chance que le dénivelé soit faible ! Excellente idée, en tout cas, pour éliminer les calories de la popote mitonnée par Meihua, notre cordon bleu.

Hier, veille du départ pour Yangshuo, Mélisende était euphorique.

— Prépare-toi, chéri, m'a-t-elle gentiment ordonné, malicieuse. Nous sortons, ce soir, a-t-elle glissé en se retournant afin que je l'aide à mettre son collier.

J'ai actionné le fermoir sur sa nuque ; lentement, pour prolonger le moment. Elle avait revêtu sa petite robe noire à dos nu que j'affectionne particulièrement.

— T'es infatigable ! ai-je grommelé en grimaçant, courbaturé par tous les kilomètres parcourus à vélo.

— Tu verras, ça reposera tes jambes !

— Dieu soit loué ! Et pour demain, j'espère que tu nous as réservé une balade en pousse-pousse, mon amour !

— Ah, ah ! Très malin.

I let myself be led into a number of exhibitions, galleries and workshops. I pulled out the snapshot many times. Always the same reaction: it was not the work of a compatriot. Without question. Possibly that of a Vietnamese. However, all agreed that it was indeed the town of Yangshuo. And I already knew as much.

* * *

For the next few days, Mel and I kept pedaling around Beijing. Lucky that it's not too hilly! An excellent idea, in any case, for eliminating the calories put on by the meals cooked up by Meihua, our excellent chef.

Yesterday, the day before departure for Yangshuo, Mélisende was euphoric.

– Get ready, Honey, she ordered me kindly, mischievously. We're going out tonight, she said, turning around for me to help her put on her necklace.

I fastened the clasp on her neck; slowly, to prolong the moment. She had put on her little black backless dress that I particularly like.

– You're tireless! I grumbled, wincing, aching from all the miles on the bikes.

– You'll see, it'll relax your legs!

– Praise be to God! And for tomorrow, I hope you've booked us a rickshaw ride, my love!

– Ah, ah! Very clever.

— Quoiqu'un massage avant de dormir me conviendrait aussi. Tu sais les sportifs professionnels, ils ont des kinés…

— Je vois ça… m'a-t-elle soufflé avec un clin d'œil.

Mel, brillante dans son rôle d'organisatrice, m'a conduit dans une maison de thé, très courue, nommée *Lao She Teahouse*, si ma mémoire est bonne.

Là, nous avons assisté à la cérémonie du thé, d'une rare délicatesse, et plus tard, à l'une des pièces classiques de l'opéra de Pékin. Un art typique, mélangeant théâtre, chants – tels des miaulements de chats – musiques, duels, danses, et même acrobaties.

* * *

Au cours de notre bref séjour, je tenais coûte que coûte à faire quelques pas sur la Grande Muraille. Passage obligé, sachant surtout que « Celui qui n'a pas gravi la Grande Muraille n'est pas un brave. », dit un autre proverbe. Mélisende m'a donc emmené voir une partie du « dragon », plus éloignée et non rénovée pour les touristes. Nous avons évité le site affreusement bondé de Badaling et sa marée de parapluies multicolores, faisant office d'ombrelles, ainsi qu'une armée de vendeurs à la sauvette, proposant un bric-à-brac de souvenirs en plastique de mauvais goût, fabriqués en masse. Made in China.

– Although a massage before bed would work for me too. You know professional athletes have physiotherapists...

– I'm up on that... she whispered to me with a wink.

Mel, brilliant in her role as organizer, took me to a very popular tea house called Lao She Teahouse, if memory serves.

There we saw a tea ceremony, of rare delicacy, and later, one of the classics at the Peking Opera. A traditional art, mixing theater, noises – like the meowing of cats – music, duels, dances, and even acrobatics.

* * *

During our brief stay, I wanted to take a few steps along the Great Wall at all costs. A must, especially knowing that "He who has not climbed the Great Wall is not a brave man," according to another proverb. So Mélisende took me to see part of the "dragon", further afield and not renovated for tourists. We avoided the excruciatingly crowded Badaling site and its tide of multicolored umbrellas, acting as parasols, as well as an army of street vendors, offering a bric-a-brac of tasteless, mass-produced plastic souvenirs. Made in China.

Ensuite, les merveilles se sont enchaînées : de la Cité Interdite d'une envergure inégalée avec ses toitures mordorées et ses gargouilles dont je ne me lassais pas d'admirer les détails, en passant par le magnifique Palais d'été ou « jardin de l'harmonie préservée », pour échouer sur la place Tian'amen (place du peuple) d'où une multitude de cerfs-volants bigarrés s'élançait dans le ciel, au milieu des immenses bâtiments sombres, à l'architecture typiquement stalinienne.

Ici, je m'en souviens, un charmant couple de vacanciers chinois nous a demandé de les photographier avec leur adorable fillette – un enfant unique, assurément. La petite, mignonne comme tout, étrennait une robe rouge et blanche, au large col en dentelle. Elle était coiffée de tresses enroulées en macaron façon princesse Leia et entourées de fins rubans. Elle agitait, souriante, les drapeaux aux cinq étoiles dorées de la République populaire de Chine.

— Jiezi ! a prononcé Mel pour obtenir leurs sourires.

— *Jiezi* ! ont-ils répété à l'unisson.

Jiezi c'est l'équivalent du *cheese* ou du « ouistiti » que l'on nous fait articuler chez nous, et cela signifie « aubergine ».

Pékin… Nous avons admiré tant de beaux ouvrages. Et Mélisende toujours aussi gaie, pétillante, affable, et si séduisante en version guide touristique !

* * *

— Les villes ont été construites avec une stricte symétrie, m'a indiqué Mel, sans se départir de ce ton un peu docte qui force invariablement mon admiration.

Then, the wonders followed one after the other: from the Forbidden City of unequaled scale with its golden-brown roofs and its gargoyles, with details that I couldn't get enough of, passing by the magnificent Summer Palace or "garden of preserved harmony", only to end up on Tiananmen Square (People's Square), where a multitude of colorful kites soared into the sky, in the midst of the huge dark buildings, with typical Stalinist architecture.

Here, I remember, a lovely Chinese vacationing couple asked us to take a picture of them with their adorable little girl – an only child, to be sure. The little one, as cute as anything, wore a red and white dress with a wide lace collar. She was wearing braids wrapped in a Princess Leia bun and tied in fine ribbons. She was smiling and waving the golden five-star flags of the People's Republic of China.

– *Jiezi!* Mel pronounced to get their smiles.

– *Jiezi!* they repeated in unison.

Jiezi is the equivalent of cheese or *ouistiti* that we're made to say at home, and it means "eggplant".

Beijing… We marveled at so many beautiful works. And Mélisende was always so cheerful, sparkling, affable, and her tourist guide persona was so attractive!

* * *

– The cities were built with a strict symmetry, Mel told me, keeping that somewhat learned tone that always commands my admiration.

– On le voit sur le plan de Beijing, d'ailleurs. Regarde, c'est prodigieux !

Dans les vieux quartiers, la plupart des habitations sont basses, en bois et en briques. J'ai eu l'opportunité d'en visiter, grâce à la gentillesse des collègues enseignantes de Mélisende qui nous ont chaleureusement conviés à boire le thé ou à partager un repas.

Chez l'une d'entre elles, prénommée Xuefang, l'effigie d'un homme à longue moustache trônait dans la cuisine. Voyant que je fixais l'image avec insistance, notre hôte ne s'est pas fait prier pour me fournir des explications :

– C'est Zaojun, le dieu du foyer. Il est là pour surveiller toute la famille.

– Vraiment ?

– Je vous prie de croire qu'il vaut mieux se tenir à carreau, car il ne manquera pas de transmettre son rapport annuel à l'empereur de Jade ! Vu que nul n'est parfait, n'est-ce pas, une semaine avant le jour de l'an, il est de coutume de nettoyer en profondeur les maisons et les cours pour que les fantômes et les divinités s'en aillent au Ciel. Ceci étant fait, nous lui servons un festin.

– Vous l'achetez pour qu'il tienne sa langue, c'est ça ?

– Oui ! a-t-elle approuvé en pouffant. Et nous ne nous arrêtons pas là !

– Ah bon ! Ça ne lui suffit pas ?

– Non, pour plus de sûreté, nous enduisons ensuite ses lèvres de miel, histoire, … comment dire… que ses mots soient sucrés.

269

– You can see it on the map of Beijing, by the way. Look, this is amazing!

In the old town, most of the dwellings are low, made of wood and brick. I had the chance to visit some, thanks to the kindness of Mélisende's fellow teachers, when they warmly invited us for tea or to share a meal.

In the home of someone called Xuefang, a portrait of a man with a long mustache stood in the kitchen. Seeing that I was staring at the image intently, our host gave an explanation:

– He's Zaojun, the god of the hearth. He's there to watch over the whole family.

– Really?

– You bet. It's better to be honest, since he'll be delivering his annual report to the Jade Emperor! Since no one's perfect, right? The custom is to thoroughly clean houses and yards to send ghosts and deities into the sky a week before New Years Day. Once this is done, we serve him a feast.

– You're bribing him to hold his tongue, right?

– Yes! she said, giggling. And we don't stop there!

– Is that so! Isn't that enough for him?

– No, to be on the safe side, then we smear his lips with honey. The story goes... how can I put it... so his words are sweet.

– Chez nous aussi on utilise l'expression « mots doux », mais ils sont essentiellement échangés entre amoureux.

À cette dernière remarque Xuefang a gloussé et poursuivi, les yeux pétillants et les joues plus roses que tantôt :

– Et vu que nous ne sommes toujours pas rassérénés, nous faisons en sorte que sa bouche soit totalement engluée pour que ça l'empêche de révéler toutes les bêtises que nous avons faites pendant l'année !

– Ah, je vois ! On dirait que vous n'avez pas la conscience tranquille par ici !

J'aime ces bavardages interculturels. Nous avons tellement à apprendre les uns des autres.

Xuefang nous a extrêmement bien reçus. Son mari et son petit garçon étaient très accueillants, eux aussi. Elle avait concocté, notamment, une succulente soupe qui sentait bon la coriandre. Nous avons ri au cours de cette soirée.

De manière générale, les gens que j'ai rencontrés avaient beaucoup d'humour et pratiquaient l'autodérision. Nous avons passé d'agréables moments en leur compagnie.

– C'est un privilège, en tant qu'étranger, d'être accueilli à la maison, tu sais Guillaume. Ces invitations me touchent énormément.

– In France, we also use the expression "sweet words", but they're mainly spoken between lovers.

At that last remark Xuefang chuckled and continued, eyes sparkling and cheeks rosier than before:

– And since we're still not reassured, we make sure that his mouth is totally sticky so that it prevents him from revealing all the nonsense we've done during the year!

– Oh I see! Sounds like you don't have a clear conscience around here!

I love this cross-cultural chatter. We have so much to learn from each other.

Xuefang entertained us extremely well. Her husband and baby boy were very welcoming, too. In particular, he had concocted a succulent soup that smelled like coriander. How we laughed that evening.

Generally speaking, the people I met were very funny and self-deprecating. We had a good time with them.

– It's a privilege, as a foreigner, to be welcomed into someone's home, you know Guillaume. These invitations are so touching.

Mel avait anticipé ces réceptions en emportant des souvenirs de France, enveloppés dans du papier aux couleurs chaudes, avec la ferme intention de ne pas arriver les mains vides. Tant pis s'il fallait s'acquitter d'un supplément de bagage à l'aéroport. Selon l'usage, personne ne les a ouverts en notre présence. En remplissant sa valise, Mélisende a argumenté qu'il était nécessaire de prendre cette précaution au risque de manquer d'idées de cadeaux, une fois sur place – les Chinois préférant la bière au vin et réservant les bouquets de fleurs aux enterrements.

– Ce qui se fait, c'est d'apporter une corbeille de fruits. C'est le cadeau passe-partout, là-bas.

On dîne tôt, aux alentours de dix-huit heures. Nous étions habituellement attendus vers les dix-sept heures. Nous nous sommes déchaussés dans les entrées et on nous a aimablement prêté des chaussons.

Chaque fois, nous avons d'abord été invités à boire le thé dans le salon.

Là, on se serre les uns contre les autres, car à l'instar de nombre de capitales, les logements sont exigus – trente mètres carrés étant déjà considérés comme spacieux. On vous montre des photos de famille, les derniers appareils high-tech, on mélange l'anglais et le mandarin. On se comprend. Les rires et les silences se passent de traduction. C'est vraiment convivial. Et parfois très drôle !

– Etant donné que tu ne parles pas leur langue, nous échapperons au karaoké, je te rassure, m'a susurré Mel. Les Chinois aiment chanter. Je ne pense pas non plus qu'on nous proposera un film. Ça te va ?

Mel had anticipated these occasions by bringing souvenirs from France, wrapped in warm colored paper, with the firm intention of not arriving empty-handed. Too bad if you had to pay for extra luggage at the airport. As is customary, no one opened them in our presence. While filling her suitcase, Mélisende argued that it was necessary to take this precaution or risk running out of gift ideas once there – the Chinese preferring beer to wine and reserve bouquets of flowers for funerals.

– What they do is bring a basket of fruit. It's the go-to gift over there.

You dine early, around six o'clock. We were usually expected around five o'clock. We took off our shoes in the entrances and were kindly lent slippers.

Each time, we were invited to drink tea in the living room first.

There, we huddled together, because as in many capitals, housing is cramped – thirty square meters is already considered spacious. They show you family photos, the latest high-tech devices, we mix English and Mandarin. We understand each other. Laughter and silences need no translation. It's really convivial. And sometimes very funny!

– Since you don't speak their language, we'll skip karaoke, don't worry, Mel whispered to me. The Chinese love to sing. I don't think we'll be invited for a movie either. Is that okay with you?

Les repas étaient composés d'une multitude de plats qu'il convenait de goûter même si l'on n'aimait pas, afin d'éviter d'offenser notre hôte. Le problème ne s'est heureusement jamais posé : tout se révélait délicieux. Le plus difficile était d'exprimer que l'on n'avait plus faim et non que la nourriture n'était pas bonne.

J'ai donc salué les mets en prononçant un timide « Hen hao » (Très bon) puis en articulant « Chi boa le », qui se traduit par « J'ai trop mangé. ». Mieux vaut ménager les susceptibilités.

Les dîners étaient transformés en véritables banquets pour l'occasion ! À la fin, Mélisende hâtait le départ : il est bienvenu de libérer ceux qui doivent tout ranger. Elle invoquait, polie, que l'on avait un rendez-vous (très important cet aspect de ne pas perdre ou faire perdre la face, en Chine). Et interdit de proposer de l'aide : cela aurait signifié que la maîtresse de maison était incapable de se charger seule de cette tâche. Autant ne pas vexer ! Après avoir remercié nos hôtes, nous prenions donc congé sans tarder. Un peu rapidement à mon goût ! Je me sentais terriblement grossier.

Ces sorties m'ont permis de passer la porte des pavillons traditionnels, dont les avant-toits s'incurvaient en courbes gracieuses, les rendant absolument originaux. J'avoue que j'aurais été frustré de ne pas assouvir ma curiosité. Les charpentes, constituées de poutres arrondies, soutenaient les toitures en pente. Elles étaient singulières avec leur ornementation fantastique. Des tuiles cuites, vernissées, couvraient les édifices traditionnels. Dans les habitations, une laque de couleur vive protégeait l'ossature, bien visible. C'était lumineux et chaleureux. On y était à l'aise.

The meals consisted of several dishes that seemed fine, even if we didn't like them, but we'd eat in order to avoid offending our host. Fortunately, the problem never arose: everything turned out to be delicious. The hardest part was to express that we were no longer hungry without implying that the food was not good.

So I greeted the food by saying a shy *"Hen hao"* (Very good) and then saying *"Chi boa le"*, which translates as, "I ate too much." Better to spare their feelings.

The dinners became real banquets! In the end, Mélisende hastened our departure, which was welcome, to free them to clean up. She politely explained that we had an appointment (very important this custom in China of not losing, or causing others to lose, face). And they didn't let you offer help: it would have meant that the hostess was unable to take on this task alone. Better not offend anyone! So, after thanking our hosts, we took our leave without delay. A bit too soon for my taste! I felt awfully rude.

These outings allowed me to walk through the doors of traditional pavilions, whose eaves curved in graceful lines, rendering them absolutely original. I admit that I would have been frustrated if I hadn't satisfied my curiosity. The frames were made up of rounded beams, supported sloping roofs. They were unique with their fantastic ornamentation. Fired, glazed tiles covered the traditional buildings. In the homes, a vibrantly colored lacquer protected the structure, which was clearly visible. It was bright and warm. We were comfortable there.

Quand la famille est nombreuse, on ajoute un pavillon à la suite du premier et ainsi de suite. Entre les corps de bâtiments successifs : des portiques.

– Ça pouvait aller jusqu'à une douzaine ! Tu te rends compte, Guillaume ? Douze ! D'où l'expression chinoise, en parlant d'un homme riche qu'« il a une maison à douze cours ».

J'ai été surpris par les échafaudages en bambous. Même pour les immeubles à trois étages.

Et la rue ! Pleine de vie. Une hyperactivité débordante, remuante, constante. Des vélos en veux-tu en voilà, des *rickshaw*, des nuées de véhicules qui se croisaient, quelle que soit l'heure du jour et de la nuit. Ça klaxonnait à tout va.

Du monde. Un monde fou. Fou et jeune. Et du bruit ! Evidemment.

Et, au cœur de ce remue-ménage, des pékinois accroupis, les talons bien à plat sur le sol, qui poireautaient calmement à l'arrêt de bus, ignorant l'agitation ambiante et son tohu-bohu d'avertisseurs assourdissants. Des policiers en faction – à l'abri d'un soleil de plomb sous leurs parasols aux inscriptions publicitaires de marques multinationales – affichaient des allures stoïques de *Playmobil*, juchés sur leur îlot surélevé, et paraissaient si vulnérables au milieu du flot ininterrompu de la circulation bruyante et chaotique !

J'ai en tête le souvenir d'un bain de foule, pris dans l'une des bruissantes artères commerçantes, dont les néons démesurés feraient se pâmer de jalousie ceux de Manhattan. La mondialisation par excellence !

When the family is large, a pavilion is added to the first and so on. Between the successive bodies of buildings: porticoes.

– It can go up to a dozen! Do you realize, Guillaume? Twelve! Hence the Chinese expression, when speaking of a rich man that "he has a house with twelve yards".

I was surprised by the bamboo scaffolding. Even for three-story buildings.

And the streets! Full of life. An overflowing, restless, constant hyperactivity. As many bikes as you want, rickshaws, swarms of passing vehicles, whatever the time of day or night. They were honking all the time.

The crowd. A crazy world. Crazy and young. And noisy! Obviously.

And, in the midst of all the commotion, crouching Pekingese, their heels flat on the ground, calmly peered about at the bus stop, ignoring the surrounding commotion and hustle and bustle of deafening horns. Police officers on duty – sheltered from the scorching sun under their umbrellas with ads for multinational brands – looked as stoic as Playmobils, perched on their elevated platforms, and seemed so vulnerable in the midst of the endless flow of noisy and chaotic traffic!

I remember one crowd clogging up in one of the bustling shopping streets, with oversized neon lights that would make people in Manhattan swoon with envy. Globalization par excellence!

Nous arpentions les rues du 798 Art District, à la recherche de galeries. Pékin n'en manque pas et n'a rien à envier à celles de New York ou Berlin. L'art contemporain est en plein essor et suit la courbe de l'envolée économique.

Lassés de présenter la photo de notre mystérieux tableau à tous les galeristes que nous interrogions et de n'obtenir pas le moindre début d'indice, nous avions fini par bifurquer, empruntant des ruelles adjacentes, où une série d'échoppes d'un marché permanent attendait les touristes. Là, tout devait se négocier, même le succulent pressé de pastèque servi dans des gobelets remplis de glaçons à l'intérieur desquels on vous plantait une paille colorée. Je me rappelle que Mel a acheté des éventails traditionnels à un malheureux vendeur édenté, installé à côté d'une pile impressionnante de petits paniers fumants, en bambou. Le pauvre vieux essayait de refourguer sa camelote et accessoirement divers objets de pseudo-art. Il vendait tout un tas de statuettes en bois représentant des bouddhas rieurs.

Le paysage urbain, empli d'une vapeur subtile, était plongé dans un voile blanc de brume de pollution, donnant une sensation de *fog* londonien, emprisonnant la chaleur humide et étouffante. L'air, plombé par la canicule, s'immobilisait. Il était bien le seul, car tout allait vite. Si vite que cela m'étourdissait.

We walked the streets of the 798 Art District, looking for galleries. New York or Berlin have nothing on Beijing, which has no shortage of galleries. Contemporary art is booming and follows the graph of the economic boom.

Tired of presenting the photo of our mysterious painting to all the gallery owners we questioned and not getting the slightest hint, we ended up branching out, taking adjacent alleys, where a series of stalls in a permanent market awaited tourists. There, everything had to be negotiated, even the succulent squeezed watermelon served in cups filled with ice cubes they stick a colorful straw into. I remember Mel buying traditional fans from an unfortunate toothless vendor standing next to an impressive stack of small, steaming bamboo baskets. The poor old man was trying to sell off his junk and, incidentally, various pseudo-art objects. He was selling a whole bunch of wooden statuettes representing laughing Buddhas.

The cityscape, under a subtle fog, was shrouded in a white veil of haze from the pollution, giving a feeling of London fog, and trapping the damp and sweltering heat. The air, weighed down by the heatwave, stagnated. It was in fact alone in this, because everything else was moving quickly. So fast it made me dizzy.

Par bonheur, il y avait les temples, palais, parcs et jardins ; hors du temps, figés, où l'on oubliait le tumulte et où l'on respirait des siècles d'histoire. On y pratiquait les exercices matinaux de gymnastique. Les tireurs de pousse-pousse s'offraient une sieste méritée, allongés sur leur véhicule, au plus chaud de la journée. À l'ombre d'un saule pleureur, on pouvait parfois surprendre un vieil homme déchaussé, allongé sur un banc pour faire un somme...

Ces lieux étaient dédiés au repos et au calme. Nous avons pu nous y ressourcer en contemplant longuement les nénuphars et les ponts si joliment décorés.

C'est dans ces moments paisibles que la vision du tableau de Yangshuo me revenait à l'esprit, avec ses paysages évoquant les lentilles d'eau pointillant la surface de l'onde claire.

Et à sa suite, comme toujours, l'inextinguible ribambelle de questions !

Fortunately, there were the temples, palaces, parks and gardens; timeless, frozen, where we forgot the tumult and breathed centuries of history. Morning gymnastics were practiced there. The rickshaw pullers enjoyed well-deserved naps, stretched out in their vehicles, in the heat of the day. In the shade of a weeping willow tree, you'd sometimes surprise an old man with no shoes on, lying on a bench to take a nap…

These places were meant for rest and calm. We were able to recharge our batteries while contemplating the water lilies for a long time, as well as the bridges so prettily decorated.

It was in these peaceful moments that the vision of Yangshuo's painting came back to me, with its landscapes evoking the duckweed dotting the surface of clear waves.

And following that, as always, the inextinguishable succession of questions!

Dans ces endroits-là, propices au recueillement ou à la paresse, il n'était pas rare de croiser, l'après-midi, des hommes en pyjama, dont la veste, largement ouverte dévoilait leur torse nu et glabre. Héritage d'une époque où sortir, accoutré de la sorte, était un signe de richesse, prouvant que sa garde-robe contenait au moins une autre tenue, paraît-il. On y rencontrait également, des jeunes filles vêtues à la mode occidentale : jeans taille basse ou mini-jupe, Converses aux pieds, cheveux méchés de rouge, effilés avec soin ou coupés en un asymétrique carré plongeant. Eh oui, ici aussi ! Sauf qu'elles se promenaient en tenant chacune au-dessus de leur tête, une énorme feuille d'un vert tendre appartenant à une plante exotique, en guise d'ombrelle improvisée. Là, on se dit que l'on est en Chine. Tout de même !

Certaines portaient des chaussettes, ou plutôt de fines socquettes de couleur chair, en nylon, dans leurs chaussures de ville ou leurs sandales ouvertes. Peut-être était-ce un vestige de petits pieds bandés pendant des siècles, quand il était alors interdit de montrer ses orteils.

— Mais non ! s'est insurgé notre cuistot hors pair, en riant de cette drôle de remarque. Il s'agit seulement d'une question de santé ! Le portage des chaussettes est indispensable pour éviter d'attraper un coup de froid ! Nous ne sommes pas si pudibondes, nous autres ! Qu'allez-vous imaginer ? Ah les étrangers, vous me ferez toujours marrer !

— Même sous plus de 30 degrés et que l'on dégouline ?

In these places, conducive to meditation or laziness, it was not uncommon to meet, in the afternoon, men in pajamas, whose jackets, wide open, revealed their bare, hairless chests. The legacy of a time when going out in this outfit was a sign of wealth, proving that their wardrobe contained at least one other outfit, it seems. There were also young girls dressed in Western fashions: low-waisted jeans or mini-skirts, Converses on their feet, hair highlighted with red, carefully tapered or cut into plunging asymmetric squares. Yes, here too! Except that they walked around holding a huge soft green leaf from an exotic plant above their heads, as an improvised parasol. That reminded us we were in China!

Some were wearing socks, or rather thin flesh-colored nylon socks, under their dress shoes or open sandals. Perhaps it was a remnant of little feet bandaged for centuries, from a time when it was forbidden to show your toes.

— But no! our peerless cook protested, laughing at the odd remark. It's just a matter of health! Wearing socks is essential to avoid catching a cold! We're not so prudish, the rest of us! What are you thinking? Ah foreigners, you always make me laugh!

— Even dripping at over thirty degrees?

– Justement ! Lorsqu'on transpire, les pores de la peau s'ouvrent, et un petit vent provenant de l'air conditionné, par exemple, peut pénétrer facilement et se trouver à l'origine d'un rhume, ou d'un mal de tête ou bien de gorge. Vous comprenez ? Eh oui… Ça vous amuse, hein ! Vous devriez mettre des chaussettes, vous savez. On conseille d'en enfiler la nuit. Il ne faut rien négliger, pour garder un corps sain.

Nous nous sommes esclaffés. Je n'ai finalement pas su si c'était du lard ou du cochon, mais le fait est que nombreuses sont les femmes qui en portaient dans les rues de Pékin.

C'est aussi cela, la Chine. D'autres us, d'autres coutumes, une culture différente de la nôtre…

Et la poésie, qu'en reste-t-il ?

Eh bien, on la retrouve au sein des espaces zen.

Je pense à ce vieil homme, peignant avec de l'eau, sur le sol en terre battue du jardin d'un palais, dans un land-art vraiment très… éphémère. Nous y avons perçu une délicatesse, là où d'autres n'auraient vu qu'un vieillard qui n'avait plus la lumière à tous les étages.

J'en oubliais presque notre tableau et ses mystères…

Enfin presque…

– Exactly! When you sweat, your pores open, and a little wind from the air conditioning, for example, can easily penetrate and cause a cold or headache. Or a sore throat. You get it? Oh yes... It amuses you, huh! You should put on socks, you know. We recommend putting them on at night. Nothing should be neglected to keep the body healthy.

We laughed. I didn't know if it makes a difference, but, the fact is, many women were wearing them in the streets of Beijing.

This is also China. Other ways, other customs, a culture different from ours...

And poetry, what's left of it?

Well, we find it in Zen spaces.

I think of this old man, painting with water, on the dirt floor of a palace garden... very fleeting land-art. We perceived a delicacy there, where others would have seen only an old man who no longer had all his marbles.

I almost forgot our painting and its mysteries...

Well almost...

Yangshuo, province du Guangxi. Sud-Ouest de la Chine

21 juin 2002

Mélisende

J'ai hâte de revoir Yangshuo.

Yangshuo qui veut dire « Nouvelle lune du Yang », certainement en référence à la Colline de la lune, une arche naturelle dont le creux bien rond évoque l'astre.

Hors de question de s'éterniser à Guilin.

Dès la sortie de l'aéroport, nous franchissons un mur torride, à faire éclater le ciel, dont le taux d'humidité, difficilement supportable, nous liquéfie instantanément. La température dépasse facilement les quarante degrés à l'ombre. Nos vêtements collent à la peau. Nous sommes relativement proches de la frontière vietnamienne. Le climat, subtropical, n'est déjà plus le même qu'à Beijing. L'air est irrespirable, l'atmosphère moite.

Je me rappelle avoir estimé, au cours de mon premier voyage, qu'il était inutile de se sécher après la douche : sitôt prise, on se retrouvait à nouveau trempé et il fallait recommencer !

De l'aéroport, nous prenons une navette qui nous conduit rapidement jusqu'au centre-ville d'où de nombreux minibus rejoignent Yangshuo en quatre-vingt minutes.

Yangshuo, Guangxi Province, Southwest China
June 21, 2002

Mélisende

I can't wait to see Yangshuo again.

Yangshuo means "New moon of the yang", it probably refers to Moon Hill, a natural arch whose round hollow resembles the moon.

Staying in Guilin forever is out of the question.

As soon as we leave the airport, we step into a wall of heat, hot enough to bring thunder to the sky. The almost unbearable humidity instantly liquefies us. The temperature easily exceeds forty degrees in the shade. Our clothes stick to our skin. We're relatively close to the Vietnamese border. The subtropical climate is already different from Beijing's. The air is unbreathable, the atmosphere damp.

I remember feeling, during my first trip, that it was useless to dry off after a shower: as soon as you took it, you'd find yourself soaked again and you had to start over!

From the airport, a shuttle bus takes us quickly to the city center where many minibuses go to Yangshuo, the trip takes eighty minutes.

Le véhicule bringuebalant démarre dans un bruit grinçant de ferraille. Il y règne une chaleur d'étuve, insoutenable. Guillaume découvre, ahuri et cramponné à son siège, les joies de la conduite locale.

— Il va tous nous tuer ! laisse-t-il échapper en s'agrippant à l'accoudoir, au troisième coup de volant brutal.

Le car, de toute évidence, ne tient pas compte des voies de

circulation, doublant à droite, à gauche, roulant parfois à contre sens, comme les véhicules que nous croisons. Et en plus des slaloms, des subites accélérations, des freinages secs et des queues de poisson, ça klaxonne sans arrêt ! La route peu entretenue, au bitume inégal, n'arrange pas les choses ! Pauvre Guillaume, il est livide et doit être persuadé que sa dernière heure est venue !

Pendant le trajet pour le moins mouvementé, nous faisons la connaissance d'Aimei – ce que je traduis en aparté par « Amour-Enchanteresse ». Menue, un petit mètre cinquante, la trentaine à peine. Ses cheveux, coupés à la garçonne, font émerger un épi sur le dessus de la tête qui lui prête un air mutin. Elle porte un tee-shirt blanc raccourci qui dévoile un piercing sur le nombril. Un large sourire et des yeux acajou bien bridés, sombres et pétillants, me la rendent immédiatement sympathique.

— Vous êtes européenne ? s'enquiert-elle, d'une voix claire et fluette, au timbre nasillard.

— Oui.

— D'où venez-vous, si je ne suis pas trop indiscrète ?

The rattling vehicle starts with the sound of screeching metal. The heat's like an oven, unbearable. Bewildered and clinging to his seat, Guillaume discovers the joys of local driving.

– He's going to kill us all! he blurts out, gripping the armrest at the third brutal swipe of the steering wheel.

The bus, obviously, doesn't take the traffic into account, overtaking on the right, on the left, sometimes going in the wrong direction, as do the vehicles that we pass. And in addition to slaloms, sudden acceleration, dry braking and fishtails, it honks constantly! The poorly maintained road, with uneven asphalt, doesn't help matters! Poor Guillaume, he's livid and must think his last hour has come!

During the hectic ride, we meet Aimei – which, as an aside, means "Enchanting love". Petite, a small five feet tall, barely thirty. Her hair, cut like a boy's, has a spike on the top of her head which gives her a mischievous air. She wears a cropped white T-shirt that reveals a pierced navel. A broad smile and well-slanted mahogany eyes, dark and sparkling, make her immediately likeable.

– Are you European? she asks, in a thin, clear voice with a nasal tone.

– Yes.

– Where are you from, if it's not too intrusive?

— De France.

— Ah, Paris ! Vous parlez un mandarin absolument parfait, dites-moi, pour une étrangère ! Pardonnez ma curiosité, depuis quand le pratiquez-vous ?

— J'ai débuté il y a un peu plus de dix ans. Je suis professeur de chinois, c'est ce qui explique cela. Je vous remercie pour ce gentil compliment.

Nous poursuivons une agréable discussion durant laquelle, la jeune femme qui s'avère très bavarde, veut savoir si nous sommes ici dans l'intention de visiter ou pour des raisons professionnelles. Je l'informe que nous recherchons un peintre, tout en lui tendant la reproduction.

Aimei l'observe attentivement et nous confirme qu'il s'agit bien du village de Yangshuo dont elle est native. Elle nous propose spontanément de nous présenter un ami à elle qui pourrait, peut-être, nous aider dans notre quête.

— Vous restez combien de temps à Yangshuo ?

— Une semaine.

— Alors permettez-moi de vous donner un conseil : ne ratez sous aucun prétexte la fête des bateaux-dragons. D'habitude, elle a lieu le cinquième jour du cinquième mois lunaire, c'est à dire fin mai ou début juin, mais cette fois, l'organisateur a été gravement malade. Il a donc été décidé d'attendre son rétablissement. D'ordinaire la manifestation marque le commencement des saisons chaudes. Vous voyez, selon les croyances, le yang qui est l'énergie de la lumière, atteint son apogée lorsque le soleil arrive au zénith à cette date-là.

— De quelle façon se déroulent les festivités ?

– From France.

– Ah, Paris! You speak absolutely perfect Mandarin, I'm telling you, for a foreigner! Forgive my curiosity, how long have you been speaking it?

– I started a little over ten years ago. I'm a Chinese teacher, that's why. Thank you for the nice compliment.

We continue a pleasant discussion during which the young woman, who turns out to be very talkative, wants to know if we're here on vacation or for professional reasons. I tell her we're looking for a painter, while handing her the picture.

Aimei looks at it closely and confirms that it's indeed from the village of Yangshuo where she's from. She spontaneously offers to introduce us to a friend of hers who could, perhaps, help us in our quest.

– How long are you staying in Yangshuo?

– One week.

– So let me give you a word of advice: whatever you do, don't miss the Dragon Boat Festival. Usually it takes place on the fifth day of the fifth lunar month, which is late May or early June, but this time the organizer was terribly ill. So they decided to wait till he got better. Usually the event marks the beginning of the summer. You see, according to our beliefs, yang, which is the energy of light, reaches its peak when the sun reaches its zenith on that date.

– How do the festivities go?

— Ce sont des courses pour célébrer la mort du poète Qu Yuan.

— Le fondateur de la poésie ?

— En quelque sorte, oui, ne serait-ce que parce qu'il est le premier lettré dont on connaît le nom. Pour l'honorer comme il se doit, on déguste des Zongzi : ce sont des gâteaux de riz gluant arrangés en pyramide et enveloppés dans des feuilles de bambou ou de roseau. Vous allez aimer ça. Vous verrez, c'est délicieux !

— Ah oui, j'en ai entendu parler ! Est-ce à cette occasion que les enfants portent un collier parfumé ?

— Oui. Les mères confectionnent des petits sachets qu'elles remplissent de plantes aromatiques. Ils ont pour effet d'exorciser les démons et de dissiper la maladie.

— J'ai vu des images de ces embarcations en forme de dragons. Les couleurs étaient magnifiques !

— Oui, celui que je préfère est entièrement peint en rouge et il a des écailles jaunes. Les rameurs portent une tenue orange et bleu. Vous ne pourrez pas le louper !

— Il parait que les écoliers jouent avec des œufs…

— Oui, ce jeu est populaire par ici : ils essaient de maintenir un œuf debout.

— Vous savez, nous autres Chinois, respectons les traditions. Des générations s'y sont exercées ! Il y en a eu, des œufs cassés !

Elle rit, d'un rire cristallin, de toutes ses dents du bonheur, bien blanches. Elle est enchantée de promouvoir son pays à des étrangers. Très volubile, elle ne cesse de bavarder de tout et de rien. Continuellement.

Elle fait sans doute partie de ces gens que le silence angoisse.

– Races are held to commemorate the death of the poet Qu Yuan.

– The founder of poetry?

– In a way, yes, if only because he's the first scholar we know the name of. To honor him properly, we eat *zongzi*: sticky rice cakes arranged in a pyramid and wrapped in bamboo or reed leaves. You'll love it. You'll see, it's delicious!

– Oh yeah, I've heard of it! Is it when the children wear a perfumed necklace?

– Yes. The mothers make small sacks and fill them with aromatic plants. They're for exorcising demons and dispelling disease.

– I saw pictures of these dragon shaped boats. The colors were gorgeous!

– Yes, my favorite one is painted entirely red and has yellow scales. The rowers wear orange and blue outfits. You can't miss it!

– It seems that the schoolchildren play with eggs...

– Yes, this game is popular around here: they try to hold an egg upright.

– You know, we Chinese people respect traditions. Generations have practiced them! A lot of eggs have been broken over the years!

She laughs, a crystalline laugh, she has gaps in her very white teeth. She's delighted to promote her country to foreigners. Very talkative, she never stops chatting about anything and everything. Continually.

She's undoubtedly one of those people distressed by silence.

À présent, le paysage change. Guillaume, détendu, s'est accoutumé à la conduite du chauffeur. Tout en conversant le long du parcours, je savoure son air époustouflé à mesure que nous nous éloignons de l'agglomération. Je l'étudie alors qu'il regarde ici ou là, de chaque côté de la route ondulée par la chaleur, des paysans, pour la plupart des maraîchers, des riziculteurs... affairés dans les champs, cachés sous leur chapeau pointu à larges bords. J'admire avec ses yeux à lui, les bambouseraies au loin, ceinturées par les pains de sucre majestueusement dressés vers le ciel, lequel est libéré de toute pollution pékinoise.

C'est le même décor qu'il y a dix ans, quasi tropical et enchanteur, dont la beauté n'a pas été entamée. Partout le même vert, vif, gorgé d'humidité.

Arrivés à destination, notre nouvelle connaissance nous guide gentiment jusqu'à la *guesthouse*, nommée Tian Tou Zhai, que j'avais réservée depuis la France. Nous remercions Aimei autour d'un verre.

L'auberge, au confort assez rudimentaire mais admirablement soignée, correspond à ce que nous recherchions. Chambre à l'étage avec vue sur les pics calcaires à couper le souffle et accueil convivial.

Je constate, ravie, que Yangshuo est encore la jolie bourgade tranquille et décontractée du passé. Elle est située sur les rives bucoliques de cours d'eau sinueux – nommés Yulong et Lijiang, dit Li – points de départ pour explorer les villages de la campagne environnante, verdoyante et fertile. Il s'agit d'un bourg ancien, à ce qu'il paraît, qui était autrefois apprécié et fréquenté pour son marché rural.

Now the landscape is changing. Guillaume, relaxed, has gotten used to the driver's driving. As I converse during the trip, I relish the fresh air as we move away from the built-up area. I study him as he gazes here and there, on either side of the road with its heat-waves, at peasants, mostly market gardeners, rice farmers... busy in the fields, hidden under their pointy broad-brimmed hats. I admire, through his eyes, the bamboo groves in the distance, surrounded by majestic mountains raised to the sky, free from any Beijing pollution.

It's the same setting as ten years ago, almost tropical, enchanting. Its beauty hasn't been damaged. The same vibrant green, soaked in moisture, everywhere.

At our destination, our new acquaintance gently guides us to our guesthouse, Tian Tou Zhai, which I booked in France. We thank Aimei over a drink.

The hostel has fairly basic comforts but is admirably well cared for. Just what we were looking for. We're given a friendly welcome and an upstairs bedroom with a view of the breathtaking limestone peaks.

I'm delighted to see that Yangshuo is still the pretty, quiet and relaxed town of the past. It sits on the bucolic banks of meandering streams – named Yulong and Lijiang, Li says – starting points for exploring the villages in the surrounding lush and fertile countryside. It's an ancient market town, it seems, which was once popular and frequented for its rural market.

Juste le temps de poser nos valises, et hop nous voilà au cœur de la ville. Deux artères principales partent perpendiculairement de la rivière Li : les rues Die Gui Lu (rue chinoise) et Xi Jie (rue occidentale). Cette dernière, très animée, est bordée de maisons rénovées datant de l'époque Qing. On peut voir un mélange international. Terrasses de cafés italiens, enseignes de magasins libellées en anglais et produits locaux. Cela s'explique par le fait que beaucoup d'étrangers résident ici, côtoyant les touristes venus des quatre coins du globe ; le tout se mêlant aux autochtones, appartenant à l'ethnie majoritaire des Hans, et aussi à différentes communautés. Il se dégage une ambiance nonchalante, une ouverture d'esprit offerte par une variété culturelle étonnante. Les rues regorgent de nombreux commerces à l'égard des routards, de nombreux bars, hôtels et restaurants identifiables grâce à leurs parasols dépareillés, ainsi que des loueurs de vélos, cireurs de chaussures, cordonniers et couturiers, vendeurs de jus de fruits, boutiques de souvenirs et autres articles confectionnés par les montagnards des environs.

Notre logement se trouve à côté d'un coiffeur en plein air, dans la rue Xian Qian qui relie les précédentes entre elles et qui accueille le même type d'échoppes.

Se repérer dans Yangshuo est un jeu d'enfant. Nul besoin de plan. Je prends la main de Guillaume et l'entraîne vers les berges.

Je ressens un émoi identique à celui que j'avais éprouvé des années auparavant.

Et notamment la sensation d'être à ma place.

Just enough time to set our suitcases down, and here we are in the heart of the city. Two main arteries run perpendicularly from the Li River: the streets Die Gui Lu (Chinese Street) and Xi Jie (West Street). The latter, bustling, is lined with renovated houses dating from the Qing period. You can see an international mix. Terraces of Italian cafés, store signs in English and local products. This is because a lot of foreigners live here, rubbing shoulders with tourists from all over the world; all mingling with the natives, who belong to the main ethnic group, Han, and also to different communities. There's a mellow atmosphere, an openness offered by the astonishing cultural variety. The streets are full of shops for backpackers, a lot of bars, hotels and restaurants identifiable due to their mismatched umbrellas, as well as bicycle rental companies, shoe shines, shoemakers and dressmakers, fruit juice vendors, boutique shops with souvenirs and other items made by the local mountain people.

Our accommodation is next to an outdoor hairdresser, in Xian Qian Street which connects the preceding ones to each other and which hosts the same type of stalls.

Getting around Yangshuo is a snap. No need for a map. I take Guillaume's hand and lead him towards the river bank.

I feel a thrill identical to the one I had experienced years before.

And especially the feeling of being where I belong.

Ce n'est donc pas nouveau, cette impression…

Je n'y avais guère accordé d'importance lors de mon premier voyage. Je me souviens que je l'avais ressentie, à cet endroit, en scrutant cette direction. Précisément.

Les bateaux qui courent silencieusement sur les méandres, escortés de près par quelques lentilles d'eau à la dérive… Les buffles nonchalants et immobiles qui barbotent et se prélassent sans nous prêter la moindre attention, le long de la plage légèrement pentue et parsemée de cailloux recouverts de vase… Et l'horizon, où le regard se perd dans un fondu de bleus, composé de milliers de montagnes comme autant de bosses escarpées de plus en plus petites, jusqu'à ne devenir qu'un unique point imperceptible… Les « dents de dragon ».

Je suis des yeux un cormoran au gosier cerclé, campé à la proue d'une barque en bois. Il se tient, fier, à côté d'une lanterne suspendue au bout d'une longue tige recourbée. Il lorgne le panier ventru, débordant de reflets frétillants et argentés, derrière son maître. Des millénaires, que cet oiseau au plumage noir et au bec crochu est domestiqué pour la pêche. On lui ajuste un anneau d'étranglement dans le but d'éviter qu'il ingère les plus gros poissons. Il est dressé pour revenir de lui-même vers son propriétaire afin que ce dernier lui retire ce qui est coincé dans sa gorge. Cette technique s'effectue de nuit car l'oiseau, sous la surface de l'eau, doit suivre la lueur de la lampe accrochée à l'avant du radeau en bambou. Contrairement au Japon, le cormoran n'est pas attaché à une ficelle, il est libre. Enfin, apparemment.

So this feeling is nothing new...

I didn't give it much thought on my first trip. I remember feeling it there, looking in that direction. Precisely.

The boats floating silently on the meanders, escorted closely by a few drifting duckweeds... The nonchalant, motionless buffaloes that paddle and bask along the slightly sloping beach strewn with pebbles, covered with mud and paying us not the slightest attention... And the horizon, where one's gaze is lost in the fading blues, made up of thousands of mountains like so many steep bumps, smaller and smaller, until they become a single imperceptible point... The "dragon's teeth".

I follow a ringed-throat cormorant with my eyes. He's encamped at the bow of a wooden boat, and stands proudly beside a lantern suspended from a long, curved rod. He's eyeing the pot-bellied basket, overflowing with wriggling, silvery reflections, behind his master. For thousands of years, this bird with black plumage and a hooked beak has been domesticated for fishing. A choke ring is fitted, to prevent it from ingesting larger fish. He's trained to come back on his own to his owner so that the latter can remove what is stuck in his throat. This technique is performed at night because the bird, below the surface of the water, must follow the glow of the lamp hanging from the front of the bamboo raft. Unlike in Japan, the cormorant isn't tied to a string, it's free. Well, so they say.

Je songe qu'il faudra que l'on revienne, Guillaume et moi, un soir, ou plutôt entre chien et loup, quand les ombres grises des massifs se devinent encore, surplombant un fleuve féérique, avec tous ces lampions qui dansent et se mirent dans l'onde. On s'assiéra là, sur l'herbe fraîche. On contemplera la lune d'argent qui flottera à la crête des reliefs et dont le reflet arrondi, troublé par la brise, ondulera à la surface. Ce spectacle sera si beau que l'on pourra rester longtemps à l'admirer, dans l'obscurité chaude et paisible.

La contemplation des rivages m'a toujours procuré un sentiment de plénitude. La mer plus que les eaux douces, cependant. Ici, il manquerait le parfum iodé et l'air du large, si régénérant, pour que ce soit l'idéal. Quoique… je dois admettre que ce doux clapotis vaut bien le bruit des vagues, en particulier celui qu'elles font en repartant, en roulant une infinité de minuscules galets sur leur passage…

En face, un bosquet de bambous, qui se reflète dans les vaguelettes miroitantes, agite dignement son frêle feuillage. Cela me fait subitement penser à la famille issue de la minorité ethnique Dong, qui m'a si aimablement reçue. Que sont-ils devenus ? Je suis impatiente de montrer à Guillaume ce patchwork de rizières exceptionnelles, vieilles de plus de deux mille ans, au vert intense, enlaçant les hautes collines jusqu'à leur sommet, se superposant les unes aux autres et s'étirant à perte de vue, tels d'immenses rubans aux formes poétiques. On dit qu'elles sont si étroites, qu'une grenouille en franchit trois d'un seul saut. Et si l'on surprend les rayons du soleil qui viennent faire scintiller l'eau des parcelles, c'est divin !

I think we'll have to come back, Guillaume and I, one evening, or rather at twilight, when the gray shadows of the massifs is still discernable, overlooking a magical river, with all these lanterns dancing and mirroring each other in the waves. We'll sit there on the fresh grass. We'll contemplate the silver moon floating at the crest of the waves, whose rounded reflection, disturbed by the breeze, will undulate on the surface. This spectacle will be so beautiful we'll be able to admire it for a long time, in the warm and peaceful darkness.

Contemplating the shores has always given me a feeling of fullness. Moreso by the sea than near fresh water, though. Here, it would need the iodine scent and the refreshing air of the sea to make it ideal. Although... I must admit that this gentle lapping is worth as much as the sound of the waves, especially the sound they make when leaving, rolling an infinity of tiny pebbles with their retreat...

On the other side, a bamboo grove, reflected in the shimmering ripples, shakes its frail foliage with dignity. It suddenly reminds me of a family from the Dong ethnic minority, who so kindly hosted me. What has become of them? I can't wait to show Guillaume this patchwork of exceptional rice fields, over two thousand years old, in intense green, hugging the high hills up to the summit, overlapping each other and stretching as far as the eye can see, like immense ribbons of poetic shapes. They're said to be so narrow that a frog can jump over three in a single leap. And if we catch the rays of the sun sparkling on the water in the fields, it's divine!

Non, vraiment, rien n'a changé. Autour de nous : le silence de la nature. Et invariablement la sempiternelle torpeur estivale. Les mêmes toits de tuiles vertes émaillent la végétation. Tout respire la sérénité, l'éternité. Une sorte de paix… presque mystique. Un calme propice à la création artistique des peintres et poètes de la Chine ancienne. Une estampe délicate, colorée à l'encre. D'ailleurs, si je ne m'abuse, ce décor a servi à illustrer le dos du billet de vingt yuans. Ce n'est pas très loin, à Xingping, en amont, vers Guilin.

Il n'y a rien à dire : le paysage est majestueux. Une palette impressionniste de carte postale…

Une image du tableau s'impose à moi.

À l'instant précis où j'ai posé un pied sur le tarmac de l'aéroport de Guilin, j'ai su que je répondais à un appel : celui d'éclaircir le mystère de cette toile avant notre retour en France.

Guillaume ne dit rien depuis un moment qui, soudain, me paraît long. J'imagine qu'il est ébloui par ce lieu surnaturel, au relief karstique singulier, si caractéristique de la région. Je me tourne vers lui pour capturer son émotion avec mon appareil photo. Contre toute attente, je m'aperçois qu'il a pâli et qu'il se tient immobile et raide, tel un cormoran en figure de proue épiant les flots. J'abandonne aussitôt mes velléités de photographe.

— Ça va mon amour ?

No, really, nothing has changed. Around us: the silence of nature. And the constant of the eternal summer torpor. The same green tiled roofs dot the vegetation. Everything exudes serenity, eternity. A kind of peace... almost mystical. A calm conducive to the artistic creation of ancient China's painters and poets. A delicate print, colored in ink. By the way, if I'm not mistaken, this scene was used to illustrate the back of the twenty yuan note. Not very far away, in Xingping, upstream, towards Guilin.

There's nothing to say: the landscape is majestic. An impressionist postcard palette...

An image of the painting imposes itself on me.

The minute I stepped onto the tarmac at Guilin Airport, I knew I was responding to a call: to unravel the mystery of this canvas before we returned to France.

Guillaume hasn't said anything for a while, his silence suddenly seems long to me. I imagine he's dazzled by this supernatural place, with its unique karstic relief, so characteristic of the region. I turn to him to capture his emotion with my camera. Contrary to all expectations, I realize he's turned pale and that he's standing still and stiff, like a cormorant watching the waves. I immediately give up on taking his picture.

– Are you alright my love?

N'obtenant aucune réponse, je suis des yeux la ligne de son regard, qui fixe intensément une dalle allongée devant le ponton. Un grand nombre de caractères ont été gravés dans la pierre tendre, probablement par des voyageurs amoureux, comme partout dans le monde. Je m'amuse à les traduire quand rapidement, deux lettres, empruntées à notre alphabet, se distinguent. Les traces ne sont pas récentes. Un M suivi d'un F sont entourés d'un cœur. Au-dessous d'eux, vers la pointe, on discerne quatre chiffres arabes un peu effacés, mais lisibles. Je m'approche et tout en les désignant du doigt, je déclare à Guillaume transformé en carpe exsangue :

— Tiens, des amants occidentaux sont passés par là, on dirait ! En 1907. Ça fait un bail, dis-donc ! Hé, t'as une de ces têtes, Guillaume ! Qu'est-ce qu'il y a ?

Il déglutit péniblement et assène d'une voix blanche :

— Mel, figure-toi que ce sont les mêmes initiales qu'au revers de ma montre !

À ces mots, Guillaume la détache avec fébrilité de son poignet et la scrute. Il ouvre la bouche. Aucun son n'en sort. Une carpe, je disais.

— Quoi ? Fais voir !

— C'est bien ce que je pensais ! s'exclame-t-il en retrouvant la parole et en me collant le couvercle arrière sous le nez, si près que je dois reculer. Voilà autre chose !

Interloquée, je reste figée. Incrédule. Ce sont effectivement les mêmes initiales, suivies de la même année. Ça alors !

Préoccupé, Guillaume récupère sa montre d'un geste brusque et fulmine, tout en refermant le bracelet :

Getting no response, I follow the line of his gaze, which intently stares at an elongated slab in front of the pontoon. A large number of characters have been carved in the soft stone, probably by travelers in love, as everywhere in the world. I have fun translating them when quickly two letters, borrowed from our alphabet, stand out. The traces are not recent. An M followed by an F are surrounded by a heart. Below them, towards the point, one discerns four Arabic numerals a little erased, but legible. I approach and while pointing at them, I say to Guillaume, transformed into a bloodless carp:

– Hey, Western lovers have been there, it seems! In 1907. It's been a while, I'll say! Hey, you're looking odd, Guillaume! What's the matter?

He swallows hard and says in a blank voice:

– Mel, I reckon these are the same initials as on the back of my watch!

With these words, Guillaume unbuckles it feverishly from his wrist and scrutinizes it. He opens his mouth. No sound comes out of it, clammed up.

– What? Show me!

– That's what I thought! he exclaims, regaining his speech and putting the back side under my nose, so close that I have to back off. This is something else!

Taken aback, I remain frozen. Incredulous. They're indeed the same initials, followed by the same year. Wow!

Concerned, Guillaume abruptly retrieves his watch with a brisk lightning movement, closing the bracelet:

Ce n'est pas le hasard, là ! Trop, c'est trop ! Bordel, c'est quoi ça encore ?

Ça commence à me taper sur le système, cette histoire de fou ! Viens, allons dans la rue du tableau. Je suis persuadé d'être déjà venu ici, s'énerve-t-il. Viens, je veux en avoir le cœur net.

– Ça va, détend-toi, mon amour. T'as dû regarder un reportage sur la Chine, dis-je prudemment. Tu sais c'est très touristique…

Un silence buté me répond. Il n'a pas l'air convaincu. Une moue contrariée me le confirme. L'atmosphère se charge de tension, tout à coup. Je prends une profonde inspiration et je contemple le ciel dont je m'imprègne de l'azur limpide, tellement plus lumineux que l'espèce de chape bleu pigeon à l'horizon blanc qui recouvrait inlassablement Beijing.

Nous rebroussons chemin sans parler, il accélère le pas et m'entraîne en direction de l'artère principale Xi Jie.

Nous nous positionnons à l'endroit exact où devait se tenir le peintre, puis à celui de la jolie Chinoise à la robe verte, et à la place du couple âgé.

Comme prévu rien ne se produit, à part l'impression de se situer dans le tableau à une époque différente.

– Tu t'attendais à quoi, au juste ?

– This is no coincidence! Enough is enough! Hell, what now?

This crazy story's starting to affect me! Come on, let's go to the street in the painting. I'm sure I've been here before, he frets. Come on, I want to get to the bottom of this.

– It's okay, relax, my love. You must have watched a report on China, I said cautiously. You know it's very touristy…

A stubborn silence answers me. He doesn't look convinced. An annoyed pout confirms it to me. Suddenly the atmosphere is charged with tension. I take a deep breath and contemplate the sky with its clear azure, so much brighter than the kind of pigeon-blue tirelessly covering the white horizon of Beijing.

We turn back without speaking, he quickens his pace and pulls me towards the main road, Xi Jie.

We position ourselves at the exact spot where the painter must have stood, then in that of the pretty Chinese girl in the green dress, and in the place of the elderly couple.

As expected nothing happens, except for the feeling of being in the painting at a different time.

– What were you expecting?

— Mel, comment t'expliquer… (soupir) Ce n'est pas un souvenir qui ressemble à ceux que j'ai de mon enfance, par exemple, et que je peux raconter. Tu vois ce que je veux dire ? C'est insaisissable. Aussi fragile qu'une goutte d'eau qui glisse sur ta main et que tu ne peux retenir. Tu vois ? En un éclair, l'eau a fini par terre, tu n'en gardes qu'une sensation de mouillé, qui elle-même s'en va rapidement en séchant. Tu pourrais douter qu'une goutte est tombée là, sur ta peau, car tu ne vois plus rien, tu ne sens plus rien. Seulement tu le sais, tu t'en rappelles. Et c'est tout ! Tu vois ? Eh bien, j'ai des souvenirs-éclairs en pagaille, que je ne peux appréhender tant ils sont volatiles, mais dont je suis sûr ! Tu comprends, Mel ? Tu comprends ?

Je réponds d'un faible hochement, en songeant malgré moi :

— *Oh que oui ! Je ne vois que trop ce que tu cherches à me décrire.*

Toutefois je garde mon propos, je choisis de me taire et de ne pas l'interrompre.

— Tu comprends ? J'ai du mal à te dépeindre ce phénomène, Mel… Tu vas me prendre pour un cinglé, mais cette rue, je savais qu'elle était pavée…

Espérant calmer le jeu, j'objecte du tac au tac avec assurance, simulant le déni total :

— T'as dû mémoriser l'information sans en avoir conscience, Guillaume, certainement sur la photo qu'on a trouvée sur l'ordinateur… Tu sais, un peu comme des images subliminales qu'on retient à notre insu. Non ? Tu ne crois pas ?

– Mel, how do I explain... (sigh) It's not a memory like the ones I have from my childhood, for example, that I can tell you about. You know what I mean? It's elusive. As fragile as a drop of water sliding on your hand that you can't hold back. Understand? In a flash, the water ends up on the floor, you just get a wet feeling, which itself goes away as quickly as it dries. You could doubt that a drop fell there on your skin, because you can't see anything, you don't feel anything anymore. Only you know it, you remember it. And that's all! You see? Well, I have flashing memories like this, which I can't fathom, they're so volatile. But I'm sure about them! Do you understand, Mel? You understand?

I answer with a weak nod, thinking in spite of myself:

> *"Oh yeah! I get what you're trying to describe only too well."*

However, I hold my tongue. I choose to remain silent and not to interrupt.

– You understand? I find it hard to describe this phenomenon to you, Mel... You're going to think I'm crazy, but this street, I knew it was cobblestone...

Hoping to calm things down, I assertively object, faking total denial:

– You must have memorized the information without realizing it, Guillaume, certainly in the photo we found on the computer... You know, a bit like subliminal images that we remember without our knowledge. Right? Don't you think?

Il hausse les épaules et me lance un regard sombre, visiblement irrité par ma gaieté forcée. Une ride de contrariété barre son front verticalement. Il se détourne pour fixer un point sur la rivière. Puis insensiblement, son visage se relâche. À court d'arguments, il renonce. Un silence pesant s'ensuit, durant lequel je lui jette moult petits coups d'œil à la dérobée.

Au bout d'un certain temps il concède, rasséréné :

— C'est possible, t'as raison, mon cœur... Je débloque complètement ! estime-t-il penaud, d'un demi-sourire empli d'autodérision. Je me fais peur, parfois !

Après un long moment, les yeux dans le vague et l'air égaré, il me confie :

— Je ne pense qu'à ça, en vérité. Ça m'obsède.

Puis haussant la voix :

— Toutes ces coïncidences, Mel ! Bordel ! Cette fois, c'en est trop ! D'abord le tableau et ces gens qui nous ressemblent avec *ma* montre, ensuite ces perceptions de déjà vu, et maintenant la gravure, par-dessus le marché ! Encore un coup du hasard ? Tout ce dont j'avais besoin, vraiment ! Comme si ça ne suffisait pas ! Avoue que c'est troublant !

Et il ajoute, pressant :

— Mel, quand même !

He shrugs his shoulders and gives me a dark look, visibly irritated by my forced mirth. A wrinkle of annoyance bars his forehead vertically. He turns away to look at a point on the river. Then imperceptibly, his face relaxes. Running out of arguments, he gives up. A heavy silence ensues, during which I glance at him stealthily.

After a while he concedes, reassured:

– It's possible, you're right, Sweetheart... I'm completely unravelling! he says sheepishly, with a self-deprecating half-smile. I scare myself sometimes!

After a long time, his eyes vague and haunted, he confides:

– I'm only thinking about this. I'm obsessed with it.

Then raising his voice:

– All these coincidences, Mel! Hell! This time, it's too much! First the painting and these people who look like us with my watch, then these perceptions of déjà vu, and now the engraving on top of all that! Another coincidence? Just what I needed! As if that weren't enough! Admit it's disturbing!

And he adds, urgently:

– Mel, come on!

– Oui... je sais bien... dis-je négligemment, en choisissant mes mots avec prudence, il y a des trucs qui nous échappent... tu vois ce que je veux dire ? On ne peut contrôler, ni maîtriser grand-chose... Ce genre de phénomènes mystérieux et inexpliqués sont à classer dans le dossier « affaires non élucidées, paranormales ou autres ». Ça dépasse largement les capacités cérébrales. Cesse donc de te torturer à essayer de comprendre...

Guillaume hoche la tête d'un air dubitatif.

Mal à l'aise, je botte en touche pour conclure, sur le ton de la plaisanterie :

– Bah, t'as attrapé le virus de l'Asie ! Et sache que c'est à vie, monsieur, comme le paludisme ! Allons manger, j'ai une faim de loup ! Allez, viens !

Face à son anxiété, je décide de ne pas lui révéler que depuis mon retour à Yangshuo, des souvenirs que je croyais avoir oubliés m'envahissent, ainsi que ces étranges sensations fugaces de déjà vu, similaires aux siennes. Et que sous celles-ci court un flot de questions. Que je suis en constante réflexion, que j'échafaude des hypothèses abracadabrantes sans que je n'y puisse rien, que je m'interroge continuellement et que ces pensées s'envolent illico.

– Yes… I know… I say casually, choosing my words carefully, there are things that escape us… you know what I mean? One can't control, or master too much… These kinds of mysterious, unexplained phenomena should be put in the "unsolved cases, paranormal or others" file. It goes way beyond the brain's capacities. So stop torturing yourself trying to understand…

Guillaume nods doubtfully.

Uneasy, I kick him lightly and conclude, jokingly:

– Bah, you caught the Asian virus! And know that it's for life, Sir, like malaria! Let's go eat, I'm ravenously hungry! Come on!

Faced with his anxiety, I decide not to reveal to him that since my return to Yangshuo, memories that I thought I had forgotten come over me, as well as those strange fleeting sensations of déjà vu, similar to his. And that under them runs a flood of questions. That I'm in constant thought, that I make crazy assumptions without being able to do anything about them, that I continually question myself and that these thoughts fly away.

Un malaise, désormais familier, m'assaille de nouveau à la vue de ce cœur incrusté sur la pierre du ponton... J'aurais tout aussi bien pu faire une marque de ce type, avec nos propres initiales... Soudain, une vision de moi-même, laissant une trace de notre amour de la pointe d'un couteau, me foudroie, et s'en va sur-le-champ. Je sens ma peau se hérisser sur ma nuque et mon corps devenir moite. Je me fige. Un signal d'alarme clignote. J'essaie de me rappeler. Non, je n'ai jamais réalisé ce genre d'empreinte ! Absolument pas. Ma main au feu. Peut-être en ai-je rêvé une nuit. C'est ça, voilà, c'est un songe. Pas une hallucination !

Il faut à tout prix que j'en apprenne plus... Le mystère s'épaissit. Et pas le moindre éclaircissement.

D'un simple regard ombrageux, Guillaume me signifie qu'il ne croit pas un mot du détachement que j'ai essayé de feindre. À d'autres !

Il frotte nerveusement ses cheveux. Je n'arrive pas à me départir d'un sentiment désagréable, ancré en moi. Et, comme Guillaume, je ne parviens pas à me retenir d'y penser. Mon timbre faussement enjoué et ma tentative d'esquisser une pirouette pour alléger la situation ne font que l'agacer un peu plus.

Profondément perturbée par cette divagation que je balaye de mon esprit, je tire Guillaume par le bras en lui disant : « Allez, tu n'as pas faim, toi ? ».

An uneasiness, now familiar, assails me again at the sight of that heart encrusted on the stone of the pontoon... I could just as well have made a mark of this type, with our own initials... Suddenly, a vision of myself, leaving a trace of our love with the point of a knife, strikes me, and leaves on the spot. I feel my skin tighten on the back of my neck and my body get clammy. I freeze. An alarm signal flashes. I'm trying to remember. No, I have never made this kind of imprint! Absolutely not. My hand's on fire. Maybe I dreamed about it one night. That's it, there it is, this is a dream. Not a hallucination!

I must learn more at all costs... The mystery thickens. And without the slightest clarification.

With a simple look of suspicion, Guillaume tells me that he doesn't believe a word of the detachment I tried to feign. Not him!

He nervously rubs his hair. I can't let go of a bad feeling ingrained in me. And, like Guillaume, I can't help but think about it. My deceptively playful tone and my attempt to spin a tale to alleviate the situation only annoys him a little more.

Deeply disturbed by the wandering thoughts I swept from my mind, I pull Guillaume by the arm, saying:

– Come on, aren't you hungry?

J'en profite pour lui décocher un baiser dans le cou au passage. Il est si émouvant avec son air dépité ! J'imagine sans peine la mignonne frimousse qu'il devait avoir, enfant, lorsqu'on lui refusait un bonbon. Je l'ai vu en photo chez sa mère. Un adorable garçonnet au visage de hamster dont les bajoues roses et rebondies provoquent l'irrésistible envie de les embrasser et de les pincer gentiment.

* * *

Nous partons à la recherche d'une table libre au Jinqiao Fandian. Nous poussons la porte de la gargote et nous arrêtons net sur le seuil, ébahis par l'ambiance très maoïste du lieu. Un incroyable culte voué au Grand Timonier.

— Diantre, nous dînons dans l'antre de Mao, ce soir ! s'exclame Guillaume, ragaillardi.

— Waouh, tous ces petits livres rouges ! Il y en bien une centaine !

— Et les murs ! T'as vu ça ? Ils ont carrément disparu derrière les affiches de propagande de l'époque !

— Dire que ce tyran paranoïaque compte parmi les pires dictateurs de l'histoire !

— Tu l'as dit, confirme Guillaume à voix basse. Un despote sanguinaire, responsable de cinquante millions de morts. Rien que ça !

— C'est qu'on lui donnerait le bon dieu sans confession à ce Mao, avec sa bouille débonnaire de bon père de la nation !

Passing him, I take advantage of the opportunity to kiss him on the neck. He's so moving with his annoyed look! I can easily imagine the cute face he must have had as a child when he was refused a piece of candy. I saw a picture of him at his mother's house. An adorable hamster-faced little boy whose plump pink jowls inspire an irresistible urge to kiss and gently nip them.

* * *

We're looking for a free table at Jinqiao Fandian. We push open the door of the tavern and stop dead on the threshold, amazed by the very Maoist atmosphere of the place. An incredible cult dedicated to the Grand Helmsman.

– God, we're having dinner in Mao's lair tonight! Guillaume exclaims, exhilarated.

– Whoa, all those little red books! There are a hundred!

– And the walls! Did you see that? They've totally disappeared behind the old propaganda posters!

– To think that this paranoid tyrant is considered one of the worst dictators in history!

– You said it, confirms Guillaume in a low voice. A bloodthirsty despot, responsible for fifty million deaths. At least!

– They were gullible to believe in this Mao, with his debonair face, posing as a good father of the nation!

— C'est quand même incroyable, Mel, on le voit partout ! Sur le billet de cent yuans, sur les tee-shirts…

— Sur les gri-gris suspendus aux rétroviseurs des taxis, t'as vu ?

— Ouais, incroyable, et sa statue qui trône dans son mausolée…

— Mmm, il est en passe de devenir une divinité ! Rares sont les libres-penseurs qui osent écorner son image. Je crois que le peuple le vénère pour avoir redonné à la Chine une place aux côtés des « grands » de ce monde, en dotant le pays de l'arme nucléaire.

— Et on en oublie les tueries. Pas rancuniers !

— Ils ferment les yeux.

— Sur la pire famine de l'humanité du Grand Bond en avant ! C'est hallucinant ! On peut les oublier, tu penses, tous ces enfants, toutes ces femmes enceintes et tous ces vieillards, bannis des cantines et privés d'aliments jusqu'à ce que mort s'ensuive ? Dans un restau, en plus ! Un comble ! T'imagines si en France on ouvrait un spa décoré de croix gammées et de portraits d'Hitler ! « Chers clients, nous vous prions de passer sous la douche avant d'accéder au sauna. ». C'est inconcevable, chez nous. Inconcevable.

— Le pouvoir actuel tient à maintenir Mao Zedong sur son piédestal. C'est une sorte de menace subliminale. « Méfiez-vous, tenez-vous tranquille, son fantôme pourrait bien revenir et perpétrer quelques carnages supplémentaires ! »

— Pareil que le père fouettard qui préserve l'ordre à la maison. Pff… révoltant !

– It's still unbelievable, Mel, you see him everywhere! On the hundred yuan bill, on T-shirts…

– Hanging from the mirrors of taxis, did you see that?

– Yeah, incredible, and his statue that sits in his mausoleum…

– Yeah, he's on the way to becoming a deity! Few of the free-thinkers dare to tarnish his image. I believe people revere him for giving China back its place alongside the "greats" of this world, by providing the country with nuclear weapons.

– And just forget the killings. No hard feelings!

– They close their eyes.

– On the back of mankind's worst famine, the Great Leap Forward! It's incredible! You think we can forget them? All these children, all these pregnant women and all these old people, banished from the canteens and deprived of food until death ensued? In a restaurant, moreover! A shame! Imagine if in France we opened a spa decorated with swastikas and portraits of Hitler! "Dear customers, please take a shower before entering the sauna." It would be inconceivable back home. Inconceivable.

– The current power wants to keep Mao Zedong on his pedestal. It's a kind of subliminal threat. "Beware, be quiet, his ghost might come back and cause some more carnage!"

– Same as the Boogeyman who keeps order at home. Pff… revolting!

Pour autant, le décor pittoresque ne parvient pas à nous couper l'appétit. Les mets, tous aussi appétissants les uns que les autres, ne résistent pas à nos baguettes : crabe cuit à la vapeur, raviolis, gâteaux de lune, pains à la pâte de lotus, légumes verts craquants, soupe aux boulettes de la mer... bref, un régal !

* * *

Je suggère à Guillaume une promenade digestive. Nous longeons des charrettes à bras stationnées sur les quais. En approchant du marché nocturne, à deux pas du restaurant, nous prenons conscience que celui-ci est immense et bondé. Il fourmille d'étals éclairés de lampions qui projettent des lumières pourpres dans le crépuscule et nous dévoile, sans l'ombre d'un tabou, un aperçu de la vie locale. Avec ses aliments exotiques, tels que la perche à la bière, le bouillon aux têtes de poisson, les fameux œufs de cent ans, les brochettes de scorpions et de vers à soie, les blattes et sauterelles grillées, la fondue de ragondin et également – là c'est moins dépaysant – des mijotés de grenouilles et des escargots en sauce.

However, the picturesque décor doesn't manage to ruin our appetites. The dishes, each as appetizing as the next, fall to our chopsticks: steamed crab, ravioli, moon cakes, lotus paste breads, crisp green vegetables, seafood meatball soup... in short, a delight!

* * *

I suggest a walk to help us digest. We pass handcarts parked on the quays. As we approach the night market, a stone's throw from the restaurant, we realize that it's huge and crowded. It's teeming with stalls lit by paper lanterns that cast purple lights into the twilight and, without the shadow of a taboo, gives us a glimpse of local life. With its exotic foods, such as beer perch, fish head broth, the famous hundred-year-old eggs, scorpion and silkworm skewers, roasted cockroaches and grasshoppers, nutria fondue and also – there it's less exotic – stews of frogs and snails in sauce.

Je revois ma grand-mère, aussi clairement que si c'était hier, préparer les minuscules escargots blancs, qu'elle appelait des *Cagarollettes*. Elle les ramassait à la campagne, le long des routes qui bordaient les champs, en les décollant des branches de fenouil sauvage sur lesquelles ils se fixaient en grappes. Elle épargnait les petits pour assurer la reproduction. Ensuite, elle les laissait jeuner plusieurs jours dans un panier à salade métallique, de sorte qu'ils ne puissent s'échapper. Elle veillait à leur fournir le dernier repas du condamné, constitué d'une branche de thym, pour donner bon goût à leur chair. Le spectacle n'était pas très ragoûtant ! Ils en bavaient, les pauvres gastéropodes ! Dans tous les sens du terme ! Lorsque le temps nécessaire était écoulé, Mémé les lavait soigneusement à l'eau claire afin de les débarrasser de leurs excréments entortillés et de leur bave blanchâtre. Les innocents, sentant enfin tomber la pluie, sortaient, toutes cornes dehors et finissaient au fond d'une marmite où infusaient des herbes de Provence. Il me semblait les entendre crier, les malheureux ! Cela ne m'a jamais empêchée de les déguster, car une fois cuits et égouttés, elle les plongeait dans une vinaigrette d'huile d'olive agrémentée d'ail et de persil. Et ceux qui restaient enfoncés dans leur coquille, ne pouvaient se soustraire à nos longues épines d'acacia.

I see my grandmother, as clearly as if it was yesterday, preparing the tiny white snails, which she called *cagarollettes*. She picked them up in the country, along the roads that bordered the fields, peeling them from the branches of wild fennel where they were attached in clusters. She spared the young to ensure reproduction. Then she would let them fast for several days in a metal salad basket, so that they could not escape. She made sure to provide them with a last meal for a condemned man, consisting of a sprig of thyme, to flavour their flesh. The show was not very enticing! They were drooling, the poor gastropods! In every sense of the word! When the necessary time came, Granny would wash them thoroughly with clean water to get rid of their tangled feces and whitish slime. The innocent, finally feeling the rain falling, came out, all horns out, and ended up at the bottom of a pot infused with Provencal herbs. I seemed to hear them screaming, the poor things! That never stopped me from eating them, because once they were cooked and drained, she dipped them in an olive oil vinaigrette garnished with garlic and parsley. And the ones that remained buried in their shells could not escape our long acacia skewers.

Je me dis qu'autrefois, on était moins impressionnable. Les cuisinières tuaient elle-même les poules en leur tranchant le cou puis elles leur coupaient les pattes et les plumaient. Ma grand-mère habitait le cœur historique de Montpellier, dans le quartier des abattoirs plus précisément, rebaptisé quartier des beaux-arts, depuis. Elle avait un jardinet flanqué d'un poulailler. Je sens encore les relents de poil roussi, lorsqu'elle passait la peau du poulet sous la flamme bleutée du gaz, histoire d'ôter les plumes récalcitrantes. Je me pinçais le nez et elle riait doucement.

* * *

À Yangshuo, il n'y a pas ces grandes surfaces qui poussent tels des champignons, à l'instar des agglomérations de la planète.

Nous nous faufilons dans la cohue, entre les étals de victuailles, les pousse-pousse et les boutiques. Les gens ont l'habitude de venir acheter leur dîner ou de le consommer sur place, à l'abri de l'une des tentures installées pour la nuit le long de la rue aux mille parfums. Celui qui exhale du mouton que des vendeurs font cuire sur des barbecues, est tout autant alléchant que le fumet qui se dégage des marmites de la marchande de soupe de crabe.

I tell myself that in the old days we were less sensitive. The cooks themselves killed the hens by slitting their necks, then they cut off their legs and plucked them. My grandmother lived in the historic heart of Montpellier, in the slaughterhouse district to be exact, since renamed the fine arts district. She had a patio flanked by a chicken coop. I can still smell the smell of scorched hair as she passed the chicken skin over the bluish flame of the gas, to remove the stubborn feathers. I pinched my nose and she laughed softly.

* * *

In Yangshuo, they don't have those supermarkets that mushroom up in cities around the world.

We weave our way through the crowd, between food stalls, rickshaws and shops. People usually come to buy their dinner or eat it on the spot, in the shelter of one of the curtains set up for the night along the street of a thousand fragrances. The one that smells of mutton that vendors barbecue is just as enticing as the aroma emanating from the crab soup vendor's pots.

Tout reflète la Chine rurale et traditionnelle ici. Des pêcheurs, accroupis par terre, guettent le client. Des poissons frais, déposés à leurs pieds sur des journaux, sont constellés de grosses mouches à buffle bien grasses. À côté, sont entassés des sacs de jute remplis de riz nouvellement récolté, d'un blanc éblouissant.

Plus loin, on découvre tout un panel d'artisanat : bijoux en jade, cerfs-volants, mais aussi du gingembre, des rondelles de lotus, des sachets de plantes médicinales, des hippocampes et autres fagots d'animaux séchés, des tortues vivantes et des grillons vendus en tant qu'animaux de compagnie, pour les écouter chanter ou dans le but d'organiser des combats…

Je ne résiste pas au panier en osier dont l'intérieur est orné de pivoines vermillon. Il contient un service à thé logé dans un coffret isotherme. Le fermoir de la boîte n'est autre qu'une minuscule carpe en argent que l'on doit pivoter pour ouvrir et fermer le couvercle. Dorénavant, ainsi que tout Chinois qui se respecte, je posséderai une théière chaude à point en permanence, prête à souhaiter la bienvenue aux invités qui franchiront mon seuil.

J'achète en sus, pour une poignée de yuans, des boîtes de thé fumé et des briques de thé compressé, ornées d'empreintes de motifs et de sinogrammes. Guillaume, lui, opte pour des masques de démons sculptés dans des racines et des bambous. Je me laisse tenter par une cage à oiseau, en forme de pagode, que je me ferai un plaisir d'offrir à Lisa. Elle pourra toujours y installer une plante verte, faute d'y héberger un rossignol !

Everything echoes rural and traditional China here. Fishermen, squatting on the ground, lie in wait for the customer. Fresh fish, placed at their feet on newspapers, are studded with large, fat buffalo flies. Next to them are jute bags filled with newly harvested, dazzlingly white rice.

Further on, we discover a whole range of crafts: jade jewelry, kites, but also ginger, lotus slices, sachets of medicinal plants, seahorses and other bundles of dried animals, living turtles and crickets sold as pets, either to listen to them sing or for the purpose of organizing fights...

I can't resist the wicker basket, with its interior adorned with vermilion peonies. It contains a tea set housed in an isothermal box. The clasp of the box is a tiny silver carp that you have to twist to open and close the lid. From now on, like any self-respecting Chinese person, I will have a hot teapot at all times, ready to welcome guests who cross my threshold.

In addition, I buy, for a handful of yuan, boxes of smoked tea and bricks of compressed tea, decorated with imprints of patterns and sinograms. Guillaume opts for demon masks carved from roots and bamboo. I let myself be tempted by a bird cage, in the shape of a pagoda, which I'd like to give Lisa. She'll still be able to plant a green plant there, if she doesn't use it as a nightingale's house!

Guillaume est pleinement détendu, à présent. Il se fait tard. Après avoir choisi des beignets pour le prochain pique-nique, nous décidons de rebrousser chemin et de rentrer nous coucher. Epuisés, nous titubons de fatigue.

* * *

Nous nous engouffrons par la porte-tambour qui émet un long grincement et nous pénétrons dans le hall de l'hôtel. Un réceptionniste aux cheveux poivre et sel se lève précipitamment depuis l'arrière du comptoir et nous interpelle, mêlant l'anglais et le mandarin. Il se dirige vers nous en agitant une feuille de papier.

— *Excuse-me ! Ms. Forinelli and Mister Calvan ! Sorry… I've got an urgent email for you.*

Curieux, Guillaume le saisit et me le passe immédiatement, la page étant couverte de caractères.

— C'est Aimei, elle nous donne rendez-vous demain soir. Elle veut nous présenter un ami artiste.

— Déjà ! Quelle efficacité ! Ce n'était pas des paroles en l'air, dis donc !

Je réprime un bâillement, pendant que Guillaume part se rafraîchir sous la douche et je songe que j'ai vraiment besoin de dormir.

À mon tour, je fais couler l'eau tiède sur ma peau, la débarrassant de la sueur et de la poussière sale de la rue d'où monte le bruit qui se mêle à celui du ruissellement.

Guillaume is fully relaxed now. It's getting late. After choosing donuts for our next picnic, we decide to turn back and go to bed. Exhausted, we stagger with fatigue.

* * *

We rush through the revolving door, which emits a long creak, and we enter the hotel lobby. A salt-and-pepper-haired receptionist hurriedly rises from the back of the counter and calls out to us, mixing English and Mandarin. He walks towards us waving a sheet of paper.

– Excuse me! Ms Forinelli and Mister Calvan! Sorry... I've got an urgent email for you.

Curious, Guillaume seizes it and immediately hands it to me, the page covered with Chinese characters.

– It's Aimei, she's meeting us tomorrow night. She wants to introduce us to an artist friend.

– Already! That's efficiency for you! She puts her money where her mouth is!

I suppress a yawn, as Guillaume goes to cool off in the shower, and I think I really need to sleep.

When it's my turn, I run the lukewarm water over my skin, ridding it of sweat and dirty dust from the street where the noise rises and mingles with that of the faucet.

Je sors de la salle de bain pour rejoindre Guillaume dans la chambre, les cheveux enturbannés dans une vieille serviette d'hôtel fine et rêche. Il s'est endormi le premier, à peine couché. Néanmoins, son sommeil agité retarde le mien. Il se tourne et retourne. Par moments il baragouine des mots inaudibles. Je le berce, jusqu'à ce qu'il s'apaise. J'aime tant sentir son corps robuste si rassurant contre moi, et le fait d'avoir perçu une vulnérabilité de l'instant ne change rien à la puissance qui émane habituellement de lui. J'hume l'odeur de son cou qui m'apaise… Le bourdonnement du trafic et les rumeurs de la foule montent. Il y a beaucoup trop de brouhaha dehors, comme partout en Chine du reste, tellement que je ne distingue pas le frottement des larges pales du ventilateur qui s'agitent au-dessus de nous. Ce ronron a néanmoins le mérite de m'apaiser, finalement. Morphée me tend les bras, je tombe avec délice dans une agréable somnolence, épuisée par le voyage. Je me dis que Guillaume est perturbé par les derniers événements et qu'il doit passer ses nuits à en rêver, le pauvre.

I step out of the bathroom to join Guillaume in the bedroom, my hair wrapped in a thin, coarse old hotel towel. He's the first to fall asleep, almost as soon as he lies down. However, his restless sleep delays mine. He tosses and turns. At times he mumbles inaudible words. I rock him, until he calms down. I love feeling his sturdy body, so reassuring against mine, and the fact that I see his vulnerability at that moment doesn't change the power that he usually exudes. I smell the scent of his neck, which soothes me... The buzz of traffic and the hum of the crowds rise. There's far too much hubbub outside, like everywhere else in China, so much so that I can barely distinguish the friction of the large fan blades flapping above us. This purring has the merit of calming me down, however. Morpheus holds out his arms to me, I fall with delight into a pleasant drowsiness, exhausted by the trip. I tell myself Guillaume's disturbed by recent events and that he has to spend his nights dreaming about them, poor man.

Ma dernière pensée consciente avant de sombrer, me renvoie à la splendide rivière Li, non pas à celle que j'ai retrouvée après une dizaine d'années, mais à celle qui est représentée sur notre tableau. Tableau sur lequel matière et lumière sont intimement liées, créant des effets de transparence, de mouvement et d'innombrables reflets dans les modulations d'une palette de touches de couleurs. Le peintre a bien rendu la tranquillité de la scène, sans pour autant négliger la force silencieuse de l'eau qui se déplace en sa masse, ne laissant pas – ou si peu – sa surface se froisser. Une onde fluide envoûtante qui m'appelle et dans laquelle je glisse volontiers…

My last conscious thought before falling asleep sends me back to the splendid Li River, not the one I had found after a gap of ten years or so, but the one depicted in our painting. The painting where material and light are intimately linked, creating effects of transparency, movement and countless reflections in the modulations of a palette splashed with color. The painter has captured the tranquility of the scene, without neglecting the silent force of the mass of water moving, not letting – or hardly letting – its surface rumple. A bewitching fluid wave that calls me, one into which I gladly slide...

Yangshuo

22 juin 2002

Guillaume

Nous sommes les premiers au Hu Rong Quan.

Ce restaurant spécialisé dans la cuisine cantonaise est ravissant. On nous guide vers une table, au milieu d'un superbe jardin verdoyant jouxtant une maison coloniale joliment rénovée, dont les murs sont chaulés. Près d'une fontaine, la statue de bronze d'un bouddha assis nous fait face. Ambiance zen, donc.

— Pas la moindre bestiole exotique au menu, rassure-toi, me taquine Mel avec de grands yeux espiègles.

— Super. Tu m'en vois ravi ! Et qu'est-ce que tu me conseilles, là, rapidement, avant qu'ils arrivent ?

Elle s'empare de la carte et s'y plonge tout en replaçant une mèche de cheveux derrière l'oreille.

— Voyons… Euh… Tu peux choisir des *dim sum*. Ça veut dire « cœur à petite touche ». C'est leur spécialité, apparemment. On les sert accompagnés de pu'er, ça facilite la digestion. Tu sais, le thé post-fermenté compressé en forme de nid d'oiseau, de galette ou de brique…

— J'ai vu celles que tu as achetées au marché nocturne hier. Je suppose que c'était pour faciliter le transport, à l'origine…

— Exactement. Par des caravanes. À dos d'hommes puis de yaks. Sur des pistes muletières, jusqu'au Tibet.

— Le voyage durait combien de temps ?

Yangshuo

June 22, 2002

Guillaume

We're the first at Hu Rong Quan.

This restaurant specializing in Cantonese cuisine is lovely. We're guided to a table, in the middle of a superb green garden adjoining a nicely renovated colonial house with whitewashed walls. Near a fountain, a bronze statue of a seated Buddha faces us. Hence the Zen atmosphere.

– Not the slightest exotic critter on the menu, don't worry, Mel teases me with big, mischievous eyes.

– Great. You see how delighted I am! And what do you suggest here, quickly, before they arrive?

She grabs the menu and plunges into it, placing a lock of hair behind her ear.

– Let's see... Uh... You can pick the *dim sum.* It means "heart to heart". That's their specialty, apparently. They're served with *pu'er*, to help with digestion. You know, post-fermented tea compressed into the shape of a bird's nest, pancake or brick...

– I saw the ones you bought at the night market yesterday. I guess they did that for ease of transport, originally...

– Exactly. By caravans. On the backs of men then yaks. On mule tracks, to Tibet.

– How long was the trip?

– Les convois mettaient parfois cinq mois pour parcourir plus de deux mille kilomètres et atteindre le Toit du monde, à raison d'une trentaine de bornes par jour. Chaque porteur chargeait sur son dos, entre soixante et quatre-vingts kilos de briques, empaquetées dans de la peau. T'imagines ? Les forêts épaisses, les cols escarpés à plus de cinq mille mètres d'altitude, les précipices vertigineux, les plateaux balayés par le vent glacial, les ponts suspendus au-dessus des gorges profondes, le verglas, le brouillard compact, les bourbiers, les brigands... Autant dire que le périple jusqu'à Lhassa était extrêmement périlleux. De nos jours les nationales ont remplacé les sentiers et les marchandises sont transportées par camions. Une liaison ferroviaire est prévue d'ici 2006. Le thé du Yunnan et du Sichuan est devenu une monnaie d'échange, sur l'ancienne route du thé et des chevaux.

– Il était troqué contre quoi ?

– Essentiellement contre des chevaux robustes, pour lutter contre les envahisseurs venus du Nord, mais aussi en échange de fourrure, de cire d'abeille, de musc, d'opium, de vêtements de laine et de coton, de tapis ou de produits médicinaux tels que la rhubarbe, les os d'animaux... Les Chinois fournissaient également du sucre, des vermicelles, de la farine d'orge, de la soie, du mercure et de l'argent. Le pu'er se bonifie avec l'âge, comme le vin. On peut donc le conserver facilement.

– Les tibétains l'appréciaient tant que ça ?

– The convoys sometimes took five months to travel more than two thousand kilometers and reach the Roof of the World, at a rate of about thirty kilometers a day. Each porter loaded on his back between sixty and eighty kilograms of bales, bundled in skin. Can you imagine? The thick forests, the steep passes over five thousand meters above sea level, the vertiginous precipices, the plateaus swept by the icy wind, the bridges suspended over the deep gorges, the ice, the thick fog, the quagmires, the brigands… Suffice to say that the journey to Lhasa was extremely perilous. Nowadays the national roads have replaced the trails and the goods are transported by truck. A rail link is planned by 2006. Tea from Yunnan and Sichuan used to be a bargaining chip along the ancient tea and horse route.

– What was it traded for?

– Essentially for robust horses, to fight against invaders from the north, but also in exchange for fur, beeswax, musk, opium, woolen and cotton clothes, carpets or medicinal products such as rhubarb, animal bones… The Chinese also supplied sugar, vermicelli, barley flour, silk, mercury and silver. *Pu'er* improves with age, like wine. So they could store it easily.

– Did the Tibetans like it that much?

— Tout a commencé au VIIème siècle par le mariage d'un roi tibétain et d'une princesse chinoise qui aurait introduit le bouddhisme et le thé. Au début, c'était un breuvage de luxe réservé aux nobles et aux lamas, puis il s'est popularisé et a été consommé quotidiennement en grande quantités, même par les nomades isolés dans les grandes prairies. Il est salé et enrichi avec du beurre de dri, la femelle du yak. C'est que là-haut, sur les plateaux du Pays des neiges, les montagnards ont besoin de boissons très nutritives !

— Tu me mets en appétit !

Mélisende regarde à nouveau le menu.

— Mmm… Sinon, il y a aussi des poissons d'eau douce préparés de différentes façons, ou du porc grillé croustillant, si tu préfères… Le poulet au gingembre et aux oignons me semble pas mal.

Elle continue à étudier la liste pour faire son choix.

— Moi je serais bien tentée par la marmite d'anguille accompagnée de champignons et de riz gluant.

— Je croyais qu'il n'y avait pas de bestioles ici !

— Ça va, c'est juste du poisson !

Elle rit.

— Et les desserts ?

— Alors là, il faut absolument que tu goûtes les blancs d'œufs au lait, cuits à la vapeur. Une tuerie ! Je vais en commander, je te ferai goûter.

Mel retourne à sa lecture.

* * *

– It all started in the 7th century with the marriage of a Tibetan king and a Chinese princess who introduced Buddhism and tea. At first it was a luxury drink reserved for nobles and llamas, but then it became popular and was consumed daily in large quantities, even by nomads isolated in the great prairies. It's salted and enriched with dri butter, from female yaks. It's because up there, on the plateau of the Land of Snows, the mountain people need very nutritious drinks!

– You're whetting my appetite!

Mélisende looks at the menu again.

– Hmm… Otherwise, there are also freshwater fish prepared in different ways, or crispy grilled pork, if you prefer… The chicken with ginger and onions looks good to me.

She continues to study the list to make her choice.

– I'm tempted by this pot of eel with mushrooms and sticky rice.

– I thought there weren't any critters here!

– It's okay, it's just fish!

She laughs.

– And the desserts?

– For that you have to try the steamed egg whites with milk. It's killer! I'll order some, I'll give you a taste.

Mel goes back to reading.

* * *

Je m'amuse intérieurement, en me remémorant les formules de présentation que j'ai récitées ce matin avec application à la serveuse qui s'approchait pour prendre la commande du petit déjeuner.

— *Ni hao !* (Bonjour !)

— *Ni hao !* ai-je répondu on ne peut plus aimable, avant que Mélisende n'ait ouvert la bouche.

La jeune femme souriait déjà jusqu'aux oreilles, à ce moment-là. Ils le font tous, dès que je m'essaye à parler chinois. Je leur fais un de ces effets, avec mon usage erratique des tons et mon accent *frenchy* !

— *Ni hao ma ?* (Ça va ?)

J'ai discrètement pressé le bras de Mel afin qu'elle ne cherche pas à me sauver.

— *Wo hen heo, xie xie !* (Très bien, merci !) ai-je répliqué, pas peu fier.

— *Ni yao shenme ? Cha, kafei ?* (Que voulez-vous ? Thé, café ?), a-t-elle poursuivi, un air taquin, croyant enfin me piéger, sa figure se déformant au fur et à mesure.

— *Wo yao yi bei kafei.* (Je voudrais un café.)

Elle est repartie, le percolateur a vrombi, puis elle est revenue avec ma tasse et son sourire extra large.

— *Zhu nin hao weikou !* (Bon appétit !) a-t-elle dit poliment, en accompagnant son geste.

— *Xie xie !* (Merci !)

Et là, ses yeux pétillants se sont plissés davantage et elle a explosé en une cascade libératrice.

— *Bukeqi.* (Je vous en prie.) est-elle parvenue à articuler, cachant sa bouche d'une main fine aux ongles parfaitement manucurés.

I amuse myself, remembering the introductory formulas I had recited diligently that morning to the waitress who was coming to take the breakfast order.

– *Ni hao!* (Hello!)

– *Ni hao!* I replied very amiably, before Mélisende opened her mouth.

The young woman was already smiling from ear to ear by then. They all do, as soon as I try to speak Chinese. I have that effect on them, with my erratic use of tones and my Frenchy accent!

– *Ni hao ma?* (How are you?)

I quietly squeezed Mel's arm so she wouldn't try to save me.

– *Wo hen heo, xie xie!* (Very well, thank you!) I replied, quite proud.

– *Ni yao shenme? Cha, kafei?* (What do you want? Tea, coffee?) she continued, a teasing air, believing she would finally trap me, her face anticipating her victory.

– *Wo yao yi bei kafei.* (I would like a coffee.)

She left; the percolator roared. Then she came back with my cup and her extra wide smile.

– *Zhu nin hao weikou!* (Bon appétit!) she said politely, accompanied with a gesture.

– *Xie xie!* (Thank you!)

And there her sparkling eyes narrowed more and she exploded in a cascade of laughter.

– *Bukeqi.* (Please.) She managed to articulate, hiding her mouth with a slender hand with perfectly manicured fingernails.

– Tu sais que tu m'épates, Guillaume ? m'a lancé Mélisende attendrie en caressant ma joue, dès que la serveuse a été hors de portée de voix.

– Sans blague !

– Je suis sincère mon cœur, mes élèves mettent plus de temps que toi pour maîtriser les quatre tons. Même après un séjour en immersion !

J'ai esquissé une moue dubitative.

– Si, si, je t'assure ! Ça te vient spontanément, avec une facilité presque agaçante ! Finalement, je ne vois que deux explications: soit t'as une très bonne oreille musicale, soit t'as été chinois dans une vie antérieure !

Elle a ponctué son compliment d'un clin d'œil. Charmante. *Chinois, moi ? Qui sait ?*

– Merci mon amour, t'es gentille.

Je souris à Mélisende qui repose le menu. Je saisis ses doigts et y dépose mes lèvres, tout en mangeant des yeux son doux visage qui a pris ses teintes d'été. Je savoure ce lien si ténu qui s'est tissé entre nous dès notre première rencontre et qui ne fait que se renforcer au fil des jours.

*   *   *

La magnifique journée que nous venons de passer, dans les environs de Yangshuo me revient à l'esprit. On ne peut qu'être subjugué par la beauté de la campagne, immuable, avec, autour de soi, ces paysages insolites de rizières à l'eau claire ceinturées de pics karstiques majestueux.

– Do you know that you amaze me, Guillaume? Mélisende said fondly, stroking my cheek, as soon as the waitress was out of earshot.

– No kidding!

– I'm sincere, my Heart, my students take longer than you to master the four tones. Even after an immersion stay!

I pouted doubtfully.

– Yes they do, I swear! It comes to you spontaneously, with almost annoying ease! I can only see two explanations: either you have a very good musical ear, or you were Chinese in a previous life!

She punctuated her compliment with a wink. Charming. Chinese, me? Who knows?

– Thank you my love, you're kind.

I smiled at Mélisende, who put the menu down. I grabbed her fingers and put my lips on them, my eyes eating her sweet face, which has taken on a summer hue. I savored this tenuous bond, which has been woven between us since our first meeting. It only grows stronger as the days go by.

* * *

The wonderful day we just spent in the vicinity of Yangshuo comes to mind. You can only be captivated by the beauty of the unchanging countryside, with these unusual landscapes of rice fields around you, with clear water surrounded by majestic karst peaks.

Je me revois, scrutant le fleuve et les montagnes bleutées. Tout m'était extrêmement familier, comme imprimé dans mon âme. Les odeurs, les couleurs et les formes, se frayaient un chemin jusqu'au plus profond de moi.

N'ai-je vraiment jamais vu cet endroit ?

Vers six heures, après une nuit de sommeil réparateur, nous avons déjeuné et loué des vélos que nous avons embarqués à bord d'un radeau en bambous, pour une paisible promenade sur la rivière Yulong. À cette heure-là, on pouvait goûter le calme et la fraîcheur. Le soleil se lève vers les cinq heures. À onze heures, il est au zénith et la chaleur est alors difficilement supportable. Les buffles dociles broutaient les algues au fond de l'onde émeraude, les enfants se baignaient tout-nus et riaient en s'éclaboussant.

Ensuite nous avons effectué le retour en selle, en longeant les cultures étagées du dos du dragon. Nous nous sommes aventurés hors des sentiers balisés en empruntant une route non goudronnée – nous avions repéré des criques aux roches ocres lors de notre balade en *bamboo boat*. Puis nous avons quitté la piste pour nous échapper sur un raidillon au sol inégal, parsemé de rigoles et de tas de bouses, qui nous a menés dans un hameau silencieux, ce qui est fort rare en Chine.

I see myself again, scrutinizing the river and the bluish mountains. Everything was extremely familiar to me, as if imprinted in my soul. The smells, the colors and the shapes made their way deep inside me.

Really, have I never seen this place before?

At around six o'clock, after a restful night's sleep, we had breakfast and rented bicycles that we brought on board a bamboo raft for a peaceful ride on the Yulong River. At that time, you could taste the calm and the freshness. The sun rises around five o'clock. At eleven o'clock, it's at its zenith, and then the heat is hardly bearable. The docile buffaloes grazed the algae at the bottom of the emerald wave, the children bathed naked and laughed and splashed.

Then we returned to the bikes, skirting the terraced rice cultures. We ventured off the marked trails by taking an unpaved road – we had spotted creeks with ocher rocks during our bamboo boat ride. Then we left the track to escape on a steep slope with uneven ground, strewn with gullies and piles of dung, which led us to a silent hamlet, very rare in China.

De vieilles villageoises, à la face burinée, lavaient leur linge dans l'eau boueuse, au milieu de laquelle un paysan tirait son buffle. Dans les rizières, des femmes piquaient le riz, accroupies. Des adolescents peinaient à creuser des canaux d'irrigation. Et sur la voie caillouteuse, des hommes âgés se déplaçaient, semblant n'aller nulle part, prenant l'air ou se rendant, tels des pèlerins, à la pagode dissimulée par la colline. Ils rejoignaient probablement la tour du tambour pour jouer aux cartes ou bavarder et ignoraient superbement le décor de rêve qui les ceinturait. Les gens, souvent des paysans, paraissaient honnêtes et simples. Ils portaient avec force et courage leurs palanches chargées à ras bord de paille, d'herbe séchée ou de fagots de bois. Les reliefs en pain de sucre se découpaient dans le bleu du ciel limpide, fiers d'arborer leur morphologie spectaculaire et leurs versants vêtus de rose par la lueur matinale.

Ici, le temps était suspendu. Dans le vide. À l'image des rizières haut-perchées sur leurs forêts de pierres. Une vision onirique emplie de sérénité. J'en suis encore émerveillé. Tant de beauté… Les pluies estivales faisaient scintiller les cultures comme autant de milliers de miroirs… Mel pédalait, gaie, le long des chemins de terre étroits et sinueux creusés de nids-de-poule, ses cheveux volant tel un voile de mariée dans la brise. Mon regard empli d'amour la couvrait de caresses.

Old village women, with their weathered faces, were washing their clothes in the muddy water. In the middle, a peasant was pulling his buffalo. In the rice fields, women crouched down to plant the rice. Teenagers struggled to dig irrigation canals. And on the stony path, old men moved, seeming to be going nowhere, taking in the air or going, like pilgrims, to the pagoda hidden by the hill. They probably went to the Drum Tower to play cards or chat, and completely ignored the dreamy scenery that surrounded them. The people, often peasants, seemed honest and straightforward. They carried their loads with strength and courage, piled to the brim with straw, dried grass or bundles of wood. The mountain reliefs stood out against the blue of the limpid sky, proud to display their spectacular morphology and their slopes clad in pink by the morning glow.

Here, time stood still. In the void. Like the rice fields perched high on their stone forests. A dreamlike vision filled with serenity. I'm still in awe of it. So much beauty… The summer rains made the cultures sparkle like so many thousands of mirrors… Mel pedaled, cheerful, along the narrow and winding dirt roads full of potholes, her hair flying like a bridal veil in the breeze. My loving gaze covered her with caresses.

Je revois ce marché de campagne improvisé, en marge duquel des grands-mères, fripées et ratatinées, tendaient des mandarines aux rares touristes qui s'aventuraient jusque-là. Elles exhibaient aussi, dans des paniers posés à même le sol, des pignons de pins, des baies dont la chair avait un arrière-goût délicat de litchis et de poire mêlés, des châtaignes grillées, des prunes confites, des têtes d'ail, des oignons, des haricots, des piments et des radis fermentés. Certaines vendeuses de rue proposaient du thé ou de la tisane de lyciet et de ginseng dans des thermos en fer blanc, d'autres de l'alcool de riz, ou de la soupe aux jujubes et aux graines de lotus. On pouvait trouver, en outre, des éventails, des articles en tissu et des bijoux artisanaux en métal argenté et en jadéite, à côté des étals de pastèques.

Je repense à Mélisende qui trempait ses mains dans le ruisseau et qui les appliquait, toutes rafraîchies, sur ses joues brûlantes en espérant les tempérer. Je garde en moi le souvenir de ses yeux brillants qui se sont plongés dans les miens, là, à cet instant précis. Juste quelques secondes. Du pur bonheur.

Il n'y a rien de plus beau dans la vie, que le regard de celui que l'on aime se posant sur soi.

Par la suite, nous sommes tombés sur une salle d'exposition de peintures. Nous avons pu admirer des œuvres criardes, inspirées des panoramas idylliques alentours, ainsi que des calligraphies marquées de multiples sceaux rouge vif.

Une dizaine de productions – des rouleaux – étaient consacrées à Yangshuo. Des pitons dressés vers le ciel brumeux, rehaussés de sapins d'un vert profond, parfois des cascades, des bambous…

I see this makeshift country market again. On the sidelines, wrinkled and shriveled grandmothers handed tangerines to the rare tourists venturing there. They also displayed in baskets placed on the ground pine nuts, berries whose flesh had a delicate aftertaste of lychees mixed with pear, roasted chestnuts, candied plums, cloves of garlic, fermented onions, beans, peppers and radishes. Some street vendors offered wolfberry and ginseng tea or herbal tea in tin thermoses, others rice liquor, or dates and lotus seed soup. In addition, fans, fabrics, and handcrafted silver metal and jade jewelry could be found alongside watermelon stalls.

I think about Mélisende again, soaking her hands in the stream and applying them, all refreshed, to her burning cheeks, hoping to cool them. I keep in me the memory of her shining eyes which plunged into mine, there, at that precise moment. Just a few seconds of pure happiness.

There's nothing more beautiful in life than the gaze of your loved one on you.

Afterwards, we came across an exhibition of paintings. We were able to view some garish works, inspired by the surrounding idyllic panoramas, as well as calligraphy marked with multiple bright red seals.

About ten works – scrolls – were devoted to Yangshuo. Peaks rising up to the misty sky, enhanced with deep green fir trees, sometimes waterfalls, bamboo...

Mais aucune de ces toiles ne ressemblait de près ou de loin au fameux tableau.

Effectivement, le peintre ne devait pas être chinois…

* * *

La voix nasillarde de notre nouvelle connaissance me tire brusquement de mes pensées. Aimei, réjouie, nous présente son ami.

Je me lève et m'incline devant un homme immense, dans les vingt-cinq ans, à la silhouette de coureur de fond. Ses cheveux courts, d'un noir lumineux, sont coupés en une brosse volontairement décoiffée. Il est habillé d'un jean délavé trop large pour lui, d'un tee-shirt avec des inscriptions chinoises et de lunettes rondes métalliques, en équilibre sur son visage étroit.

Je repère aussitôt le tatouage de dragon qui remonte sur son bras droit et qui contraste avec son allure d'étudiant. Il me tend la main. Je m'empresse de l'imiter en lui offrant la mienne. Il la recouvre en se présentant.

— Wujian, hello ! déclare-t-il en dévoilant des dents un peu en avant.

— Guillaume, enchanté.

— En-chan-té, répète-il en scandant les syllabes avec un fort accent asiatique, tout en prolongeant notre poignée de main. *Nice to meet you.*

Je désigne Mel qui s'est levée.

— Mélisende.

— En-chan-té.

— *Xinghui.* (Enchantée), prononce-t-elle.

But none of these canvases closely or remotely resembled the painting in question.

It's true, the painter couldn't be Chinese…

* * *

The nasal voice of our new acquaintance pulls me abruptly out of my thoughts. Aimei, delighted, introduces us to her friend.

I stand up and bow to a huge man, in his mid-twenties with the build of a long-distance runner. His short hair, a luminous black, is cut in a deliberately disheveled brush. He's dressed in faded jeans that are too wide for him, a T-shirt with Chinese inscriptions and round metallic glasses balanced on his narrow face.

I immediately spot the dragon tattoo creeping up his right arm, contrasting with his student look. He holds out his hand to me. I hasten to imitate him by offering him mine. He covers it up as he introduces himself.

– Wujian, hello! he declares, revealing his protruding teeth.

– Guillaume, delighted to meet you.

– *En-chan-té*, he repeats, chanting the syllables with a strong Asian accent, while prolonging our handshake. Nice to meet you.

I point to Mel, who has stood up.

– Mélisende.

– Delighted to meet you.

– *Xinghui* (Nice to meet you), she says.

Mel me traduit littéralement son prénom, en aparté : « Endurant-Santé ». Il le porte bien !

– *Huanying nin* (Soyez les bienvenus), poursuit Wujian d'un air timide.

– *Ganxie jishi dafu* (Merci d'avoir répondu si vite), dit Mélisende en lui rendant poliment son sourire.

– *Xie xie Aimei* (Merci Aimei), ajoute Mel qui interprète simultanément la conversation.

Nous nous asseyons dans un raclement coordonné de chaises. Après une petite demi-heure durant laquelle nous échangeons les banalités d'usage sur le mode convenu et que nous tentons d'assouvir leur curiosité – « D'où venez-vous ? Paris, c'est si romantique ! Est-ce que vous aimez la Chine ?... Est-ce que vous êtes mariés ?... Ah non, et pourquoi ?... Que faites-vous dans la vie ?... Combien gagnez-vous ?... Avez-vous des frères et sœurs ? Etc. » – Wujian nous précise qu'Aimei l'a informé de nos recherches et qu'il souhaite voir le tableau.

Je ne laisse pas deviner mon étonnement devant son empressement, alors que nous venons à peine de terminer les présentations. J'ai pourtant entendu Mélisende dire que les Chinois aspirent à prendre leur temps, pour en venir aux sujets importants. Il semblerait que les nouvelles générations aient été contaminées par le toujours-plus-vite de notre époque.

J'ouvre la chemise cartonnée sans me faire prier et je la lui passe.

Wujian réajuste ses lunettes sur son nez et s'en empare.

Un long silence s'invite, pendant qu'il l'examine attentivement.

Mel transliterates his first name to me, as an aside: "Enduring health". He wears it well!

– *Huanying nin* (Welcome), Wujian continues shyly.

– *Ganxie jishi dafu* (Thanks for answering so quickly), says Mélisende, politely smiling back at him.

– *Xie xie Aimei* (Thanks Aimei), adds Mel who simultaneously interprets the conversation.

We sit with a coordinated scraping of chairs. After a short half hour, during which we exchange commonplace banalities and try to satisfy their curiosity – Where are you from? Paris is so romantic! Do you like China?... Are you married?... Oh no, and why?... What do you do for a living?... How much do you earn?... Do you have brothers or sisters? etc. – Wujian tells us that Aimei has informed him of our research and that he wants to see the painting.

I don't show my astonishment at his eagerness, as we've only just met each other. Yet I have heard Mélisende say that the Chinese try to take their time before getting to important issues. It seems that the new generation has been tainted by the speeding up of our times.

I open the cardboard folder without hesitation and pass it to him.

Wujian readjusts his glasses on his nose and grabs it.

A long silence follows, as he examines it intently.

Une serveuse, en tenue traditionnelle bleu roi, arborant des ongles peints d'un orange quasi fluorescent, apparaît pour noter la commande. S'ensuit un blablabla chinois.

Puis, à nouveau, le peintre se penche sur l'image. Nous le fixons. Personne ne parle. Je me rends compte que j'ai bloqué ma respiration.

Enfin, Wujian prend la parole, tout en continuant à détailler la peinture. D'un geste circulaire, je demande à Mel de traduire.

— Ce n'est pas un artiste local qui a peint ceci. Non. Je pense qu'il y a beaucoup trop d'influence occidentale. *You understand* ? Nous n'avons pas l'habitude de représenter la nature de cette manière-là, en Chine, *you see* ? Je ne vois pas qui aurait pu réaliser cette toile à Yangshuo… Sans doute un voyageur de passage… il y en a énormément par ici, *you know* ? Les montagnes les inspirent, complète-il avec un rire embarrassé. Je suis désolé, je ne suis pas capable de vous renseigner. *Very sure. Sorry.*

Le jeune homme me rend la pochette, visiblement déçu de

ne pas pouvoir nous venir en aide.

La serveuse revient avec une diversité d'assiettes et de bols bien garnis qu'elle pose au centre de la table, sur un plateau tournant. Je repère rapidement les *dim sum* maintenus au chaud dans leurs caissons en bambou. Mélisende me présente les mets et m'explique que chacun des convives piochera dans les plats mis en commun. Aucune bestiole en vue. Ouf !

A waitress appears, in traditional royal blue attire, with fingernails painted an almost fluorescent orange, to take our order. Blah blah blah in Chinese follows.

Then, the painter looks at the image again. We watch him. No one talks. I realize that I've stopped breathing.

Finally, Wujian speaks, while continuing to indicate the painting. With a circular gesture, I ask Mel to translate.

– It was not a local artist who painted this. No. I think there's too much Western influence. Do you understand? We're not used to representing nature that way in China, you see? I can't tell who could have made this painting in Yangshuo... No doubt a passing traveler... there are a lot of them around here, you know. The mountains inspire them, he finishes with an embarrassed laugh. I'm sorry. I'm not able to give you any information. That's for sure. Sorry.

The young man gives me the folder back, visibly disappointed at not being able to help us.

The waitress returns with a variety of plates and bowls piled high. She sets them in the center of the table, on a turntable. I quickly spot the *dim sum* kept warm in their bamboo boxes. Mélisende explains the dishes and tells me each of the guests will serve themselves from the shared dishes. No critters in sight. Phew!

Aimei donne le signal de départ en se servant de légumes sautés, luisants à souhait. Nous l'imitons, curieux de goûter à tout. Je prends garde de ne pas sucer l'extrémité des baguettes au risque d'être pris pour un grossier personnage. Dès lors que nous partageons la même nourriture, ce ne serait, de surcroît, pas très hygiénique.

Le dîner se déroule dans un mix de chinois, d'anglais et de « chinglais », ponctué de nombreux toasts à la bière, énoncés haut et fort par des « *Gan bei !* » retentissants, que l'on enchaîne cul-sec. Il faut dire que chaque personne se redresse tour à tour en levant son verre et en énonçant deux ou trois mots que l'ensemble des convives suivent. Après plusieurs passages, l'ambiance se fait joyeuse et détendue. *Gan bei !*

Je sourie à Mel, reconnaissant, quand devant l'enchaînement de « *Gan bei !* », elle me conseille de poser un doigt sur mon gobelet pour signifier que je n'ai plus soif. Il était temps ! Je sentais une douce euphorie me gagner et ma limite arrivait à grands pas. Il aurait été mal venu de finir le repas passablement ivre, et de se voir rangé dans la catégorie des petits joueurs à qui on ne peut accorder sa confiance. Ici, tout l'art consiste à boire en gardant la maîtrise de soi, au péril, encore une fois, de perdre la fameuse face. Bien gérer le *Gan bei* est donc indispensable pour s'intégrer et développer des relations, en particulier dans le monde des affaires, paraît-il. Force est de constater que nos invités tiennent mieux l'alcool que nous. La bière, du moins !

Aimei gives the signal to start by helping herself to sautéed vegetables, glistening to perfection. We imitate her, curious about tasting everything. I'm careful not to suck the ends of the chopsticks or risk being taken for a boor. Since we're sharing the same food, it would also not be very hygienic.

The dinner takes place in a mix of Chinese, English and "Chinglais", punctuated by numerous beer toasts, rounds of *"Gan bei!"* resound, following one after the other. Each person stands up in turn, raising their glass and saying two or three pleasant words. After several passes, the atmosphere becomes joyful and relaxed. *Gan bei!*

I smile at Mel, grateful, when, before another chain of *"Gan bei!"*, she advises me to put a finger on my cup to indicate that I'm no longer thirsty. About time! I felt a sweet euphoria come over me and my limit fast approaching. It would have been wrong to finish the meal quite drunk, and to see yourself placed in the category of low-lifes who can't be trusted. The art here is to drink with self-control, again at the famous risk of losing the face. Managing the *Gan bei* well is therefore essential to integrating and developing relationships, especially in the business world, it seems. It's clear that our guests drink better than we do. Beer, at least!

Je décide de me rabattre sur un Tuo Cha – le fameux thé post-fermenté compressé en forme de nid d'oiseau – aux arômes de sous-bois et de cave. Il est atypique avec sa liqueur sombre à la robe rougeâtre. Son nom serait inspiré de celui de la rivière Tuo Jiang que l'on rencontre sur l'ancienne route du thé et des chevaux.

Soudain, Wujian souhaite voir une nouvelle fois la reproduction. Je m'exécute, fébrile. Je l'observe la scruter. Il joue avec un glaçon qu'il a dans la bouche, il le suçote en produisant un chuintement agaçant qui claque contre ses dents.

Il hésite, me jette un bref coup d'œil et lance :

– Je crois savoir qui est le modèle.

Le ravioli visqueux que je tenais tant bien que mal à l'aide de mes baguettes retombe dans mon assiette avec un gros « flac » mouillé. Le silence qui suit exacerbe ce dernier bruit, me rendant un peu honteux de cette maladresse.

Wujian désigne la jolie Eurasienne :

– Elle ressemble trait pour trait à la tante de mon ami Weihu (qui signifie Grand-Tigre en mandarin, selon ma traductrice adorée) quand elle était jeune. Je contemple souvent son portrait sur le mur du salon de Weihu. C'est elle. Pas de doute. Une femme distinguée. Classe. Elle est… exotique, you know…

– Oui, c'est vrai, maintenant que tu le dis, j'ai déjà vu cette photo chez Wei-Hu. Elle a quelque chose d'occidental dans le regard, comme sur le tableau ! Je n'avais pas fait le rapprochement, intervient Aimei qui se taisait jusqu'à présent. La ressemblance est frappante, ça saute aux yeux ! Si ce n'est pas elle, c'est sa sœur jumelle. C'est fou !

I decide to fall back to a *tuo cha* – the famous post-fermented tea compressed into the shape of a bird's nest – with aromas of undergrowth and cellar. It's atypical with its dark liquor and a reddish color. Its name is said to be inspired by that of the Tuo Jiang River on the ancient tea and horse route.

Suddenly, Wujian wishes to see the reproduction once again. I hand it over, feverishly. I watch him scrutinize it. He plays with an ice cube in his mouth, he sucks on it making an annoying hiss that clicks against his teeth.

He hesitates, gives me a quick glance and says:

– I think I know who the model is.

– The slimy ravioli that I was holding onto with my chopsticks falls back onto my plate with a big wet "splat". The silence that follows exacerbates this last noise, making me a little ashamed of the awkwardness.

Wujian points to the pretty Eurasian:

– She looks exactly like the aunt of my friend Weihu (which means "Big tiger" in Mandarin, according to my beloved translator) when she was young. I often gaze at her portrait on the wall of Weihu's living room. It's her. No doubt. A distinguished woman. Class. She's... exotic, you know...

– Yes, it's true, now that you say it, I've seen this photo at Wei-Hu's before. She has something Western in her eyes, like in the painting! I hadn't made the connection, Aimei interrupts. She's been silent until now. The resemblance is striking, it's obvious! If it's not her, it's her twin sister. It's crazy!

– Est-elle en vie ? s'enquiert Mélisende qui lui destine l'un des plus beaux sourires qu'elle a en sa possession, ne cherchant nullement à cacher son enthousiasme.

– Elle vit ici à Yangshuo, en périphérie de la ville. Elle est âgée vous savez.

– Serait-il possible de la rencontrer ?

– J'appellerai Weihu dès demain et je vous recontacterai. *It's Okay ?*

– *Okey dokey ! Thanks a lot.*

– À quel hôtel êtes-vous descendus ?

— Is she alive? Mélisende asks. She gives him one of the most beautiful smiles in her possession, not trying to hide her enthusiasm.

— She lives here in Yangshuo, on the outskirts of town. She's old you know.

— Would it be possible to meet her?

— I'll call Weihu tomorrow and get back to you. Is that okay?

— Okey dokey! Thanks a lot.

— What hotel are you staying at?

Yangshuo

23 juin 2002

Mélisende

Le pavillon de Madame Tchen est typique des maisons traditionnelles du sud : simple, en briques, avec, bien sûr, un toit pentu aux pointes recourbées, recouvert de tuiles outremer. Une charmante demeure.

On peut apercevoir dans le lointain, entre deux arbres respectables qui bordent la rue isolée de l'agitation touristique, une pagode juchée sur un promontoire rocheux. Tout autour, les sublimes paysages de cultures terrassées s'étendent à perte de vue. Un panorama enchanteur d'estampes anciennes, un paradis de peintres.

* * *

En rentrant d'une promenade dans les environs de Yangshuo, une enveloppe, déposée par Wujian, nous attendait à notre hôtel. Le jeune homme nous donnait un nom et une adresse à l'écart du village.

Excités, nous avons décidé de nous y rendre dans la foulée, il n'était que seize heures.

* * *

Yangshuo

June 23, 2002

Mélisende

Madame Tchen's bungalow is typical of traditional southern houses: simple, in brick, with, of course, a sloping roof with curved tips, covered with ultramarine tiles. A charming house.

In the distance, between two respectable trees that line the street, isolated from the tourist bustle, you can see a pagoda perched on a rocky promontory. All around, the sublime landscapes of terraced farmland stretch as far as the eye can see. An enchanting panorama of old prints, a painter's paradise.

* * *

When we came back from a walk around Yangshuo, an envelope, left by Wujian, was waiting for us at our hotel. The young man gave us a name and an address outside the village.

Excited, we decided to get to it immediately; it was only four o'clock.

* * *

Une dame âgée nous ouvre. Elle est encore belle, métissée, mince, de taille moyenne. Ses cheveux blancs sont noués en un chignon haut placé dégageant l'ovale de sa figure ridée, aux pommettes saillantes et au petit nez droit. Elle est vêtue d'un cardigan rose pâle subtilement brodé, bien ajusté, dont les pans croisés sur sa poitrine sont fixés à l'aide d'une broche en argent, représentant un dragon avec une perle noire dans la gueule.

Guillaume a inévitablement dû remarquer ce magnifique bijou. Si mes souvenirs sont bons, il m'a dit, un jour, que la perle gardée par ces chimères était sacrée car elle possédait le savoir et pouvait, selon la religion taoïste, exaucer tous les souhaits.

Madame Tchen nous dévisage tour à tour, portant de l'un à l'autre son regard en amande, illuminé par des yeux de velours sombre. Elle paraît visiblement troublée, au point de vaciller sur ses jambes frêles et de se cramponner, dans les secondes qui suivent, au chambranle de l'entrée. Une main sur la bouche, elle suffoque presque. Une bouffée de tendresse envers cette personne m'envahit subitement, de façon incontrôlable.

C'est elle ! La Chinoise du tableau !

Une émotion terrible me serre la gorge.

Il me semble si bien la connaître que j'aurais pu l'identifier au milieu d'une foule…

An elderly lady opens the door for us. She's still beautiful, of mixed race, thin, of average height. Her white hair is tied up in a high bun, revealing the oval of her wrinkled face. She has high cheekbones and a small, straight nose. She's dressed in a subtly embroidered, well-fitting pale pink cardigan, over her chest the sides are secured with a silver brooch depicting a dragon with a black pearl in its mouth.

Guillaume must have noticed this magnificent jewel. If I remember correctly, he told me one day that the pearl kept by these chimeras was sacred because it possessed knowledge and could, according to the Taoist religion, grant any wish.

Madame Tchen stares at us in turn, moving her almond-shaped gaze from one to the other, illuminated by dark velvet eyes. She looks visibly confused, to the point of wobbling on her frail legs and clinging, in the seconds that follow, to the doorframe. One hand over her mouth, she almost suffocates. A surge of tenderness towards this person comes over me suddenly, uncontrollably.

It's her! The Chinese woman in the painting!

A terrible emotion squeezes my throat.

I seem to know her so well that I could have identified her in the middle of a crowd…

Sans un mot, elle s'efface pour nous laisser entrer et referme soigneusement la porte derrière elle. Nous traversons la cour arborée de bosquets d'arbres à thé et de fleurs en pots, puis nous pénétrons dans une pièce toute en longueur qui occupe plus de la moitié du logement. Il y fait frais, ce qui est surprenant vu la température accablante qui règne à l'extérieur. Des effluves de peinture, mêlées d'essence de térébenthine, effleurent nos narines. Ou alors est-ce le fruit de mon imagination. De grandes fenêtres, plus larges que hautes, donnent sur les montagnes qui se succèdent en enfilade. Certaines vitres entrouvertes, laissent circuler un agréable courant d'air bienvenu. C'est un décor somptueux, dans lequel on se sent happé de manière vertigineuse.

Pendues aux murs, des œuvres de tailles et de formes variées suscitent la curieuse sensation d'être accueillis dans l'antre d'un collectionneur d'art. Aucune n'est encadrée. Partout de magnifiques peintures à l'huile de la région, aux couleurs fauves éclatantes extrêmement saturées, mais aussi des estampes et de multiples rouleaux badigeonnés à l'encre délavée. On voit, affichées sur la tapisserie, çà et là, plusieurs calligraphies de poèmes classiques, parées de sceaux carmin. Eblouissant.

Une large banquette couverte de coussins en étoffe de soie repose à côté d'un fauteuil à bascule. Des rideaux de brocart rehaussés de franges et de dessins brochés d'or et d'argent habillent les baies vitrées. Un piano fait face à la vue. Ce lieu a du charme. Et une âme.

En silence, la vieille femme nous convie d'un geste à prendre un siège dans ce paisible salon.

Without a word, she steps aside to let us in and carefully closes the door behind her. We cross the courtyard planted with groves of tea trees and potted flowers, then we enter a long room which occupies more than half of the accommodation. It's cool there, which is surprising given the scorching temperature outside. Scents of paint, mixed with turpentine, brush our nostrils. Or is it my imagination? Large windows, wider than they're tall, overlook the endless mountains. Some windows are ajar, allowing a pleasant, welcome draft to circulate. It's a sumptuous setting. You feel dizzyingly caught up in it.

Hanging from the walls, works of various sizes and shapes evoke the curious sensation of being welcomed into the lair of an art collector. None are framed. Everywhere are magnificent oil paintings of the region, in extremely vivid fawn colors, but also prints and multiple rolls brushed with faded ink. We see, displayed on the tapestry here and there, several calligraphic depictions of classical poems, adorned with crimson seals. Dazzling.

A large bench covered with silk cushions rests next to a rocking chair. Brocade curtains accented with fringes and gold and silver embroidered designs adorn the bay windows. A piano faces the view. This place has charm. And a soul.

In silence, the old woman gestures to invite us to take a seat in this peaceful living room.

Ensuite, elle nous propose un thé *wulong*, en un minimum de mots, dans un français parfait et un accent chinois à peine décelable.

Notre hôte s'éclipse. J'en profite pour chuchoter quelques informations rassurantes à l'oreille de Guillaume, qui ne veut surtout pas boire n'importe quoi, ce qui est fort compréhensible après les chinoiseries qu'il a pu voir au marché nocturne.

– *Wulong cha* – ça va te plaire – signifie : thé du dragon noir. C'est dû à la teinte des écailles, euh je veux dire des feuilles ! Elles sont souvent entières.

– Elles ont dû subir une oxydation, c'est ça ?

– Oui, partielle.

– En parlant de dragon, t'as vu qu'elle en a un sur son gilet ?

– Je l'ai vu de suite ! Je savais que tu le relèverais ! Ce serait formidable pour ta collection, dis-je l'air taquin sans élever la voix, hein ?

Tout en discutant, j'inspecte la salle bien agencée, impeccablement rangée et propre, au mobilier asiatique. Il s'en dégage une odeur de cire d'abeille. Une lumière tamisée filtre au travers des stores en lamelles de bois brun qui donnent sur la cour. Des particules irisées virevoltent dans le contre-jour.

Then, she offers us a *wulong* tea, using a minimum amount of words in perfect French with a barely detectable Chinese accent.

Our host slips away. I take this opportunity to whisper some reassuring information in the ear of Guillaume, who certainly doesn't want to drink anything, which is quite understandable after the chinoiseries he saw at the night market.

– *Wulong cha* – you'll like this – means: black dragon tea. This is due to the tint of the scales, uh I mean the leaves! They're often whole.

– They must have been oxidated, right?

– Yes, partially.

– Speaking of dragons, did you see she has one on her cardigan?

– I saw it straight away! I knew you'd pick it up! That'd be great for your collection, huh? I said teasingly without raising my voice.

As we chat, I inspect the well-appointed, impeccably ordered and clean room with Asian furnishings. It smells like beeswax. Subdued light filters through the brown wood slat blinds that overlook the courtyard. Iridescent particles twirl in the backlight.

J'admire une estampe singulièrement réussie, d'un extraordinaire raffinement, qui présente un sens du détail inouï. Devant, à l'ombre, se dresse un banian obscur au tronc fin, dont le feuillage étendu est finement ajouré. Il laisse transparaître le ciel de nuit au moyen de son exubérante dentelle, ainsi que la lune diaphane, frôlée par des ondes nuageuses lumineuses. Entre ces deux plans se dessinent des rizières, tels des croissants farfelus de miroirs cernés de noir et enchevêtrés, sur lesquels se reflète la lueur, éblouissante. Au loin, se profile une colline floue qui culmine.

Je me détache de ce paysage harmonieux et mon regard erre sur des bibelots posés sur des meubles anciens. Il s'arrête un instant sur une verseuse dépolie à double bec et à tête de phénix, en porcelaine vert céladon ; puis il se déplace à nouveau et se fixe sur des photos encadrées, posées sur une commode rouge laqué au vernis fendillé, à proximité d'un téléphone en bakélite d'un autre temps.

On discerne Madame Tchen, superbe, un sourire radieux accroché à ses lèvres, posant le jour de ses noces au bras de son mari. Ils forment un joli couple. Je ne peux m'empêcher de songer qu'il est un très bel homme. Son visage, pleine-lune, est éclairé par un air chaleureux, ses cheveux drus, couleur d'encre, sont savamment gominés, plaquant avec soin la mèche sur le côté. Il est enchanté. Tout comme elle. Ce cliché respire la joie de vivre et l'insouciance.

Je me lève discrètement et je m'approche, suivie de près par Guillaume. Le tirage a jauni, mais les visages sont nets : c'est bien la jeune femme du tableau.

D'extrême justesse, j'étouffe un cri :

I admire a singularly successful print, of extraordinary refinement, which exhibits an incredible sense of detail. In front, in the shade, stands a dark banyan tree with a thin trunk. Its extended foliage is nicely open. Its exuberant lace lets the night sky shine through, as well as the diaphanous moon, brushed by luminous cloudy waves. Between these two planes, rice fields stand out, like eccentric crescent mirrors amidst black and entangled surroundings, reflecting the dazzling light. In the distance, looms the rise of a blurry hill.

I detach myself from this harmonious landscape and my gaze wanders over trinkets placed on antique furniture. It pauses for a moment on a frosted jug with a double spout and phoenix head, in celadon green porcelain; then it moves again and fixes on some framed photos, placed on a red chest of drawers lacquered with cracked varnish, near a Bakelite telephone from another era.

We can see Madame Tchen, superb, a radiant smile hanging on her lips, posing on her wedding day on her husband's arm. They make a lovely couple. I can't help but think that he's a very handsome man. Her face, a full moon, is lit by a warm air, her coarse, ink-colored hair is expertly slicked back, carefully flattening her fringe to the side. He's delighted. Just like her. This shot exudes a joyous and carefree life.

I stand up discreetly and walk over to it, closely followed by Guillaume. The print has yellowed, but the faces are clear: it's indeed the young woman in the painting.

I stifle a wafer-thin cry:

– Elle a mis la robe avec les carpes ! T'as vu ? En sépia, c'est plus neutre, on ne la remet pas au premier abord…

Notre attention se porte sur le cadre suivant. L'image, récente, est celle d'un Eurasien, dans les trente-cinq ans, aux traits fins et réguliers, avec une attitude franche.

– Ce doit-être son fils, c'est la copie conforme du marié, remarque Guillaume entre ses dents. Et il a le même nez de type européen que Madame Tchen.

Ma curiosité m'amène à observer un troisième portrait, en écaille celui-ci, et à ne plus en décoller.

– Oh ! Encore ces personnes âgées qui nous ressemblent !

Je ravale péniblement ma salive. J'ai conscience du bruit sourd de mon cœur qui s'emballe. C'est troublant de tomber face à une vision de Guillaume et moi tels que nous pourrions devenir dans une quarantaine d'années.

Ils sourient à l'objectif, et l'éclat qui scintille dans leurs regards a un je-ne-sais-quoi de magique. Ils éprouvent tant d'amour qu'ils en rayonnent de l'intérieur… C'est ce feu qui les rend si beaux.

– Ils ont un enfant asiatique dans les bras, note Guillaume tout bas.

–   She's wearing the dress with the carp! Did you see? In sepia, it's more neutral, you don't see it at first glance…

We focus on the next frame. A recent photo of a Eurasian, around thirty-five years old, with fine, regular features, and a frank attitude.

– It must be her son, it's a carbon copy of the groom, remarks Guillaume between his teeth. And he has the same European-style nose as Madame Tchen.

– My curiosity leads me to a third portrait, on tortoiseshell, this one, never to come off.

– Oh! Again these old people who look like us!

– I painfully swallow my saliva. I'm aware of the thud of my racing heart. It's disturbing to come across a vision of Guillaume and me as we might become in forty years or so.

– They smile at the lens, and the sparkle in their eyes has a magical *je ne sais quoi*. They feel so much love that they radiate it from within… It's this fire that makes them so beautiful.

– They have an Asian child in their arms, Guillaume notes in a low voice.

Le garçonnet est âgé de trois ans, pas plus. Il évoque un bouddha potelé, tout boudiné qu'il est dans son ensemble de cérémonie composé d'une chemise jaune d'or à col Mao et d'un pantalon assorti. Il sourit et ses prunelles de forme allongée s'en trouvent largement étirées jusqu'aux tempes. Il possède une tignasse de baguettes rebelles, d'un noir brillant. Avec son adorable nez droit, il ne fait aucun doute que le sang de sa mère coule en lui.

— Ce doit être le fils de Madame Tchen, quand il était jeune : il est petit mais on le reconnaît drôlement bien !

— Oui, t'as raison, c'est flagrant. Ils fixent le photographe, de cette expression semblable, infiniment douce. Ce sont les mêmes yeux, oui. C'est ce qui change le moins chez les gens, me confirme Guillaume dans un murmure.

Les cliquetis des tasses nous annoncent le retour imminent de notre hôte. Ni une ni deux, nous allons nous rasseoir, honteux de tant d'indiscrétion.

Elle revient chargée d'un plateau laqué sur lequel sont alignés des bols en terre cuite émaillée d'un ton laiteux, qu'elle dépose précautionneusement sur la table.

Elle se place en face de nous. Les aiguilles d'une horloge trottent, soulignant un silence lourd qui, soudain, devient oppressant. Comme le calme avant la tempête. J'observe le fin réseau de craquelures de la surface brillante du service à thé.

The little boy is three years old, no more. He looks like a chubby Buddha, pouty though he's in his ceremonial outfit consisting of a gold-yellow shirt with a Mao collar and matching pants. He's smiling, and his elongated eyes are stretched wide to his temples. He has a mop of rebellious, shiny black locks. With his adorable straight nose, there's no doubt that his mother's blood is flowing through him.

– It must be the son of Madame Tchen, when he was young: he's small but you can really tell it's her son!

– Yes, you're right, it's obvious. They stare at the photographer, with a similar expression, infinitely sweet. They're the same eyes, yes. This is what changes the least in people, Guillaume confirms in a whisper.

The clinking of cups announces the imminent return of our host. Acting quickly, we hurry to sit down, ashamed of so much indiscretion.

She returns loaded with a lacquered tray lined with terracotta bowls enamelled in a milky color, which she carefully places on the table.

She stands in front of us. The hands of a clock tick, emphasizing a heavy silence that suddenly becomes oppressive. Like the calm before the storm. I observe the fine network of cracks in the shiny surface of the tea set.

Madame Tchen nous scrute par intermittence, d'un regard pénétrant, tout en ajustant nerveusement sa jupe évasée sur ses genoux, pour ensuite s'attaquer au jersey dont elle lisse méthodiquement les plis imaginaires. Les ongles de ses mains noueuses sont coquettement laqués de rose saumon. Elle maîtrise ses émotions, à présent.

Et sans cesse cette intuition fugace, insaisissable, de la connaître depuis toujours…

Au bout d'une longue et interminable minute, elle inspire profondément, s'éclaircit la voix et nous lance dans un souffle :

— Je vous prie de m'excuser. Votre apparition a volé mes mots. Cela fait des lustres que je vous attends.

Ses paroles résonnent et sont étonnement calmes et mesurées. Très mesurées, comme celles choisies pour annoncer une mauvaise nouvelle. Je réalise que je suis tendue, prête à encaisser un choc. Lentement je tourne mes yeux vers Guillaume pour m'agripper aux siens. Les aiguilles de l'horloge se sont tues. Je ne respire plus. Le temps est suspendu.

Devant notre consternation, elle précise, souriante, en chevrotant un peu :

— Seulement une trentaine d'années, pour être plus près de la réalité… j'ai perdu le compte exact, à force, vous savez.

Je croise le regard de Guillaume, aussi interloqué que le mien. Puis je fouille celui de la vieille dame, en quête d'une explication.

Qu'est-ce qu'elle raconte ? Cela n'a aucun sens !

Madame Tchen scrutinizes us intermittently, with a penetrating gaze, all whilst nervously adjusting her flared skirt over her knees, then tackling the jersey, methodically smoothing out imaginary folds. The nails of her knotty hands are coquettishly lacquered in salmon pink. She's in control of her emotions now.

And always this fleeting, elusive intuition of having known her forever…

After a long, endless minute, she takes a deep breath, clears her throat, and sighs:

– Please excuse me. Your appearance took my words away. I've been waiting for you for a long time.

Her words resonate and are surprisingly calm and measured. Very measured, like those chosen to deliver bad news. I realize I'm tense, ready to get over a shock. Slowly, I look at Guillaume, trying to attract his attention with my eyes. The hands of the clock have fallen silent. I can't breathe anymore. Time stands still.

In front of our consternation, she specifies with a quavering little smile:

– Only thirty years, to put a number on it… I lost count, naturally, you know.

I meet Guillaume's gaze. He is as speechless as I am. Then I search the old lady's, looking for an explanation.

What is she saying? That makes no sense!

Pour se donner une contenance, elle porte la boisson ambrée à ses lèvres, en absorbe une petite quantité et continue :

Vous leur ressemblez tellement...

On dirait qu'elle avance avec prudence... Oui, c'est bien ça, ma main au feu ! Elle cherche à nous ménager. Mais de quoi, bon sang !

Son timbre rauque est grave, presque masculin, alors qu'elle marche sur des œufs. Je m'abstiens de réagir, afin de lui laisser gérer le rythme de la conversation. Les Chinois aiment aller doucement.

Elle reprend une gorgée. Nous l'accompagnons. C'est excellent : une fine saveur florale, avec des notes fruitées. Aucune amertume. Un grand cru rare. Un pur plaisir enivrant.

Peur viscérale de ce qu'elle s'apprête à nous révéler. Fuir en tentant de faire diversion. Gagner du temps.

Du coin de l'œil je distingue Guillaume qui se mord la lèvre inférieure. Je formule d'un ton que je veux le plus désinvolte possible, histoire de passer à quelque chose de moins risqué :

– Ce thé est délicieux, Madame Tchen...

Je me demande si elle a respecté à la lettre le rituel de la cérémonie du thé, afin d'en exhaler ses arômes, si elle a veillé à répéter à trois reprises chaque étape : une fois pour la terre, une autre pour les esprits et une dernière pour le ciel.

Un silence s'ensuit. Pesant. De ceux qui s'installent en recouvrant les mots que l'on ne s'autorise pas à prononcer, empêchant ainsi toute possibilité de conversation.

To compose herself, she brings the amber drink to her lips, absorbs a small quantity of it and continues:

– You look so much like them…

She seems to be moving cautiously… Yes, that's it, on the nose! She's trying to spare us. But of what, for crying out loud!

Her hoarse tone is deep, almost masculine, as she walks on eggshells. I refrain from reacting, in order to let her manage the pace of the conversation. The Chinese like to take it slow.

She takes a sip. We follow her example. It's excellent: a fine floral flavor, with fruity notes. No bitterness. A rare grand cru. Pure intoxicating pleasure.

Visceral fear of what she's about to reveal. Flee by trying to create a diversion. Gain time.

Out of the corner of my eye I can see Guillaume biting his lower lip. I use a tone suggesting that I want to be as casual as possible, just to move on to something less risky:

– This tea is delicious, Madame Tchen…

I wonder if she respected the ritual of the tea ceremony to the letter, in order to exhale its aromas, if she made sure to repeat each step three times: once for the earth, another for the spirits and one last for the sky.

Silence ensues. Heavy. The silence of those who dig in, drowning out words they don't dare speak, and preventing any possibility of conversation.

La jambe gauche de Guillaume remue convulsivement. Je le sens bouillir. À nouveau je prête attention au tic-tac. Les secondes s'égrènent. La tension est palpable.

N'y tenant plus, il provoque la vieille Chinoise dans l'espoir de la faire sortir de sa réserve :

— Si je puis me permettre, Madame Tchen… À qui donc ressemblons-nous tant ? Pouvez-vous nous en dire plus, s'il vous plaît ?

Elle hoche la tête imperceptiblement sans piper mot et pose sa tasse. Je réprime mon souffle et me cramponne à la mienne.

— Appelez-moi Lian. Cela signifie « lotus » en mandarin, lâche-elle.

— Mélisende Forinelli et voici Guillaume Calvan. Merci beaucoup de nous recevoir Lian, dis-je poliment.

Un blanc s'installe. Guillaume est exaspéré, à côté de moi. Je lui jette un rapide coup d'œil de biais.

Mon amour, rien ne presse, laisse-la mener le bal, tu vas la brusquer et elle va se refermer comme une huitre…

Je lui fais les gros yeux, mais je sais qu'il feint de l'ignorer et qu'il n'en fera pas cas. Il ne pourra se retenir d'accélérer les choses.

Je le surveille à la dérobée. Il se tortille sur son fauteuil puis il finit par s'avancer jusqu'à son rebord. Maintenant, il se tend vers Lian en posant ses avant-bras qu'il a croisés sur ses cuisses. Sa patience a vite trouvé des limites. Un tigre prêt à bondir.

Guillaume's left leg moves convulsively. I can feel it hopping. Again I pay attention to the clock. The seconds tick away. The tension is palpable.

Unable to take it any longer, he provokes the old Chinese woman in the hope of getting her out of her shell:

– If I may, Madame Tchen… Who are we so much like? Can you tell us more, please?

She nods imperceptibly without saying a word and puts her cup down. I stifle my breath and cling to mine.

– Call me Lian. It means "Lotus" in Mandarin, she blurts out.

– Mélisende Forinelli and this is Guillaume Calvan. Thank you very much for having us Lian, I say politely.

This draws a blank. Guillaume is exasperated next to me. I give him a quick sideways glance.

My love, there's no hurry, let her run the show, you're going to rush her and she will close like an oyster…

I stare at him, but I know he's pretending to ignore me, and that he won't stop. He can't help but push it.

I watch him on the sly. He squirms in his chair, then can't contain himself. He leans towards Lian, resting his forearms on his thighs. He's at his wit's end. A tiger ready to pounce.

– Nous sommes venus pour vous parler d'un tableau, tente Guillaume, d'une manière un peu trop abrupte à mon goût.

Lian s'enquiert tout de go, sans l'ombre d'une hésitation :

– Est-il en votre possession ?

Un soupir m'échappe, relâchant subitement le stress qui s'accumulait en moi.

Impulsif, il lui affirme du tac au tac :

– Il est en France.

– Ceci est bien ennuyeux, jeunes gens…

La vieille dame fronce légèrement ses minces sourcils. Je bloque ma respiration. Mon cœur s'emballe encore.

– Nous avons cependant apporté une reproduction, hasarde Guillaume qui extrait la photo de sa pochette.

Lian s'en empare d'une main tremblante, chausse de l'autre ses lunettes attachées autour de son cou par un cordon, et y plonge son regard… qui se voile.

Elle prend une bouffée d'air afin d'essayer d'enrayer des émotions jaillissantes et soulève ses demi-lunes pour tamponner délicatement ses paupières avec un mouchoir en tissu, sorti de la manche de son gilet. Le trouble la submerge. Je voudrais la serrer dans mes bras.

J'aime cette personne, autant que ma propre grand-mère. Une évidence qui m'est tombée dessus au moment même où elle a ouvert la porte…

C'est… déroutant.

Guillaume, ému lui aussi, se renseigne, non sans avoir deviné la réponse :

– We've come to talk to you about a painting, Guillaume tries, in a way that is a little too abrupt for my taste.

Lian immediately inquires, without hesitation:

– Is it in your possession?

A sigh escapes me, suddenly releasing the stress that was building up in me.

Impulsive, he replies:

– It's in France.

– This is very problematic, young ones…

The old lady frowns, ruffling her thin eyebrows slightly. I stop breathing. My heart is racing again.

– But, we've brought a copy, Guillaume tries, and extracts the photo from its cover.

Lian grabs it with a trembling hand, puts on her glasses, which are tied around her neck with a cord, and gazes at it… her expression clouds over.

She takes a breath of air in an attempt to suppress the rushing emotions and lifts her half-moon gaze to gently dab her eyelids with a cloth handkerchief from the sleeve of her waistcoat. Confusion overwhelms her. I would like to hug her.

I love this person as much as my own grandmother. It hit me the moment she opened the door…

It's… confusing.

Guillaume, also moved, inquires, not without having guessed the answer:

– La demoiselle en robe vert anis, est-ce bien vous ?

Elle prend son temps pour répondre, essuie une larme qui perle au coin d'un œil, inspire, se racle la gorge et lance :

– Parfaitement, jeune homme. C'est bien moi. Avec, dirons-nous, quelques années de moins et un certain nombre de rides, également.

– Vous êtes ravissante, chuchote Guillaume en effleurant la

photo d'un geste d'une grande douceur qui ne m'étonne pas, éprouvant un identique élan de bienveillance.

– Oh, je vous en prie !

Elle lève vers nous des yeux embués de larmes et poursuit :

– Et le couple, derrière moi, dans la rue, il s'agit, évidemment, de ma très chère Madeleine et de son époux Ferdinand.

– Madeleine et Ferdinand ?

– Oui, le tableau a été peint à la fin de leur vie. Nous étions amis. Ils se sont éteints tout naturellement, dans leur sommeil, la même nuit… On les a découverts, au petit matin, enlacés pour l'éternité. Qu'est-ce qu'ils pouvaient s'aimer ces deux- là ! Dommage qu'ils n'aient pas eu d'enfants… Mais, dites-moi, quel est donc votre lien de parenté avec eux ?

– Nous n'en avons pas, déclare Guillaume en jetant un œil à la montre héritée de son père que Madame Tchen examine attentivement.

– The young lady in the lime green dress, is that you?

She takes her time to answer, wipes away a tear that beads at the corner of one eye, inhales, clears her throat and says:

– Absolutely, young man. It's me. A few years younger, shall we say, and with less wrinkles, too.

– You're lovely, whispered Guillaume, touching the photo in a gesture of great gentleness that doesn't surprise me. I'm experiencing an identical surge of benevolence.

– Oh, please!

She looks up at us with teary eyes and continues:

– And the couple behind me in the street are, of course, my very dear Madeleine and her husband Ferdinand.

– Madeleine and Ferdinand?

– Yes, the picture was painted at the end of their life. We were friends. They died quite naturally, in their sleep, the same night… We found them in the early morning, entwined for eternity. How they loved each other! Too bad they didn't have children… But tell me, how are you related to them?

– We don't know them, says Guillaume, glancing at the watch inherited from his father, which Madame Tchen is examining carefully.

La vieille femme tire fébrilement sur sa jupe pour effacer une sorte de mauvais pli, qu'elle seule paraît remarquer.

– Suivez-moi, décide-t-elle brusquement, l'air mystérieux, en s'extirpant péniblement du canapé trop profond pour son âge avancé.

Vaguement courbée, elle pivote et sort. Nous lui emboîtons le pas, dans le sillage de son eau de toilette légère qui suggère un bouquet de roses de jardin fraîchement cueillies. Elle nous entraîne dans ce que je soupçonne être sa chambre, laquelle sent bon le jasmin et la poudre de riz. La lumière est belle.

Sur une étagère en palissandre sont disposés toute une collection de pots de crème, de parfums et de boîtes rondes débordant de bijoux et de peignes anciens en argent noirci. Il y a aussi une pendule de table en bronze, un miroir piqué au manche d'ivoire et une brosse à cheveux. Faisant office de couvre-lit, un patchwork tibétain – une cotonnade richement ornée de broderies et de figurines en tissu – attire immanquablement le regard. Son pourtour est égayé par d'innombrables pompons multicolores. Un chandail en soie couleur de cerisiers en fleurs a été négligemment abandonné sur un tabouret bas. Un coussin vermillon, en forme de tigre stylisé, est déposé entre les bosses des oreillers.

Dans un geste gracieux, Lian roule le rideau de bambou. Un voile rouge mordoré ondule devant la fenêtre. Aux extrémités de la tringle, des lampions orange se balancent.

Je constate soudain que Madame Tchen nous fixe, immobile.

The old woman feverishly pulls on her skirt to smooth some kind of bad crease that only she seems to notice.

– Follow me, she decides abruptly, looking mysterious, struggling to extricate herself from a couch too deep for her advanced age.

Slightly bent, she swivels and goes out. We follow suit, in the wake of her light perfume which suggests a bouquet of freshly picked garden roses. She leads us into what I suspect is her bedroom, which smells of jasmine and rice powder. The light is beautiful.

On a rosewood shelf are arranged a whole collection of cream jars, perfumes and round boxes overflowing with antique jewelry and combs in blackened silver. There's also a bronze table clock, an antique mirror with an ivory handle and a hairbrush. Serving as a bedspread, a Tibetan patchwork – a cotton fabric richly adorned with embroidery and fabric figurines – inevitably catches the eye. Its rim is brightened up by countless multicolored pompoms. A cherry blossom-colored silk sweater has been neglected on a low stool. A vermilion cushion, in the shape of a stylized tiger, is placed between the curve of the pillows.

In a graceful gesture, Lian rolls up the bamboo curtain. A bronze-red veil waves in front of the window. At the ends of the rod, orange lanterns are swinging.

I suddenly notice that Madame Tchen is staring at us, motionless.

Alors, comme au ralenti, je me tourne vers la droite.

Et là, je les vois.

Bonté divine !

Je ne peux retenir un son inarticulé.

Au mur, suspendus verticalement en face du lit : deux grands panneaux rectangulaires. Les autres parties du triptyque ! Cela ne fait aucun doute.

À leur vue, je chancèle. Ils sont bordés du même cadre en bois noir, similaire à celui que nous possédons à la maison. Mes oreilles bourdonnent. Je suis abasourdie. Je ressens le besoin de m'appuyer, je m'efforce de respirer, incapable de réfléchir. Mon front est moite, la sueur commence à perler.

Guillaume, dont la bouche s'est ouverte sans qu'un son n'en sorte, effleure mon bras, dans un geste rassurant. La stupéfaction se plaque sur son visage.

La veille Chinoise marque une pause. Elle a relevé la tête d'un air de défi. Elle s'amuse de son petit effet.

Elle s'éclaircit la voix avant d'annoncer, emplie de tendresse :

– Vous pouvez les emporter. Ils sont à vous désormais. Ils vous attendaient. Je les ai conservés dans l'espoir de les confier à celui ou celle qui serait en possession de la partie centrale. C'était leur dernière volonté, vous comprenez… Madeleine et Ferdinand étaient pour moi des amis chers, et bien plus que ça… Ils étaient devenus ma famille.

So, as if in slow motion, I turn to the right.

And there, I see them.

Good God!

I can't hold back an inarticulate sound.

On the wall, suspended vertically opposite the bed: two large rectangular panels. The other parts of the triptych! There's no doubt.

At the sight of them, I stagger. They're bordered by the same black wooden frame, the same as the one we have at home. My ears are ringing. I'm stunned. I feel the need to support myself, I try to breathe, unable to think. My forehead is moist, the sweat begins to bead.

Guillaume, whose mouth has opened without a sound coming out, brushes my arm in a reassuring gesture. Amazement spreads over his face.

The old Chinese woman pauses. She looks up defiantly. She laughs at her little reveal.

She clears her throat before announcing, filled with tenderness:

– You can take them. They're yours now. They were waiting for you. I kept them in the hope of giving them to whoever might have the central part. It was their last wish, you know... Madeleine and Ferdinand were dear friends of mine, and more than that... They had become my family.

– C'est dément, balbutie Guillaume, déstabilisé.

Il s'avance pour prêter main-forte à Lian qui vient d'esquisser un geste afin de décrocher les pièces. Madame Tchen s'efface pour ne pas le gêner. Guillaume les soulève un par un et les déplace dans le salon. Il les pose prudemment contre le dossier du divan et recule pour les admirer, tentant de percer leur mystère.

– Ils sont magnifiques, murmure Guillaume, tout retourné. Serait-ce indiscret de vous demander le nom du peintre ?

La figure de Lian se fend d'un large sourire.

– Oh, je croyais que vous l'aviez deviné…

Puis après une brève interruption :

– Vous l'avez devant vous, mon cher, confie-elle sobrement, en relevant le menton, non sans fierté.

Guillaume déglutit. Non de Dieu !

– Oh, Lian… Oh… Vous… vous avez un tel talent, bafouille-t-il sous le coup de la surprise. Je suis touché d'associer enfin un visage et un nom à notre tableau.

Vous êtes… comment dire… vous êtes une belle personne, si généreuse… si… je ne sais définir mes pensées… Le style de vos peintures vous correspond tant…

– J'ai fait ce que j'ai pu, vous savez.

– Pourtant je vous connais si peu… Oh, je suis confus… Je… je suis désolé, les mots ne me viennent pas…

– Vous me connaissez depuis plus longtemps que vous ne le supposez, Guillaume, lui révèle Madame Tchen, volant à son secours d'un ton caverneux à peine audible, vibrant d'émotion, mais l'air impénétrable.

– It's insane, Guillaume stammers, unsettled.

He steps forward to lend a hand to Lian who has just made a gesture to take the paintings down. Madame Tchen steps aside so as not to embarrass him. Guillaume lifts them up one by one and moves them to the living room. He carefully rests them against the back of the couch and steps back to admire them, trying to unravel their mystery.

– They're magnificent, whispers Guillaume, all turned upside down. Would it be indiscreet to ask you the name of the painter?

Lian's face breaks into a broad smile.

– Oh, I thought you guessed it…

Then after a brief interruption:

– They stand in front of you, my dear, she confides soberly, raising her chin, not without pride.

Guillaume swallows. My God!

– Oh, Lian… Oh… You… you have such a talent, he stammers in surprise. I'm touched to finally connect a face and a name with our painting.

– You're… how can I say it… you're a beautiful person, so generous… if… I don't know how to express my thoughts… The style of your paintings fits you so well…

– I did what I could, you know.

– Yet I know you so little… Oh, I'm confused… I… I'm sorry, I can't find the right words…

– You've known me longer than you realize, Guillaume, Madame Tchen reveals, rushing to his aid in barely audible tones, vibrating with emotion, but with an impenetrable air.

Je sonde les yeux de Lian, espérant, en vain, y discerner une explication.

Etrange.

Sur ces paroles, elle nous tourne le dos et s'affaire à fouiller un vieux bahut impérial aux fermetures dorées. D'un tiroir, elle extirpe du papier, de la ficelle fatiguée et une paire de ciseaux de couturier. Probablement pour emballer les toiles. Et aussi un autre mouchoir, impeccablement repassé, avec lequel, à nouveau, elle tamponne discrètement ses paupières.

Aucun de nous n'ose prononcer le moindre mot. Le tic-tac marque le tempo. Une bouffée d'affection me saisit. Par pudeur, je me retiens encore une fois de me lever et de la serrer dans mes bras.

Un ange passe.

Puis deux.

Guillaume caresse mes doigts. Nous échangeons un long regard perplexe.

Madame Tchen entreprend de couvrir les cadres. Nous nous approchons pour lui apporter notre aide.

D'une voix minuscule, je laisse échapper :

— Lian, … nous sommes perdus… voyez-vous… il se trouve que nous n'avons jamais entendu parler de cet homme et de cette femme… Madeleine et Ferdinand… Qui sont-ils ? Pouvez-vous nous éclairer ?

Et Guillaume de surenchérir doucement, en penchant sa tête sur le côté :

— Je vous en prie, Lian…

I search Lian's eyes, hoping, in vain, to see some explanation.

Strange.

With that, she turns her back on us and begins to search an old imperial chest fastened with golden clasps. From a drawer, she extracts paper, tired string, and a pair of dressmaking scissors. Probably to wrap the canvases. And also another handkerchief, impeccably ironed, with which, again, she discreetly dabs her eyelids.

None of us dares to say a word. The ticking marks the tempo. A rush of affection seizes me. Out of modesty, I refrain once again from getting up and hugging her.

There's a silence.

Then another.

Guillaume strokes my fingers. We exchange a long puzzled look.

Madame Tchen begins to cover the frames. We approach to help her.

In a tiny voice, I blurt out:

– Lian… we're lost… you see… we've never heard of this man and this woman… Madeleine and Ferdinand… Who are they? Can you enlighten us?

And Guillaume gently presses her, tilting his head to the side:

– Please, Lian…

Yangshuo

Mai 1961

Lian

J'ai installé mon chevalet très tôt ce matin, afin de ne pas souffrir de la chaleur. À l'aube, la lumière sur la rivière est rose pâle, les vaguelettes se parent de reflets dorés, et mon pinceau pique la toile de minuscules points vert amande, pour figurer les lentilles d'eau. Dire que ces adorables plantes à fleurs comptent parmi les plus petites du monde !

Tout a commencé à l'âge de douze ans, quand j'ai entrepris d'apprendre le dessin, puis à l'école secondaire où l'on m'a montré de quelle manière peindre. Par la suite un professeur de lycée m'a enseigné le procédé de l'esquisse. La passion de la technique à l'huile m'est venue lors d'une visite en France, l'été de mes seize ans.

Yangshuo

May 1961

Lian

I set up my easel very early this morning, so I wouldn't suffer from the heat. At dawn, the light on the river is pale pink, the ripples are adorned with golden reflections, and my brush pricks the canvas with tiny almond-green dots, to represent duckweed. Funny to think that these adorable flowering plants are among the smallest in the world!

It all started at the age of twelve, when I began to learn drawing, then I progressed in high school where I was shown how to paint. Later a high school teacher taught me sketching. A passion for oils came to me during a visit to France in the summer of my sixteenth birthday.

Ma mère tenait à ce que je connaisse son pays natal et souhaitait me présenter à sa famille. Nous avons visité tant et tant de musées, arpenté tellement de galeries et de salles, que je ne sentais plus mes pieds. Que de maîtres et de chefs-d'œuvre, que d'émotions ! Les tableaux des impressionnistes ont été pour moi une révélation. Particulièrement ceux de Monet, inspirés de ses voyages, qui me parlaient de l'Asie avec ses nymphéas et ses ponts japonais, moi qui aime tant les paysages aquatiques. J'ai apprécié *Le bain turc* et *La Grande Odalisque* peints par Ingres et conservés à Paris, au Louvre. Je me suis immergée et imprégnée de l'art occidental. Plus tard, j'ai découvert les couleurs vives de Gauguin et de Van Dongen qui m'ont fortement influencée. J'avais trouvé ma vocation.

De retour à Shanghai, j'ai voulu développer mon inclination artistique et je me suis inscrite à l'École Nationale des beaux-arts, également ouverte aux filles. Ce n'était pas trop difficile : il suffisait de gribouiller correctement pour y être admis. Il faut dire que depuis la Libération, la Chine nouvelle était en quête de talents. J'ai eu la chance d'avoir de bons professeurs. On devait s'inspirer du style russe, à l'époque. J'ai été une élève sérieuse et docile. Je savais qu'il fallait en passer par là pour pouvoir concrétiser ce que j'avais en tête et puiser sans entrave dans ma palette internationale.

My mother wanted me to visit her homeland and wanted to introduce me to her family. We visited so many museums, walked through so many galleries and rooms, that I could no longer feel my feet. So many masters and masterpieces, so many emotions! The impressionist paintings were a revelation for me. Particularly those of Monet, inspired by his travels, who evoked Asia with its water lilies and Japanese bridges, I who love aquatic landscapes so much. I enjoyed *The Turkish Bath* and *La Grande Odalisque* painted by Ingres and kept in Paris, at the Louvre. I immersed myself in and permeated myself with Western art. Later, I discovered the vivid colors of Gauguin and Van Dongen which strongly influenced me. I had found my calling.

Back in Shanghai, I wanted to develop my artistic inclination and I enrolled in the National School of Fine Arts, which was also open to girls. It wasn't too difficult: it was enough to sketch correctly to be admitted. It must be said that after the Liberation, the new China was in search of talent. I was lucky to have good teachers. They must have been inspired by the Russian style at the time. I was a serious and docile student. I knew I had to be, in order to be able to realize what I had in mind and tap into my international palette without hindrance.

Je dessinais aussi après les enseignements. Je représentais ce que je voyais autour de moi en me promenant dans la campagne environnante. En Asie, on peint traditionnellement de mémoire. La mienne n'étant pas assez fidèle, j'ai toujours préféré travailler à l'extérieur. Et puis la solitude d'un atelier : très peu pour moi. Il serait dommage de s'enfermer, alors que le décor est si féérique ici, à Yangshuo, avec les vertigineuses enfilades de monts délayés dans des dégradés de bleus qui surplombent, à perte de vue, la vallée luxuriante veinée de cours d'eaux turquoise. Parfois les étroites montagnes, tels des navires fantômes dressant leurs mâts, flottent au-dessus des brumes vaporeuses.

Je me perds dans la contemplation des forêts abyssales de pitons rocheux, fascinée par la puissance de la nature et retranchée au plus profond de mes pensées, lorsque j'entends soudain une voix grave. Je sursaute. Quelqu'un s'adresse à moi.

Je me retourne pour lui faire face et découvre des étrangers. Des occidentaux. Un couple âgé, plus exactement, tout sourire.

L'homme s'excuse de m'avoir effrayée et répète sa question dans un chinois approximatif, avec un fort accent français identifiable entre mille. Il voulait que je lui indique la direction de l'embarcadère le plus proche.

Volant à son secours, je lui réponds dans la langue de Molière :

– Prenez à droite après la rizière, ensuite ce sera sur votre gauche, monsieur.

I also drew after the lessons. I represented what I saw around me as I walked through the surrounding countryside. In Asia, people traditionally paint from memory. Mine not being accurate enough, I always preferred to work outside. And then the loneliness of a workshop offered very little for me. It would be a shame to shut yourself up, when the setting here in Yangshuo is so magical, with the vertiginous rows of mountains diluted in shades of blue, overlooking us as far as the eye can see, the lush valley veined with turquoise rivers. Sometimes the narrow mountains, like ghost ships raising their masts, float above the vaporous mists.

I lose myself in the contemplation of the endless forests of rocky peaks, fascinated by the power of nature and cut off in the depths of my thoughts, when I suddenly hear a deep voice. I jump. Someone is talking to me.

I turn to face them and find strangers. Westerners. An elderly couple, more exactly, all smiles.

The man apologizes for scaring me and repeats his question in rough Chinese, with a strong French accent that can be easily identified. He wants me to show him the direction to the nearest pier.

Flying to his aid, I answer him in the language of Molière:

– Take a right after the rice field, then it will be on your left, Sir.

– Oh… merci, mademoiselle. Où avez-vous donc appris le français, si je puis me permettre ?

– Ma mère est d'origine française, monsieur.

– Vous avez un bon coup de pinceau, me gratifie sa femme. Et du talent !

– Je vous remercie, madame, dis-je, me sentant rougir violemment.

– C'est nous qui vous remercions de nous avoir si gentiment renseigné. Au-revoir mademoiselle, nous vous souhaitons une agréable journée !

– Merci, au-revoir, et bonne promenade !

Charmée par ce plaisant intermède, je me remets à l'ouvrage. La luminosité n'a pas changé, mais il faut que je fasse vite maintenant. Sinon, je serai obligée de patienter jusqu'à demain. À cette heure-ci, les lentilles d'eau adoptent un reflet rose orangé que j'espère bien immortaliser. Et la nature ne patiente pas.

À peine ai-je le temps de m'y atteler, qu'un raclement de gorge poli m'oblige à relever la tête. La dame m'apostrophe à nouveau en français, de sa voix chantante :

– Excusez-nous de vous déranger encore, mademoiselle, mon mari et moi avons une faveur à vous demander.

– Je vous en prie, que puis-je pour vous ?

– Seriez-vous d'accord pour réaliser un portrait de nous en pleine nature ?

Nous aimerions tant garder un souvenir de notre passage à Yangshuo. Vous semblez si douée, jeune fille !

– Oh... thank you, Miss. Where did you learn French, if I may?

– My mother is of French origin, Sir.

– You have a good brushstroke. His wife compliments me. And talent!

– Thank you, Ma'am, I say, feeling myself violently blush.

– We're the ones who thank you for informing us so kindly. Goodbye Miss, we wish you a pleasant day!

– Thank you, goodbye, and have a good walk!

Charmed by this pleasant interlude, I get back to work. The brightness hasn't changed, but I need to be quick now. Otherwise, I will have to wait until tomorrow. At this time of the day, the duckweed takes on an orange-pink sheen that I hope to immortalize. And nature is not patient.

Barely do I have time to get down to it when a polite clearing of a throat forces me to lift my head. The lady addresses me again in French, in her lilting voice:

– We apologize for bothering you again, Miss, my husband and I have a favor to ask of you.

– Please, what can I do for you?

– Would you agree to paint a portrait of us in the wilderness?

We would so much like to keep a memory of our passage in Yangshuo. And you're such a talented young lady!

Flattée du compliment et ravie de cette commande insolite, je dis oui sans l'ombre d'une hésitation. Son époux me glisse une carte d'hôtel dans la main et nous nous donnons rendez-vous pour le soir-même.

Voilà comment un jour qui s'annonçait ordinaire, fait prendre à votre vie un tour imprévisible, inimaginable la veille.

*　*　*

Je me présente à l'heure dite. Je m'avance dans le hall, les étrangers sont déjà arrivés. Nous allons nous asseoir au milieu d'un patio orné d'un parterre de pivoines et d'un bassin à poissons.

Sans préambule, Ferdinand et Madeleine – c'est ainsi qu'ils se nomment – m'expliquent leur projet :

– Nous avons réfléchi tantôt, sur le bateau, mademoiselle. Nous voudrions trois tableaux qui composeraient un triptyque. Vous voyez ?

N'attendant pas de réponse de ma part, Ferdinand poursuit.

– La partie centrale nous décrirait en pied, mon épouse et moi, de face, en position debout dans l'artère principale, de manière à ce que l'on puisse voir le fleuve sur le côté et, au loin, les collines.

– Nous serions comblés qu'en guise de signature de votre œuvre vous puissiez y inclure un autoportrait parmi des promeneurs, derrière nous. Si cela ne vous dérange pas, bien entendu, précise Madeleine.

– Oh, non, pas le moins du monde. Votre requête est si originale !

Le sourire aux lèvres, Ferdinand continue.

Flattered by the compliment and delighted with this unusual order, I say yes without hesitation. Her husband slips a hotel card into my hand and we meet the same evening.

This is how, on an ordinary day, your life takes an unpredictable turn, one unimaginable the day before.

* * *

I show up on time. I walk into the hall where the strangers have already arrived. We sit in the middle of a patio adorned with a bed of peonies and a fish pond.

Without preamble, Ferdinand and Madeleine – their names – explain their project to me:

– We thought about it a while ago, on the boat, Mademoiselle. We would like three paintings that would make up a triptych. You see?

Expecting no response from me, Ferdinand continues.

– The central part would describe us in full length, my wife and I, from the front, standing in the main thoroughfare, so that we can see the river to the side and, in the distance, the hills.

– We would be delighted if as a signature of your work you could include a self-portrait among the pedestrians behind us. If that doesn't bother you, of course, says Madeleine.

– Oh, no, not in the least. Your request is so original!

With a smile on his face, Ferdinand continues.

– Les parties restantes du triptyque ne seront consacrées qu'aux paysages, de part et d'autre de la rue. À gauche, la rive et les rizières en terrasses, à droite les maisons de village traditionnelles, aux toitures vernissées et recourbées. Pensez-vous qu'une entreprise d'une telle envergure soit envisageable, mademoiselle Tchen ?

– Absolument, tout le plaisir sera pour moi ! dis-je en ne cherchant nullement à dissimuler mon enthousiasme. Appelez-moi Lian.

– Tenez, Lian, ceci est pour vous.

Madeleine me tend une boîte rectangulaire. La voix frissonnant d'émotion, elle ajoute sur le ton de la confidence :

– Je tiens à ce que vous revêtiez cette tenue sur le tableau. Je ne peux malheureusement plus la mettre ; Je n'ai plus la taille de guêpe de mes vingt ans, voyez-vous !

– Oh, madame, je suis gênée d'accepter un tel présent. Je vous remercie.

– Je vous en prie. Je serais enchantée que vous puissiez la porter à ma place.

Allez, ouvrez-la sans manières, à la française.

– Oh, avec grande joie madame. Je suis très honorée.

Embarrassée, je considère le paquet. Il est aussi léger qu'une plume de grue.

– Allez-y, je vous en prie, ouvrez-le donc, me presse la vieille dame, les yeux pétillants.

–   The remaining parts of the triptych will be devoted only to the landscapes, on both sides of the street. On the left, the bank and the rice terraces, on the right the traditional village houses, with glazed and curved roofs. Do you think such a large undertaking is possible, Miss Tchen?

–   Absolutely, the pleasure will be all mine! I say, unable to hide my enthusiasm. Call me Lian.

–   Here, Lian, this is for you.

Madeleine hands me a rectangular box. Her voice shuddering with emotion, she adds confidentially:

–   I want you to put on this outfit in the painting. Unfortunately, I can't get it on anymore; I don't have the hourglass figure I did in my twenties, you see!

–   Oh, Ma'am, I am embarrassed to accept such a present. Thank you.

–   Thanks. I would be delighted if you could wear it in my place.

–   Come on, open it without all the politesse, in the French way.

–   Oh, with great joy Madam. I'm very honored.

Embarrassed, I consider the package. It's as light as a crane feather.

–   Go ahead, please, open it up, the old lady urges, her eyes twinkling.

Confuse, je m'exécute. Je détache le ruban puis je déplie rapidement le papier de soie rouge et, avec précaution, je libère le vêtement.

— Oh, madame, comme elle est belle ! Elle est si originale…

J'effleure l'étoffe délicate et soyeuse, fraîche au toucher.

— Elle est à vous, je vous l'offre. Nous n'avons pas eu d'enfants, par conséquent…

— C'est un grand honneur, madame, dis-je en m'inclinant, la paume à plat au-dessus de ma poitrine. Je mettrai tout mon cœur dans la réalisation de votre commande, soyez-en assurée.

De retour chez moi, j'écarte le fragile emballage et j'admire la magnifique robe chatoyante vert-anis, décorée de carpes blanches. Je trouve, de plus, une jolie pochette munie d'une longue bandoulière, accompagnée de chaussons. L'ensemble dans les mêmes tons. Il sera en parfait accord avec les eaux de la rivière Li.

Pendant que je me dévêts, désireuse de procéder aux essayages, je m'égare, commençant à organiser la palette et me projetant dans l'harmonie du triptyque.

Je me contemple dans le miroir de ma chambre. Subjuguée, je ne parviens pas à me détacher du reflet qu'il me renvoie. Je m'observe sous toutes les coutures. Cette toilette est somptueuse et idéalement ajustée. Aucune retouche ne sera nécessaire. Ceci est incroyable ! Je me fais l'effet d'une princesse tout droit sortie d'un conte. La soie, fluide, ondule sous mes doigts en émettant un doux bruissement. Je n'ai jamais porté de vêtements si beaux, d'étoffes si riches !

Confused, I do what I'm told. I untie the ribbon, then quickly unfold the red tissue paper and carefully release the garment.

– Oh, Madam, how beautiful it is! It's so original…

I caress the delicate, silky fabric, cool to the touch.

– It's yours, I'm giving it to you. We don't have any children, so…

– It's a great honor, Ma'am, I said, bowing, with my palm flat above my chest. I'll put all my heart into the realization of your order, rest assured.

Back home, I put aside the fragile packaging and admire the beautiful shimmering lime green dress, decorated with white carp. There is also a pretty pouch with a long strap, along with slippers. All in the same tones. The outfit will be in perfect harmony with the waters of the Li River.

While I undress, eager to try it on, I digress, starting to organize the palette and projecting myself into the harmony of the triptych.

I contemplate myself in the mirror in my bedroom. Smitten, I can't tear myself away from the reflection it sends back to me. I observe myself from every angle. This outfit is sumptuous and fits perfectly. No touch-up will be necessary. This is amazing! I look like a princess straight out of a fairy tale. The silk, fluid, ripples under my fingers, emitting a soft rustle. I've never worn such beautiful clothes, such rich fabrics!

J'enfile les chaussures à mes pieds. Elles sont à ma taille. Quelle coïncidence !

En saisissant la sacoche, je remarque un objet à l'intérieur. Je déboutonne le tissu torsadé en forme de petite fleur, je plonge ma main et en sors une paire de boucles d'oreille, chacune sertie d'une perle noire. Madeleine a dû les oublier. Je les lui rendrai sans tarder. Elles doivent avoir beaucoup de valeur.

J'aperçois l'enveloppe posée sur le guéridon. Avec l'avance qu'ils m'ont donnée, j'ai de quoi me procurer tout le matériel qui n'est pas encore en ma possession.

Demain, je pourrai appliquer la couche blanche préparatoire, puis éventuellement initier les esquisses. Je brûle d'impatience de commencer.

Fébrile, je sens une excitation me gagner. Je me mire dans la glace, tourne sur moi-même à m'en dévisser la tête. Drôle d'impression de se voir apprêtée de la sorte. Je pense qu'il faudra que je relève mes cheveux en chignon afin de dégager mes épaules. Peut-être rajouter un soupçon de rose sur mes lèvres et sur mes pommettes ... ou plutôt une teinte qui tire vers l'orange, oui ce sera mieux ainsi, de la couleur que prennent les lentilles d'eau à l'aube. Je suis si euphorique que j'exécute plusieurs pas de danse en chantonnant et en riant aux éclats. J'en tombe à la renverse, étalée sur mon lit les bras en croix, radieuse. Ne suis-je pas en train de rêver ?

Savoir peindre est déjà fantastique. Alors peindre pour d'autres personnes, c'est un don de soi.

Et renouer avec mes origines et la culture française, me comble tout autant.

I put the shoes on my feet. They're my size. What a coincidence!

As I grab the satchel, I notice an object inside. I unbutton the fabric, which has been twisted into the shape of a small flower, I put my hand in and pull out a pair of earrings, each set with a black pearl. Madeleine must have forgotten them. I'll return them to her without delay. They must be worth a lot of money.

I see the envelope on the pedestal table. With the advance they gave me, I have enough to get all the materials I need.

Tomorrow, I'll be able to apply the preparatory white layer, then possibly initiate the sketches. I can't wait to get started.

Feverish, I feel the excitement take hold. I look at myself in the mirror, spin around till my head spins. It feels funny, to see yourself dressed like this. I think I'll have to pull my hair up into a bun to clear my shoulders. Maybe add a hint of pink on my lips and on my cheekbones... or rather a shade more orange, yes it will be better that way, the color that duckweed takes on at dawn. I'm so euphoric that I perform several dance steps, humming and laughing out loud. I fall backwards, sprawled out on my bed, arms crossed, radiant. I'm dreaming, aren't I?

Knowing how to paint is already fantastic. So painting for other people is a gift of the self.

And reconnecting with my origins and French culture feels just as fulfilling.

Sarlat, Sud-Ouest de la France
Mai 1971

Madeleine

Le tableau est splendide. Je ne me lasse pas de le contempler…

Lian a été adorable. Elle a consenti, sans rien dire, à tous les changements et nombreuses retouches, tant au niveau du revêtement final que pour les parties sous-jacentes. Elle a fait preuve de patience et d'une admirable discrétion, ne posant aucune question et se contentant de respecter à la lettre nos directives. Elle a volontiers accepté que Ferdinand exécute seul les croquis et la sous-couche des côtés droits et gauches du triptyque. Il en avait tellement envie, lui qui avait rêvé toute sa jeunesse de devenir peintre ! Lian a été un excellent professeur.

Nous avons noué des relations amicales, malgré nos différences d'âge et l'éloignement. Suite au retour en France, nous avons poursuivi une correspondance régulière. Nous échangions sur l'art. Je suis devenue la confidente de Lian, pendant le misérable désordre de la Révolution Culturelle qui a suivi notre rencontre, avec son climat de terreur, son lot de dénonciations dégradant fortement les rapports entre les gens. Par chance, la jeune artiste a eu la possibilité de fuir à Hong Kong et c'est là qu'elle a connu son mari.

Sarlat, Southwest France

May 1971

Madeleine

The painting is splendid. I never tire of looking at it...

Lian was lovely. She consented, without saying anything to all the changes and numerous touch-ups, both in the final version and in the underlying parts. She displayed patience and admirable discretion, asking no questions and contenting herself with following our instructions to the letter. She gladly accepted that Ferdinand would do the sketches and the underlay for the right and left sides of the triptych on his own. He wanted to so much, after dreaming throughout his youth of becoming a painter! Lian has been a great teacher.

We've formed a friendly relationship, despite our age differences and distance. Following our return to France, we continued a regular correspondence. We talked about art. I became Lian's confidante, during the miserable disorder of the Cultural Revolution which followed our meeting, throughout its climate of terror, its denunciations that badly degraded relations between people. Luckily, the young artist was able to flee to Hong Kong and it was there that she met her husband.

À la longue, nous sommes devenues bien plus que des amis. Nous n'avons pas eu d'enfants, Ferdinand et moi. C'est ainsi. Et à défaut de liens de sang, nous avons gagné une fille de cœur. C'était merveilleux… Quel beau cadeau la vie nous faisait là !

Il arrive parfois que l'on se choisisse une famille, le long de son existence. Et qu'elle nous choisisse aussi…

Progressivement, Lian a pris la place de la fille que nous aurions aimé avoir.

Lian… notre petit lotus, comme nous nous plaisons à l'appeler.

Plus tard, elle est venue nous présenter son fiancé. Nous sommes retournés à Yangshuo le jour de ses noces. Elle avait attendu que la situation politique s'apaise pour rentrer au pays. Elle m'avait informée de ses hésitations à l'époque : rester à Hong Kong, nous rejoindre en France, ou revenir en Chine. Elle avait alors choisi Yangshuo pour pouvoir s'occuper de ses parents malades et y contracter un mariage d'amour. Croyez-moi, c'était rare à une époque où les familles s'arrangeaient encore entre elles sans demander l'avis des intéressés, ou faisaient appel aux services d'une entremetteuse.

Que d'émotions lorsque nous l'avons vue au bras de son futur époux, superbe dans sa robe vert anis ! Il en fallait du cran, pour ne pas porter la traditionnelle tenue Han assortie au palanquin rouge ! Néanmoins, une telle excentricité n'a pas empêché les pétards de fuser, ni la mariée de peler les deux oranges dans la chambre nuptiale – dite chambre heureuse – en gage de longévité.

In the long run, we became more than friends. We didn't have any children, Ferdinand and I. That's just the way it is. And in the absence of blood ties, we won a girl with a heart. It was wonderful... What a beautiful gift life gave us there!

It sometimes happens that we choose a family, while we're on life's journey. And may she choose us too...

Gradually, Lian took the place of the girl we would have liked to have had.

Lian... our little lotus, as we like to call her.

Later, she introduced us to her fiancé. We returned to Yangshuo on her wedding day. She had waited until the political situation calmed down before returning home. She had informed me of her hesitations at the time: to stay in Hong Kong, join us in France, or come back to China. She then chose Yangshuo so that she could take care of her sick parents and enter into a love marriage there. Believe me, this was rare, it was at a time when families still negotiated with each other without asking for input, or hired a matchmaker.

What a feeling, when we saw her on the arm of her future husband. She looked superb in her lime green dress! It took guts, not to wear the traditional Han outfit matching the red palanquin! However, the eccentricity didn't prevent the firecrackers from going off, nor the bride from peeling the two oranges in the bridal chamber – known as the happy chamber – as a pledge of longevity.

Puis c'est Lian qui nous a rendu visite, accompagnée de Nanguang, son fils. Un sacré petit bonhomme ! On aurait cru le «Bouddha du bonheur », tant il était rebondi ! Il avait les mêmes cheveux hirsutes que son père, d'un noir d'encre aux reflets bleus. À l'instar de son prénom, son regard qui ne mentait pas se révélait déjà vif et lumineux.

Lian enseignait le dessin dans une école secondaire et continuait de peindre. À Paris, des galeries exposaient ses productions. Elle était comblée.

Les années ont passé. Emportés les gazouillis de Nanguang. Il s'est transformé en un charmant garçon, bilingue de surcroît. Le talent de sa maman a fini par être reconnu. Elle a pu vivre de son art et réussir à l'étranger, ce qui nous donnait l'occasion de nous voir souvent. Puis la vie a suivi son cours…

Il y a belle lurette que nous n'avons plus la force de voyager jusqu'en Chine. Nous sommes trop vieux. Nous accueillons Lian et sa famille fréquemment. Cela nous procure, à chaque fois, une immense joie partagée.

Je me trouve apaisée, au crépuscule de notre passage sur terre, assise face au triptyque. L'heure est venue de nous en aller pour l'au-delà.

Nous avons transmis nos dernières volontés à Lian. En un sens, je suis pressée, maintenant que tout est en ordre, de découvrir ce que nous réserve la suite… après le grand mystère.

Nous partons donc tranquilles, l'esprit aussi léger que le vent. Notre mémoire est sauve.

Then it was Lian who visited us, accompanied by Nanguang, her son. A great little guy! He seemed like the "Buddha of happiness", he was so bouncy! He had the same shaggy hair as his father, inky black with blue highlights. True to his first name, his knowing gaze was already lively and bright.

Lian taught drawing in a high school and continued to paint. In Paris, galleries exhibited her art. She was overwhelmed.

The years have passed. Taken away Nanguang's babbling. He's turned into a lovely boy, bilingual too. His mother's talent has been recognized. She has been able to make a living from her art and succeed abroad, which gives us the opportunity to see each other often. Life has taken its course...

We haven't had the strength to travel to China for a long time. We're too old. We welcome Lian and her family frequently. Each time, this brings immense joy to us all.

I find myself at peace, at the twilight of our passage on Earth, seated facing the triptych. The time has come for us to go beyond.

We've passed on our last wishes to Lian. In a way, I'm in a hurry, now that everything is in order, to find out what the sequel has in store... the great mystery to come.

So we set off in peace, our minds as light as the wind. Our memory is safe.

Nos facultés ont naturellement diminué avec l'âge, excepté celles de nous aimer. Les jours ont filé, l'amour est resté. L'âme ne prend pas une ride. Elle est hors du temps, hors de l'espace. Elle nous porte, nous transporte, nous enlace dans ce tourbillon qu'est la vie, sans jamais faiblir, ni faillir. Elle est le gardien de nos destinées entremêlées ; elle est à l'origine de la même impulsion provoquant les battements de nos cœurs à l'unisson.

Quand nous aurons quitté ce monde, ici-bas, Lian vendra la maison, comme prévu, avec tous les meubles et objets personnels. Le tableau y compris.

Surtout le tableau.

Elle s'y est engagée. Je sais que nous pouvons lui faire confiance. Elle tiendra sa promesse.

Il le faut. De toute évidence.

« Les choses qui doivent *être* se feront », dirait le Sage.

Our faculties have naturally diminished with age, except for loving each other. The days have passed, the love has remained. The soul does not get wrinkled. It's beyond time, beyond space. It carries us, transports us, embraces us in this whirlwind of life, without ever weakening or failing. It's the guardian of our intertwined destinies; it's the source of the impulse causing our hearts to beat in unison.

When we've left this world, here on Earth, Lian will sell the house, as planned, with all the furniture and personal items. Including the painting.

Especially the painting.

She committed to it. I know we can trust her. She will keep her promise.

It's necessary. Obviously.

"The things that must be, will be done," the wise would say.

Yangshuo

23 juin 2002

Guillaume

Allongés côte à côte sous les énormes pales en teck du ventilateur, nous contemplons les toiles, perplexes. Mes yeux courent sur les tableaux. Je m'applique à déceler leur signification.

L'un représente la rivière Li, onde tranquille marbrée par une kyrielle de minuscules lentilles d'eau aux miroitements vert amande et rose saumoné, avec, au loin, sur la rive opposée, les rizières aussi brillantes qu'une mosaïque de milliers de miroirs brisés.

L'autre dévoile le bourg de Yangshuo et ses constructions aux toitures délicieusement recourbées et vernissées, il y a environ une cinquantaine d'années de cela.

Ces peintures sont absolument magnifiques. La même touche que sur notre tableau. J'éprouve une certaine excitation à l'idée de les admirer assemblées. L'authenticité du lieu est si bien rendue que l'on a vraiment la sensation d'y être. Les couleurs, très vives, sont contrastées, voire saturées ; les détails sont extrêmement précis, les reflets soignés. Un travail de qualité. Conçu par une artiste adorable, en plus !

Yangshuo
June 23, 2002

Guillaume

Lying side by side under the huge teak fan blades, we gaze at the canvases, perplexed. My eyes run over the paintings. I try to figure out what they mean.

One is of the Li River, a quiet wave marbled with a string of tiny duckweeds in shimmering almond green and salmon pink. In the distance, on the opposite bank, the rice fields are as brilliant as a mosaic of thousands of broken mirrors.

The other reveals the town of Yangshuo and its buildings with their deliciously curved, glazed roofs, about fifty years ago.

These paintings are absolutely beautiful. The same touch as on our painting. I get excited at the idea of seeing them together. The authenticity of the place is so well conveyed that you really have the feeling of being there. The colors, very vivid, are contrasted, even saturated; the details are extremely precise, the reflections neat. Quality work. Designed by an adorable artist, too!

Je ne me doutais pas du tout que le peintre était la jolie Eurasienne du tableau en personne ! Je pouffe à l'évocation du cliché que j'en avais : celui d'un vieil homme maigre, affublé d'une veste en toile de coton bleu trop large pour lui, à la peau excessivement ridée, aux joues creuses et aux pommettes saillantes. Dans mon esprit fantasque, il arborait un long bouc filasse aussi jauni que ses cheveux clairsemés sur le haut du crâne tombant en queues de rats effilochées derrière ses fragiles épaules. Je le voyais ainsi, affichant un air enthousiaste dans un sourire honnête.

J'avais imaginé quel avait été son passé au travers de la guerre civile, de l'invasion japonaise, de la Longue Marche et de l'arrivée au pouvoir de Mao Zedong. Je me disais qu'il avait sûrement vécu le Grand Bond en avant et les disettes qui en avaient résulté, la campagne de libéralisation politique symbolisée par le discours des Cent fleurs. La Révolution Culturelle... Vous voyez, de l'imagination, j'en ai à revendre !

Je me le figurais enfant, affrontant la faim et le froid, puis, par la suite tremblant face aux gardes rouges et à leurs expéditions punitives. L'armée populaire et la répression idéologique le terrorisaient, le malheureux, avec toutes ces délations, ces arrestations arbitraires, ces déportations, ces camps et les exécutions qui en découlaient.

Je le visualisais, apprenant à lire et à écrire avec application, dans la petite école d'un patelin reculé. Ses parents étant parvenus à lui payer des leçons en faisant du troc, afin qu'il ait accès à l'instruction. Une poule en échange d'un ou deux livres, une douzaine d'œufs contre des cahiers... pour qu'il ait un meilleur destin.

I had no idea at all that the painter was the pretty Eurasian in the painting, in person! I giggle at the picture I had imagined: a thin old man, decked out in a blue cotton canvas jacket too large for him, with excessively wrinkled skin, hollow cheeks and high cheekbones. In my whimsical mind, he sported a long, wispy goatee as yellow as the sparse hair on the top of his head, falling in frayed strands behind his fragile shoulders. I saw him like this, displaying an enthusiastic air in his honest smile.

I had imagined his past during the Civil War, the Japanese invasion, the Long March and the coming to power of Mao Zedong. I told myself that he had surely lived through the Great Leap Forward and the food shortages that had resulted from it, the campaign of political liberalization symbolized by the speech of the Hundred Flowers. The Cultural Revolution... You see, I have plenty of imagination!

I imagined him as a child, facing hunger and cold, then, thereafter trembling in the face of the Red Guards and their punitive expeditions. The People's Army and ideological repression terrorized him, the unfortunate man, with all these accusations, arbitrary arrests, deportations, camps and the resulting executions.

I visualized him, learning to read and write diligently, in a small school in a remote town. His parents managing to pay for his lessons by bartering, so that he had access to education. A hen in exchange for a book or two, a dozen eggs for notebooks... so that he'd have a better destiny.

En grandissant, il avait trouvé refuge dans la peinture. Nul n'avait pu lui voler les images qu'il avait à l'intérieur de la tête, une des rares libertés qu'il avait gardées alors que le Parti détruisait les œuvres anciennes, contrôlait, attaquait et tenait d'une main de fer l'activité pensante et créatrice dans son ensemble. L'art officiel s'était réduit en un outil au service de la propagande pour exprimer le réalisme socialiste sur des affiches valorisant le bon paysan ou le remarquable soldat.

J'avais calculé que le pauvre homme avait dû patienter jusqu'en 1912 et l'abdication du dernier empereur, pour qu'une Académie Nationale ouvre enfin ses portes à Shanghai et permette d'explorer de nouvelles matières et de nouveaux supports tels que la gouache, l'huile et la toile, mais également des motifs osés comme le nu, lequel avait, sans aucun doute, fait scandale.

Ensuite il avait assisté, dès 1918, au lancement des écoles des beaux-arts de Pékins et Suzhou. Je me plaisais à l'imaginer, essayant désormais toutes les techniques, dans le but de contribuer à l'évolution des classiques. Peut-être avait-il appartenu à ces voyageurs qui ont pu découvrir d'autres peuples, probablement à Paris, symbole de la culture occidentale… Je mesurais la fierté qu'il avait ressentie en 1989 alors que, pour la première fois, des Chinois ont été présentés en dehors de Chine lors de l'exposition « Magiciens de la terre » en France. Et, en outre, lorsqu'à l'issue des violentes manifestations de la place Tian'anmen, deux mouvements artistiques ont été créés, tissant un lien avec les diverses influences mondiales…

Growing up, he had found refuge in painting. No one had been able to steal the images he had inside his head from him, one of the few freedoms he had kept as the Party destroyed the old art works, controlled, attacked and held with an iron fist all thinking and creative activity. Official art had been reduced to a tool in the service of propaganda, used only to express socialist realism on posters valuing the good peasant or the remarkable soldier.

I had calculated that the poor man had to wait until 1912 and the abdication of the last emperor, for a National Academy to finally open its doors in Shanghai and allow for the exploration of new subjects and new material such as gouache, oil, and canvas, but also of bold motifs like the nude, which had no doubt caused scandal.

Then, as early as 1918, he attended the launch of the Beijing and Suzhou Fine Arts Schools. I enjoyed imagining this, now trying all the techniques, with the goal of contributing to the evolution of the classics. Perhaps he was among the travelers who were able to discover other peoples, probably in Paris, a symbol of Western culture... I measured the pride he had felt in 1989 when, for the first time, Chinese artists appeared outside China at the Wizards of the Earth exhibition in France. And, moreover, when at the end of the violent demonstrations in Tiananmen Square, two artistic movements were created, weaving a link with various world influences...

Je me persuadais, dans mon délire, qu'il se pouvait que l'on ne rencontre pas le peintre de notre tableau s'il avait été de ceux qui avaient dû s'exiler au cours du Printemps de Pékin pour émigrer vers les diasporas des capitales occidentales. Je l'imaginais vivant ses vieux jours à New York, Londres, ou Paris, qui sait…

Je ne m'attendais pas à Lian.

Nous n'ignorons ni son nom ni son visage, dorénavant.

Et nous ne sommes pas plus avancés…

Le mystère reste donc entier.

« Vous me connaissez depuis plus longtemps que vous ne le pensez, Guillaume. » Cette phrase énigmatique revient sans relâche. Qu'a voulu dire Madame Tchen ? Je ne la connaissais ni d'Eve, ni d'Adam, cette charmante dame, et ça, j'en suis persuadé. Quoi que… ses traits me sont familiers… Bah, cela doit venir du tableau… à force de l'examiner. Certes, elle était jeune à l'époque où elle l'a achevé, mais elle a gardé cette expression bien à elle, si singulière. C'est ce qui m'induit en erreur…

Bon, il faut que j'arrête de me monter le bourrichon avec cette histoire. Madame Tchen voulait tout simplement évoquer le fait que je la percevais par le biais de son tableau, parce qu'un artiste donne un peu de lui, de sa personnalité, dans ses créations. Pourquoi chercher midi à quatorze heures ?

I was convinced, in my delirium, that we might not meet the painter of our painting if he had been one of those who had had to go into exile during the Beijing Spring to emigrate among the diasporas to Western capitals. I imagined him living out his old age in New York, London, or Paris, who knows...

I wasn't expecting Lian.

We know her name and face now.

And we've still haven't gotten anywhere...

So the mystery remains unresolved.

"You've known me longer than you think, Guillaume." This enigmatic sentence keeps coming back to me. What did Madame Tchen mean? I didn't know her from Adam, or Eve, that lovely lady, and I'm sure of that. Although... her features are familiar to me... Well, probably from the painting... by dint of examining it. Granted, she was young when she painted it, but she still has that unique expression, so peculiar. This is what misleads me...

Well, I have to stop messing around with this story. Madame Tchen was simply referring to the fact that I saw her in her painting, because an artist gives a little of themselves, of their personality, in their creations. Why try to make things more complicated than they are?

Pourtant, une intuition me dit que Lian les a laissées échapper, ces paroles-là. Comme si elle s'apprêtait à me faire un aveu. Et que, pour une raison que j'ignore, elle les a regrettées à peine prononcées. Qu'elle ne savait de quelle façon les rattraper. Et qu'elle a préféré se taire afin de clore le sujet.

J'aurais dû la cuisiner. Quel abruti ! Je ne serais pas en train de me triturer les méninges, à l'heure qu'il est !

Je constate que Mel s'est assoupie. Elle est si bouleversante quand elle dort.

Je n'ai pas sommeil. Trop d'événements à digérer avant de pouvoir sombrer moi aussi. Je reste un long moment à rêvasser allongé. Les séquences s'enchaînent seules. Je perçois les échos du téléviseur d'à côté.

Je discerne encore le poids du regard de Lian, posé sur nous. Transperçant. Ses yeux rivés sur ma montre qu'elle a identifiée, je le sais, vu la manière dont elle l'a longuement scrutée. Ce Ferdinand devait effectivement porter la même. Comment est-elle parvenue jusqu'à mon père ?

Papa. Il surgit et m'envahit dans une douleur familière... Son portrait s'imprime furtivement et s'impose. Pas besoin de carton d'invitation. J'y lis cet air malicieux que je lui ai toujours connu. Je m'amuse de son sens de l'humour : il était un farceur-né, doublé d'un pince-sans-rire.

Il se campait, immobile, les jambes écartées et les bras croisés. Il observait le monde. En silence. Il réfléchissait, je crois. Son cerveau était continuellement en ébullition. Il marchait au hasard des rues en tenant ses mains dans le dos.

However, a hunch tells me that Lian let those words slip out. As if she was about to confess something to me. And that, for some unknown reason, she regretted saying them. That she didn't know how to take them back. And that she preferred to be silent in order to close the subject.

I should have pursued it. What a fool! I wouldn't be racking my brains like this now!

I see Mel has dozed off. She's so overwhelming when she sleeps.

I'm not sleepy. Too many events to digest before I can fall asleep too. I lie there for a long time daydreaming. The scenes play out on their own. I can hear the echo of the TV next door.

I can still see the weight of Lian's gaze, resting on us. Piercing. Her eyes fixed on my watch, which she recognized, I could tell, from the way she scrutinized it for a long time. This Ferdinand had to have actually worn the same. How did it get to my father?

Dad. He looms up and overwhelms me with familiar grief... I see his portrait, furtively imposing. No invitation needed. I read that mischievous air that I've always known him to have. I laugh at his sense of humor: he was a born comedian, deadpan.

He was standing there, motionless, his legs spread and his arms crossed. He was watching the world. Silently. He was thinking, I think. His brain was constantly in turmoil. He walked haphazardly through the streets, holding his hands behind his back.

Papa, à ma place, tu en déduirais quoi de ces bizarreries, toi qui étais si… rationnel ? Pour quel motif ta montre se retrouve-t-elle donc sur un tableau chinois ?

Une autre vision, à la maison, me saisit par sa cruelle netteté. Une boule familière se forme dans le creux de ma gorge, la serrant si fort que je déglutis avec difficulté en tentant de la déloger. Je me revois soudain, petit garçon. Lui, un homme grand, robuste et bien charpenté, marquait d'une entaille le chambranle de la porte de la cuisine, transformé en toise de fortune. Là étaient jalonnées les étapes de ma croissance. Des traces de vie. Il sortait le couteau avec le manche en nacre qu'il avait en permanence dans la poche et prononçait invariablement une formule, maintes fois entendue : « Voyons si tu as poussé, fiston ! » Mon objectif était d'atteindre la marque à hauteur de sa taille à lui, la plus haute de la famille. Constater que je m'en approchais chaque coup un peu plus, me rassurait. Quand, enfin, mon encoche a daigné dépasser celle de mon paternel, au lieu d'en éprouver l'orgueil escompté, j'ai réalisé avec effroi que, si lui ne grandissait plus, il continuait de vieillir. Et à cet instant-là, alors que je n'étais déjà plus un enfant et que mon père n'était plus une montagne, j'aurais voulu que plus rien n'évolue et profiter de mes parents, d'égal à égal. Et je songeais que si le temps n'épargnait ni ma mère ni lui, il ne m'épargnerait pas, moi aussi…

C'est cela, devenir adulte, perdre une certaine innocence, prendre conscience qu'un jour nous serons vieux et qu'après nous disparaîtrons.

* * *

Dad, in my place, what would you deduce from these oddities, you who were so... rational? Why is your watch on a Chinese painting?

Another vision, from home, seizes me with a cruel clarity. A familiar lump forms in my throat, squeezing it so hard that I swallow with difficulty as I try to dislodge it. I see myself suddenly, a little boy. He, a tall, sturdy, well-built man, was marking the doorframe of the kitchen door, transforming it into a makeshift measuring stick. There the stages of my growth were marked. Traces of life. He would take out the knife with the mother-of-pearl handle he always had in his pocket and invariably utter a phrase I had heard many times: "Let's see if you grew, son!" My goal was to reach his height, the tallest in the family. It reassured me to see that I was getting closer every time. When, finally, my notch deigned to exceed that of my father's, instead of feeling the expected pride, I realized with dismay that, if he was no longer growing, he was still aging. And at that moment, when I was already no longer a child and my father was no longer a mountain, I wanted nothing to evolve. Just to enjoy my parents, as equals. And I thought that if time didn't spare my mother or him, it wouldn't spare me, either...

That's becoming an adult, losing a certain innocence, realizing that one day we'll be old and then we'll disappear.

* * *

Je me souviens. L'odeur du poulet rôti le dimanche. Le téléphone que l'on cherchait en suivant le fil, dès lors qu'Éline s'isolait pour appeler ses copines. Les trous du cadran pour composer un numéro dans les cabines téléphoniques à pièces. La mire annonçant une interruption du programme et les speakerines apprêtées. La Noiraude. Le taquet de la portière de la 4L rouge que j'actionnais pour imiter le bruit du clignotant, moi qui jouais à conduire, assis sur la banquette arrière dont le sky noir brûlait et collait à mes cuisses l'été. La fois où je me suis rendu compte, euphorique, que je savais nager plusieurs brasses d'affilée. Le parasol à franges. Mon mange-disque. Orange, oui orange. Comme Casimir ! Mon sac US, au collège. Le goût du Crunch qui crépite sur la langue…

Les souvenirs défilent en accéléré, comme au cinéma. Puis c'est un arrêt sur image : je me revois vers mes cinq ans, à genoux devant le bidet rempli à ras bord, contemplant les pièces détachées de la montre qu'Éline venait de recevoir pour sa communion. J'étais concentré sur le magnifique ballet de laiton et d'acier qu'offraient les roues dentées, pignons de couronne, barillets, ressorts et autres vis tournoyant au gré du courant que je provoquais en caressant la surface de l'eau. Je n'avais pas entendu Éline entrer. C'est à ses cris stridents que j'ai compris l'étendue des dégâts commis. La rouste que j'ai reçue me l'a confirmée.

Je me remémore avec une précision étonnante la minute où il m'a offert sa montre.

Je l'avais toujours vue sur lui. Il la portait constamment. Cette image, aussi nette qu'à l'époque, me donne une envie croissante de pleurer.

I remember. The smell of roast chicken on Sunday. The phone we had to find by following the cable, when Eline was hiding to call her girlfriends. The holes in the dial for dialing a number in coin-operated telephone booths. The test pattern announcing an interruption of the program and the announcers getting ready. The *Black Cat* cartoon. The cleat on the door of the red 4L that I flipped to mimic the sound of the turn signal, me play-driving, sitting in the burning hot black backseat till it stuck to my thighs in the summer. The time I realized, exhilarated, that I could swim several lengths in a row. The fringed parasol. My disk eater. Orange, yes orange. Like the character Casimir! My US bag, in high school. The taste of Crunch crackling on the tongue…

The memories float by accelerated, like in the cinema. Then it's a freeze frame: I see myself around five years old, kneeling in front of the bidet filled to the brim, contemplating the spare parts of the watch that Eline had just received for her communion. I was focused on the magnificent ballet of brass and steel as the cogwheels, crown gears, barrels, springs and other screws spun in the current I'd made by caressing the surface of the water. I hadn't heard Eline come in. I understood from her screaming the extent of the damage done. The punch I received drove that home.

I remember with amazing precision the minute he gave me his watch.

I had always seen it on him. He wore it constantly. This image, as sharp as it was then, makes me want to cry more and more.

Les souvenirs déferlent. Une lame de fond.

C'était exactement le jour de mes vingt ans. Je venais tout juste de souffler mes bougies plantées… sur une tarte tatin, je m'en rappelle. J'avais réclamé ce dessert à ma mère, qui le réussissait à merveille. J'aimais y verser de la crème fraîche pour atténuer la saveur sucrée et acide des quartiers de pomme.

Une émotion de grande joie, teintée d'embarras, m'avait submergé, cependant que mon père, plus placide que jamais, s'était levé en détachant sa montre, m'avait signifié de lui donner mon bras et l'avait attachée à mon propre poignet. Le tout sans énoncer la moindre phrase. Il ne bavardait guère, papa. Un taiseux qui comptait ses mots. Il s'entendait bien mieux avec les chiffres. Grâce à lui, j'ai appris à ne pas parler pour ne rien dire et à choisir précisément les termes que j'emploie.

J'avais regardé en détail sa montre devenue mienne. Un nuage mélancolique, heureusement vite dissipé, avait fait une brève apparition : en étais-je digne ?

Au dos, il y avait la fameuse date : 1907. Mon père n'était pas né.

J'enrage de ne pas avoir eu la curiosité de poser les questions qui me taraudent aujourd'hui. À quoi se référait-elle ? À qui appartenaient les initiales gravées au-dessous – un M et un F en majuscules, dans une écriture cursive, enchevêtrés l'un dans l'autre.

Emportée avec lui, l'histoire de cette pièce unique. Ad vitam aeternam.

Si seulement je lui avais demandé comment il se l'était procurée…

The memories flood in. A groundswell.

It was exactly my twentieth birthday. I had just blown out my candles… on a carmelized fruit tart, as I recall. I had asked my mother for this dessert, and she had succeeded wonderfully. I liked to pour fresh cream over it to offset the sweet and sour flavor of the apple wedges.

An emotion of great joy, tinged with embarrassment, had overwhelmed me, while my father, more placid than ever, stood up, taking off his watch, motioned to me to give him my arm, and clasped it to my own wrist. All without saying a single sentence. He didn't talk much, Dad. A silent man who measured his words. He got along much better with numbers. Thanks to him, I've learned not to speak when I have nothing to say, and to choose the terms I use with precision.

I had looked at it in detail. His watch had become mine. A melancholy cloud had made a brief appearance: was I worthy of it? It fortunately quickly dissipated.

On the back there was the famous date: 1907. Before my father was born.

I'm enraged that I didn't have the curiosity to ask the questions that torment me today. What was she referring to? Who owned the initials engraved below – a capital M and F in cursive scrip – entangled with each other.

He had taken the story of this unique piece with him. To Eternal Life.

If only I had asked him how he got it…

J'essaie de balayer ces pensées qui ont rouvert la blessure – si vive qu'elle ne peut pas cicatriser et que je m'efforce d'ignorer le plus souvent – ne me sentant pas le courage de les affronter. La carapace que je me suis créée depuis le décès de papa et à l'intérieur de laquelle je maintiens enfermé cet immense chagrin, me semble trop fragile tout à coup. J'avale péniblement ma salive, tant ma gorge est nouée, je serre les mâchoires pour refouler des larmes qui n'attendent que l'ouverture des vannes. La souffrance, sourde et refoulée, recommence à se manifester, en titillant un point que je connais bien, chaque fois le même, au creux du ventre.

Que devient-on quand on meurt ? Est-ce que nous disparaissons totalement ? Ne reste-t-il pas un peu de nous, en plus de la trace que nous laissons dans la mémoire de ceux que nous aimons ?

Au début, après le départ de mon père, je guettais des signes extraordinaires de lui, témoignant d'une espèce de vie *post-mortem*. Des objets qui changent de place. Le plafonnier qui s'allume seul. La sensation d'une chaleur sur mon épaule, telle sa main qui se poserait sur moi. Des rêves dans lesquels il s'adresserait à moi.

Rien. Absolument rien. Dramatiquement rien.

I try to brush aside the thoughts that have reopened the wound – so vivid it can't heal, and most often I try to ignore them – not feeling the courage to face them. I've created a shell for myself since Dad passed away, and inside I keep this immense grief locked up. It suddenly seems too fragile to me. I painfully swallow my saliva, my throat tightens, I clench my jaws to fight back tears that are just waiting for the floodgates to open. The suffering, deaf and repressed, begins to manifest itself again, titillating a point that I know well, always the same, in the pit of my stomach.

What happens to you when you die? Do we totally disappear? Isn't a little of us left, in addition to the mark we leave in the memory of those we love?

At first, after my father departed, I watched for extraordinary signs from him, testifying to a kind of post-mortem life. Objects changing place. A ceiling light turning on by itself. A feeling of warmth on my shoulder, like his hand resting on me. Dreams where he would talk to me.

Nothing. Absolutely nothing. Dramatically nothing.

Je le sentais près de moi, néanmoins. Ou était-ce le pur produit de mon imagination, qui sait ? Il était là. Je le savais. Non pas par des indices probants tels que je l'espérais, mais par une énergie nouvelle qui grossissait en moi, une vitalité supplémentaire qui me portait, me guidait, me tranquillisait. Je n'étais pas abandonné du tout. Je lui parlais, car chacun sait que les morts ne sont pas absents, ils sont juste silencieux. J'étais convaincu qu'il m'écoutait.

Cela m'a aidé, pendant une période, la période du deuil, je suppose. Puis cette « présence » s'en est allée sur la pointe des pieds. Le plus gros de la douleur est parti avec elle. Le plus gros… Ce qu'il en reste me rend visite de temps en temps… comme maintenant.

L'intraitable boule d'angoisse contracte la base de mon cou. Je croise les doigts pour ne pas survivre à Mélisende, lorsque nous serons très très âgés, le plus âgé possible.

Parce que je n'ose imaginer respirer sans elle. Ne serait-ce qu'un jour.

« Ils se sont éteints tout naturellement, dans leur sommeil, la même nuit. On les a découverts, au petit matin, enlacés pour l'éternité. »

Les paroles de Lian me reviennent avec la force d'un boomerang. Mon estomac s'entortille. « Papa, si tu peux faire un truc pour moi, de l'endroit où tu te trouves, si tant est que tu sois quelque part et que tu m'entendes et que ce soit réalisable, je t'en supplie, débrouille-toi pour que Mel ne me manque pas un jour, autant que tu me manques, toi… Hein papa ? Tu le sais, que je ne m'en relèverais pas si elle venait à disparaître avant moi. »

I felt him close to me, nonetheless. Or was it the pure product of my imagination, who knows? He was there. I knew it. Not by convincing clues as I hoped, but by a new energy which grew in me, an additional vitality which carried me, guided me, calmed me. I wasn't abandoned at all. I was talking to him, because everyone knows that the dead are not absent, they're just silent. I was sure he was listening to me.

It helped me, for a while, the mourning period, I guess. Then that "presence" tiptoed away. Most of the pain is gone with him. Most... What remains of it visits me every now and then... like now.

The intractable ball of anguish tightens the base of my neck. I keep my fingers crossed to not outlive Mélisende, when we're very, very old, as old as possible.

Because I dare not imagine breathing without her. Even for one day.

"They died quite naturally, in their sleep, the same night. They were discovered early in the morning, entwined for eternity."

Lian's words come back to me with the force of a boomerang. My stomach is twisting. "Dad, if you can do something for me, where you are, if you're out there somewhere and you hear me and you can do it, I beg you, just take care that I don't miss Mel someday, as much as I miss you... Huh Daddy? You know that I wouldn't get over it if she disappeared before I did."

Mélisende a dû sentir que ma tristesse, enfouie au plus profond de moi, tentait de remonter en surface. Dans son sommeil, elle se blottit au creux de mes bras, se pelotonnant contre moi, imbriqués, tels les morceaux d'un puzzle.

Telles les initiales gravées au dos de ma montre et sur la pierre d'un ponton de la rivière Li.

Le M de Madeleine, le F de Ferdinand.

Mel ouvre un œil et resserre son étreinte. Nos âmes se parlent et se comprennent, nul besoin de prononcer de mots. Nos liens sont si forts… si évidents. Les mêmes que ceux qui unissaient Madeleine et Ferdinand, au demeurant. On le voit bien sur le tableau : ça crève la toile. On pouvait l'observer chez Lian, sur la photo encadrée. Il y a une sérénité qui se dégage… un bonheur.

Quand les choses sont intenses, elles s'imposent. Toujours.

La remarque de la veille Chinoise résonne à mes oreilles.

« Qu'est-ce qu'ils pouvaient s'aimer ces deux-là ! »

J'ai déjà décelé combien on perçoit la profondeur de ce qui nous unit, sur les rares clichés où nous posons, Mel et moi. Ainsi que Madeleine et Ferdinand.

Je me fais la réflexion que nous possédons quatre éléments communs, ce vieux couple et nous : l'amour, le triptyque, la montre et nos ressemblances.

Je sors la broche que Lian m'a glissé d'autorité dans la poche en partant, alors qu'elle se tenait debout, sous l'avancée du toit.

Mélisende must have felt my sadness, buried deep within me, trying to rise to the surface. In her sleep, she snuggled in my arms, curling up against me, interlocking like pieces of a puzzle.

Such are the initials engraved on the back of my watch and on the stone of a pontoon on the Li River.

The M of Madeleine, the F of Ferdinand.

Mel opens one eye and tightens her embrace. Our souls speak and understand each other, no need for words. Our ties are so strong... so obvious. The same as those that united Madeleine and Ferdinand, too. You can see it clearly in the painting: it leaps out of the canvas. You could see it at Lian's house in the framed photo. There's a serenity that emerges... a happiness.

When the going gets rough, it's necessary. Always.

The old Chinese woman's remark resonates in my ears.

"How those two loved each other!"

I've already seen the depth of our bond, in the rare pictures of Mel and me. Like Madeleine and Ferdinand.

I think to myself that we have four things in common, this old couple and us: love, the triptych, the watch, and our similarities.

I pull out the brooch that Lian slipped into my pocket authoritatively when we left, as she stood under the overhang of the roof.

— Tenez, jeune homme, elle est pour vous, a-t-elle murmuré. Vous aimez les dragons, Guillaume, n'est-il pas vrai ?

— Comment savez-vous cela ?

— Ce n'est pas difficile à deviner : Ferdinand les affectionnait particulièrement, lui aussi.

Je contemple le bijou en caressant la perle. Lorsqu'elle me l'a donné, j'étais totalement conscient de sa valeur marchande, mais surtout de son inestimable portée affective.

J'ai voulu remercier Lian. Mes propos sont restés coincés au travers de ma gorge. Ne sachant réagir, je l'ai prise un long moment dans mes bras, en veillant toutefois à ne pas trop serrer sa frêle silhouette.

Troublant. Vraiment troublant.

Je pose mon joyau sur le meuble de chevet en bambou, dans une soucoupe en porcelaine de Chine, ébréchée par endroits.

Je réfléchis aux mythes asiatiques, à la perle sacrée gardée par un dragon dans un palais situé au fond des mers. Perle qui symbolise la création et qui enferme en son sein la sagesse et le savoir. La chimère qui la tient signifiant le mouvement du cosmos. Ce trésor si bien gardé pourrait exaucer tous nos vœux.

Quel homme, commun des mortels, pourrait espérer vaincre un tel animal ?

– Here, young man, this is for you, she whispered. You like dragons, Guillaume, don't you?

– How do you know that?

– It's not hard to guess: Ferdinand was particularly fond of them, too.

I contemplate the jewel, stroking the pearl. When she gave it to me, I was fully aware of its market value, but above all of its invaluable sentimental value.

I wanted to thank Lian. My words got stuck in my throat. Not knowing how to react, I hugged her for a long moment, being careful not to squeeze her frail figure too tightly.

Disturbing. Truly disturbing.

I put my jewel on the bamboo bedside cabinet, in a chipped Chinese porcelain saucer.

I reflect on Asian myths, on the sacred pearl guarded by a dragon in a palace located at the bottom of the sea. The pearl, which symbolizes creation and encloses wisdom and knowledge within it. The monster that holds it signifying the movement of the cosmos. This well-guarded treasure could make all our wishes come true.

What common man could hope to defeat such an animal?

Je me remémore les carpes décorant la robe. La légende dit qu'après avoir remonté les hautes cascades du fleuve jaune, elles se sont envolées vers le ciel en se transformant en dragons, préservant, comme vestiges de leur ancienne apparence, des écailles sur leur corps et de longues moustaches. Leur couleur verte indiquerait l'est, c'est-à-dire la montée du yang, le renouveau de la végétation, de la vie. Ces animaux fabuleux seraient donc liés à l'élément liquide. Ainsi, chaque lac, étang ou rivière, possèderait son gardien qui incarnerait l'esprit du lieu qu'il conviendrait de ménager par de multiples offrandes. Il aurait alors la vertu, au moyen des éclats de sa perle sacrée, de vaincre la sécheresse en amenant la pluie ou en donnant naissance à des sources. Dans le cas inverse, il pourrait tout aussi bien assécher les sols en cas d'inondations. J'ai lu que les paysans procèdent à un rituel qui consiste à créer un dragon de bois et de papier et à le déposer dans le lit de la rivière asséchée. Il est un symbole de fécondité. Les prêtres imitent le grondement du tonnerre en tapant sur des tambours, tout en récitant des prières, afin que le roi dragon libère les eaux des cieux.

Cela m'amène à déduire que notre triptyque fait référence au renouvellement naturel, avec la vitalité des vigoureuses carpes, et au temps qui passe, représenté par le mouvement de l'eau qui s'écoule dans un éternel recommencement. Sans oublier que ce poisson souverain incarne l'opiniâtreté et l'amour... et que la perle qu'essaie la ravissante métisse renvoie à la connaissance et à la vertu.

Tout gravite autour du cycle de l'énergie... et aussi des sentiments.

I remember the carp decorating the dress. Legend has it that after ascending the high waterfalls of the Yellow River, they soared to the sky, transforming into dragons, preserving, as vestiges of their former appearance, scales on their bodies and long whiskers. Their green color would indicate the east, that is to say the rise of the yang, the renewal of vegetation, of life. So these fabulous animals would be related to the water element. Thus, each lake, pond or river would have its guardian who would embody the spirit of the place that had to be protected through multiple offerings. Then it would have the goodwill to use the shards of his sacred pearl to overcome drought and make it rain or create springs. Or, it could just as easily dry out the earth if it flooded. I've read that the peasants perform a ritual where they make a dragon out of wood and paper and deposit it in a dry river bed. It's a symbol of fertility. The priests imitate the roar of thunder by beating drums, while reciting prayers, for the dragon king to release the waters of the heavens.

This leads me to deduce that our triptych refers to natural renewal, with the vitality of the vigorous carp, and to the passing of time, represented by the movement of water flowing in eternal renewal. Not to mention that this national fish embodies stubbornness and love… and that the pearl that the lovely mixed-race woman in the painting tries on refers to knowledge and virtue.

Everything revolves around the cycle of energy… and also of feelings.

Une brise fraîche charrie une odeur de riz cuit, parfumé au jasmin. Je me penche vers Mélisende pour embrasser ses cheveux humides qui fleurent le shampooing à l'amande amère. Cette senteur d'enfance m'évoque les petits pots de colle *Cléopâtre* que j'étalais à l'aide d'une spatule, à l'école primaire. Je respire ma jeunesse, je m'en imprègne jusqu'à me laisser porter par le doux effluve d'insouciance qu'il me procure.

Mes dernières pensées conscientes vagabondent encore un peu, avant de rejoindre mes rêves, elles s'insinuent dans le tableau aux trois parties désormais en notre possession. Je me vois déjà les accrocher en tête de lit, ou, de préférence, sur le mur opposé. Oui, face à nous ce serait l'idéal. Nous pourrions les contempler à loisir et plonger tous les soirs dans les eaux claires de la rivière Li. Je songe que j'en ferai part à Mel dès son réveil.

Ce sont les derniers mots de Lian qui m'emportent ailleurs. Je sais que c'est précisément la dernière image que je conserverai d'elle, du reste. Celle, bouleversante, d'une vieille dame pâle et minuscule sur son perron, si frêle que j'aurais craint qu'un coup de vent ne la soulève dans les airs.

Un être d'exception au bord des larmes, bien que paisible, fragile et fort à la fois.

« Prenez soin de vous… et donc de ma peinture », a-t-elle demandé tout bas, dans un souffle.

Si bas que je ne suis pas sûr, de ne pas les avoir imaginées, ces paroles-là…

A cool breeze carries the scent of cooked rice, scented with jasmine. I lean over to Mélisende to kiss her damp hair. It smells of bitter almond shampoo. This childhood scent reminds me of the little pots of Cleopatra glue that I spread with a spatula in elementary school. I breathe in my youth, I soak it up until I let myself be carried away by the sweet fragrance of carelessness it brings.

My last conscious thoughts wander a little longer, before joining my dreams, they creep into the three-part painting now in our possession. I can already see myself hanging them at the head of the bed, or, preferably, on the opposite wall. Yes, in front of us that would be ideal. We can watch them at our leisure and dive into the clear waters of the Li River every evening. I imagine I'll let Mel know as soon as she wakes up.

It's Lian's last words that take me elsewhere. I know this is precisely the last image I'll keep of her, anyway. The overwhelming one of a pale, tiny old lady on her front steps, so frail I feared a gust of wind would lift her up into the air.

An exceptional being on the verge of tears; peaceful, fragile and strong at the same time.

"Take care of yourself... and thus my painting," she asked quietly, under her breath.

So low that I'm not sure if I imagined those words...

Montpellier, sud de la France

2 juillet 2002

Lisa

Mélisende vient de repartir du musée. Malgré la fatigue, elle était superbe. Elle affichait un joli bronzage rehaussé par une robe en drap blanc à fines bretelles, celle-là même qui lui va si bien, brodée de fleurs stylisées dans des tons de rose, de fuchsia et de vert acidulé.

Comme à chaque retour de voyage, Mel n'est pas venue les mains vides : divers souvenirs asiatiques pour moi et... des tableaux à analyser !

Le bonheur de mon amie irradie depuis qu'elle a rencontré Guillaume. Ils sont beaux à voir. Ils montrent la légèreté des gens heureux, des amants comblés. Ils planent carrément au-dessus du sol !

Cette vue de l'esprit m'en rappelle subitement une autre, touchante, tirée d'un film que nous avons apprécié, Mélisende et moi. Je souris en mon for intérieur en revoyant la scène. Du cinéma tel que nous en raffolons, tout en finesse, empli d'une fraîcheur et d'une frivolité ne masquant qu'à peine les choses graves.

Montpellier, South of France
July 2, 2002

Lisa

Mélisende has just left the museum. Despite her fatigue, she was superb. She had a pretty tan set off by a white drape dress with thin straps, the very one that suits her so well, embroidered with a flower pattern in shades of pink, fuchsia and tangy green.

The same as always when she comes back from a trip, Mel didn't come empty-handed: various Asian souvenirs for me and… paintings to analyze!

My friend's been radiant with happiness since she met Guillaume. They're beautiful to see. They have the lightness of happy people, fulfilled lovers. They actually hover above the ground!

This spiritual sight suddenly reminds me of a touching one from a film Mélisende and I saw. I smile inside every time I see that scene. The kind of film we like, one with finesse, filled with a freshness and frivolity that scarcely conceals the serious things.

Je me remémore la discussion qui a suivi, alors qu'attablées au restaurant turc jouxtant le Royal, nous engloutissions un énorme sandwich kébab dégoulinant de sauce blanche. Nous étions admiratives en voyant de quelle façon une personne ordinaire, presque transparente, qui menait une existence somme toute des plus banales, parvenait à la sérénité grâce à sa passion pour la lecture. Les mots qu'elle lisait la transportaient dans un refuge douillet, la protégeant de la réalité, beaucoup moins exaltante.

— C'est dingue cette histoire ! Elle s'éprend de cet homme… par hasard… Il n'y a que le destin qui puisse faire ça… de nous réserver de si belles surprises, je veux dire, a constaté Mélisende la bouche pleine, encore immergée dans le film.

— Taratata, ce n'est pas du tout une coïncidence ! Regarde, elle prend son avenir en main, en écrivant la lettre. Le message que je saisis est plutôt : agis, ose maîtriser ton destin au lieu de le subir, provoque-le sinon il ne se passera rien !

— Mmm. Et quand rien ne se passe, il reste l'imagination. Les fictions et les arts dans leur ensemble en regorgent. Et ils nous nourrissent… C'est ça que les livres apportent à cette femme. La preuve, sa vie n'est pas facile et pourtant elle est heureuse. Il lui suffit de divaguer et de s'élever dans le ciel pour que ses jours soient formidables…

Je me dis que l'amour donne des ailes. Ne suis-je pas en lévitation ? Cette réflexion génère en moi une énième grimace de béatitude.

I remember the discussion that followed, as we sat at a table in the Turkish restaurant next to the Royal and gulped down a huge kebab sandwich dripping with white sauce. We were in awe of how an ordinary, almost transparent person, who led a very mundane existence, achieved serenity through her love of reading. The words she read transported her to a cozy refuge, shielding her from the much less uplifting reality.

– This story's crazy! She falls in love with this man… by chance… Only fate can do that… to have such beautiful surprises in store for us, I mean, Mélisende said with her mouth full, still taken with the film.

– Not really, it's not at all a coincidence! Look, she's taking her future in hand, writing the letter. The message I got was rather: act, dare to control your destiny instead of undergoing it, provoke it. Otherwise nothing will happen!

– Mhm. And when nothing happens, the imagination remains. Fiction and the arts will replenish and feed us… That's what books do for this woman. The proof, her life isn't easy, and yet she's content. It's enough for her to wonder and float away in the clouds for her days to be happy…

I tell myself that love gives you wings. Am I levitating? This thought generates another blissful grimace.

Bon, trêve de rêveries, revenons sur le plancher. Aucun doute possible, il s'agit bien des éléments manquants du triptyque. C'est inouï ! Comment a-t-elle fait pour mettre la main dessus ? Je n'en reviens pas.

Mélisende a raison d'estimer qu'elle a une bonne étoile. Elle en a une sacrée !

Assise sur mon fauteuil à roulettes, je contemple, songeuse, la cage à oiseaux en bois exotique. J'aime cette forme de pagode. Je décide d'y installer une plante et de la suspendre dans mon appartement. Pourquoi pas un bégonia aux couleurs vives et lumineuses… ou un géranium lierre blanc… Il faudra que je prenne conseil auprès de mon fleuriste. Je ferai un saut à sa boutique ce soir en rentrant à la…

Je tressaille : des mains, que j'identifie immédiatement, se posent sur mes épaules, me coupant net au milieu de mes pensées. Je n'ai pas entendu Luc arriver.

— Tiens, un panier chinois, me dit-il.

Il ne retire pas ses mains.

Je suis statufiée. Aucun cil ne bouge. Soudain transformée en ventriloque, je m'écoute marmonner :

— Une cage, en fait.

Je suis aux anges. À ce simple contact, un long frisson me saisit et se répand de la tête aux pieds. Je sens des papillons qui s'agitent dans mon ventre, par nuées. Derrière moi je perçois la chaleur émanant de son corps ainsi que son odeur qui m'enivre. Je résiste, par pudeur, à l'envie de pencher mon buste en arrière pour m'appuyer contre lui.

— Ça y est, ta copine Mélisende est rentrée ?

Okay, enough of the daydreaming, let's get back to the issue at hand. No doubt, these are the missing parts of the triptych. It's unheard of! How did she get her hands on them? I can't believe it.

Mélisende is right to think that she has a lucky star. She sure has!

Sitting on my wheeled desk chair, I contemplate, thoughtfully, the birdcage with its exotic wood. I like this kind of pagoda. I decide to put a plant in there and hang it in my apartment. Why not a begonia with bright and shiny colors... or a white ivy geranium... I'll have to ask my florist for advice. I'll stop by her shop tonight on my way back to...

I wince: hands, which I immediately identify, rest on my shoulders, interrupting my thoughts. I didn't hear Luc arrive.

– Look, a Chinese basket, he says.

He doesn't take his hands away.

I'm petrified. Not an eyelash moves. Suddenly transformed into a ventriloquist, I hear myself mutter:

– A cage, actually.

I'm so happy. At this simple contact, a long shudder seizes me and spreads from head to toe. I feel clouds of butterflies fluttering in my stomach. I perceive the heat emanating from his body as well as his intoxicating scent behind me. Out of modesty, I resist the urge to lean back against him.

– I hear your friend Mélisende's home?

— Oui, elle vient juste de sortir d'ici. Tu l'as ratée de peu.

— Dommage, j'aurais été ravi de faire sa connaissance. Elle t'a offert du thé, à ce que je vois, remarque-t-il en désignant du menton les boîtes recouvertes de papier de soie.

— Bien observé, œil de lynx ! Mais tu n'as pas tout vu. Tu ne devineras jamais ce qu'elle a rapporté d'autre !

Sur ce, je pivote vers les longs rectangles posés sur la table, près de la baie vitrée. Sa réaction est immédiate : en deux enjambées, tel un ressort, Luc a le nez sur les toiles.

— Waouh ! Incroyable ! Où a-t-elle bien pu les dénicher ? Je peux te les emprunter, Lisa ? me demande-t-il sans attendre la moindre réponse de ma part.

À ces mots, il joint le geste à la parole, tourne les talons et se précipite dans l'escalier qu'il monte quatre à quatre en direction du labo, une toile sous chaque bras.

Je pose alors mes doigts à l'endroit exact où étaient les siens, il y a dix secondes à peine. Je me retrouve sur un nuage du haut duquel je considère mon adorable petite cage, placée sur mon bureau ; mon esprit, comme délivré de la pesanteur, est collé au plafond de la pièce ; la sensation de cette intimité nouvelle est encore présente ; son parfum s'accroche à mes narines et un sourire extatique se fige sur mon visage radieux.

Traces visibles de l'amour, dans un délicieux arrêt sur image.

– Yes, she left a little while ago. You just missed her.

– Too bad, I would have been delighted to meet her. She brought you some tea, I see, he notes, nodding his chin at the boxes covered with tissue paper.

– Well observed, Lynx-eye! But you haven't seen everything. You'll never guess what else she brought back!

With that, I pivot towards the long rectangles on the table near the bay window. His reaction is immediate: in two strides, like a spring, Luc has his nose in the canvases.

– Wow! Unbelievable! Where did she find them? Can I borrow them from you, Lisa? he asks me without waiting for an answer.

With these words, he walks the talk, turns on his heel and rushes down the stairs four at a time towards the lab, a canvas under each arm.

I put my fingers right where his hands were, only ten seconds ago. I'm on a cloud. From up here, I consider my adorable little cage, sitting on my desk; my mind, as if freed from gravity, is glued to the ceiling of the room; the feeling of this new intimacy stays with me; his scent clings to my nostrils and an ecstatic smile is plastered on my radiant face.

Visible traces of love, in a delicious freeze frame.

J'ai toujours présumé qu'au moment précis où l'on rencontre quelqu'un on sait déjà de manière diffuse ce qu'il adviendra de la relation. Oh, on ne le sait pas consciemment. Mais notre âme, elle, le sait. Et l'émotion qu'engendre ce regard initial est à la hauteur de l'importance que va prendre cette personne. De la joie qu'elle va nous apporter. De la douleur aussi, quand un jour, peut-être, surgira la fin.

L'inconscient devrait nous mettre en garde, lui qui est si clairvoyant. Il nous éviterait nombre de chagrins et déceptions. Eh bien non, il se plaît à ne pas ôter les cailloux du chemin et à nous laisser nous vautrer. C'est ainsi.

L'amour ne serait-il qu'une illusion d'optique ?

Pourtant, la première fois que j'ai vu Luc, j'ai su de suite qu'il allait faire partie des personnes qui comptent.

Reste à savoir comment s'écrira notre histoire…

Inchallah !

I've always assumed that the very moment you meet someone, you already have a vague idea of what will happen in the relationship. Oh, we don't consciously know that. But our soul knows it. And the emotion engendered by that initial look is equal to the importance that this person is going to take on. Of the joy it will bring. Pain too, when one day, perhaps, the end will arise.

The unconscious should warn us, since it's so far-sighted. It would save us many sorrows and disappointments. But no, it doesn't like to clear the obstacles out of the way and to let us go clear. That's life.

Is love just an illusion?

Yet the first time I saw Luc, I knew right away that he was going to be one of those people who mattered.

It remains to be seen how our story will play out.

Inshallah!

Saint Guilhem le désert, sud de la France

12 Juillet 2002

Mélisende

Mon téléphone vibre puis sonne. J'aurais dû activer le mode silencieux, je croule sous le travail. À vrai dire, je suis fatiguée. J'ai du mal à me concentrer. Je ne me suis pas remise du *jetlag* et je me sens exténuée par les dernières émotions. Le rythme trépidant d'ici n'est pas identique à celui de Yangshuo, en plus.

Curieuse, je jette un œil à l'écran. La bouille souriante de Lisa me nargue.

* * *

Lisa... Une vision d'elle surgit de ma mémoire.

Elle est sur le pas de ma porte. En larmes. Effondrée. Brisée.

Inutile de m'expliquer, j'ai deviné d'emblée : elle a réussi à se détacher de Simon.

Enfin ! Ce n'est pas trop tôt !

Simon... Beau gosse (chacun ses goûts). Intelligent (très intelligent). Gentil (comme il faut). Marié et père (eh oui !).

Elle l'a fait ! Je me suis mordu la lèvre pour que Zsa ne surprenne pas la jubilation et le soulagement qui ne demandaient qu'à s'étaler sur mon visage.

Saint-Guilhem-le-Désert, South of France

July 12, 2002

Mélisende

My phone vibrates and then rings. I should have put it on silent, I'm overwhelmed with work. To tell the truth, I'm tired. I find it hard to concentrate. I haven't recovered from the jetlag, and I feel exhausted by my recent emotions. The hectic pace here isn't the same as Yangshuo's, either.

Curious, I glance at the screen. Lisa's smiling face taunts me.

* * *

Lisa... A vision of her pops into my memory.

She's on my doorstep. In tears. Collapsed. Broken.

No need to explain myself, I guessed right away: she managed to break up with Simon.

At last ! None too soon!

Simon... Handsome kid (each to his own). Intelligent (very intelligent). Nice (as it should be). Married and a father (yes!).

She did it! I bit my lip so that Zsa wouldn't catch the glee and relief that just begged to spread across my face.

— Tu es si pressée, mon amour ! lui susurrait Simon dans le cou, en fuyant ses jolis yeux inondés. Ils sont encore si jeunes, mes enfants... Donne-moi du temps. On est bien, là... tous les deux, hein ? On n'est pas bien, mon ange ? On a le meilleur... pas de train-train, ni de chaussettes qui traînent... C'est ça qui te manque, les jours sans, le partage des tâches ménagères, belle maman qui débarque à l'improviste...

— La vie, tu veux dire, Simon, la vie, la vraie... reniflait-elle le cœur gros. La vie avec les jours sans, oui, et le linge sale, aussi ! La vie au grand jour, main dans la main en pleine rue, avec les câlins du matin, les nuits entières, les bons moments sans surveiller l'heure et sans ces rendez-vous qu'on est obligés d'écourter, les voyages, les projets, la complicité, la tendresse... et par-dessus tout la vie sans cette absence qui tord le ventre, quand tu es chez toi et que je me sens seule... si seule... si peu importante... avec une place si minuscule... Je ne te veux rien qu'à moi, Simon. Pas en pointillés...

— C'est toi qui occupes toute la place dans mon cœur, Lisa, tu le sais... Plus tard, les fois où tu pesteras contre une chaussette qui traîne, tu repenseras avec nostalgie à nos instants si merveilleux dans ton appart, dans notre bulle... Allez, ne pleure pas, l'implorait-il, je suis là, ce n'est que provisoire, cette situation, ne pleure pas où je vais pleurer moi aussi, ma puce...

Oh, elle a patienté Lisa ! Longtemps. Très longtemps. Trop longtemps. Si longtemps que je craignais qu'il me la casse, le Simon.

Ça se casse un cœur, c'est fragile.

– You're in such a hurry, my love! Simon whispered at her neck, avoiding her pretty, overflowing eyes. My children are still so young... Give me time. We're good like this... both of us, huh? Aren't we okay, my Angel? We have it all... no hustle and bustle, no socks lying around... That's what you miss, on days when I'm gone, sharing the household chores, the mother-in-law who shows up unexpectedly...

– Life, you mean, Simon, life, real... she sniffed with a heavy heart. Life with no off-days, yes, and dirty laundry, too! Life in broad daylight, hand in hand in the middle of the street, with morning hugs, whole nights, good times without keeping an eye on the time and without the meetings that we have to cut short, travel, projects, complicity, tenderness... and above all life without this absence that twists your stomach, when you're at home and I feel alone... so alone... so unimportant... with such a tiny place... I want you to myself, Simon. Not filling in the gaps...

– You're the one who takes up all the space in my heart, Lisa, you know that... Later, the times when you complain about a sock lying around, you'll think back with nostalgia about our wonderful times in your apartment, in our bubble ... Come on, don't cry, he implored her, I'm here, this situation's only temporary, don't cry or I'm going to cry too, Honey...

Oh, Lisa waited! A long, long time. Too long. So long that I feared he would break me, that Simon.

It's a heartbreaker. It's fragile.

À la petite cuillère, je l'ai ramassée. Elle ne serait jamais que la seconde. Elle avait fini par le comprendre, la pauvre. Douloureusement.

J'allais l'aider à se reconstruire, à panser ses blessures, à oublier la déconvenue de ne pas être celle que l'on choisit, celle pour qui l'on franchirait des sommets jusqu'au ciel ; ciel au milieu duquel on lui décrocherait la lune ; et également les étoiles, tant qu'on y est… celle grâce à qui l'on aurait du courage, pour qui l'on affronterait la trouille de faire du mal, de décevoir, et, certainement, de se décevoir soi-même…

— Pourquoi restes-tu avec lui, Zsa ? ai-je mille fois demandé. Tu vois bien que les choses n'évoluent pas et que ça lui convient, à ton coq en pâte, le beurre, l'argent du beurre et la crémière !

— Mel !

— Tu sais que c'est la vérité. Et que tu mérites mieux que ça, Zsa ! Réagis, bon sang !

Mon amie a soupiré. À fendre l'âme.

— Pourquoi acceptes-tu ça, ma Lisa… pourquoi ?

— Parce que chaque jour je me dis qu'il va réaliser que ce n'est pas tenable, que c'est trop dur ; parce que chaque jour je me dis qu'il va se rendre compte qu'on a le bonheur à portée de mains, et qu'il va me vouloir, moi ; Parce que chaque jour je me dis : demain, peut-être… il sera là avec sa valise, et je lui ferai une place dans l'armoire et… dans le lit. Parce qu'avec lui, ce n'est pas possible et que sans lui… sans lui, c'est… pire, avait-t-elle déploré. Sans lui, Mel, je ne peux pas…

Elle était désarmante. Désespérante. Désespérée surtout.

I scraped her off the pavement. She would never be more than the other woman. She finally understood, poor thing. Painful.

I was going to help her rebuild her life, to heal her wounds, to forget the disappointment of not being the chosen one, the one for whom they'd climb summits to the sky; the sky where they'd unhook the moon; and also the stars, while they're at it... the one for whom they'd have courage, for whom they'd face the fear of hurting, of disappointing, and certainly, of disappointing themselves...

– Why do you stay with him, Zsa? I asked a thousand times. You can see things aren't changing, and he likes it that way, your happy rooster. He having his cake and eating it, and the bakery, too!

– Mel!

– You know it's the truth. And that you deserve better than that, Zsa! React, for crying out loud!

My friend sighed sadly.

– Why do you put up with that, Lisa... why?

– Because every day I tell myself that he'll realize that it isn't sustainable, that it's too hard; because every day I tell myself that he'll realize we have happiness within reach, and that he's going to want me. Because every day I say to myself: tomorrow, maybe tomorrow... he'll be there with his suitcase, and I'll make room for him in the closet and... in bed. Because with him it's not possible and without him... without him it's... worse, she lamented. Without him, Mel, I can't...

She was disarming. Hopeless. Above all, desperate.

462

Complètement lucide, mais dans l'impossibilité d'envisager de se séparer de lui, d'abandonner tout espoir. Elle est persévérante Zsa, je la connais !

Il a fallu qu'elle le croise dans une file de cinéma, bras dessus bras dessous avec son épouse, sans les enfants, l'air content, l'air complice, l'air du couple tranquille. Elle a envié sa rivale qui ignorait tout, ne souffrait pas, se réveillait aux côtés de son mari en estimant cela normal. Une belle femme, en prime. Plus belle qu'elle, avait-elle admis à regret.

Elle avait compris, ce soir-là, qu'il ne la quitterait pas, qu'il ne la quitterait jamais.

Disparus les espoirs. Restait un immense... désespoir... Et une cuisante désillusion. Il ne parviendrait pas à répondre à ses attentes. Elle en avait la certitude.

Completely lucid, but unable to give up all hope and consider leaving him. She's persistent Zsa, I know her!

She had to run across him in a movie line, arm in arm with his wife, without the children, looking happy, looking complicit, looking like a quiet couple. She envied her rival who knew nothing, didn't suffer, woke up alongside her husband, believing things were normal. A beautiful woman, as well. More beautiful than her, she admitted regretfully.

She had understood that night that he would not leave her, that he would never leave her.

Gone were the hopes. There remained an immense... despair... and a stinging disillusionment. He would fail to meet her expectations. She was sure of it.

Elle savait qu'il avait néanmoins eu le choix : accomplir sa vie ou la rêver. Son quotidien, il le partageait avec sa famille. Le plus simple, pour lui, était de le maintenir en l'état, de ne pas détruire ce qu'il avait construit. Il ne pouvait s'autoriser ni assumer cet échec, quand bien même que ce qu'il éprouvait à l'égard de son épouse tenait plus de l'attachement et de l'habitude que de la passion, je suppose. Tout était cloisonné. L'ivresse, il la vivait avec Lisa, dans une bulle, un monde étanche. Il ne s'en trouvait pas insatisfait. Il s'agissait d'une douce utopie qu'il n'avait de cesse de remettre à plus tard. « Un jour, oui, on vivra ensemble, tu es la femme que j'aime, Lisa, celle avec laquelle j'ai envie de passer tout mon temps. Je ne te lâcherai pas. Tu m'entends ? Je ne te lâcherai pas, ça je te l'ai dit. Il faut que tu me croies. Arrête d'avoir peur, Lisa. Je t'ai, je te garde ! J'ai besoin de toi pour être heureux… Je vais me libérer, je vais y arriver… » Oui, un jour, quand les poules auront des dents. Un fantasme. Pas un projet. Zsa n'avait aucune légitimité dans sa réalité à lui, bien qu'elle occupât l'espace entier de son imagination et de son cœur.

À croire que rêver suffisait amplement.

Elle est repartie du cinéma en courant, aveuglée par ses pleurs.

Fin de l'histoire.

Elle refusait l'idée de ne représenter qu'un mirage. Si joli soit-il.

Il ne l'a pas poursuivie dans la rue. Tant pis pour lui. Dommage… Une fille telle que Lisa…

She knew he had a choice nonetheless: fulfill his life or dream it. He shared his daily life with his family. The easiest thing for him was to keep everything as it was, not to destroy what he had built. He couldn't allow himself or take responsibility for that failure, even though what he felt about his wife was more attachment and habit than passion, I guess. Everything was compartmentalized. Drunkenness, he lived it with Lisa, in a bubble, a sealed world. He was not dissatisfied with it. It was a sweet utopia that he kept prolonging. "One day, yes, we'll live together, you're the woman I love, Lisa, the one I want to spend all my time with. I won't let you down. You hear me? I won't let go, I told you that. You have to believe me. Stop being afraid, Lisa. I have you, I'm keeping you! I need you to be happy… I'll break free, I'll make it…" Yes, one day when pigs fly. A fantasy. Not a project. Zsa didn't have a place in his reality, even if she took up his entire imagination and heart.

To believe that dreaming was more than enough.

She left the cinema running, blinded by her tears.

End of the story.

She refused the idea of being a mirage. However pretty.

He didn't chase her down the street. Too bad for him. Too bad… A girl like Lisa…

Le malheur, c'est qu'il a fini par la quitter, sa femme. Pas de bol, mon amie était guérie. Il est revenu, mais trop tard... elle l'avait attendu longtemps pourtant. Pauvre Zsa.

L'amour est comme un élastique. À force de l'étirer il se distend.

Parfois il se casse.

Il s'est traîné à ses pieds le Simon. J'avoue que j'ai eu mal pour lui. Il n'était pas un mauvais bougre.

Elle aurait adoré lui retomber dans les bras, elle qui l'avait tellement espéré, ce moment... Or elle avait changé. La tristesse et la déception avaient brisé quelque chose. Elle avait cru en lui, en eux, en leur relation. Si seulement elle avait pu se débarrasser de l'amertume qui s'était installée sournoisement, si seulement elle avait été en mesure d'effacer l'humiliation et la colère qui avaient tout balayé sur leur passage.

La faute de l'élastique. Il ne daignait pas reprendre sa forme originelle.

Ce n'est pas inaltérable l'amour...

Un élastique, voilà. C'est exactement ça.

Elle désirait tant que les sentiments reviennent l'habiter, maintenant que Simon était libre. Elle ne comprenait pas qu'elle avait excessivement souffert, qu'elle avait atteint le point de non-retour, qu'un instinct de survie avait tiré la sonnette d'alarme dans son esprit, qu'elle était incapable de l'aimer, désormais. Incapable d'aimer tout court. Son propre cœur lui avait claqué la porte au nez.

Unfortunately, he ended up leaving his wife. Unluckily for him, my friend was healed. He came back, but too late... she had waited a long time though. Poor Zsa.

Love is like a rubber band. Pulling it stretches it out.

Sometimes it breaks.

Simon procrastinated for a long time. I know it hurt him. He wasn't a bad guy.

She would have loved to fall back into his arms. She'd hoped so much for this moment... But she had changed. Sadness and disappointment had shattered something. She had believed in him, in them, in their relationship. If only she had been able to shake off the bitterness that had crept in, if only she had been able to erase the humiliation and anger that had swept away everything in their path.

The rubber band's fault. He didn't deign to return to his original form.

Love is not unalterable...

A rubber band, there you go. It's exactly that.

She longed for feelings to come back to her, now that Simon was free. She didn't understand that she had suffered excessively, that she had reached the point of no return, that a survival instinct had sounded the alarm bells in her mind, that she was unable to love him, from now on. Incapable of loving at all. His own heart had slammed the door in his face.

Cupidon s'en fout. Cupidon ne fait que ce qu'il veut.

D'abord, il y a eu la période où elle n'avait plus goût à rien, où elle ne voulait voir quiconque. Moi, y compris. C'était terrible. Qu'est-ce que j'ai pu m'inquiéter !

Quoi qu'elle fasse, tout la ramenait inlassablement à Simon. Une plaie à vif. Sans compter le vide. Le manque d'amour physique. Le lit devenu immense et glacial. Le fait d'être subitement privée de l'unique individu avec qui elle aurait partagé sa détresse, qui lui aurait offert ses bras pour qu'elle s'y blottisse, qui l'aurait consolée, qui aurait formulé les mots qui soignent, si tant est qu'il y en ait…

Et surtout, elle a dû renoncer à un rêve. Celui-là même auquel elle se cramponnait encore hier et qui lui donnait l'énergie de supporter les montagnes russes que subissent les amants, avec leurs incessants enchaînements de brèves retrouvailles passionnelles, de séparations, de frustration, de patience et d'espérance.

Lisa se vautrait dans son incommensurable chagrin. Qu'aurait-elle pu faire, par ailleurs ? Parce qu'après tout ça, hors de question d'aimer. Son cœur a été mis « à feu et à sang, pour qu'il ne puisse plus servir à personne » disait si bien Brassens à propos d'un amour déçu.

Je me sentais impuissante à l'époque… Nul ne pouvait la réconforter. On est cruellement seul, dans ces cas-là.

Cupid doesn't care. Cupid just does what he wants.

For a while, she took no interest in anything, didn't want to see anyone. Me included. It was terrible. I was worried!

Whatever she did, everything led back to Simon. A raw wound. Not to mention the void. A lack of physical love. The bed became huge and icy. Being suddenly deprived of the only person she'd normally run to, who would have put his arms around her and snuggled up with her, who would have consoled her, who would have said healing words, if there were any…

And above all, she had to give up her dream. The very one she'd been clinging to just yesterday, that gave her the energy to endure the roller coaster lovers go through, with their endless series of brief passionate reunions, separations, frustration, patience and hope.

Lisa was wallowing in her immeasurable grief. What else could she do? Because after all they'd been through, loving was out of the question. Her heart was set "on fire and blood, so that it was no longer useful to anyone"", as Brassens said so well of an unrequited love.

I felt helpless back then… No one could comfort her. You're cruelly alone in these situations.

Insensiblement, sans en avoir conscience, elle a recommencé à vivre, ou plutôt à subsister, en superposant des épisodes les uns après les autres, façon mille-feuille : un cinéma, un dîner entre filles, des longueurs de piscine, un fou rire au restau du coin, un bon bouquin que l'on relit à peine lu ; puis une robe essayée dans un magasin qui vous rend la féminité perdue, un nouveau parfum, une coupe de cheveux qui vous change...

Et un beau matin, on sait que c'est derrière soi. On réalise que l'objet de notre désespoir ne nous hante plus. Qu'on l'a laissé s'en aller, sur la pointe des pieds. Que la douleur est supportable. Que le manque s'est atténué ou alors que l'on s'y est habitué. Allez savoir ! Que l'on s'attarde sur les photos des jours heureux, les yeux secs. Que l'on est de taille à repasser devant les endroits que l'on fréquentait sans exécuter de sacrés détours, et qu'il est envisageable de porter ce collier, son premier cadeau.

Imperceptibly, without realizing it, she began to live again, or rather to subsist, by superimposing episodes one after the other, like a mille-feuille: a cinema, a dinner with the girls, lengths of the swimming pool, a silly giggle at the local restaurant, a good book that you finish and read again; then a dress tried on in a store that restores your lost femininity, a new perfume, a haircut that changes you…

And one fine morning, you know it's behind you. You realize the object of your despair no longer haunts you. That you have let him tiptoe away. That the pain is bearable. Whether the withdrawal has subsided or you just got used to it. Who knows! You dwell on the photos of happy days, with dry eyes. You can pass the places you frequented together without making lengthy detours. It's possible to wear the first necklace he gave you.

Ce matin-là, on admet que le temps a fait son œuvre. On en éprouve une certaine délivrance. Fini, les montagnes russes des amants. Jean qui rit, Jean qui pleure. Fini, la douche écossaise. On en arrive à se persuader, que *ne rien vivre* avec l'alter ego vaut mieux que *n'en vivre qu'un peu*, même si, évidemment, *tout vivre* aurait été de loin ce que l'on aurait choisi. L'inconscient n'est pas dans la demi-mesure. Il aime ou il n'aime pas. C'est tout ou rien. C'est le « un peu » qui occasionne la souffrance car il donne envie du « tout », et provoque les affres du « rien ». Et finalement, une fois que l'on y est dans le « rien », eh bien le pire s'est produit, n'est-ce pas ? On y est. Point. On souffre, indubitablement. Néanmoins, on n'a plus peur. Les lueurs d'espoir se sont brisées contre des miroirs aux alouettes. Terminé, les tergiversations, les « j'avance d'un pas, je recule de deux ». L'élastique est cassé. Basta.

Les tourments de l'âme sont extrêmement douloureux. Rien ni personne ne les soulage. Les bras de sa meilleure copine, le doliprane, la poudre de perlimpinpin… du pipi de chat, tout ça !

On ne peut faire taire son cœur quand il crie.

On est dans l'instant présent, pile au centre. L'œil du trou noir, l'emplacement de la souffrance brute, un lieu où le futur n'existe pas, où le passé est advenu persona non grata. On agit en pilotage automatique. On est vivant sans s'en apercevoir.

That morning, you know time has done its work. You experience a certain deliverance. The roller coaster ride for lovers is over. The laughter, the tears. The storm has run its course. You're convinced that experiencing nothing with the alter ego is better than experiencing a little of it, even if, of course, experiencing everything would easily have been what you would have chosen. The subconscious isn't part-time. It loves, or it doesn't. It's all or nothing. It's the "a little" that causes suffering because it makes you want "everything", and causes the pangs of "nothing". And finally, once you get "nothing", well the worst is over, right? There you are. Period. You're undoubtedly suffering. However, you're no longer afraid. Glimmers of hope shattered against shards of a mirror. Over, the dithering, the "one step forward, two steps back". The rubber band is broken. Enough.

The torment of the soul is extremely painful. Nothing and no one can relieve it. Not a best friend's arms, Doliprane, snakeoil… cat pee, nothing!

You can't silence your heart when it cries.

You're in the moment, right in the middle. The eye of the black hole, the place of raw suffering, where the future doesn't exist, where the past has become persona non grata. You act on automatic pilot. You're alive without realizing it.

Mais une énergie insoupçonnée nous pousse à avancer peu à peu, à notre insu. La volonté de vivre. La nature est forte, au final. Il fallait sauver sa peau, coûte que coûte. On refait surface. On voit l'avenir d'un autre œil. On le constate dans le regard pétillant que nous renvoie le miroir. La roue tourne enfin.

Bon vent !

Mon amie s'en est remise. Quoique... Elle s'est blindée. Elle avait tout donné, alors... depuis elle se carapate avant de s'attacher. Elle est devenue une biche, Zsa.

« Fuir l'amour de peur qu'il ne se sauve », fredonne Jane.

Sauve qui peut, oui... parce qu'après, on a mal, hurle l'esprit meurtri de Lisa. Non merci, vraiment ! On ne l'y reprendrait plus. « L'amour, ça fait pleurer », chanterait Edith...

Souvent.

Il y a ce Luc, à son travail... Il me semblait bien que ce prénom revenait fréquemment dans nos conversations ! Elle s'est décidée à nous le présenter. Si ça pouvait marcher... Si elle acceptait enfin de se laisser apprivoiser. Si elle osait aimer... à nouveau.

Et tant pis si elle se met en danger.

* * *

Le sourire éclatant de Lisa sur l'écran de mon téléphone me tire de mes pensées.

But an unsuspected energy pushes you to move forward little by little, without your knowing it. The will to live. Nature is strong, in the end. You had to save your skin, no matter what. You're resurfacing. You see the future differently. You can see it in the sparkling gaze that the mirror sends back. The wheel is finally turning.

Good luck!

My friend recovered. Although… she has armored herself now. She'd given it her all, so ever since then she takes care to buckle up. Zsa has become a lovely woman.

"Running away from love lest it run away," Jane hums.

Save yourself if you can, yes… because afterwards it hurts, screams Lisa's bruised spirit. No thanks, really! Wouldn't go through it again. "Love makes you cry," as Edith sang…

Often.

There's this Luc, at her work… His name came up often in our conversations! She decided to introduce him to us. If that could work… If she finally agreed to let herself be tamed. If she dared to love… again.

Never mind if she put herself in danger.

* * *

Lisa's bright smile on my phone screen stirs me from my thoughts.

Impossible de résister. La rédaction de la brochure, destinée aux étudiants devant effectuer leur stage à l'université de Beijing à la rentrée prochaine, attendra cinq minutes. Je décroche.

— Allô !

— Salut Mel !

— J'espère que tu n'appelles pas pour annuler ! Ça tient toujours, le dîner à la maison, hein ? Je suis pressée de rencontrer ton Luc !

— Oui, oui, rassure-toi, pas de soucis. Je ne t'appelle pas pour ça. J'ai du nouveau.

— Du nouveau ? Pour quoi ? Pour les tableaux ? Déjà !

— Il faut que tu voies ça, Mel !

— Quoi donc ?

— T'es assise ?

Elle ne m'accorde pas le temps de répondre. Je perçois une excitation poindre dans sa voix qui a pris une tonalité suraigüe.

— Eh bien, ce sont les dessins sous-jacents, tu sais les esquisses préparatoires à la…

— Je sais ce que c'est, dis-je agacée, d'un ton plus sec que je ne l'aurais voulu.

— Figure-toi qu'il y a un message caché sous la couche de peinture !

— Un message ? De quoi, au juste ? C'est une farce ? Et un message de quoi d'abord ?

Un silence calculé s'ensuit, un poil long à mon goût. Je devine que Lisa jubile au bout du fil.

— En fait ce sont des lettres.

Impossible to resist. The brochure I'm drafting for students doing an internship at Beijing University next year can wait five minutes. I pick up.

– Hi!

– Hi Mel!

– Hope you're not calling to cancel! You're still on for dinner at my place? I can't wait to meet your Luc!

– Yes, yes, don't worry. I'm not calling you about that. I have something new.

– New? Why? About the paintings? Already!

– You have to see this, Mel!

– What?

– Are you sitting down?

– She doesn't give me time to answer. I perceive an excitement in her voice as it takes on a shrill tone.

– Well, these are the underlying drawings, you know the preparatory sketches for the...

– I know what they are, I said, annoyed, more sharply than I would have liked.

– Get this, there's a message hidden under the coat of paint!

– A message? What exactly? Are you joking? And first of all, what's the message?

A calculated silence ensues, a bit long for my liking. I guess Lisa is jubilant at the other end of the line.

– Actually, they're letters.

— Des lettres ? Des initiales ?

— Non, non, pas des lettres de l'alphabet, je veux dire des lettres, euh… dans le sens de celles qu'on adresse à une personne… une correspondance épistolaire, quoi. Elles sont manuscrites. Luc est en train de les scanner au labo, il te les envoie par mail. Il les a fortement agrandies, parce que tu vois, sur les tableaux, il faut carrément une loupe pour les déchiffrer.

— Tu me fais marcher !

— Non, je t'assure, je ne plaisante pas, je suis sérieuse ! Ça commence par :

« Si vous lisez ces quelques mots… »

Incrédule, je me tais. Je ne m'étais pas préparée à ça.

Lisa poursuit :

— En plus les tableaux sont datés, cette fois-ci.

— Super ! On va savoir la date de leur réalisation…

— Non, pas du tout. C'est pas ça. Il y a deux dates…

— Une sur chaque partie ?

— Deux, au bas du pan droit…

— Deux ! Sur le même tableau ! Quelles dates ?

Lisa me contraint encore à une pause. Je la reconnais bien là : elle ménage ses effets. Je lui permets, avec déférence, de doser le suspens, et je patiente en me mordant la lèvre inférieure pour ne pas la bousculer pendant qu'elle boit du petit-lait.

— Mel, je te le donne en mille, ce sont des dates à venir !

Je m'étrangle à moitié.

— À venir ! Comment ça « à venir » ?

- Letters? Initials?

- No, no, not letters of the alphabet, I mean letters, uh... the kind you send to a person... written letters. They're handwritten. Luc is scanning them in the lab, he's sending them to you by email. He greatly enlarged them, because you see, on the paintings you really need a magnifying glass to decipher them.

- You're pulling my leg!

- No, I swear, I'm not kidding, I'm serious! It starts with:

"If you're reading these few words..."

I'm silent, incredulous. I wasn't ready for this.

Lisa continues:

- And, the paintings are dated this time.

- Great! We'll know the date of their completion...

- Not at all. It's not that. There are two dates...

- One on each part?

- Two, at the bottom of the right side...

- On the same painting! What dates?

Lisa forces me to take a break again. I can tell she's managing my expectations. I respectfully allow her to dose the suspense, and patiently bite my lower lip so as not to jostle her while she enjoys herself.

- Mel, here's the thing, they're dates to come!

I'm half-choking.

- To come! What do you mean "to come"?

— Futures, pour qui se situe à l'époque à laquelle les tableaux ont été peints.

— Et quelles sont ces dates ?

— 2002 et 2099.

— 2099, tu dis ?

— 2099, t'as très bien entendu.

Je n'étais pas assise. Je m'assois. Interloquée. J'essaie de digérer les nouvelles informations. Mon cerveau mouline à vitesse grand V. La migraine qui commençait à émerger s'est soudainement évaporée.

La voix de mon amie, inquiète de mon soudain mutisme, interrompt ma réflexion :

— Allô ! Ça va Mel ? T'es toujours là ?

— Oui, je réfléchissais… Je… je vais lire ces lettres, il doit y avoir une explication rationnelle à tout ça… Bon, on se voit comme prévu, vous arriverez à quelle heure ?

— On sera chez vous aux alentours de 20 h 30. Ça ira ?

— Parfait ! À ce soir, alors… Et merci pour le temps que tu m'as consacré déjà que tu n'en a pas beaucoup…

— Ça m'a fait plaisir, Mel, et puis ça a été rapide. C'est surtout Luc, qu'il faudra remercier.

— Je n'y manquerai pas !

— À ce soir ma belle et bonne lecture !

— Ah, c'est si long que ça ?

— Tu verras ! a-t-elle chantonné, non sans malice.

– In the future, for whoever was there at the time the pictures were painted.

– And what are those dates?

– 2002 and 2099.

– Did you say 2099?

– 2099, you heard me right.

I'm not sitting down, so I do so. Surprised. I'm trying to digest the new information. My brain is spinning at top speed. The migraine that was starting to emerge suddenly evaporates.

The voice of my friend, worried about my sudden silence, interrupts my reflections:

– Hi! Are you okay, Mel? Are you still there?

– Yes, I was thinking… I… I'll read these letters, there must be a rational explanation for all this… Okay, see you as planned, what time will you be here?

– We'll be at your place around 8:30 p.m. Are you okay?

– Perfect! See you tonight, then… And thank you for the precious time you've already spent on me…

– My pleasure, Mel. It went fast, and it's really Luc you have to thank.

– I'll be sure to!

– See you tonight, Sweetheart, and happy reading!

– Ah, are they that long?

– You'll see! she sang, not without a little malice.

Je sais pertinemment que ce n'est pas nécessaire de la cuisiner, elle ne lâchera rien. Je raccroche vite, je me lève d'un bond et, en transe, je me précipite vers mon ordinateur. Je pianote sur le clavier à toute allure pour accéder à ma messagerie. Le mail est arrivé.

Je n'ignore pas que ce que je vais découvrir va me bouleverser.

* * *

Après avoir quitté Lian, nous avions constaté que des choses concordaient mais que nous n'étions pas plus avancés : nous connaissions dorénavant les visages de l'artiste et de ses clients.

Quelles sont les raisons qui font que ceux-ci nous ressemblent autant ? Trait pour trait, de l'avis général. Je revois les clichés, chez Lian…

Lian… Oh, pourquoi me manque-t-elle ? Il ne se passe pas un jour sans que je ne pense à elle…

La veille de notre retour en France, un paquet m'attendait à l'hôtel, avec un billet formulé en français.

« Chère Mélisende,

Je vous offre cette merveille. C'est un si grand bonheur pour moi !

Soyez assurée de ma profonde affection,

Lian »

I know for a fact that there's no point in pressing her, she won't divulge anything. I hang up quickly, jump up and, in a trance, rush to my computer. I strum on the keyboard at full speed to access my mailbox. The email has arrived.

I'm fully aware that what I'm about to find out will overwhelm me.

* * *

After leaving Lian, we found that things were aligned, but we were no closer to the truth: we now knew the faces of the artist and his clients.

Why are they so much like us? Trait for trait, everyone agreed. I look at the pictures again, at Lian's...

Lian... Oh, why do I miss her? Not a day goes by that I don't think about her...

The day before our return to France, a package was waiting for me at the hotel, with a note written in French.

Dear Mélisende,
I offer you this wonder. It makes me so happy!
My deep affection,
Lian

Sous l'emballage, j'ai trouvé une jolie boîte à chapeau bleu canard. À l'intérieur de celle-ci, entourée d'un papier de soie – sur lequel reposait une plume de paon – était pliée la robe chinoise couleur vert anis au motif de carpes, ainsi que le sac et les chaussons assortis. Je me rappelle en avoir eu le souffle coupé, tandis que l'émotion me montait aux yeux...

* * *

Fébrile, je clique sur le mail, puis j'ouvre les pièces jointes.

Les photos des esquisses préparatoires des parties latérales du triptyque s'affichent sur l'écran. En fait de dessin il s'agit plutôt d'un texte. Un roman, pour être exact. Zsa ne plaisantait pas !

L'écriture fine et délicate apparaît : petite, serrée, ronde et régulière. Elle penche vers la droite, avec les pleins et déliés du siècle dernier. J'entame la lecture, vivement absorbée par la forme des lettres et des mots calligraphiés à l'encre de Chine.

Happée par la narration, c'est à peine si je perçois les cigales qui hurlent dehors dans la garrigue, ni même la cloche de l'église qui scande le milieu de l'après-midi. Je dévore les lignes tant et si bien, que je ne sens pas plus la chaleur étouffante de l'été qui perle sur mon front.

Ce récit n'est que trop réel, porteur d'un message expédié à travers le temps.

Et, aussi incroyable que cela puisse paraître, il a été rédigé à l'attention de... Guillaume et moi !

Under the packaging, I found a cute teal blue hat box. Inside it, surrounded by tissue paper – on which rested a peacock feather – was folded the lime green Chinese dress with a carp pattern, as well as the matching bag and slippers. I remember gasping for air, as emotion rose to my eyes...

* * *

Feverish, I click on the email, then open the attachments.

The photos of the preparatory sketches of the side parts of the triptych are displayed on the screen. Instead of a drawing, it's a text. A novel, to be exact. Zsa was not kidding!

The fine and delicate handwriting appears: small, tight, round and regular. It leans to the right, with the full and thin lines of the last century. I read, keenly absorbed by the shape of the letters and words written in Indian ink.

Caught up in the narration, I barely perceive the cicadas howling outside in the scrubland, or even the church bell ringing out in the middle of the afternoon. I devour the lines so intently so that I no longer feel the stifling heat of summer beading on my forehead.

This story is all too real, carrying a message sent through time.

And, unbelievably, it was written for... Guillaume and me!

Je lis encore quand celui-ci rentre du travail, quand il m'embrasse. Pendant qu'il prépare le repas.

La phrase finale. Deux prénoms entrelacés en guise de signature :

– MadeleineFerdinand ».

Et, juste à côté, séparé par une virgule, un dernier mot : « vous ».

* * *

Je distingue, comme s'il était loin, le vrombissement sourd d'une moto puis le brusque crissement des pneus sur les graviers de l'allée. On sonne. J'identifie la voix de Lisa et celle d'un homme – le fameux Luc – puis le grincement du portillon, qui sera bientôt complètement envahi par les lauriers roses, particulièrement épanouis cette année.

Je me lève, dans un état second. J'ai conscience que je dois rejoindre Guillaume qui est en train de les accueillir. Je suis bouleversée, littéralement assommée. Complètement perdue. Mes convictions ont volé en éclat.

Qui suis-je vraiment ?

Mettez-vous un instant à ma place. Imaginez ceci. Vous pensez comprendre la vie telle que vous l'avez toujours connue depuis votre naissance. Ce que vous découvrez et apprenez en grandissant conforte ces convictions avec lesquelles vous vous êtes progressivement construit.

« Ma main au feu que la Terre est ronde ! » pourriez-vous affirmer à la cantonade.

I'm still reading when he comes home from work, when he kisses me. While he's preparing the meal.

The final sentence. Two first names intertwined as a signature:

"MadeleineFerdinand"

And, next to it, separated by a comma, a last word: "you".

* * *

I distinguish the dull faraway roar of a motorbike, and then the sudden screech of tires on the gravel of the driveway. The bell rings. I recognize Lisa's voice and that of a man – the famous Luc – then the creaking of the gate, which will soon be completely invaded by the oleanders, blooming particularly vigorously this year.

I get up, in a daze. I realize that I must join Guillaume who is welcoming them. I'm overwhelmed, literally knocked out. Completely lost. My convictions were shattered.

Who am I really?

Put yourself in my shoes for a moment. Imagine this. You think you understand life as you have always known it since you were born. What you discover and learn as you grow up reinforces the convictions with which you have gradually built your self.

You could proclaim before an audience: "I know for sure that the Earth is a sphere!"

Mais un beau jour d'été, l'édifice s'écroule aussi facilement qu'un château de cartes.

Un astrophysicien vous apostrophe et vous certifie qu'elle est plate, ou carrée, voire en forme de pyramide.

Vous tentez de faire entendre raison à cet illuminé sorti d'on ne sait où.

– Enfin, si je vous dis que la Terre est ronde monsieur le Savant ! »

Perdant patience, vous éructez et haussez le ton. « Notre planète est une sphère, voyons ! Non moins que la lune et les gros corps célestes. Question d'équilibre. C'est d'une évidence ! Vous n'êtes pas sans savoir, mon cher ami, qu'il y a une force majeure dans l'univers, que l'on appelle la gravitation. Que celle-ci oblige les objets qui contiennent beaucoup de matière à s'assembler. Et que seule cette configuration engendre une répartition égale autour d'un point central. Réfléchissez une seconde. Pour que la Terre ait un aspect pyramidal ou autre, il faudrait que la gravité attire la substance avec plus de puissance dans certaines directions. N'est-ce pas ? Et ça, vous le savez, monsieur, que c'est tout simplement impossible. »

Vous poursuivez davantage, sans qu'il ait l'occasion d'en placer une. « Si les astéroïdes sont irréguliers, voyez-vous, c'est parce qu'ils ne mesurent pas 300 kilomètres de diamètre. »

But on a bright summer day, the building crumbles as easily as a house of cards.

An astrophysicist calls to tell you that it's flat, or square, or even pyramid-shaped.

You're trying to make this illuminated man listen to reason.

"For the last time, I tell you that the Earth is a sphere, Mr Savant!"

Losing patience, you hector him and raise your voice. "Our planet is a sphere, let's see! No less than the moon and the large celestial bodies. Question of balance. It's obvious! You're well aware, my dear friend, that there's a major force in the universe called gravity. That this makes objects that contain a lot of matter come together. And that only this configuration generates an equal distribution around a central point. Think for a second. In order for the Earth to have a pyramidal or other aspect, gravity would have to attract the substance with more power in certain directions. Right? And that, you know, Sir, that it's just impossible."

You continue, without giving him a chance to comment. "If asteroids are irregular, you understand it's because they're not 300 kilometers in diameter."

Devant l'air suffisant qu'il affiche et face au rictus narquois qui tord ses traits, vous insistez, vous vous débattez, vous soutenez mordicus votre opinion puis vous abattez une ultime carte, passablement agacé. « C'est comme une bulle de savon, voyez-vous : elle se stabilise en une figure ronde car, pour un volume identique d'air, la boule est la structure qui possède la plus petite surface et qui demande, par conséquent, la plus faible quantité d'énergie. Si l'équilibre des différentes interactions n'est pas atteint, elle risque d'éclater ou de s'effondrer ! CQFD. »

Vous finissez par vous taire, à court d'arguments, sûr de vous et de la grande incompétence de votre interlocuteur, persuadé que celui-ci ne tourne pas rond, lui.

Vous le défiez. Échec et mat.

Et à ce moment-là, le scientifique vous amène à réaliser par une démonstration irréfutable que vous vous trompez, et ce, depuis que vous existez sur cette Terre plate, carrée ou pyramidale.

Vous voilà sous le choc. Foudroyé.

Vous devez réorganiser votre psychisme pour vivre avec une nouvelle donnée, difficile à concevoir, sachant que vous êtes un individu très terre-à-terre justement, qui a constamment les pieds sur cette chère Terre qui est la vôtre, mais sur une Terre impeccablement ronde !

Faced with the smug air he displays and the smirk that twists his features, you insist, you struggle, you stubbornly support your opinion and then you lay down one final card, quite annoyed. "It's like a soap bubble, you see: it stabilizes in a round figure because, for an identical volume of air, the ball is the structure which has the smallest surface and which therefore requires the lowest amount of energy. If the balance of the different interactions isn't reached, it risks bursting or collapsing! Quod erat demonstrandum."

You end up silent, short of arguments, sure of yourself and of the great incompetence of your interlocutor, convinced that he's wrong.

You challenge him. Checkmate.

And at that moment, the scientist leads you to realize by an irrefutable demonstration that you're mistaken, and that you've been living on an Earth that is flat, or square, or pyramidal.

You're in shock. Struck down.

You must reorganize your psyche to live with new data. It's difficult to understand, knowing that you're a very down-to-earth individual, who constantly has your feet on this dear Earth, which is yours, but is perfectly round!

Votre relation au monde est totalement modifiée. De manière irrévocable. Vous vous trouvez dans l'obligation de remplacer fondamentalement ce qui jusque-là vous avait tenu lieu de réalité. Un chamboulement intérieur qui ne vous cause pas moins d'effet qu'une bombe atomique. Un changement immédiat.

Voici donc comment une lettre cachée sous une fine couche de peinture fait vaciller mes repères les plus profonds, bouleverse tout sur son passage et me contraint à revoir l'ensemble de mes certitudes.

Rien ne serait pareil, désormais. Je le sais.

Je le subodorais alors que je n'avais pas encore lu.

Je suis prise d'un vertige. Mes tempes bourdonnent. On a beau supposer être ouvert d'esprit, cela dépasse l'entendement.

Je reste là, hébétée, incapable de réagir. Pourtant je devrais me dépêcher : ils m'attendent en bas.

Les pensées se bousculent. À plein régime. Un maelström d'émotions ; de questions surtout. Mes membres, au contraire, sont anesthésiés. Ils ne répondent pas. Je suis exténuée.

* * *

— Quelle tête de déterrée tu as, ma pauvre ! me lance Lisa en m'embrassant.

Tu travailles trop, ma chérie ! Je te présente Luc. Luc, Mélisende.

Je ne bronche pas, figée. L'esprit vide.

Your relationship to the world is totally changed. Irrevocably. You find yourself in need of fundamentally replacing what had been a reality until now. An inner upheaval has no less impact than a nuke. An immediate change.

And this is how a letter hidden under a thin layer of paint ripples my deepest hold on reality, upsets everything in its path and forces me to review all of my convictions.

Nothing is the same now. I know it.

I sensed it despite having read it yet.

I'm dizzy. My temples are buzzing. No matter how open-minded you are, this is beyond comprehension.

I stay there, dazed, unable to react. However, I should hurry: they're waiting for me downstairs.

Thoughts jostle. At full speed. A maelstrom of emotions, mostly questions. My limbs, on the other hand, are anesthetized. They don't respond. I'm exhausted.

* * *

– What a disturbed expression you have, my poor girl!

Lisa gives me a kiss.

You work too much, my darling! This is Luc. Luc, Mélisende.

I don't flinch, I'm frozen, my mind is empty.

Ce que j'ai découvert est tellement invraisemblable, parachuté au milieu du quotidien qui suit son cours comme si de rien n'était.

L'amoureux de ma meilleure amie me tend un bouquet odorant, soigneusement composé d'amaryllis blanches étoffées de feuilles d'eucalyptus. Je le remercie, mécaniquement :

— Merci, il est ravissant !

Cette phrase, prononcée à la va-vite, semble tout droit sortir d'une autre personne.

Guillaume pose, dans un geste ô combien réconfortant, ses mains sur mes épaules qu'il masse légèrement ; ce qui a pour effet de me tirer instantanément de ma torpeur.

J'endosse mon rôle de maîtresse de maison, en adressant un clin d'œil à Lisa qui connaît parfaitement mes goûts.

Je parviens à retrouver l'usage de la parole :

— Ravie de te rencontrer Luc !

Je me hisse sur la pointe des pieds pour lui faire trois bises.

— Enchanté, Mélisende dit-il, souriant. Depuis le temps que j'entends parler de toi ! Mel par-ci, Mel par-là ! Je suis content de pouvoir enfin mettre un visage sur ton nom ! Alors, ce texte mystérieux ? Décodé ?

Instinctivement je mens, sans une seconde d'hésitation, la bouche sèche, le ton volontairement désinvolte.

Eviter à tout prix les questions qui nous feraient passer pour des fous à lier.

What I discovered is so unbelievable, and it's deployed into the midst of everyday life as if nothing had happened.

My best friend's lover hands me a fragrant bouquet, carefully composed of white amaryllis and eucalyptus leaves. I thank him, mechanically:

– Thank you, it's lovely!

This phrase, spoken in a hurry, seems to come straight out of another person.

Guillaume places his hands on my shoulders, massaging them lightly, a very comforting gesture, which has the effect of instantly pulling me out of my torpor.

I take on my role as hostess, winking at Lisa who knows my tastes perfectly.

I manage to regain the use of speech:

– Nice to meet you Luc!

I pull myself up on tiptoe to give him three kisses.

– Nice to meet you, Mélisende he said, smiling. I've heard so much about you! Mel this, Mel that! I'm glad I can finally put a face to your name! So, this mysterious text? Is it decoded?

Instinctively I lie, without a second of hesitation, my mouth dry and my tone deliberately casual.

Avoid questions that would make us look like crazy people at all costs.

J'improvise une piètre excuse cousue de fil blanc :

— Oh... non... je n'ai pas eu une minute... avec le stage à finaliser pour mes étudiants... Je pensais m'y atteler mais j'avais trop de pain sur la planche. C'est que le timing est serré, là. Je dois tout boucler avant mardi. Impérativement. Je sens que je vais y passer le week-end !

Je baisse la tête sur les fleurs auxquelles je me cramponne. J'hume leur parfum mentholé pour dissimuler mon embarras, afin de ne pas être démasquée.

— Tu verras, il y a toute une tartine ! assène Zsa sans se départir de son air jovial.

Culpabilisée par mon mensonge et par la nécessité de garder le secret, je m'enquiers auprès de mes invités, faisant mine d'un certain détachement :

— Vous l'avez lu ?

Lisa répond, visiblement mal à l'aise :

— Euh... non... quand on a vu ce pavé... dans cette écriture en pattes de mouches...

— On avait réservé un restau, on était déjà en retard, complète Luc, volant à son secours.

Mes yeux se figent sur les doigts de Zsa, qu'elle ne cesse de tordre nerveusement.

Luc se racle la gorge, humecte ses lèvres et poursuit péniblement :

— En plus, en me dépêchant, j'ai fait une boulette : il semblerait que j'ai, hum, oublié de sauvegarder le... eh bien le document... Et qu'en fait... hum, je l'ai perdu, avoue-t-il, penaud. Une fausse manip.

I improvise a poor excuse that sounds safe:

– Oh… no… I didn't have time… with the internship to be finalized for my students… I was thinking about getting down to it but I had too much work to do. My schedule is tight now. It's imperative that I cram everything in before Tuesday. I feel like I'm going to spend the whole weekend on it!

I lower my head to the flowers to which I'm clinging. I sniff their minty scent to hide my embarrassment, so I won't be caught.

– You'll see, there's plenty of work! Zsa asserts without losing her jovial air.

Guilty of lying, and needing to keep the secret, I inquire of my guests, faking a certain detachment:

– Have you read it?

Lisa responds, visibly uncomfortable:

– Uh… no… when we saw this long text… in this minuscule writing…

– We had reserved a restaurant, we were already late, completes Luc, flying to her aid.

My eyes fix on Zsa's fingers, which she keeps twisting nervously.

Luc clears his throat, moistens his lips and continues painfully:

– Also, rushing around, I had an accident: it seems that I, um, forgot to save the… well the document… And that in fact… hum, I lost it, he admits sheepishly. A slip of the hand.

Prévenant, il saisit les mains de Lisa entre les siennes.

Celle-ci se désole, l'air contrit, prenant soudain une voix de fillette prise en faute :

– Et moi... Quelle andouille ! J'ai jeté par mégarde le mail et sa pièce jointe à la corbeille de ma messagerie, que j'ai vidée sur le champ. C'est tout moi ça !

Elle exagère délibérément un soupir et entame une longue tirade :

– Pour la petite histoire, j'ai entrepris de me débarrasser d'un courrier électronique passablement louche. Vous savez avec toutes ces affaires de messages frauduleux de pirates du web... J'ai entendu ça aux infos. Vous voyez de quoi je parle, hein ?

Sans espérer de réponse, elle débite la suite.

– Figurez-vous que si vous ouvrez leurs pièces jointes ou que vous cliquez sur le lien qu'ils vous incitent à consulter, vous contractez un virus qui rend illisibles les fichiers de votre ordi, de vos clefs USB et de vos disques durs externes s'ils sont connectés. Résultat : tout est encrypté, définitivement. C'est terrible ! Vous imaginez ? Les cyber-escrocs exigent une rançon en échange de la restitution de ce qu'ils ont endommagé. Et vous savez quoi ? Vous aurez beau payer, il n'existe aucun moyen de les récupérer. Enfin bref, si je reçois un truc bizarre, je le jette directement à la poubelle. Et pour plus de sûreté, je la vide.

Zsa soupire encore, en haussant simultanément les épaules et les sourcils. Ensuite elle ajoute, confondue :

Attentive, he takes Lisa's hands between his.

She's sorry, looking remorseful, suddenly taking on the voice of a guilty girl:

– And me… What a fool! I accidentally moved the email and its attachment into my trash folder and emptied it. That's all me!

She deliberately exaggerates a sigh and begins a long tirade:

– For the record, I was trying to get rid of a pretty dodgy email. You know all these fraudulent web hacker messages… I heard about them on the news. You know?

Without expecting an answer, she goes on.

– They say, if you open their attachments or click on the link they want you to check out, you get a virus that makes the files on your computer, your USB stick and your external hard drives unreadable if they're connected. The result: everything gets encrypted, definitively. It's terrible! Can you imagine? Then the cyber crooks demand a ransom in exchange for the return of what they have damaged. And you know what? No matter how much you pay, there's no way to get them back. Anyway, if I get something weird, I throw it right in the trash. And to be on the safe side, I empty it.

Zsa sighs again, simultaneously shrugging her shoulders and eyebrows. Then she adds, confused:

– Oh, je suis vraiment désolée… Vous qui détenez l'original, faites en des copies sans tarder ! Et sur des supports qui ne seront pas branchés en permanence, O.K. ?

Je tente de maîtriser ma voix et mes traits, pour masquer le soulagement qui menace de déborder. Ouf, je ne m'en suis pas trop mal tirée ! J'évite d'intercepter le regard de Lisa, relativement bien équipé d'une espèce de « super-radar-détecteur-d'humeurs-de-meilleure-amie », habituellement très performant.

Je bredouille en respirant les amaryllis :

– Je n'y manquerai pas. Y a pas de soucis Zsa, t'en fais pas, tu nous l'as transmis, c'est l'essentiel. Et promis, je réfléchirai avant de vider ma corbeille !

Puis en plaisantant :

– Vous me paraissez un tantinet distraits vous deux, on se demande bien pourquoi ! Allez, les tourtereaux, entrez, allons donc nous installer sous la tonnelle, il y fait plus frais.

Toute à l'excitation de nous amener son amoureux, Lisa semble ne plus être dotée de son extra-lucidité me concernant. Elle a de ces antennes, d'habitude ! Elle se rend compte du moindre grain de sable dans mes rouages. Pour une fois, je doute qu'elle ait pu lire ce que je voulais lui cacher. La connexion entre nous a été brièvement interrompue, un soupçon de friture sur la ligne, pile-poil quand il le fallait !

– Oh, I'm so sorry... Since you have the original, make copies without delay! And on a machine that isn't permanently connected, okay?

I try to control my voice and my features, to hide the relief that threatens to overflow. Phew, I didn't do too badly! I avoid intercepting the gaze of Lisa, who has some sort of "super-radar-best-friend-mood-detector" capability.

I stammer while smelling the amaryllis:

– I'll make sure. No worries Zsa, you sent it to us, that's the main thing. And I promise, I'll think it over before emptying my trash!

Then jokingly:

– You two seem a little distracted to me, makes you wonder! Come on, lovebirds, come in, let's go and sit under the trellis. It's cooler there.

In all the excitement of bringing her lover to meet us, Lisa no longer seems to have her extra-lucidity about me. She usually has these antennae! She senses every grain of sand in my cogs. For once, I doubt she can read what I want to hide from her. The connection between us was briefly interrupted. A hint of static on the line can be useful!

Les cigales montent d'un ton et l'air sec et tiède, chargé d'effluves de lavande, nous enveloppe. Je ne peux réprimer un profond soupir. Mais rapidement les interrogations fusent, m'assaillant à nouveau. Comment concilier l'image de la vie que je m'étais forgée, avec celle que j'en ai, à présent que je sais ?

J'éprouve un besoin urgent de m'isoler pour reprendre le contrôle. Mes réflexions apparaissent et disparaissent dans un chaos affolant.

Il arrive, lorsque mon existence se complique au point de ne plus parvenir à y voir clair, que j'appelle Lisa à la rescousse et que je la prie de devenir ma tête pensante.

« S'il te plaît, Zsa, tu veux bien réfléchir à ma place ? Je suis paumée, tout s'embrouille… impossible de prendre du recul. Il faut que tu m'aides. Tu as les données en main. Envisage toutes les hypothèses, tu le fais si bien ! Parce que je nage en plein brouillard, je mélange tout et je perds pied. »

Lisa est plutôt d'une nature réfléchie. Exactement l'inverse de moi, qui tend à être impulsive, en réagissant au gré de mes lubies, de mes coups de cœur et autre coups… du sort ! Le plus drôle, c'est que ça fonctionne, ma technique du tac au tac. Sauf s'il s'agit d'un sac de nœuds. Dans ce cas précis, je laisse le soin à Zsa de les démêler. Elle y parvient immanquablement !

Elle me recontacte et m'expose avec une rigueur scientifique les différentes possibilités ainsi que leurs conséquences. À cet instant, comme après une bourrasque de tramontane, les nuages se dissipent de mon esprit et, telle une évidence, la solution m'apparaît, emplie de bon sens.

The singing of the cicadas grows louder and the dry, warm air, charged with the scent of lavender, envelops us. I sigh deeply. But quickly questions arise, nagging at me again. How do I reconcile the image of the life I had for myself with the one I have now that I know?

I urgently need to isolate myself to regain control. My reflections appear and disappear in maddening chaos.

Sometimes when my life becomes so complicated that I can't see clearly, I call Lisa to the rescue and beg her to be my brain.

"Please, Zsa, would you think about it for me? I'm lost, everything is confused… impossible to take a step back. You need to help me. You have the data in hand. Consider all the hypotheses, you do it so well! Because I'm swimming in a fog. I mix everything up and lose my footing."

Lisa is of a rather thoughtful nature. Exactly the opposite of me. I tend to be impulsive, reacting to whims, knocks and other obstacles… fate! The funny thing is, my tit for tat technique works. Unless it's a bag of knots. In this specific case, I'll leave it to Zsa to sort them out. She always does!

She calls me back and explains with scientific rigor the different possibilities and their consequences. That's when, as after a squall of wind, the clouds dissipate from my mind and a solution that's full of common sense appears clearly.

Elle ne prend jamais de décisions immédiates, Lisa, surtout dans les situations difficiles. Sa vivacité lui permet d'assimiler les informations et d'analyser avec une facilité déconcertante les événements, en un temps record.

De mon côté, je la bouscule fréquemment, je lui conseille de ne pas trop cogiter, de battre le fer tant qu'il est chaud, d'écouter ses propres intuitions et de ne pas rater un train, au risque de ne pas le voir repasser... Bah... à nous deux ça fait une moyenne, en quelque sorte. Cette complémentarité a grandi avec nous, et nous avons évolué dans la même direction.

Oh, Zsa, tu ne pourras m'épauler sur ce coup-là...

Guillaume m'interpelle, empressé.

Je réalise que, préoccupée, je n'ai pas bougé.

– Alors qu'as-tu...

D'une voix à peine audible, je lui souffle en l'interrompant :

– Plus tard, Guillaume.

– Dis-moi juste si cet élément nous donne enfin des réponses, Mel, me supplie-t-il dans sa barbe.

– Oui.

– Oui quoi ?

– On a des réponses... qui posent de nouvelles questions.

À son tour Guillaume soupire. Déconcerté.

Les paroles de ma grand-mère s'imposent. « Cœur qui soupire n'a pas ce qu'il désire », me répétait-elle souvent.

Il entrouvre la bouche pour parler. Je l'en empêche d'un tendre mais ferme :

She never makes quick decisions, Lisa, especially in difficult situations. Her liveliness allows her to assimilate information and analyze events with surprising ease, and in record time.

On the other hand, I often remind her not to think too much, to strike the iron while it's hot, to listen to her own intuitions and to get on the bus rather than watching it as it goes by... Well... the two of us balance each other out, in a way. This balance has grown with us, and we've evolved in the same direction.

Oh, Zsa, you won't be able to help me with this one...

Guillaume calls me, eagerly.

Lost in thought, I realize I haven't moved.

– So what did you...

In a barely audible voice, I whisper, interrupting him:

– Later, Guillaume.

– Just tell me if this item finally gives us answers, Mel, he pleads under his breath.

– Yes.

– Yes what?

– We have answers... which pose new questions.

Guillaume sighs in turn. Baffled.

I remember my grandmother's words. "A heart that sighs doesn't have what it wants," she often told me.

He opens his mouth to speak. I prevent him with a tender but firm:

– Je t'en prie… Ce n'est pas le bon moment, Lisa et Luc vont se demander ce qu'on fabrique…

Il hausse un sourcil et j'admets :

– Je dois d'abord digérer la chose, si tant est que ce soit possible… Tout est confus. Il faut que j'y mette de l'ordre.

Je me blottis au creux de ses bras pendant quelques minutes, avant de rejoindre nos invités qui se sont avancés au fond du jardin.

Prise de remords à la vue de sa moue frustrée, je susurre à son oreille :

– Ce soir… Oh ! Mon cœur, quand tu sauras…

Guillaume s'écarte, ses yeux sondent les miens.

Me sentant désemparée, je lui avoue :

– J'ignore qui je suis… du moins, je ne suis plus la même que tout à l'heure…

Il a ce sourire désarmant, à la fois doux et enveloppant, qui me fait fondre.

– Ne t'inquiète pas ma chérie, j'aime autant ma « Mélisende II : le retour », si ça peut te rassurer.

– Moi aussi j'aimerai mon Guillaume remasterisé.

– Je vais tant changer que ça ?

En guise de réponse je l'embrasse dans le cou, histoire d'échapper à son regard incrédule, je l'avoue, puis je me serre contre lui, grappillant des secondes supplémentaires.

Mon refuge. Mon rocher.

C'est à cela que l'on reconnaît l'amour, le vrai. À cette certitude que l'on sera là pour l'autre, quoi qu'il arrive, et qu'il sera également là pour soi.

– Please... Now isn't the right time, Lisa and Luc will be wondering what we're up to...

He raises an eyebrow and I admit:

– I have to digest it first, if at all possible... Everything is confused. I need to get it in order.

I snuggle up in his arms for a few minutes, before joining our guests who have advanced to the bottom of the garden.

Feeling remorseful at the sight of his frustrated pout, I whisper in his ear:

– Tonight... Oh! Sweetheart, when you know...

Guillaume steps back, his eyes searching mine.

Feeling helpless, I confess:

– I don't know who I am... at least I'm not the same as before...

He has that disarming smile, both sweet and enveloping, that makes me melt.

– Don't worry my Dear, I love my "Mélisende II: the return" so much, if that can reassure you.

– I, too, will love my remastered Guillaume.

– Am I going to change that much?

In response I kiss him on the neck, just to escape his incredulous gaze, I admit, then I hug him, stealing a few extra seconds.

My refuge. My rock.

This is when we know true love. The certainty that you'll be there for the other, no matter what, and that they will also be there for you.

Qu'importe si la Terre a une forme de pyramide.

La sagesse populaire dit que rien n'est acquis, mais elle se trompe. Certaines exceptions confirment la règle. Il est des sentiments inaltérables qui ne disparaissent pas.

Ceux que l'on éprouve entre parents et enfants, ou au sein de la fratrie... font partie de ces exceptions. On les aime envers et contre tout, quels que soient leurs défauts et leurs qualités.

On aime son bébé quand bien même il s'époumone des nuits durant, jusqu'à nous empêcher de fermer l'œil ; on aime son enfant qui hurle à nous percer les tympans, pour cet énième jouet qu'on lui refuse devant la tête de gondole d'une caisse de supermarché ; tout comme on aime sa mère qui nous oblige à enfiler des bottes en caoutchouc les jours de pluie, alors que nos camarades de classe chaussent des tennis ; ainsi que l'on aime son père qui s'oppose à ce que l'on sorte dans la rue trop maquillée à quinze ans ; ou son frère qui guette patiemment que l'on ait fini de manger notre part de Chamallows pour grignoter enfin la sienne, avec une lenteur horripilante...

Ces amours-là, inconditionnels, nous structurent face à l'océan tumultueux de la vie, nous maintiennent à flot, nous portent, nous rassurent.

Nos proches tant aimés... Ils étaient là hier, ils sont là maintenant, ils seront là demain, ils seront là toujours.

Et ils nous donnent une force incroyable.

Une force invincible.

It doesn't matter if the Earth is pyramid shaped.

Popular wisdom says that nothing can be taken for granted, but that's wrong. Certain exceptions prove the rule. There are unalterable feelings that don't disappear.

Those that we experience between parents and children, or between siblings... are among these exceptions. We love them against all odds, whatever their faults and qualities.

We love our baby even though he squeals all night long, until we can't close our eyes; we love our child who howls to pierce our eardrums, for the umpteenth toy that we refuse to buy him from the rack at the supermarket checkout; just as we love our mother who forces us to wear rubber boots on rainy days, while our classmates wear sneakers; as we love our father, who stops us going out into the streets with too much makeup at fifteen; or his brother patiently watching while we finish eating our share of Chamallows and then finally nibbling on his, with excruciating slowness...

This unconditional love shapes us in the face of the tumultuous ocean of life, keeps us afloat, carries us, reassures us.

Our loved ones are so precious... They were there yesterday, they're here now, they will be there tomorrow, they will always be there.

And they give us incredible strength.

An invincible force.

Saint Guilhem-le-désert

13 juillet 2002

Guillaume

Mélisende n'a pas abordé la question du tableau de toute la soirée.

Je ne sais si nos amis se sont rendu compte de son air préoccupé. Personnellement je ne voyais que ça, et je cherchais sans relâche à déchiffrer l'expression lointaine de Mel. Mon impatience grandissait au fur et à mesure que les plats se succédaient. Son sourire énigmatique, suspendu à ses lèvres, aiguisait ma curiosité et me rendait fou.

J'ai à peine senti le goût de l'anchoïade que l'on a servie avec un vin rosé bien frais à l'apéritif – un *Pic Saint Loup*, celui-là même qui venait de la production d'un voisin, propriétaire de vignes près d'ici – ni le fumet des sardines grillées, du reste. La saveur aigre-douce de la *caponata* qui les accompagnait est quasiment passée inaperçue, elle aussi, tout comme celle, délicieusement acidulée, de la tarte à l'abricot et aux amandes caramélisées que Lisa avait cuisinée.

Et c'est d'une oreille distraite que j'ai suivi les conversations.

Ah si ! Un sujet a réussi à capter mon attention, tant il était innovant : l'utilisation par les restaurateurs d'Art, d'une bactérie au lieu des décapants traditionnels, pour nettoyer les fresques et sculptures des dépôts qui les encrassent.

July 13, 2002

Guillaume

Mélisende didn't broach the issue of the painting all evening.

I don't know if our friends noticed her preoccupied expression. Personally I saw only that, and I relentlessly tried to decipher Mel's distant expression. My impatience grew with the succession of dishes. The enigmatic smile hanging from her lips sharpened my curiosity and drove me crazy.

I barely tasted the anchoïade that we served with a very chilled rosé wine as an aperitif – a Pic Saint Loup, made at our neighbor's vineyard near here – nor the grilled sardines, for that matter. The bittersweet flavor of the caponata that accompanied them went almost unnoticed, too, as did the deliciously tangy flavor of the apricot and caramelized almond pie Lisa had baked.

And I was distracted as I followed the conversations.

Oh yes! One subject succeeded in capturing my attention, it was so innovative: the use by art restorers, of a bacterium instead of traditional paint strippers, to clean the frescoes and sculptures of the deposits that clog them.

Nos joyeux invités étaient intarissables. Apparemment, si j'ai bien compris, des micro-organismes se nourriraient de nitrates et les transformeraient en azote qui disparaitrait ensuite dans l'air. Lisa et Luc nous ont appris que des êtres unicellulaires débarrasseraient les marbres des cathédrales italiennes de leurs champignons envahissants et que certains dévoreraient les produits encrassant la peinture. C'est dément ! Luc disait que cette technologie d'avant-garde n'était pas encore employée sur des supports tels que le bois et la toile des tableaux, mais que les biologistes procédaient à une expérimentation. En attendant, cela marchait sur différentes matières dures à l'instar du béton ou du calcaire, et c'était approprié pour rénover les façades des monuments. Le recours à la biologie en remplacement de la chimie serait intéressant, etc.

Luc s'imaginait déjà badigeonnant de microbes les œuvres qu'il devait remettre à neuf et cette idée seule, suffisait à faire briller ses yeux d'excitation.

Très sympathique ce Luc. Vraiment. Je me suis immédiatement senti à l'aise en sa compagnie. Un chic type. Simple et authentique. Je trouve reposant, les gens qui ne jouent aucun rôle, qui ne se camouflent pas derrière un masque. Cela nous promet moult dîners agréables !

Peu après leur départ, Mélisende m'a tout raconté.

Elle a posé sur moi son regard velouté qui évoque les milliers qu'elle m'a déjà adressés auparavant, me rappelant inexorablement le premier, celui que j'ai capturé dans le métro.

Viens mon amour, c'est une longue histoire, tu sais…

Our happy guests were indefatigable. Apparently, if I understood correctly, microorganisms would feed on nitrates and turn them into nitrogen which would then disappear into the air. Lisa and Luc explained that unicellular organisms would rid the marbles in Italian cathedrals of their invading fungi and that some would devour the products dirtying the paint. It's crazy! Luc said that this cutting-edge technology was not yet used on media such as wood and canvas, but that biologists were experimenting. In the meantime, it worked on different hard materials like concrete or limestone, and it was suitable for renovating the façades of monuments. The use of biology as a replacement for chemistry would be interesting…

Luc could already envisage smearing germs on the works he had to refurbish. That idea alone was enough to make his eyes sparkle with excitement.

Luc was very nice. Truly. I immediately felt comfortable in his company. A cool guy. Simple and authentic. I find people who aren't playing a role, who don't hide behind a mask, refreshing. We're looking forward to many fun dinners together!

Shortly after they left, Mélisende told me everything.

Her velvety gaze fixed on me, evoking the thousands of times she has looked at me in the past, inexorably reminding me of the first time in the metro.

Come on my love, it's a long story, you know…

Nous y voilà.

Nous nous sommes contemplés dans la pénombre qui permettait d'entrevoir les formes des buissons. J'ai réajusté les cheveux de Mel en arrière afin de dégager son visage. Nous étions confortablement allongés sur nos chaises longues, sa main entre les miennes, emmitouflés dans de légères couvertures en maille polaire pour parfaire un nid douillet.

Juste elle et moi. Enfin !

Aux premières loges sous le ciel étoilé.

L'œil rond de la lune rousse nous encerclait, dans un pâle éclairage protecteur. Les hululements de la nuit d'été jouaient un agréable fond sonore. Une vague odeur sucrée de figuier nous procurait un apaisement bienvenu, tandis qu'une faible clarté cédait la place à l'obscurité qui envahissait déjà tout le jardin. Le crépuscule exacerbait les parfums. Ne rien distinguer aiguisait les sens que l'on ne privilégie pas d'ordinaire.

* * *

Notre histoire.

Comment diable est-ce possible ?

L'idée me séduit. Mais, contrairement à Mel, j'avoue que cela me laisse sceptique. Il doit bien y avoir une explication ! Mes pensées rationnelles et objectives prennent l'avantage.

Comme d'habitude.

Et la ressemblance ! La montre ! Les intuitions !

Et notre rencontre ! Ces impressions de souvenirs, par-dessus le marché, qui paraissent à portée de main et qui sont cependant insaisissables ?

Here we are.

We gazed at each other in the half-light which gave a glimpse of the shapes of the bushes. I brushed Mel's hair back to clear her face. We were comfortably stretched out on our lounge chairs, bundled up in light fleece blankets to make a cozy nest, her hand between mine.

Just her and me. At last!

Front row seats for the starry sky.

The round eye of the red moon circled us in a pale protective light. The cries of the summer night made for a pleasant background sound. The vague, sweet smell of fig trees soothed us, while a faint light gave way to the darkness that already pervaded the entire garden. The twilight exacerbated the scents. Not seeing anything sharpened our senses, those not usually used.

* * *

Our story.

How the hell is it possible?

The idea appeals to me. But, unlike Mel, I admit it leaves me skeptical. There must be an explanation! My rational and objective thoughts take over.

As usual.

And the resemblance! The watch! The intuitions!

And our meeting! And on top of that, these elusive flashes of memory?

Je suis perdu, tel un amnésique qui n'a accès à son passé.

Deux voix se disputent en moi, un véritable duel, alors que j'entreprends de lire le récit de Madeleine et Ferdinand que Mélisende m'a résumé.

Notre récit !

Contre toute attente, mon cœur s'emballe et cogne fort dans ma poitrine. Je devine, malgré la résistance d'un déni extrêmement tenace, que l'appréhension qui me serre la gorge et qui me noue le ventre, possède un *je-ne-sais-quoi* de ce que je m'apprête à découvrir, et que ce *je-ne-sais-quoi* va changer ma vie entière.

« Si vous lisez ces quelques mots, c'est que le tableau est venu à vous, et qu'il est donc revenu à nous, pour notre plus grand bonheur. Voici notre histoire… »

* * *

Après la lecture d'une traite de la lettre, je reste hébété de longues minutes. Sonné.

Je suis d'humeur mélangée, en proie à des sentiments contradictoires.

Je contemple la danse des étoiles, pareilles à des milliers de minuscules lanternes bercées par la brise.

Soudain je comprends et dans la seconde qui suit, c'est l'armistice dans ma tête.

Le document que j'ai sous le nez a vaincu mes doutes et mes peurs. J'encaisse relativement bien le choc de cette improbable révélation.

Le voile est enfin levé sur ces déjà-vus, sur ces drôles de coïncidences, sur ces mystères. Je réalise que, ça y est, je les ai mes réponses !

I'm lost, like an amnesiac who has no access to his past.

Two voices dispute within me, a real duel, as I begin to interpret the story of Madeleine and Ferdinand that Mélisende has summarized for me.

Our story!

Against all odds, my heart races, pounding hard in my chest. I guess, despite my extremely tenacious denial, that the apprehension that grips my throat and knots my stomach hints at what I'm about to discover, and that whatever it is will change my whole life.

"If you're reading these few words, it's because the painting has come to you, and therefore returned to us, to our delight. Here is our story…"

* * *

After reading the letter, I remain dazed for several minutes. Stunned.

I'm in a mixed mood, plagued by conflicting feelings.

I watch the stars dance, like thousands of tiny lanterns rocked by the breeze.

Suddenly I understand, and within a second there's an armistice in my head.

The document I have under my nose has conquered my doubts and fears. I'm coping relatively well with the shock of this improbable revelation.

The veil is finally lifted on the déjà-vu, on these strange coincidences, on these mysteries. I realize that, that's it, I have my answers!

Je ressens un profond soulagement salvateur.

La maison est parfaitement silencieuse à présent. Mel dort. Je me couche près d'elle.

Impossible de dormir. Evidemment.

Les cigales ont fini par se fatiguer. Les senteurs entêtantes de lavande remontent par la fenêtre ouverte. Je souris aux anges.

Je n'ai qu'une envie, celle de me laisser tenter par l'inconcevable.

Je suis obligé d'admettre, avec une totale adhésion du cœur, que Mélisende *est* Madeleine, tout comme je *suis* Ferdinand.

Parce que c'est écrit.

Et maintenant ?

Dans le noir, les yeux ouverts sur le plafond, je me fais un serment : celui de ne jamais oublier la chance qui m'a été donnée de vivre auprès de Mélisende. Je formule la promesse solennelle de m'appliquer à perpétuer notre félicité. Sans fin.

Une voix s'élève. Mais alors, qui donc, quelle puissance supérieure, organise ce ballet d'âmes ? Sommes-nous les seuls, Mel et moi, à bénéficier de ce traitement de faveur ? Combien d'histoires avons-nous déjà vécues ? Et combien ensemble ? Comment avons-nous pu concevoir que nous avions rendez-vous de vie en vie, lorsque nous étions Madeleine et Ferdinand ?

Des questions qui en amènent d'autres... C'est infernal.

Si je m'en pose à n'en plus finir, je vais terminer cinglé.

I feel saved by profound relief.

The house is perfectly quiet now. Mel is sleeping. I lie down next to her.

Impossible to sleep. Obviously.

The cicadas eventually get tired. The heady scents of lavender rise through the open window. I smile at the angels.

I have only one desire, to let myself be tempted by the inconceivable.

I have to admit, with total support from my heart, that Mélisende is Madeleine, just as I am Ferdinand.

Because it is written.

And now?

In the dark, my eyes open on the ceiling, I swear to myself I'll never forget the luck I've been given to live with Mélisende. I make a solemn promise to apply myself to perpetuating our bliss. Without end.

A voice rises. But then, who, what higher power, is organizing this ballet of souls? Are we the only ones, Mel and I, getting this special treatment? How many stories have we already lived? And how many together? How could we have conceived that we had a date in one life and in another, when we were Madeleine and Ferdinand?

Questions that lead to more… It's infernal.

If I just keep asking more and more questions, I'm going to end up nuts.

Je décide en mon for intérieur, de tenir un engagement supplémentaire – le but étant de m'éviter de devenir complètement dingue – et de ranger, bien cachés au fond de mon esprit torturé, ces problèmes dont je n'aurai aucune réponse. Puis d'accepter une bonne fois pour toutes que les potentialités du cerveau humain sont regrettablement insuffisantes.

La foi fournit les explications que la raison est incapable de donner. Et la croyance a du mal à répondre aux énigmes que la raison suscite, parce qu'en son sein, tout n'est pas rationnel, sinon elle serait un savoir.

Cette vérité-là, la mienne, celle du monde, celle de ceux qui me précèdent et me succèderont, cette intime conviction que je garde dans les entrailles de mes pensées, fait que je me sens en accord avec moi-même, car elle est celle qui m'arrange, davantage qu'elle ne me dérange.

Je me revois sur les bancs du lycée, en cours de philo, à plancher sur l'un des sujets de dissertation : supposez-vous, comme Nietzsche, que « quand on a la foi, on peut se passer de la vérité » ? Une citation qui prend ce soir toute sa dimension.

Je suis forcé de rester humble, en l'occurrence. J'avoue me sentir désemparé. Je me résigne enfin à tolérer mon incapacité à saisir l'énigme qu'est la vie, et de croire, sans être absolument sûr.

J'estime que les preuves que j'ai obtenues sont amplement recevables pour chasser la part de doute. Il y a tant de choses qui dépassent l'entendement humain...

I decide deep down, to make an additional commitment – the goal being to prevent myself from going completely nuts – and to hide in the back of my tortured mind these questions with no answer. Then to accept once and for all that the human brain's potential is unfortunately insufficient.

Faith provides the explanations that reason is unable to give. And belief finds it difficult to answer the enigmas that reason arouses, because within it, not everything is rational, otherwise it would be knowledge.

This truth, mine, that of the world, that of those who precede me and will succeed me, this intimate conviction that I keep in the back of my thoughts, makes me feel in harmony with myself, because it's the one that suits me more than it bothers me.

I see myself on the school benches, in philosophy class, working on one of the essay topics: do you suppose, like Nietzsche, that "when you have faith, you can do without the truth"? A quote that comes into its own tonight.

I'm forced to stay humble, in this case. I admit to feeling helpless. I finally resign myself to tolerating my inability to grasp the enigma that is life, and to believe, without being absolutely sure.

I believe that the evidence I've obtained is amply admissible to dispel part of the doubt. There are so many things that are beyond human comprehension...

Je me tourne vers Mélisende qui dort profondément, imprégnée de la chaleur moite du lit. Je me colle à elle, les doigts enfouis dans ses cheveux soyeux que je ne me lasse pas de caresser et je lui murmure à l'oreille que je l'aime.

Somnolente, elle se pelotonne contre moi. Le long débardeur qu'elle porte épouse harmonieusement ses courbes.

Je ne trouve pas de mots assez forts pour lui dire combien elle compte.

J'ai dit « je t'aime » à des femmes, quelquefois, mais cela n'avait pas la même valeur.

Comment exprimer une telle différence ?

Il faudrait inventer un langage pour elle et moi. Pour tous ceux qui ont la même bénédiction que d'aimer ainsi.

Oui, j'ai changé. Mes jours ont changé. Depuis Mel.

Avant elle, il y avait une sorte de vide au cœur, que je ressentais sans en prendre réellement conscience. Désormais, cette vacuité serait insupportable.

Je n'imagine pas un instant être privé de Mel.

Je remonte le drap sur nous. L'air de la fin de nuit devient frais. Je sais que le sommeil ne me gagnera pas... Pourtant mon corps est lourd, épuisé par tant d'émotions... Mon cerveau, lui, galope à vive allure, insensible aux intenses signes de fatigue, pendant que je fixe le rideau qui se déforme au grès du vent léger qui s'y engouffre. J'écoute les bruits nocturnes, jusqu'à ce que Mélisende se réveille.

I turn to Mélisende who sleeps soundly, soaked in the moist heat of the bed. I stick to her, my fingers buried in her silky hair that I never tire of stroking and whisper in her ear that I love her.

Sleepy, she curls up against me. The long tank top she wears hugs her curves harmoniously.

I can't think of words strong enough to tell her how much she means to me.

I have said, "I love you" to women at times, but it didn't have the same value.

How to express such a difference?

We would have to invent a language for her and me. For all who have this blessing, all those who love this way.

Yes, I've changed. My days have changed. Since Mel.

Before her, there was a kind of emptiness in my heart, which I felt without really realizing it. From now on, this emptiness would be unbearable.

I can't imagine for a moment being without Mel.

I pull the sheet up on us. The late night air is getting chilly. I know sleep won't win me over... Yet my body's heavy, exhausted by so many emotions... My brain gallops at high speed, insensitive to the intense signs of fatigue, while I watch the curtain undulating in a light breeze. I listen to the noises of the night, until Mélisende wakes up.

Nos regards s'agrippent alors, puis nous nous serrons l'un contre l'autre dans les ténèbres, presque violemment, sans un mot, dans une tendresse bouleversante.

Comme des naufragés en plein océan, cramponnés à leur radeau, à mille lieues de toute terre habitée.

Our eyes lock together, then we hug each other in the darkness, almost violently, without a word, with overwhelming tenderness.

Like castaways in the middle of the ocean, clinging to their rafts, a thousand leagues from any inhabited land.

TROISIÈME PARTIE

L'écriture commence là où s'arrête la parole et c'est un grand mystère que ce passage de l'indicible au dicible.

Amélie Nothomb
Hygiène de l'assassin

PART THREE

Writing begins where speech leaves off, and it's a great mystery, just this passage from the unspeakable to the speakable.

Amélie Nothomb

Hygiene and the Assassin

Yangshuo
mai 1961

Madeleine et Ferdinand

« Si vous lisez ces quelques mots, c'est que le tableau est venu à vous, et qu'il est donc revenu à nous, pour notre plus grand bonheur.

Voici notre histoire, vous qui êtes nous-même au cours d'un autre temps, dans une nouvelle existence qui nous est donnée de vivre encore.

Pour mémoire

– Je m'appelle Madeleine Cabanel, ici et maintenant, en ce beau printemps de 1961. Je suis née le 14 mars 1880. Vous m'avez certainement vue, sur le tableau que ma très chère Lian a fini de peindre. Vous la reconnaîtrez sans peine, si ce n'est déjà fait : son autoportrait figure en premier plan sur la peinture. Elle essaie une boucle d'oreille à l'étal d'un marchand de bijoux. Elle a tout juste dépassé la vingtaine d'années et possède énormément de talent. Quant à moi, je me promène dans les rues de Yangshuo au bras de Ferdinand, mon mari. Nous avons, hélas, atteint les quatre-vingts ans, lui et moi. Comme la vie passe vite !

Yangshuo
May 1961

Madeleine and Ferdinand

"If you are reading these few words, it's because the painting has come to you, and therefore returned to us, to our delight.

This is our story, you who are ourselves in another time, in a new existence given to us to live again.

Memoir

– My name is Madeleine Cabanel, here and now, in this beautiful spring of 1961. I was born on March 14, 1880. You've certainly seen me, on the picture that my dear Lian has finished painting. You'll easily recognize her, if you haven't already: her self-portrait appears in the foreground in the painting. She's trying on an earring at a jewelry store. She's just in her twenties and has a tremendous amount of talent. As for me, I'm walking through the streets of Yangshuo on the arm of Ferdinand, my husband. He and I have, alas, reached the age of eighty. How fast life passes!

– Quant à moi, je suis venu au monde le 18 février de la même année que ma bien-aimée. Je me nomme Ferdinand Cabanel et je me doute que vous avez pu voir à quoi je ressemble sur la photo que Lian a placée, bien en évidence, dans son salon.

– Nous sommes des enfants du pays de Sarlat, en Périgord noir. C'est sur les bancs de l'école communale que nous nous sommes connus, et au plus loin que remontent nos souvenirs, nous nous aimions.

Enfin, quand je dis « sur les bancs de l'école », ce n'est pas tout à fait exact. Elle n'était pas mixte à l'époque, pardi ! Le bâtiment comportait deux parties avec des entrées distinctes et nos cours de récréation étaient séparées par un muret. Néanmoins, nombre de mots doux et œillades discrètes que nous nous jetions, franchissaient allègrement l'obstacle, dans le dos de nos instituteurs. Nous habitions des fermes voisines et, tout naturellement, nous avions pris l'habitude de nous attendre pour faire le trajet ensemble. Nous traînions nos galoches – cloutées afin qu'elles durent plus longtemps – sur les chemins, avec nos blouses boutonnées derrière.

Dès le début, j'ai compris que Ferdinand et moi étions liés par un phénomène qui nous dépassait.

– Madeleine a grandi avec moi, sous le soleil de notre campagne natale. On ne nous voyait jamais l'un sans l'autre à Sarlat, dans la vieille ville aux murs ocre de calcaire qui affichait fièrement ses toits pentus couverts de lauzes et ses magnifiques clochers et tourelles.

Madeleine était mon amie, mon alter ego.

— As for me, I came into the world on February 18 of the same year as my beloved. My name is Ferdinand Cabanel and I suspect you may have seen what I look like in the photo Lian has placed prominently in her living room.

We are children of the countryside of Sarlat, in Périgord Noir. It was on the benches of the public school that we met, and as far back as our memories go, we have loved each other.

At least, when I say "on the school benches", that is not entirely correct. It wasn't coed back then, of course! The building had two parts with separate entrances and our playgrounds were separated by a low wall. Nevertheless, we gleefully threw a lot of sweet words and discreet glances at each other across the obstacle, behind the backs of our teachers. We lived on neighboring farms, and naturally we had become accustomed to waiting to make the trip together. We dragged our galoshes – studded so they would last longer – along the paths, with our coats buttoned up behind.

From the start, I understood that Ferdinand and I were linked by a phenomenon that was beyond us.

— Madeleine grew up with me, under the sun of our native countryside. We were never seen without each other in Sarlat, in the old town with its ocher limestone walls, proudly displaying its sloping roofs covered with slate and its magnificent bell towers and turrets.

Madeleine was my friend, my alter ego.

*Mêmes genoux écorchés, à l'air libre, été comme hiver.
« C'est vivifiant, malheureux ! Ça fait des mômes en bonne
santé, le froid, mon garçon ! », me serinait ma mère sans
lever les yeux des chaussettes qu'elle reprisait, alors que je
lui demandais à quel âge je n'aurai plus à supporter ces
satanées culottes courtes.*

*Mêmes sourires édentés aussi, mêmes musettes que l'on
balançait par terre avant de faire la course, même soif de
croquer la vie.*

Il m'était égal qu'elle soit une fille.

*Mêmes jeux, mêmes bêtises, mêmes secrets partagés —
dont celui de sonner la cloche de l'église un dimanche matin,
vingt minutes avant la messe, et d'épier en rigolant, perchés
sur le toit du presbytère, les gens qui accouraient
endimanchés, réajustant à la va-vite leurs beaux habits, en
pestant contre monsieur le curé qui les avait obligés à se
dépêcher.*

*Nous avions appris, jusqu'au moindre rocher, tous les
sentiers poussiéreux du coin ainsi que toutes les routes
étroites et sinueuses qui serpentaient au milieu des collines
parsemées de châtaigniers. Gamins, nous pêchions à la nuit
tombée dans des ruisseaux peu profonds, des écrevisses
dissimulées sous les pierres et les racines. Avec une lampe,
les taquiner était un jeu d'enfant. Je souris intérieurement en
nous revoyant nous poursuivre dans les sous-bois, riant aux
éclats à la vue de nos pouces pincés tout ensanglantés.
J'hume encore les senteurs mélangées d'humus, de terre et de
mousse.*

The same scratched knees, in the open air, summer and winter. "It's invigorating, miserable child! The cold makes healthy kids, my boy!" My mother would huff at me without looking up from the socks she was working on again, as I asked her at what age I wouldn't have to put up with those damn short pants.

The same toothless smiles too, the same bags that you throw on the floor before running, the same thirst for life.

I didn't care if she was a girl.

The same games, the same stupidities, the same shared secrets – including that of ringing the church bell on a Sunday morning twenty minutes before mass, and watching, laughing, perched on the roof of the presbytery, the people who flocked towards us in their Sunday best, hastily readjusting their fine clothes, cursing the priest who had forced them to hurry.

We had learned, down to the smallest rock, all the dusty paths in the area as well as all the narrow and winding roads that meandered through the hills dotted with chestnut trees. As kids, we went fishing after dark in shallow streams, crayfish hidden under stones and roots. With a flashlight, teasing them was a snap. I smile inwardly as I remember us chasing each other through the undergrowth, laughing out loud at the sight of our bloody scratched thumbs. I still smell the mixed scents of humus, earth and moss.

Quelle personne, mieux que moi, peut dire qui est Madeleine ? Je suis le seul à savoir qu'elle se plaît à ouvrir grand la bouche sous la pluie pour goûter les gouttes d'eau ; qu'elle ne chasse pas les mouches qui lui font des chatouilles sur la peau, lorsqu'au plus chaud de l'été, elle se laisse aller à une sieste dans le clair-obscur du vieux figuier ; qu'elle n'a jamais su siffler ; qu'elle cache un délicieux grain de beauté pile au-dessus de la fesse droite ; qu'elle a le vertige ; qu'elle a terriblement peur lors des sinistres craquements de meubles et de parquets des anciennes bâtisses.

Je sais aussi qu'elle déteste les émanations âcres de la fumée des feuilles mortes que l'on brûle en automne, à cause des migraines que cela lui donne ; qu'elle n'apprécie pas le goût piquant des bonbons à la menthe ; mais qu'elle ne se lasse pas de respirer le papier des livres ; qu'elle adore la confiture de melon plus encore que celle d'abricot et que ce n'est rien comparé aux dragées ou aux figues fraîches.

Je sais toutes ces choses qui font que Madeleine est unique. Je les connais par cœur. Il faut avouer que j'en ai passé du temps, à l'observer à son insu ! Elle a toujours été fascinante.

J'ajouterais qu'elle ne comptait pas les heures qu'elle passait à calligraphier les pages d'écriture de ses cahiers, avant le certificat d'études, et qu'elle en gardait, comme preuve, les petites tâches d'encre qui constellaient ses ongles fins.

Who better than me can tell who Madeleine is? Only I know that she likes to open her mouth wide in the rain to taste the drops of water; that she doesn't chase away the flies that tickle her skin, when, in the hottest summer days, she indulges in a nap in the chiaroscuro of the old fig tree; that she never knew how to whistle; that she hides a delicious mole right above her right buttock; that she has vertigo; that she's terribly afraid of the sinister creaking of furniture and parquet floors in old buildings.

I also know that she hates the pungent fumes from the smoke of dead leaves that are burned in the fall, because of the headaches it gives her; that she doesn't like the tangy taste of peppermint candies; but that she never tires of smelling the paper of books; that she loves melon jam even more than apricot jam, and that they're both nothing compared to sugared almonds or fresh figs.

I know all these things that make Madeleine unique. I know them by heart. I must admit that I spent a lot of time watching her without her knowing it! She has always been fascinating.

I would add that she spent countless hours on writing calligraphy on the pages of her notebooks, before graduating from school, and that she has, as proof, small ink stains that stud her fine fingernails.

Madeleine... Nul autre que moi ne situe la région précise, entre nuque gracile et épaules bien dessinées, où elle aimait sentir la pulpe de mes doigts. Assoupis à l'ombre d'un arbre, bercés par le chant des cigales, elle me disait que son refuge se trouvait au creux de mon cou lorsque, sa tête nichée contre ma peau, elle reniflait mon odeur. Elle me murmurait que cette place était la sienne. Rien qu'à elle. Que je sentais bon le beurre frais et le lait tiède. Et je ne me lassais pas de caresser ses mèches soyeuses, si blondes qu'elles paraissaient parfois être blanches.

Par un bel après-midi radieux d'un été caniculaire, nous courions main dans la main au travers d'un champ de blé mûr, rejoindre notre cabane secrète dissimulée au pied du chêne. Mon regard sur Madeleine a soudainement changé. Je ne voyais plus seulement en elle la compagne de jeux. Elle devenait une bien jolie jeune fille, avec son décolleté fermé par de minuscules boutons de verre. Sa liquette taillée dans un drap fin, transparent à contre-jour, s'arrêtait, du reste, largement au-dessus du genou. Elle avait grandi vite ces derniers mois ! Ses cheveux dorés par le soleil, étaient noués en deux longues tresses qui descendaient entre ses omoplates halées, un peu saillantes.

C'est moi qui l'ai embrassée – je n'en menais pas large ! – alors que nous glanions des abricots dans le verger de Jeannot Mazet, mon voisin, trop âgé pour les ramasser. Je me souviens de leur saveur particulièrement sucrée. Ils étaient si mûrs que cela faisait le même effet que de se gaver de compote. J'ai pensé, en lui donnant mon premier baiser, que les lèvres de Madeleine étaient plus douces que la peau des fruits veloutés que nous venions de récolter et qui débordaient de nos paniers de vendangeurs.

Madeleine... No one other person knows the exact place, between her slender neck and well-defined shoulders, where she liked to feel the pads of my fingers. Asleep in the shade of a tree, lulled by the song of the cicadas, she told me that her refuge was in the crook of my neck when, her head nestled against my skin, she sniffed my scent. She whispered to me that this place was hers. Just hers. That I smelled like fresh butter and lukewarm milk. And I never tired of stroking her silky locks, so blond they sometimes seemed to be white.

One beautiful, radiant afternoon during a scorching summer, we were running hand in hand through a field of ripe wheat to our secret cabin hidden at the foot of the oak tree. My gaze on Madeleine suddenly changed. I no longer saw her only as a playmate. She was becoming a very pretty young girl, with tiny glass buttons closing over her cleavage. Her shirt, cut from a thin fabric, was transparent against the light, and hemmed, moreover, well above the knee. She had grown up fast in recent months! Her sun-golden hair was tied in two long braids that came down between her slightly protruding tanned shoulder blades.

It was I who kissed her – I was embarrassed! – while we were picking apricots in the orchard of Jeannot Mazet, my neighbor, who was too old to do it. I remember their particularly sweet flavor. They were so ripe it was like gorging on compote. I thought, giving her my first kiss, that Madeleine's lips were softer than the skin of the velvety fruits, overflowing from our grape pickers' baskets, that we had just harvested.

– Sans efforts, je sens avec une précision inouïe, la légère pression de ses lèvres charnues se poser timidement sur les miennes. Je me rappelle que, ce jour-là, Ferdinand revêtait une chemise en coton dont il avait remonté les manches et déboutonné le col, ainsi qu'une culotte courte en flanelle grise retenue par des bretelles en cuir craquelé. Il a pris la précaution d'ôter son béret, avant de se pencher vers moi. J'ai trouvé cela d'une galanterie !

Les câlineries que nous partagions depuis la plus tendre enfance ont, peu à peu, fait place à des gestes d'amoureux. Des gestes emplis de l'affection, immense, que nous avions toujours éprouvée l'un pour l'autre.

Bien plus tard je l'ai demandé en fiançailles, un soir de juin. Nous étions affectueusement enlacés au milieu des bottes de foin, dans la grange de la ferme d'Antonin et d'Amélie Costil. Dehors, il y avait un orage de chaleur qui crevait le ciel. Disons plutôt que je lui ai soufflé l'idée à l'oreille entre deux coups de tonnerre, dans un doux murmure empli de pudeur.

– J'ai offert à Madeleine, avec toute la solennité dont j'étais capable à l'époque, un anneau sobre, serti d'une perle de culture. Je ne voulais pas lui transmettre l'horrible grosse bague de mon aïeule. Au désespoir de ma mère, d'ailleurs. Pour ma fiancée, je souhaitais un bijou qui soit simple et pur. À son image.

– Mon futur mari s'était rendu à Toulouse accompagné de Jeanne, sa mère, pour le choisir. La perle était noire, je n'en avais jamais vu d'aussi originale. Je n'ai pu retenir mes larmes.

– Without effort, I feel with incredible clarity, the slight pressure of his full lips landing timidly on mine. I remember Ferdinand was wearing a cotton shirt that day, with the sleeves rolled up and the collar unbuttoned, as well as short gray flannel breeches held up by cracked leather suspenders. He took the precaution of removing his beret, before leaning towards me. I found it gallant!

The hugs that we shared since childhood gradually gave way to loving gestures. Gestures filled with the immense affection we had always felt for each other.

Much later, one evening in June, I asked him to marry me. We affectionately embraced in the midst of the haystacks in the barn of Antonin and Amélie Costil's farm. Outside, there was a thunderstorm, heat bursting through the sky. I whispered the idea in his ear between two thunderclaps, in a soft murmur filled with modesty.

– I gave Madeleine, with all the solemnity I was capable of at the time, a sober ring set with a cultured pearl. I didn't want to pass my grangmother's horrible big ring on to her. To my mother's despair, by the way. For my fiancée, I wanted a piece of jewelry that was simple and pure. To suit her.

– My future husband went to Toulouse accompanied by Jeanne, his mother, to choose it. The pearl was black. I had never seen one so original. I couldn't hold back my tears.

— Le 16 février 1907, j'ai épousé Madeleine, superbe dans sa robe vaporeuse à traîne, avec sa couronne de fleurs, à la mode de la Belle Époque.

— Il était séduisant, vêtu de son costume trois pièces en coutil sombre. Il arborait un air sérieux que je ne lui connaissais pas. Le voilà devenu homme. Je me sentais tout à coup très intimidée.

— L'été qui a suivi, nous sommes partis en voyage de noces dans les colonies, en Indochine française, une escapade de deux mois, généreusement offerte par mon oncle Albert Espinasse, qui y exerçait une fonction de cadre. Il s'était installé à Saïgon en Cochinchine, avec son épouse Marguerite, dans une splendide demeure coloniale rue Catinat, au bout d'une majestueuse allée de palmiers.

— Les étrangers menaient grand train. Marguerite s'habillait de somptueux chemisiers en fin linon blanc, ornés de plusieurs rangs de plis religieusement impeccablement repassés. Je contemplais, envieuse, ses cols et bas de manches enrichis de dentelle de Valenciennes. Quelle élégance ! Je rêvais de porter ce genre de tenue avec la taille resserrée par des cordonnets ! Madame Espinasse se parait de larges chapeaux imposants et possédait des ombrelles ajourées au manche d'ivoire sculpté, d'une infinie délicatesse ! Je n'étais pas habituée à tant de luxe, moi qui n'avais guère quitté ma campagne.

– *On February 16, 1907, I married Madeleine, superb in her cloudlike dress with a train, and her crown of flowers, in the fashion of the Belle Époque.*

– He was handsome, wearing his three-piece dark suit. He wore such a serious air that I didn't know him. He has become a man. I suddenly felt very intimidated.

– *The following summer, we went on a honeymoon to the colonies, in French Indochina, a two-month getaway, generously paid for by my uncle Albert Espinasse, who served as an executive there. He had settled in Saigon in Cochinchina, with his wife Marguerite, in a splendid colonial mansion in rue Catinat, at the end of a majestic avenue of palm trees.*

– Foreigners lived in luxury. Marguerite dressed in sumptuous blouses of fine white linen, adorned with several rows of religiously, and impeccably, ironed pleats. I was envious, seeing her collars and cuffs enriched with Valenciennes lace. What elegance! I dreamed of wearing that kind of outfit with the waist tightened with cords! Madame Espinasse adorned herself with large, imposing hats and had parasols with carved ivory handles of infinite delicacy! I was not used to so much luxury, I who had hardly left the countryside.

– *Nous avons visité Hanoï, puis différentes régions de Chine dans la province du Guangdong, ensuite Shanghaï et enfin Yangshuo que vous connaissez si bien !*

– Cette partie du monde nous a enchantés et les jours passés à Yangshuo furent les plus beaux moments du voyage. Un vrai coup de cœur.

Les difficiles et tragiques années chaotiques qui ont suivi le retour en France, ont été marquées par la Grande Guerre.

– *Il y a eu la mobilisation, la panique au bruit des sirènes hurlant les couvre-feux, la peur viscérale face aux bombardements de nos villes, de nos écoles, de nos routes et de nos ponts, l'effroi au vrombissement des soudaines attaques aériennes.*

Nous nous retranchions dans la cave de Mauricette, serrés les uns contre les autres, les mains sur les oreilles, retenant notre respiration. À la fin des alertes nous ressortions groggy mais soulagés d'être en vie. Nous espérions que personne ne soit décédé et que nos maisons tiennent encore debout.

Après quoi, j'ai connu les affres de mourir seul sur un champ de bataille, loin des miens, comme une bête, à même la terre épaisse et criblée des trous d'obus qui éclataient sinistrement, semant la mort au hasard. J'étais terrifié à l'idée de tomber sous les balles sifflantes de l'offensive allemande et le grondement de l'artillerie. Cependant, ce n'était rien à côté de la hantise de disparaître sans revoir Madeleine.

– *We visited Hanoi, then different regions of China in the province of Guangdong, then Shanghai and finally Yangshuo that you know so well!*

– This part of the world enchanted us, and the days spent in Yangshuo were the most beautiful moments of the trip. A real favorite.

The difficult and tragic chaotic years which followed the return to France were marked by the Great War.

– *There was the mobilization, the panic at the sound of sirens screaming out curfews, the visceral fear in the face of the bombing of our cities, our schools, our roads and our bridges, the dread at the roar of the sudden aerial attacks.*

We took refuge in Mauricette's cellar, huddled together, hands over our ears, holding our breath. At the end of the alarms we came out groggy but relieved to be alive. We hoped that no one had died and that our houses were still standing.

After that, I knew the pangs of dying alone on a battlefield, far from my people, like a beast, in the thick earth riddled with craters that exploded ominously, sowing random death. I was terrified of falling under the whistling bullets of the German offensive and the rumble of the artillery. However, it was nothing compared to the dread of disappearing without seeing Madeleine again.

Oh, je peux témoigner de tant de barbarie. Je n'aurais pu imaginer cela. Un déluge de feu et de fer. Mes souvenirs sont marqués de tellement d'horreur et d'absurdité dans les tranchées, qu'ils ressemblent, à s'y méprendre, à une vision dantesque des damnés.

Une bonne étoile s'est penchée sur moi, tandis que les combats reprenaient de plus belle et que, dans les deux camps, les mitraillettes se répondaient en échos mêlés aux assourdissants coups de canons. Sanglant et boueux, les yeux gonflés à cause des gaz lacrymogènes, je crevais de trouille, pour tout vous dire.

La nuit, durant les brèves accalmies, grelottant de froid et d'épouvante, je me berçais en lisant et relisant sans répit, les lettres délavées et déchirantes que Madeleine m'écrivait, que je finissais par connaître par cœur. Je pleurais des larmes d'enfant sur sa photo couleur sépia.

Je ne sais comment j'ai fait pour rester vivant au milieu de cet enfer. Un miracle !

Il faut croire que ce n'était pas mon heure.

Ce fût malheureusement les derniers jours de beaucoup d'hommes originaires de Sarlat. Un carnage. D'abord il y a eu Martin, mon cousin germain. Il fût le premier d'une longue liste. Une hécatombe. Et puis il y a eu Gaston, suivi de près par Albert.

Et aussi Louis, oh, le petit Louis… Il n'avait pas fini sa croissance… Du gaz asphyxiant. Quelle abomination !

Quand je songe aux estropiés et à toutes les gueules cassées. Les pauvres ! Et ces veuves blanches, pour qui la vie s'est brusquement arrêtée en même temps que l'horloge du village. Tant de destins brisés… ravagés.

Que fabriquait le bon Dieu ?

Oh, I can testify to so much barbarism. I couldn't have imagined that. A deluge of fire and iron. My memories are marked with so much horror and absurdity in the trenches that they seem, mistakenly, like a Dantesque vision of the damned.

A lucky star loomed over me, as the fighting resumed again, and, on both sides, submachine guns echoed each other and were mingled with deafening cannon fire. Bloody and muddy, my eyes swollen from the tear gas, I was, quite frankly, scared.

At night, during the brief lulls, shivering with cold and terror, I rocked myself while I read and relentlessly reread, the faded and heart-rending letters Madeleine wrote to me, which I came to know by heart. I cried childish tears on her sepia colored photo.

I don't know how I managed to stay alive in the midst of that hell. A miracle!

I believe it was not my time to die.

Unfortunately, these were the last days for many men from Sarlat. A carnage. First there was Martin, my first cousin. He was the first in a long list. A massacre. And then there was Gaston, followed closely by Albert.

And also Louis, oh, little Louis… He hadn't finished growing… Mustard gas. What an abomination!

When I think of the cripples and all the broken heads. Poor people! And those widows, for whom life suddenly stopped along with the village clock. So many broken destinies… ravaged.

What was the good Lord doing?

– Je survivais, ainsi que les civils restés ici, dans un climat d'angoisse et dans l'attente terriblement anxieuse de nouvelles, bonnes ou mauvaises.

Je me revois patienter devant les magasins d'alimentation, pour des clous, le plus souvent, car lorsque mon tour arrivait, il ne restait pas grand-chose. Avec les restrictions alimentaires, on rationnait le pain et en plus il était infâme. Les conditions devenaient très dures et le manque de Ferdinand insupportable.

Je suis restée des lustres sans que rien n'arrive au courrier. Impossible de lui écrire. Je ne savais où il se trouvait. Quand venait le soir et que j'étais sûre que plus personne ne me rendrait visite, je pouvais enfin pleurer à ma guise. Ces crises me soulageaient. J'en ressortais si épuisée que je m'endormais comme une masse, perdue dans le vaste lit qui me faisait sentir à quel point j'étais petite, seule et démunie.

J'avais eu la faiblesse de considérer que, peu à peu, je souffrirais moins de notre éloignement. Que la douleur serait atténuée.

Je me trompais.

Je m'apercevais au contraire que, plus les mois passaient, plus la tristesse devenait envahissante. Je ne m'habituais pas à ce chagrin, à ce manque présents dans la moindre de mes pensées, parmi chacun de mes gestes. Du lever jusqu'au coucher.

Rien n'avait plus aucune saveur, et les couleurs semblaient bien ternes, privée de mon aimé.

Et le temps s'étirait à l'infini, prenait tout son temps. Quelqu'un avait dû ralentir le mécanisme de l'horloge !

– I, and the civilians who remained here, survived in an atmosphere of anguish, through a terribly anxious wait for news, good or bad.

I remember waiting in front of the grocery stores, mostly for nails, because when my turn came, there wasn't much left. With the dietary restrictions, we rationed the bread and in addition it was dirty. Conditions were getting very harsh, and missing Ferdinand was unbearable.

I went ages without anything arriving in the mail. Impossible to write to him. I didn't know where he was. When evening came, and I was sure no one would visit me anymore, I could finally cry as I wanted. Crying relieved me. I came out of it so exhausted that I fell asleep like a stone, lost in the large bed that made me feel how small, lonely and helpless I was.

I was weak, thinking that, little by little, I'd suffer less from being apart. That the pain would be alleviated.

I was wrong.

On the contrary, I noticed that the more months that went by, the more the sadness became overwhelming. I didn't get used to this sorrow, this lack in every thought, in my every move. From the time I got up to the time I went to bed.

Deprived of my beloved, nothing had any flavor anymore, and the colors seemed very dull.

And time went on forever, taking all its time. Someone must have slowed down the clock!

Je ne vivais pas. On ne peut appeler ça vivre. Je ne faisais qu'attendre. Attendre en espérant une fin heureuse à cet ignoble conflit.

J'invoquais les moments heureux, je les repassais en boucle et je rêvais d'avenir, en imaginant combien il serait bon de reprendre la vie d'autrefois. Je m'autorisais à visualiser le retour définitif de mon soldat. Le présent était intenable. Insurmontable. Seules les premières secondes, au réveil, demeuraient paisibles. Amnésiques. Mais ça ne durait pas, la réalité me rattrapait sans relâche. Et avec elle, la souffrance.

L'espoir me permettait de trouver le courage d'affronter une nouvelle journée. Peut-être m'apporterait-elle du nouveau, qui sait ?

Lorsque les lettres arrivaient, à l'encre passée et aux lignes serrées, je veillais toute la nuit pour les lire et les relire. Je les buvais des yeux, à l'aube, les coudes posés sur la table du déjeuner. La belle écriture régulière et appliquée de sa plume, m'allait droit au cœur. Les mots formaient autant d'étreintes et de baisers. La chape de plomb s'allégeait soudain.

Nous nous sommes dit des choses essentielles, au cours de cette correspondance, que nous n'aurions nullement jugées utiles de nous dire de vive voix s'il n'y avait pas eu la séparation et la guerre. Nous nous sommes rapprochés encore plus. Soudés comme jamais.

I wasn't alive. You can't call that living. I was just waiting. Waiting, and hoping for a happy ending to this despicable conflict.

I'd recall the happy moments, replay them over and over, and dream of the future, imagining how good it would be to take back the life of the old days. I allowed myself to visualize the final return of my soldier. The present was untenable. Insurmountable. Only the first seconds, upon awakening, remained peaceful. Amnesiac. But it didn't last, reality caught up with me relentlessly. And with it, suffering.

Hope gave me the courage to face the new day. Maybe it would bring me something new, who knows?

When the letters arrived, in faded ink and tightly written lines, I stayed up all night reading and re-reading them. I drank them with my eyes at dawn, my elbows resting on the lunch table. The beautiful, evenly applied handwriting went straight from his pen to my heart. The words formed so many hugs and kisses. The leaden scabbard suddenly lightened.

We said basic things to each other in the course of this correspondence that we would not have found useful to tell each other face to face if there had not been separation and war. We got even closer. Welded like never before.

Durant son interminable absence, mon désespoir était immense et ses missives – nous avons dû nous en envoyer pas moins d'une centaine – constituaient mon unique joie. Elles m'aidaient à tenir le coup. Je me raccrochais à ses lignes, ne sachant si à l'heure où je les lisais, mon pauvre mari respirait ou non. Je songeais que cela s'apparentait à regarder les étoiles dans le ciel. Certaines d'entre elles, si lointaines, n'existaient plus, bien que leur lumière nous parvienne encore. Les messages qu'il m'adressait venaient du passé. Trop d'événements avaient pu se produire entre-temps. De ce fait, je ne me sentais pas vraiment rassurée.

Je réclamais aux astres scintillants que je contemplais, de ne pas m'enlever Ferdinand. Qu'on me le laisse. Par pitié. C'est tout ce qui m'importait.

La guerre. Son inutilité. Un conflit sans fin.

Puis il y a eu l'après-guerre et la déception… ce bébé, notre bébé, qui ne viendrait pas. Des années à espérer… Rien.

C'était écrit.

Je le savais, pourtant. Mais si croire la prophétie était une chose, l'accepter en était une autre !

Dame Nature, n'a pas voulu nous offrir ce bonheur. Elle n'avait pas permis aux bombes de nous détruire, ou de nous estropier, c'était déjà pas mal, il serait honteux de se montrer ingrat. Et par-dessus tout, elle nous avait donné l'amour, alors, à quoi bon faire les difficiles. Un amour si fort, celui d'une vie, c'est beaucoup. Un amour dont on ne récolte pas le fruit est un amour quand même.

During his interminable absence, I felt this enormous despair, and his letters – we must have sent each other no less than a hundred – were my only joy. They helped me cope. I clung to his lines, not knowing as I read them whether my poor husband was breathing or not. I thought it was like looking at the stars in the sky. Some of them, so distant, no longer existing, although their light still reaches us. His messages to me came from the past. Too many things could have happened in the meantime. So, I didn't really feel reassured.

I begged the shimmering stars that I beheld not to take Ferdinand away from me. To leave him to me. I begged tham. That's all that mattered to me.

The war. Its uselessness. Endless conflict.

Then there was the post-war period and the disappointment... this baby, our baby, that wouldn't come. Years of hoping... Nothing.

It was written.

I knew it, though. But if believing the prophecy was one thing, accepting it was another!

Mother Nature didn't want to give us this happiness. At least she hadn't let the bombs kill or cripple us. It would be shameful to be ungrateful. And above all, she had given us love, so what was the point of being picky? A love that strong, for a lifetime, is a lot. A love without fruit is love all the same.

Nous avons dû nous résigner. Pour sûr, ce n'est pas nous qui avons contribué à la réparation des pertes humaines ! Nous n'étions pas un couple patriotique. N'en déplaise à ceux du gouvernement de l'époque, qui voulaient tant que la natalité remonte. Il en allait de la survie de la nation ! Il faut se replacer dans ce contexte. La France devait gagner de la vitalité pour être invincible. Enfanter, voilà ce que la presse nous serinait, à grand renfort de propagande et de campagnes d'informations. Nous avions gagné la bataille contre l'Allemagne : il s'agissait maintenant, de mener celle de la repopulation.

Enfanter... Entendre cela était si douloureux pour moi.

Je suis devenue couturière, pendant que les hommes combattaient au front. J'ai vite appris. Il avait fallu tricoter des passe-montagnes, repriser les chaussettes et adapter les habits pour remédier aux restrictions.

Ferdinand a tout naturellement exercé la profession d'horloger, dans la lignée de ses ancêtres. Ce métier lui correspondait bien, lui qui avait le goût des beaux objets. L'artisanat d'arts mécaniques demandait un savoir-faire traditionnel qui exigeait une patience infinie. Il était doué. Il trouvait la paix, dans son atelier. Je suis encore impressionnée par ce qu'il arrivait à confectionner de ses propres mains. Quelle adresse, quelle extrême minutie !

– À la suite de mon père, j'ai été touché par le virus de la belle trotteuse.

We had to resign ourselves. Of course, we were not the ones who helped replenish the loss of life! We weren't a patriotic couple. No offense to those in the government of the day, who wanted the birth rate to rise so badly. The survival of the nation was at stake! We have to put ourselves in this context. France had to regain its vitality to be invincible. Give birth, that's what the press told us, using a lot of propaganda and information campaigns. We had won the battle against Germany: it was now a question of fighting the battle of repopulation.

Giving birth... Hearing this was so painful for me.

I became a seamstress while the men were fighting at the front. I learned quickly. We had to knit head gear, mend the socks and adapt clothes to meet restrictions.

Ferdinand naturally exercised the profession of watchmaker, in the lineage of his ancestors. This profession suited him well. He had a taste for beautiful objects. Crafting mechanical arts required a traditional skill that necessitated endless patience. He was good. He found peace in his studio. I'm still in awe of what he was able to make with his own hands. What skill, what extreme thoroughness!

– Following my father, I was smitten by the craft of watchmaking.

J'avais huit ans quand Cartier a développé les montres à bracelet qui, au départ, étaient conçues spécialement pour les femmes. J'ai fabriqué la mienne, celle que je porte sur le tableau de Lian. La date est gravée au dos, ainsi que nos initiales M et F entrelacées.

À mon retour, en 1918, je me suis consacré à la conception de belles montres de poignets – celles de gousset ayant été rapidement balayées par les nécessités militaires – la Grande Guerre achevant de les populariser, je n'ai eu de cesse de les miniaturiser. Le progrès se révélait un défi. Un moteur.

Mes premières étaient des montres de fortune, réalisées en fixant un coffret sur un berceau métallique, à 12 et 16 heures, lui-même attaché à un cercle en cuir muni d'un fermoir. En 1920, elles faisaient figure de nouveauté vous savez !

Puis j'ai ajouté des fonctions supplémentaires avec des cadrans auxiliaires. J'ai créé ma préférée, celle que vous connaissez, juste avant d'être fait prisonnier.

J'ai voulu un boîtier en acier bruni, des anses massives, des aiguilles en acier également, mais bleu, et des chiffres romains noirs, légèrement surdimensionnés. J'ai intercalé une double numérotation sur vingt-quatre heures, en rouge, de sorte que le I soit associé au 13, et le XII au 24. Je l'ai dotée d'un cadran en émail blanc sur lequel s'agençaient quatre autres plus petits, disposés symétriquement. Ces complications indiquaient la date, comme vous avez pu le constater. Il y avait un chronographe, en outre. Je n'ai pas estimé utile d'insérer les données astronomiques décrivant les phases de la lune, bien que le graphisme en soit toujours magnifique. Cette montre était pourvue d'un mouvement mécanique à remontage manuel. Le remontoir et la molette de réglage ont été, évidemment, placés à 3 heures.

I was eight years old when Cartier developed wristwatches, which were initially designed specifically for women. I made mine, the one I'm wearing on Lian's painting. The date is engraved on the back, as well as our initials, M and F intertwined.

On my return in 1918, I applied myself to the design of beautiful wristwatches – pocket watches having been quickly swept away by military necessities – and the Great War completed their popularization. I never ceased to miniaturize them. Progress was proving to be a challenge. A motor.

My first were makeshift watches, made by attaching a box to a metal cradle, at 12 and 4 o'clock, itself attached to a leather hoop with a clasp. In 1920, they were a novelty you know!

Then I added additional functions with auxiliary dials. I created my favorite, the one you know, just before I was taken prisoner.

I wanted a burnished steel case, massive handles, also steel hands, but blued, with black Roman numerals, slightly oversized. I inserted a double numbering system over twenty-four hours, in red, so that the I is associated with the 13, and the XII with the 24. I endowed it with a white enamel dial that held four others, smaller and symmetrically arranged. These details indicated the date, as you can see. There was a chronograph, too. I didn't find it useful to include astronomical data describing the phases of the moon, although the graphics are still beautiful. This watch was fitted with a mechanical movement and a manual winding system. The winder and the adjusting wheel have obviously been placed at three o'clock.

Mon ouvrage a remporté un grand prix, assez reconnu à l'époque, au sein de la communauté horlogère. Je n'en suis pas peu fier !

Pour la petite histoire, cette dernière n'a été conçue qu'en 1941. J'ai gravé «1907», cependant. Une date à retenir, n'est-ce pas ?

— Nous avons acheté une vieille maison à l'entrée de Sarlat, une charmante longère aux murs épais. Un ancien corps de ferme en pierres, doté d'une cour carrée, d'un puits et d'un pigeonnier. Une toiture en ardoises couvrait la bâtisse et les planchers étaient en chêne. Ferdinand a pu installer son local dédié à l'horlogerie, dans l'une des granges attenantes, dont la fenêtre donnait sur un bois au milieu duquel coulait un ruisseau.

Nous essayions de nous distraire de ces années terribles où le monde se défaisait, faute de les oublier.

Progressivement, la vie a repris son cours et nous étions à nouveau heureux, loin d'imaginer que nous ne vivions qu'une trêve.

Et rebelote, la seconde guerre mondiale nous a séparés encore une fois.

J'ai bien cru mourir de chagrin en pensant que l'on ne se reverrait plus.

— *Sur les quelques deux-mille prisonniers du camp de travail en lisière de l'Allemagne, j'ai été le troisième à m'évader et à manquer l'éprouvant appel du matin – qui consistait à nous aligner, tous autant que nous étions, en rangs d'oignons, debout devant les baraquements que nous avions dû construire nous-mêmes.*

My work won a grand prize, one quite well recognized within the watchmaking community at the time. I'm quite proud of it!

For the record, the latter was not designed until 1941. I engraved it with "1907", however. A date to remember, isn't it?

— We bought an old house at the entrance to Sarlat, a charming farmhouse with thick walls. An old stone building with a square courtyard, a well and a dovecote. A slate roof covered the house and the floors were oak. Ferdinand was able to set up his watchmaking workshop in one of the adjoining barns. It's window overlooked a wood, in the middle of which flowed a stream.

We tried to distract ourselves from those terrible years when the world was falling apart, but were unable to forget them.

Gradually, life resumed its course and we were happy again, far from imagining that we were only living in a truce.

But not for long. The second world war separated us once again.

I thought I'd die of grief and that we would never see each other again.

— *Of the two thousand or so prisoners in the labor camp on the edge of Germany, I was the third to escape and miss the agonizing morning call — which consisted of lining up, all of us, like rows of onions, in front of the barracks we had been forced to build ourselves.*

Je n'étais plus très jeune, et j'avais réussi à gagner la confiance de mes gardiens. Ils me considéraient trop âgé pour tenter une évasion et pensaient que je me résignerais à attendre la fin du conflit.

L'un d'eux se prénommait Karl, on s'appréciait, malgré le contexte, chacun ayant conscience d'être des victimes militaires. Nous plaisantions ensemble. Il espérait impatiemment une perm et moi la libération. Il avait pris l'habitude de m'autoriser à faire des courses pour les détenus du camp, effectuées à l'arrière d'un camion bâché, nous conduisant sur le lieu des travaux pour lesquels je m'étais porté volontaire.

J'avais une idée derrière la tête.

Un après-midi, je suis allé chercher des cigarettes avec son autorisation. Et cette fois-là, je ne suis pas revenu. Tant pis pour le bobard, je ne voulais pas prendre le risque de crever ici, loin de Madeleine. C'était plus fort que moi. Plus fort que la peur. Dussé-je y perdre la vie. Je n'ignorais pas les menaces : des affiches étaient placardées sur les murs, informant que tout soldat évadé et repris, serait immédiatement exécuté.

– Je guettais le vieil Eugène, l'ancien maire. Il faisait office de facteur. J'écrivais à Ferdinand chaque jour. Je n'étais pas sûre que mes lettres arrivent jusqu'à lui, mais cela me procurait la piètre illusion de lui parler, de me trouver auprès de lui par la pensée.

I was not very young anymore, and I had managed to gain the confidence of my jail keepers. They considered me too old to attempt an escape and thought that I'd resign myself to waiting for the end of the conflict.

One of them was named Karl. We liked each other, despite the context, each aware of being military victims. We used to joke together. He was eagerly hoping for leave and I for release. He had become accustomed to allowing me to run errands for the camp inmates. I carried them out in the back of a covered truck, driving us to the site of the work I had volunteered for.

I had an idea in my head.

One afternoon, I went to get some cigarettes with his permission. And this time, I didn't come back. Too bad for the sucker, I didn't want to take the risk of dying there, far from Madeleine. It was stronger than me. Stronger than fear. Even if I lost my life there. I was aware of the risks: posters were plastered on the walls, stating that any escaped and recaptured soldier would be immediately executed.

– I'd be watching for old Eugene, the former mayor. He was acting as a postman. I wrote to Ferdinand every day. I wasn't sure my letters reached him, but it gave me the pitiful illusion of talking to him, of finding myself with him in my mind.

Au milieu des mots d'amour, je lui racontais mon quotidien difficile, depuis son départ. Le pain peu abondant et immangeable, avec son goût de carton qui donnait la colique ; la gentillesse de Marcel l'épicier qui me mettait de côté des provisions rares, comme un paquet de café, du sucre ou des lentilles, et qui n'en profitait pas pour me faire payer le prix fort. Au marché noir, la note pouvait être multipliée par trois ou par cinq. Je lui parlais des rutabagas et des topinambours, si faciles à cultiver mais si peu nourrissants et qui ne trompaient la faim que pour une petite heure seulement. Je n'omettais pas de mentionner les fruits sauvages que j'allais cueillir dans l'espoir de calmer les crampes d'estomac et pour changer des poires blettes. Et également le bois sec et les pignes de pin que je ramassais dans le but de me chauffer... La margarine, aussi. Le savon noirâtre. Les tickets de rationnement... Il en fallait pour acheter du tissu. Heureusement, il y avait les œufs de nos poules et notre élevage de lapins.

Je lui donnais des nouvelles des gens que l'on côtoyait à l'époque : de la famille, des amis, des voisins et des commerçants, sans oublier le couple de strasbourgeois évacués, que nous avions accueilli et logé chez nous avec leurs enfants...

Nous étions dans le même bateau, la même galère, la même guerre...

Amidst the words of love, I told him about my difficult daily life since his departure. The scarce and inedible bread, with its cardboard taste, that caused indigestion; the kindness of Marcel the grocer who set aside rare provisions for me, such as a packet of coffee, sugar or lentils, and who didn't take advantage and make me pay the full price. On the black market, the cost could be multiplied by three or by five. I told him about rutabagas and Jerusalem artichokes, so easy to grow but so poorly nourishing, that would only satisfy your hunger for an hour or so. I didn't forget to mention the wild fruits that I was going to pick in the hopes of calming the stomach cramps, and for a change from the overripe pears. And also the dry wood and pine nuts that I collected to warm myself... Margarine, too. The blackish soap. Ration tickets... One needed them to buy fabric. Fortunately, there were eggs from our chickens and we had our rabbit farm.

I gave him news of the people we met at the time: family, friends, neighbors and traders, not to mention the evacuated couple from Strasbourg, whom we had welcomed and lodged with us, with their children...

We were in the same boat, the same galley, the same war...

Je partais régulièrement me promener dans la campagne sarladaise environnante. Elle était si jolie avec ses vallons parsemés de châtaigniers, de chênes verts et de vastes étendues de noyeraies. Ses hameaux charmants, aux vieilles demeures ocre, à l'instar de Vézac que j'affectionnais particulièrement, se détachaient dans leur écrin de falaises et de châteaux, tout en veillant sur le courant de la rivière.

Tant de fois, les bories – ces cabanes de berger en pierre sèche, sans liant ni charpente, qui fascinaient mon mari – nous avaient protégés temporairement de la pluie et avaient abrité nos torrides et insatiables étreintes, pendant la douce période suivant nos fiançailles...

Nous préférions Saint Vincent de Causse, lorsque nous crapahutions le long des sentiers. Ce bourg pittoresque, paisible et bucolique, aux maisons couvertes de lauzes, bordait la vallée de la Dordogne. De longues gabares glissaient silencieusement, étirant le temps.

Nous nous arrêtions habituellement au moulin qui alimentait le village en eau potable. Nous ne nous lassions pas d'admirer la vue. J'aimais y retourner seule. En pèlerinage. Comme si cela pouvait le faire revenir.

I regularly went for walks in the surrounding Sarlat countryside. It was so pretty, with its valleys dotted with chestnut trees, holm oaks and vast expanses of walnut groves. Its charming hamlets, with old ocher mansions, like Vézac, which I was particularly fond of, stood out in their setting of cliffs and castles, while watching over the current of the river.

So many times, the bories – those shepherd's huts made of dry stone, without binding or framework, which fascinated my husband – had temporarily protected us from the rain and had sheltered our torrid and insatiable embraces, during the sweet period after our engagement...

We liked Saint Vincent de Causse, when we crawled along the trails. This picturesque, peaceful and bucolic village, with its houses covered with slate, bordered the Dordogne valley. Long barges glided silently, stretching time.

We used to stop at the mill that supplied the village with drinking water. We used to never tire of admiring the view. I liked going back there alone. On a pilgrimage. As if that could bring him back.

Des souvenirs d'enfance rappliquaient alors, dans un méli-mélo joyeux et cruel. L'odeur des champs fraîchement fauchés et des sous-bois humides avec leurs épais tapis de mousse. Ferdinand, venant de pêcher sa première prise – une belle carpe, au prix d'un véritable combat entre le jeune garçon qu'il était encore et le poisson dont les forces égalaient presque les siennes. Ferdinand joignant ses mains afin que j'y prenne appui. Il avait eu je ne sais quelle lubie de grimper sur un arbre gigantesque, pour que l'on s'embrasse le plus haut possible dans le ciel.

Oh, mon dieu... nous ne savions combien nous étions heureux.

Quand je songe que les nazis brûleront le château de Paluel, plus tard, en juin 1944. Lui qui survivait fièrement depuis le XVe siècle ! Un sacrilège ! Le même mois, durant l'abominable nuit du 11 au 12, l'occupant fusillera cinquante-deux habitants de Mussidan et des alentours, en représailles à l'attaque d'un train par la Résistance. Une de mes connaissances perdra un être cher. Une victime de la barbarie nazie. Une de plus. Un certain Germain, je crois. Il arrivait en bicyclette, au mauvais endroit et au mauvais moment, le malheureux, juste pour retrouver sa fiancée et ignorant tout des actions organisées contre ce convoi allemand.

J'ai pleuré pour lui, pour elle, pour eux, pour les amoureux que les conflits séparent.

Ce massacre nous a plongés dans l'effroi, se rajoutant à l'anxiété due aux rafles, aux nombreux pillages et aux viols.

Childhood memories came back then, in a joyful and cruel mishmash. The smell of freshly mown fields and damp undergrowth with its thick moss carpets. Ferdinand, having caught his first catch – a beautiful carp, after a real fight, between the young boy he still was and the fish whose strength almost equaled his. Ferdinand putting his hands together for support. He had had some sort of craving to climb a gigantic tree, so that we could kiss each other as high in the sky as possible.

Oh, my God… we didn't know how happy we were.

When I think that the Nazis would burn Paluel Castle, later, in June 1944. It had proudly survived since the 15th century! A sacrilege! That same month, during the horrific night of June 11 to 12, the occupier shot 52 residents of Mussidan and its environs, in retaliation for a train attack by the Resistance. An acquaintance of mine would lose a loved one. A victim of Nazi barbarism. Another one. A certain Germain, I believe. He arrived by bicycle, in the wrong place at the wrong time, the unfortunate man, just to see his fiancée, ignorant of all the plots organized against this German convoy.

I cried for him, for her, for them, for the lovers that conflicts separate.

This massacre left us in shock, coming on top of the anxiety of the roundups, numerous lootings and rapes.

Il n'y avait guère d'hommes à Sarlat, pendant l'été 1944. L'immense majorité était mobilisée, pour s'étriper avec les Boches, ou devenir prisonnière. D'autres avaient été déportés dans les camps de concentration, certains avaient été tués par les nazis lors d'actes de résistance ou avaient rejoint les maquis. Il ne restait que les enfants, les vieillards et les femmes. Les rues étaient désertées. Terrible époque.

Imaginer que mon mari se trouvait à la merci de l'ennemi, et que je ne pouvais le protéger de toute cette cruauté, me bouleversait. Des sentiments de haine se mêlaient à la terreur, à l'impuissance, à l'injustice.

Marcher me fournissait un semblant d'action, au lieu d'attendre passivement un signe de vie. L'harmonie des paysages champêtres était si profonde que je faisais abstraction de notre situation. Mais le plus souvent, au contraire, le manque de Ferdinand devenait extrêmement cuisant, lorsque, au hasard des raidillons que l'on avait foulés ensemble, je le sentais à mes côtés.

Du haut du causse, j'envoyais mes prières à tous les vents pour qu'il s'en sorte. Je me lançais des paris idiots. Je m'y employais, petite. « Je compte jusqu'à dix et si aucun oiseau ne survole le ciel, c'est qu'il est vivant. » « Si après la courbe on aperçoit les toits de Sarlat, ça signifie que je vais bientôt recevoir de ses nouvelles. » « Si à l'issue du sous-bois, s'amorce la pente d'une combe, cela prouvera qu'il va s'en sortir » … Ce qu'on peut être sot quand on est désespéré !

Il fallait bien se raccrocher à quelque chose, alors même que le bon Dieu semblait vouloir vous abandonner !

There were scarcely any men in Sarlat during the summer of 1944. The vast majority were mobilized to be killed by the Krauts or become prisoners. Others had been deported to concentration camps, some had been killed by the Nazis in acts of resistance or had joined the Maquis. There were only the children, the elderly and the women. The streets were deserted. A terrible time.

To imagine that my husband was at the mercy of the enemy, and that I could not protect him from all this cruelty, overwhelmed me. Feelings of hatred mingled with terror, helplessness, injustice.

Walking, rather than passively waiting for a sign of life, provided me with a semblance of action. The harmony of the countryside was so profound that it distracted me from our situation. But more often than not, on the contrary, missing Ferdinand became even more bitter when I felt him at my side on the steep slopes we had trod together.

From the top of the Causses, I sent my prayers for his survival to all the winds. I was making silly bets. I made childish predictions. "I'm counting to ten and if a bird isn't flying over the sky, it means he's alive." "If after the curve one can see the roofs of Sarlat, that means I'll soon be hearing from him." "If at the end of the undergrowth the slope of a valley begins, that will prove that he'll make it out of there." ...What a fool one can be when one is desperate!

I had to hang on to something, even though the good Lord seemed to want to abandon you!

Malgré tout, je dépérissais, imaginant le pire.

Lorsque l'on m'a annoncé qu'il avait été fait prisonnier, je me suis effondrée. Il n'était pas appelé en tant que soldat. Son métier intéressait l'armée française.

Un matin, pendant qu'il se déplaçait avec son groupe, ils ont été pris en embuscade dans une clairière et ils ont dû se rendre.

Il était si loin de moi ! Je ne concevais pas qu'une évasion fût envisageable.

Je ressassais un leitmotiv : « Qu'ils ne me le tuent pas, par pitié, qu'ils ne me le tuent pas, qu'ils ne lui fassent pas de mal, pas à lui… Par pitié, faites qu'il soit épargné… ».

— *J'ai marché, marché, marché, des jours et des jours, sur des routes peu fréquentées, à travers bois, m'orientant à l'aide de ma boussole, faisant fi de la douleur, ne pensant qu'aux bras de Madeleine. J'étais incessamment sur le qui-vive. Je me réfugiais uniquement dans les fermes dépourvues de fils téléphoniques, pour quémander l'hospitalité. Surtout ne pas retomber dans la gueule du loup.*

Je me reposais, dissimulé à l'intérieur des granges. Je ne dormais quasiment pas, à l'affut, prêt à déguerpir au moindre signe de présence ennemie. On m'apportait du pain et de l'eau. Tantôt de la charcuterie. Je n'enlevais pas mes godillots de crainte de ne pouvoir me rechausser tant mes pieds gonflés étaient douloureux. J'avais encore une sacrée trotte à parcourir.

J'ai volé un vélo, pour aller plus vite. À la guerre comme à la guerre.

Despite everything, I was wasting away, imagining the worst.

When I was told he had been taken prisoner, I collapsed. He was not enlisted as a soldier. His profession interested the French army.

One morning, while he was traveling with his group, they were ambushed in a clearing and had to surrender.

He was so far from me! I didn't imagine that an escape was possible.

I rehashed a leitmotif: "Let them not kill him, I beg that they do not kill him, that they do not hurt him, not him… Please, let him be spared … "

– *I walked, walked, walked, days and days, on little-used roads, through the woods, orienting myself with the help of my compass, ignoring the pain, thinking only of the arms of Madeleine. I was constantly on the alert. I took refuge only on farms without telephone wires, I begged for hospitality. Anything not to fall back into the mouth of the wolf.*

I rested hidden inside barns. I hardly slept. Always on the lookout, ready to escape at the slightest sign of the enemy. They brought me bread and water. Sometimes cold cuts. I didn't take off my boots for fear of not being able to put them back on because my swollen feet were so painful. I still had a hell of a hike to go.

I stole a bike to go faster. War is war.

Une fois, tandis que je pédalais en descente, j'ai aperçu un barrage allemand à l'entrée d'un bourg. En deux temps, trois mouvements j'ai rebroussé chemin et au premier virage, après avoir estimé être hors de portée de vue, j'ai hissé la bicyclette sur mon dos et j'ai descendu le talus.

Patatras ! Me Voilà tombé en plein campement boche !

Heureusement, ma bonne étoile veillait sur moi, car c'était l'heure du rata et de son infâme ragoût de singe. J'ai percé le camp avec aplomb, au milieu de tout le barda que les chleuhs avaient mis à sécher. J'y suis allé au culot, n'osant respirer, le regard dirigé droit devant, priant pour que l'on ne m'interpelle pas. La trouille au ventre.

Aucun bidasse n'a levé la tête de sa gamelle en fer ; la tambouille, quand la faim vous déchire les entrailles, étant assurément bien plus importante qu'un cycliste perdu…

– Je voue une reconnaissance infinie à Marcelle Garin. Une femme courageuse et admirable, qui m'a rendu mon cher Ferdinand en l'aidant à franchir clandestinement la terrifiante ligne de démarcation, et ce, au nez et à la barbe de l'ennemi, par une nuit d'encre, sans étoiles et sans lune.

– *Chaque année, nous ne manquons pas de lui envoyer une boîte de chocolats à Noël…*

Marcelle avait aimé un homme. Mort au champ de bataille.

Souvent je pense à elle. Ma gratitude lui est acquise pour l'éternité.

Once, as I was pedaling downhill, I saw a German roadblock at the entrance to a market town. In two shakes of a lamb's tail I turned back and, at the first turn, thinking I was out of sight, I hoisted the bicycle onto my back and descended the embankment.

Disaster! There I was, in the middle of the Kraut camp!

Happily, my lucky star was watching over me, for it was time for mess and their infamous monkey stew. I passed through the camp with aplomb, in the middle of all the stuff the camp had put out to dry. I went in there cheekily, not daring to breathe, gazing straight ahead, praying that no one called out to me. A hole in my stomach.

No bastard lifted his head from his iron mess tin; the cuisine, when hunger tears your guts apart, is surely much more important than a lost cyclist...

– I have infinite gratitude to Marcelle Garin. A courageous and admirable woman, who gave me back my dear Ferdinand by helping him cross the terrifying line of demarcation clandestinely, under the nose and beard of the enemy, on an inky, moonless night with no stars.

– We do not fail to send her a box of chocolates at Christmas every year...

Marcelle had loved a man. Death on the battlefield.

Often I think of her. I give my gratitude to her for eternity.

À Chamblay, son village natal, l'invisible frontière courait relativement loin des fermes, par le ruisseau de la Biche. Les forêts noires et épaisses permettaient aux fugitifs de se cacher et d'être aidés par la population locale qui avait mis en place une résistance tenace et organisée. Il fallait traverser de nuit, bien évidemment, et à un endroit précis de la rivière, plus étroit. Cela nécessitait de connaître remarquablement la configuration des lieux, car en aval et en amont, le fond irrégulier aurait rendu l'avancée beaucoup trop risquée.

« Pourquoi faites-vous ça, Marcelle ? » lui ai-je demandé d'une voix rauque affaiblie par l'épuisement, peu après avoir atteint sain et sauf la fameuse zone libre.

J'ai eu droit à un sourire en guise de réponse.

Je tentais de réchauffer mon corps malingre avec la soupe destinée aux évadés. On avait réquisitionné à notre intention un abri de fortune qui n'était autre que la salle de bal.

« Je n'ai plus peur de mourir, vous savez. Plus maintenant. Si je peux apporter mon aide… Je sais que là-haut, je reverrai mon Lucien. En attendant, le Bon Dieu m'accorde du temps, ici-bas, pour faire ce que j'aurais voulu que l'on fasse pour mon mari. C'est aussi simple que cela, monsieur. »

Avant de me coucher sur l'un des matelas – qui, soit-dit en passant, avaient également servi à accueillir les Alsaciens, auparavant – j'ai souhaité dédommager Marcelle. Elle avait pris de gros risques pour moi, au péril de sa vie, déjouant les patrouilles accompagnées de chiens et évitant soigneusement de s'approcher des postes fixes de surveillance.

Elle n'a rien voulu entendre.

J'ai su, par la suite, qu'elle en avait fait passer plus d'un du bon côté de la France. Un dévouement empli de charité et de patriotisme.

In Chamblay, her native village, the invisible border ran relatively far from the farms, by the river Biche. Thick, black forests allowed the fugitives to hide and they were helped by the local population who had put up a stubborn and organized resistance. You had to cross at night, of course, and at a specific, narrow place in the river. This required knowing the configuration of the place well, because downstream and upstream, the irregular river bed made crossing much too risky.

"Why are you doing this, Marcelle?" I asked her in a hoarse voice, weakened by exhaustion, soon after reaching the famous free zone safe and sound.

I got a smile in response.

I tried to warm my sickly body with the soup intended for the escapees. A makeshift shelter that had been none other than a ballroom had been requisitioned for us.

"I'm not afraid of dying anymore, you know. Not anymore. If I can help... I know that, up there, I will see my Lucien again. In the meantime, the good Lord is giving me time, here on Earth, to do what I would have liked to have been done for my husband. It's that simple, Sir."

Before going to bed on one of the mattresses – which, incidentally, had also been used to accommodate the Alsatians before – I wanted to compensate Marcelle. She had taken great risks for me, risking her life, outsmarting dog patrols and carefully avoiding approaching fixed guard posts.

She wouldn't hear of it.

I later learned that she had sent many to the right side of France. A dedication filled with charity and patriotism.

J'ai repris ma route le lendemain à l'aube, sitôt ma chicorée avalée, n'ayant qu'une image en tête : le visage de Madeleine ; priant pour que rien ne lui soit arrivé. Au bout d'un kilomètre, alors que je mettais les mains dans mes poches, j'ai senti un papier froissé. Quelle n'a pas été ma surprise en découvrant un billet de banque ! Marcelle l'avait glissé sans que je m'en aperçoive.

Je suis monté dans le premier train.

— Les mois qui ont suivi ont été ceux de nos retrouvailles.

Mon pauvre Ferdinand n'était plus qu'une ombre à son retour. Je le trouvais si maigre, lui qui n'a jamais été très épais. Il ne lui restait que la peau sur les os. Toujours est-il qu'il l'avait sauvée, sa peau. C'était l'essentiel. Même s'il gardait au fond des yeux des images atroces de vies brisées, piétinées, gâchées.

Il a fallu essayer d'oublier la guerre. L'effacer, jusqu'au bruit des bottes en cadence que l'on se surprenait encore à guetter au milieu de la nuit, dans le silence de notre logis.

Contre toute attente, le temps a fini par panser les blessures, celles du corps et celles de l'âme.

— *Le quotidien est redevenu léger, gai et insouciant.*

Néanmoins d'insoutenables réminiscences persistaient dans mon crâne et me visitaient dans les cauchemars qui hantaient mes nuits. Mais qu'importe, j'étais revenu vivant de mon éprouvant périple au cœur de l'horreur.

Pourquoi ai-je été épargné, moi, et pas les autres, ces milliers de braves gens qui ont perdu leur vie ?

I resumed my journey the next day at dawn, as soon as I swallowed my chicory coffee, with only one image in mind: Madeleine's face. I was praying that nothing had happened to her. After a mile, as I put my hands in my pockets, I felt a crumpled piece of paper. How surprised I was when I discovered a banknote! Marcelle had slipped it in without my noticing.

I got on the first train.

– The following months were those of our reunion.

My poor Ferdinand was no more than a shadow when he returned. I found him so thin, he who was never very big. He only had skin on his bones. Still, he had survived. This was the main thing. Even though he still had horrific images of shattered, trampled, wasted lives deep in his eyes.

We had to try to forget the war. Erase it, even the rhythmic sound of boots that we still found ourselves hearing in the middle of the night, in the silence of our home.

Against all odds, time has healed the wounds, those of the body and those of the soul.

– *Daily life became light, cheerful and carefree.*

Nevertheless unbearable memories lingered in my head and visited me in the nightmares that haunted my nights. But anyway, I had come back alive from my grueling journey into the heart of horror.

Why was I spared, me, and not the others, those thousands of brave people who lost their lives?

Une seule réponse avait un sens : pour Madeleine.

– Ferdinand parlait fréquemment de Yangshuo. Des années après, il avait la nostalgie de ce lieu si paisible. Il accrochait son esprit aux berges de la rivière Li, espérant ainsi chasser ceux des combats. Et lorsque je l'écoutais siffler ou chanter sous la douche, il fredonnait inlassablement cet air, celui d'une chanson populaire apprise au service militaire.

« Quand le soleil descend à l'horizon

À Saïgon,

Les élégantes s'apprêtent et s'en vont,

De leurs maisons

[…]

Nuits de Chine,

Nuits câlines,

Nuits d'amour,

De tendresse,

Où l'on croit rêver jusqu'au lever du jour,

Nuits de Chine,

Nuits câlines

Nuits d'amour ! »

Ferdinand n'a jamais oublié cet endroit.

J'ai mis des sous de côté. En cachette. Pièce par pièce, dans un bas de laine.

Only one answer made sense: Madeleine.

– Ferdinand frequently spoke of Yangshuo. Years later, he longed for this peaceful place. He hung his hopes on the banks of the Li River, seeking to drive out the fighting. And when I listened to him whistle or sing in the shower, he hummed that tune over and over again, a popular song learned in military service.

"When the sun goes down on the horizon

In Saigon,

The elegant are getting ready and going,

From their homes

…Nights of China,

Cuddly nights,

Nights of love,

Of tenderness,

Where you think you dream until dawn,

Nights of China,

Cuddly nights

Nights of love!"

Ferdinand had never forgotten that place.

I put some money aside. Hidden, coin by coin, in a woolen stocking.

Nuit après nuit, je cousais à la lumière de la lampe de la cuisine, pendant qu'il dormait. Parfois je brodais, je reprisais. Je commençais à avoir une clientèle conséquente à Sarlat et ses environs. On s'adressait à moi pour confectionner des trousseaux, des tenues de soirée, des robes de mariée, des vestes, des manteaux...

Grâce à de maigres économies, nous y sommes retournés en mai 1961.

J'avais réussi à amasser suffisamment d'argent pour que son rêve se réalise.

— Elle ne pouvait m'offrir plus beau cadeau !

La suite, Lian a dû vous la raconter...

Voilà, vous savez tout.

— Enfin presque...

Un matin, lorsque nous étions jeunes mariés et alors que nous nous promenions le long des rizières autour d'un hameau situé à une bonne heure de marche du bourg de Yangshuo, nous avons entendu des cris de détresse.

Sans réfléchir, nous avons dévalé la pente qui descendait en direction de ce calme village, niché au creux de la vallée.

Une très vieille femme s'est soudainement précipitée vers nous en criant.

Elle était petite et menue, de sorte qu'elle paraissait extrêmement fragile. Sa face se trouvait tellement fripée, que ses rides recouvraient entièrement ses yeux bridés, les réduisant à deux traits fins.

Night after night, I sewed by the light of the kitchen lamp while he slept. Sometimes I embroidered, I mended. I began to have a substantial clientele in Sarlat and its surroundings. They came to me to make outfits, evening wear, wedding dresses, jackets, coats…

With meager savings, we returned in May 1961.

I had managed to raise enough money to make his dream come true.

— *She couldn't have given me a better gift!*
The rest, Lian must have told you…
There you are, you know everything.

— Well almost…

One morning when we were newlyweds and as we were walking along the rice fields around a hamlet located a good hour's walk from Yangshuo Township, we heard cries of distress.

Without thinking, we went down the slope which descended towards a calm village, nestled in the hollow of the valley.

A very old woman suddenly rushed over to us, screaming.

She was small and petite, she looked extremely fragile. Her face was so crumpled that her wrinkles completely covered her slanted eyes, reducing them to two fine lines.

Affolée, elle faisait de grands gestes déstructurés. Elle prenait sa tête dans ses mains en gémissant et en pleurant.

Puis elle s'est mise à tirer sur mon bras pour m'inviter à la suivre.

Nul doute qu'elle avait besoin de notre aide.

— *Nous lui avons emboîté le pas et, à vive allure, elle nous a conduits à l'intérieur d'une maison de bois typique, sur pilotis, qui semblait être la sienne. Elle n'arrêtait pas de nous parler. Vraisemblablement un dialecte d'une minorité ethnique du coin.*

Son mari s'était sérieusement coupé avec un outil agricole. Il avait une profonde entaille à la main et saignait abondamment. Ses forces filaient. Il fallait agir vite. Il n'y avait pas une minute à perdre.

— J'ai prodigué les premiers soins et nous avons entrepris de mener le vieillard chez le médecin, à la ville voisine, Ferdinand le hissant sur son dos.

Le trajet a été rude.

Contre toute attente, le blessé a eu la vie sauve.

— *Voulant nous remercier, la dame âgée a doucement pris mes mains et celles de Madeleine entre les siennes, noueuses et rêches, mais si chaudes !*

On lisait une telle reconnaissance dans son regard !

— Et à ce moment précis, quelque chose s'est passé.

Distraught, she made large flailing gestures. She was holding her head in her hands, moaning and crying.

Then she started to pull on my arm to invite me to follow her.

No doubt she needed our help.

– We followed quickly. She led us inside a typical wooden house on stilts, which appeared to be hers. She kept talking to us. Presumably a dialect of a local ethnic minority.

Her husband had severely cut himself with an agricultural implement. He had a deep cut in his hand and was bleeding profusely. His strength was waning. We had to act quickly. There was not a minute to lose.

– I gave first aid and we set out to take the old man to the doctor in the next town, Ferdinand hoisting him onto his back.

It was a tough journey.

Against all expectations, the patient was saved.

– Wanting to thank us, the elderly lady gently took my hands and those of Madeleine between hers. They were knotty and rough, but so warm!

There was such recognition in her eyes!

– And at that precise moment, something happened.

Il n'est pas aisé de traduire ce phénomène verbalement...

C'est comme si nos âmes – celle de la vieille Chinoise qui s'est désignée en prononçant Shushan, et les nôtres – étaient reliées par un fil invisible. Un courant circulait. Nous n'étions qu'une seule entité.

Son esprit s'est donc adressé à nous par la pensée ...

– Elle nous a « dit » de ne pas nous inquiéter au sujet de l'enfant que nous ne pourrions avoir ensemble... que ce n'était que partie remise, pour ainsi dire, car une fois cette existence achevée, Madeleine et moi saurions nous rejoindre au cours de nos vies terrestres suivantes... et que nous découvririons plus tard le bonheur de devenir parents.

Cet instant de rien du tout a duré une infinité, puisque nous étions hors du temps et de l'espace.

Très perturbés par ce phénomène, nous sommes allés nous asseoir là où nos pas nous ont guidés : au bord de la rivière Li.

Aucun de nous ne songeait à rompre le silence qui s'était installé. Ce dernier savait s'exprimer, et bien mieux que si nous nous y étions aventurés ! Il nous a enveloppés dans un cocon protecteur d'où plus rien ne nous parvenait, ni les clapotis à nos pieds, ni le bruit des canards sur la rive opposée, ni le chant des grenouilles, ni les reflets du paysage sur les vaguelettes, ni la caresse du soleil sur nos bras nus... Les mots, dérisoires, seraient à coup sûr tombés à côté.

Le souvenir de Shushan *ne me lâchait plus. Sa frêle silhouette recourbée par le poids des ans, ses mains veineuses et mouchetées. Son air doux, sombre, profond et si... paisible.*

Il ne m'a plus lâché de ma vie, du reste.

It's not easy to translate this phenomenon verbally…

It's as if our souls – that of the old Chinese woman who referred to herself as Shushan, and ours – were linked by an invisible thread. A current was flowing. We were just one entity.

So her mind addressed us telepathically…

– She "told" us not to worry about the child that we could not have together… that it was only a postponement, so to speak, because once this existence was over, Madeleine and I would know each other, join together in our subsequent Earthly lives… and that we would later discover the happiness of becoming parents.

This moment of nothing at all lasted infinitely, since we were beyond time and space.

Very disturbed by this phenomenon, we went to sit down where our steps led us: on the banks of the Li River.

Neither of us thought of breaking the silence that had settled in us. She knew how to express herself, and much better than if we had ventured to! She enveloped us in a protective cocoon from which nothing could ever reach us, neither the lapping at our feet, nor the sound of ducks on the opposite bank, nor the song of frogs, nor the reflections of the landscape on the ripples, nor the caress of the sun on our bare arms… Words, ridiculous, would certainly have fallen by the wayside.

The memory of Shushan never left me. Her frail figure curved by the weight of the years, her venous and speckled hands. Her soft air, dark, deep and so… peaceful.

She hasn't let go of me in my lifetime, anyway.

Son visage se superposait et se mariait à la surface de l'eau, de telle sorte que leurs rides se confondaient. Une immense bonté émanait des yeux noirs que la vieille dame avait plantés dans les nôtres à tout jamais.

Le regard vague au fil des ondes émeraude, nous nous sentions isolés dans notre ignorance et notre rigidité psychique occidentale, face à ce savoir que d'autres peuples maîtrisaient depuis la nuit des temps.

Pendant les infimes secondes de cet échange, nous avions retrouvé une pureté d'enfant, une capacité à distinguer et à ressentir les éléments, sans avoir à les confronter à la réalité.

Il nous avait été donné d'admirer la vie et de la comprendre.

Nous avons cru cette personne. Nous nous sommes fiés à ce qu'elle ne nous a pas dit avec des paroles, mais avec des échanges aussi rapides que des éclairs, à la limite de toute compréhension.

Nous avons admis. À l'égal de ceux qui n'ont que quelques années au compteur, et qui, par conséquent, ne doutent pas de ce qu'ils voient, de ce qu'ils perçoivent, de ce qu'ils entendent… et qui s'ouvrent à l'autre sans aucun a priori.

Il ne pouvait en être autrement, nous ne pouvions qu'admettre.

Nous le savions déjà, en définitive.

Nos âmes, elles, le concevaient… C'est une certitude.

Vous le savez également, vous qui nous lisez, nous qui nous relisons. Comme vous l'avez toujours su, au demeurant.

Her face layered and blended with the surface of the water, so that their wrinkles blended together. An immense kindness emanated from the black eyes which the old lady had fixed in ours forever.

Looking vaguely over the emerald waves, we felt isolated, by our ignorance and our Western psychic rigidity, in the face of this knowledge that other peoples had mastered since the dawn of time.

During the minute seconds of this exchange, we had rediscovered a childlike purity, an ability to distinguish and feel the elements, without having to confront them with reality.

She enabled us to admire life and to understand it.

We believed this person. We relied on what had she told us, not with words, but with exchanges as quick as lightning, at the limit of all understanding.

We had been admitted. We are like those who have only a few years on the clock, and who, therefore, do not doubt what they see, what they perceive, what they hear… open to others without any preconceptions.

It couldn't be otherwise, we had to admit.

We already knew it, ultimately.

Our souls conceived it… It is a certainty.

You also know it, you who are reading us, we who reread it. As you've always known, moreover.

Pas un oiseau ne chantait. Il faut croire que les longs discours que nous échangions en silence, mon aimée et moi, leur avaient volé les mots de la bouche !

Je m'amusais à effrayer les carpes, en faisant des ronds dans l'eau. Je contemplais les cercles concentriques qui se multipliaient à l'infini, alors que le caillou que j'avais lancé se lovait au fin fond de la rivière. Je réalisais avec une émotion vertigineuse que la succession de ces couronnes était semblable à toutes ces vies qui nous attendaient et à toutes celles que nous avions vécues, dont il ne restait rien, mis à part des ondes laissées par les impacts de nos différents passages sur terre. Eternel recommencement.

Au bout d'un long moment, j'ai senti les doigts agiles de Madeleine saisissant mon couteau, celui qui ne quittait jamais ma poche.

D'un geste solennel, elle a gravé nos initiales sur la pierre meuble du ponton, ainsi que la date. Après quoi, elle a enfermé le tout dans un écrin en forme de cœur, puis m'a embrassé tendrement.

Et soudain une phrase, crevant le silence : « Nous reviendrons ici, Ferdinand… un jour, dans une autre vie. Et le cœur que j'ai inscrit au creux de la dalle y sera encore. Nous le reconnaîtrons. »

Emu aux larmes, je l'ai serrée si fort qu'un petit cri étouffé lui a échappé.

— C'est Ferdinand qui a eu l'idée de nous auto-transmettre un message à travers le temps. Il craignait de perdre la mémoire de notre passé.

Pourquoi donc se fabriquer de si bons souvenirs, si l'ardoise s'efface à chaque fin de vie, n'est-ce pas ?

Not a bird sang. We believe that the long speeches that we exchanged in silence, my beloved and I, had stolen the words from their mouths!

I was having fun scaring the carp, making circles in the water. I watched the concentric circles multiplying endlessly as the pebble I had thrown coiled at the bottom of the river. I realized with dizzying emotion that the succession of these crowns was similar to all these lives that awaited us and all those we had lived, of which nothing remained, apart from the waves left by the impacts of our various passages on Earth. An endless rebeginning.

After a long time, I felt Madeleine's nimble fingers grasping my knife, the one that never left my pocket.

With a solemn gesture, she engraved our initials on the soft stone of the pontoon, along with the date. After that, she locked it all in the shape of a heart, then kissed me tenderly.

And suddenly a sentence, breaking the silence: "We'll come back here, Ferdinand… one day, in another life. And the heart that I inscribed in the hollow of the stone will still be there. We'll recognize it."

Moved to tears, I squeezed her so tightly that a small, muffled cry escaped her.

– It was Ferdinand who had the idea to send ourselves a message through time. He was afraid of losing the memory of our past.

Why fabricate such good memories, if the slate is wiped clean at the end of life, right?

Mon mari est curieux de savoir si vous avez récupéré sa montre.

Quant à moi, j'aimerais tant m'assurer que Lian, que nous aimons comme notre propre fille, est parvenue à vous offrir la robe en soie qu'elle porte sur le tableau.

Je l'ai cousue en revenant du voyage de noces, dans une étoffe dénichée aux halles centrales de Ben Thanh, juste à côté de la gare de My Tho, à Saïgon.

Oh ! Il était flambant neuf, le marché couvert, avec son élégante architecture coloniale à la française, tout de béton blanc et coiffé de toitures rouges ! Il affichait fièrement son horloge démesurée.

Sur un étal, des vagues de tissus aux motifs chatoyants s'étalaient par centaines, en une combinaison subtile de teintes multicolores.

Mon regard s'est posé sur les carpes vertes et n'a plus été capable de s'en détacher.

— Magnifique horloge, aux aiguilles et aux chiffres bleu turquoise que celle qui culminait, logée au centre du dôme de l'entrée centrale !

Je me souviens précisément de cet épisode.

Je nous revois, nous déambulions entre les étals croulant littéralement sous les marchandises, allant de bocaux d'épices savamment alignés, aux savons de toilette — emballés d'un papier à l'effigie des beautés métisses de l'époque, élues Miss Delta du Mékong — *en passant par des onguents à l'eucalyptus, des guirlandes de poissons séchés dont la puanteur soulevait le cœur, des cageots de fruits confits, d'ignames et de victuailles variées...*

My husband is curious to know if you've recovered his watch.

As for me, I'd so much like to make sure that Lian, whom we love like our own daughter, has managed to give you the silk dress she's wearing in the painting.

I sewed it on my way back from my honeymoon, in a fabric I found in the central halls of Ben Thanh, right next to My Tho station in Saigon.

Oh! The covered market was brand new, with its elegant French colonial architecture, all in white concrete and topped with red roofs! It proudly displayed its oversized clock.

On a stall, waves of fabric with shimmering patterns spread out, by the hundreds, in a subtle combination of multicolored hues.

My gaze landed on the green carp and I couldn't take it away.

– A magnificent clock, with turquoise blue hands and numbers dominating their lodging in the middle of the dome of the central entrance!

I remember this episode precisely.

I see us again, we wandered between the stalls. They were literally crumbling under the weight of the goods, ranging from jars of cleverly aligned spices, to toilet soaps – wrapped in paper bearing the portrait of half-caste beauties of the time, the Miss Mekong Deltas *– eucalyptus ointments, garlands of dried fish whose smell lifted the heart, crates of candied fruit, yams and various foodsuffs…*

Des cuisiniers s'agitaient au milieu de marmites fumantes, de réchauds d'appoint et de gros sacs en toile de jute. Des effluves mêlés, provenant du bouillon de viande grasse à la coriandre appelé phô *et du riz gluant qui cuisait dans les casseroles, embaumaient l'air tout autour de nous. Plus loin, le parfum des beignets rivalisait avec celui du tofu frit.*

Je me rappelle que nous nous étions régalés de bœuf sauté au piment et à la citronnelle et que nous avions acheté de l'anis étoilé et du baume du tigre, entre autres choses...

Il était difficile de se déplacer, les allées se révélaient si étroites que l'on devait circuler à la queue-leu-leu. On croisait continuellement des livreurs au chapeau pointu qui portaient une barre au bout de laquelle pendaient, à chacune des extrémités, des paquets surchargés.

Tout à coup, Madeleine s'est dirigée droit vers un vendeur d'étoffes.

Emerveillée, elle a effleuré et soulevé plusieurs pans colorés, pour tomber sur celui que vous connaissez bien.

Ah ! La mémoire... Elle revêt de plus en plus d'importance, en prenant de l'âge.

Vous verrez !

Imaginer que les informations qu'elle contient tombent un jour dans l'oubli me désole, d'autant que nous savons maintenant que notre âme, au cours de sa longue épopée, ne s'arrêtera pas d'exister, à la différence de notre enveloppe corporelle.

Puissiez-vous – ou plutôt puissions-nous, pardon – agir de même, afin de conserver un témoignage de tous ces instants passés ensemble, ces instants si désespérément éphémères.

Cooks bustled about among steaming pots, hotplates and large burlap sacks. Mixed aromas, from the coriander flavored meat broth called pho *and the sticky rice that was cooking in the pots, scented the air all around us. Further on, the scent of the donuts rivaled that of the fried tofu.*

I remember we feasted on sautéed beef with chili and lemongrass and bought star anise and tiger balm, among other things…

It was difficult to move around. The aisles turned out to be so narrow that you had to walk in single file. We constantly saw delivery men with pointed hats who carried a bar with overloaded parcels hanging from each end.

Suddenly, Madeleine headed straight for a fabric seller.

Amazed, she touched and lifted several colored sections, to find the one you know well.

Ah! Memory… It becomes more and more important as it ages.

You'll see!

To imagine that the information it contains one day falls into oblivion saddens me, especially since we now know that our souls, during their long epic, will not stop existing, unlike the envelope of our bodies.

Can you – or rather can we, sorry – do something similar, so as to keep a testimony of all these moments spent together, these moments so hopelessly fleeting.

Vous comprendrez probablement pourquoi vous aimez tant les senteurs de rose et de lilas des savonnettes, le goût des abricots mûrs à point, les saveurs aigres-douces de la Chine ainsi que ses magnifiques dragons... et à contrario vous saurez les raisons qui font que vous détestez les relents du ragout qui mijote ou bien le piquant des bonbons à la menthe poivrée, que sais-je...

J'ose espérer que certaines traces de ce que nous avons vécu, ces petits riens qui ont accompagné notre quotidien, nous survivront et ne s'évaporeront pas dans les méandres de l'univers.

– Si je puis me permettre, prenez donc le temps de vivre. Résistez autant que faire se peut, à la frénésie des remous de la vie.

Je vous assure que ce n'est pas impossible.

Centrez-vous sur les éléments essentiels et essayez d'acquérir une sérénité doublée d'une grande sagesse, identique à celle que l'on éprouve en regardant les lentilles d'eau qui dérivent lentement, bercées par les ondes translucides de la rivière Li.

– *Veillez sur notre chère Lian, qui doit être très âgée, dans l'époque qui est la vôtre et la nôtre à la fois.*

Et par-dessus tout soyez, soyons *heureux ! »*

You'll probably understand why you love the scents of rose and lilac soaps so much, the taste of ripe apricots, the bittersweet flavors of China and its magnificent dragons... and conversely you'll know the reasons why you hate the hints of simmering stew or the spiciness of peppermint candies, what do I know...

I dare to hope that some traces of what we've been through, those little things that have accompanied our daily lives, will survive us and will not evaporate in the twists and turns of the universe.

– If I may say so, take the time to live. Resist as much as possible, the frenzy of the turmoil of life.

I swear it is not impossible.

Focus on the basics and try to acquire a serenity coupled with great wisdom, the same that one experiences when looking at the slowly drifting duckweeds cradled by the translucent waves of the Li River.

– *Watch over our dear Lian, who must be very old, in your times, which are also ours.*

And above all, let's be happy!

New York

8 décembre 2068

Tal

Elle sort de l'immeuble du notaire en pleurs, un colis encombrant sous le bras, une vieille clef USB au fond d'une poche, une montre ancienne dans l'autre.

Elle lève la tête vers les imposantes façades diaphanes aux reflets bleutés. Il se met à neiger, un tourbillon de flocons de formes irrégulières dessine un rideau entre le ciel et le bitume. Les bruits de la circulation deviennent sourds. Le froid est piquant, un vent glacial s'immisce partout et lui fouette la figure. L'hiver est là. Noël approche. La rue, bondée, affiche une à une ses illuminations. Elle regorge de gens chargés, eux aussi, et pressés. Le jour a déjà décliné.

Tal Muller est inconsolable depuis que ses grands-parents ne sont plus de ce monde. Ils étaient âgés, certes. Quatre-vingt-dix-sept ans tous les deux. Ils ont vécu une très belle vie et se sont éteints la même nuit, dans leur sommeil. Mais cela ne la réconforte pas. On pouvait s'y attendre. Ça allait finir par arriver. Nul ne vit éternellement. C'est ce qu'on lui dit, en général. Des platitudes.

Cependant le manque est bien présent. Cruel. Ils étaient sa seule famille.

Les larmes, brûlantes, gercent son visage dont les joues ont rougi. Pour autant, ceci n'entache en rien son joli minois encore sculpté par les rondeurs de l'enfance, à peine dissimulé sous un bonnet écru en laine épaisse d'où s'échappent de longues mèches blondes.

New York
December 8, 2068

Tal

She comes out of the solicitor's building in tears, a bulky package under her arm, an old USB stick in one pocket, an old watch in the other.

She looks up at the imposing diaphanous façades with their bluish reflections. It begins to snow, a whirlwind of irregularly shaped flakes draws a curtain between the sky and the asphalt. The sounds of traffic fade. The cold is bitter, an icy wind creeps in everywhere and lashes her face. Winter is here. Christmas is coming. The crowded street displays its illuminations one by one. It's full of busy people, too, in a hurry. The day has already waned.

Tal Muller has been inconsolable since her grandparents are no longer in this world. They were old, of course. Both ninety-seven. They lived a very good life and passed away the same night, in their sleep. But that doesn't comfort her. Predictably. It was going to happen eventually. No one lives forever. So she's told. Platitudes.

However the lack is very present. Cruel. They were her only family.

Tears, burning, chap her face with its reddened cheeks. But this doesn't in any way mar her pretty face, still sculpted by the curves of childhood, barely concealed under a thick, wool ecru cap, from which long blond locks escape.

La jeune femme regarde sans les voir les toitures géométriques transparentes à pans brisés et les passerelles de verre qui relient les immeubles les uns aux autres. Elle comprend, en apercevant le halo lumineux d'un *yellow cab* ralentir et se poser à son niveau, que maître Fleming a eu l'amabilité d'en appeler un pour elle. Quelle délicatesse de sa part ! Il avait l'air à la fois navré et embarrassé devant son immense chagrin.

Machinalement, Tal frôle de sa main le détecteur de la portière qui s'ouvre en coulissant. Elle pense que la neige qui virevolte autour d'elle ne tiendra pas au sol. Elle renseigne son adresse sur l'ordinateur de bord du véhicule, dans un état second, avant de s'écrouler, effondrée, sur la banquette en silicone. Une nouvelle salve inonde Tal, tandis que la voix robotisée du taxiplane lui souhaite un agréable voyage, après avoir détaillé le plan de vol et précisé l'heure d'arrivée.

Elle revoit son papi, comme s'il était là, jurer haut et fort que jamais, au grand jamais, on ne le prendrait à monter dans ces foutus *cabs* sans chauffeur pour le conduire. Il avait tenu parole !

Tal ne peut réprimer un frisson. Elle vérifie que la régulation thermique de son siège est activée et se dit que la technologie a ses limites. En l'occurrence, rien ne semble pouvoir la soulager du froid intense qu'elle ressent à l'intérieur de son corps, dans son cœur et jusqu'au plus profond de ses os. Elle serre le paquet contre sa poitrine et se laisse gagner par l'impatience de découvrir le communiqué post-mortem que ses grands-parents tant aimés lui ont légué, en sus de la montre et du magnifique tableau – un triptyque qu'elle a toujours vu à la maison, face à leur lit.

The young woman looks, without seeing, at the transparent geometric roofs with split sides and the glass walkways that connect the buildings to each other. She realizes, seeing the halo of light from a yellow cab slowing down and landing on her level, that Mr Fleming was kind enough to call one for her. What sensitivity on his part! He looked both heartbroken and embarrassed at her immense grief.

Automatically, Tal brushes her hand against the sensor on the sliding door. She thinks that the snow that swirls around her will not stick on the ground. She enters her address on the vehicle's on-board computer, in a daze, before collapsing onto the silicone seat. Another salvo floods Tal, as the robotic voice of the taxiplane, after detailing the flight plan and specifying the time of arrival, wishes her a safe journey.

She sees her grandpa again, as if he were there, swearing loudly that he would never, ever be caught getting in those damn cabs without a driver to drive him. He had kept his word!

Tal can't suppress a thrill. She checks that the thermal regulation of her seat is activated and tells herself that technology has its limits. In this case, nothing seems to be able to relieve her of the intense cold she feels inside her body, in her heart and even deep in her bones. She hugs the package to her chest and lets herself be won over by her impatience to discover the post-mortem letter that her beloved grandparents bequeathed to her, in addition to the watch and the magnificent painting – a triptych she was used to seeing at home, facing their bed.

Ce sont eux qui l'ont pratiquement élevée, ses parents ayant tragiquement disparu dans un accident en 2047, alors qu'elle n'avait que sept ans. Par bonheur, elle conserve beaucoup de souvenirs. Une enfance heureuse.

Au moment du drame, son père, un dénommé David Muller, était âgé de quarante-cinq ans, et sa mère, Jade, née Calvan, n'en avait que quarante-trois.

Tal tient sa chevelure dorée de Jade, qui l'a reçue de sa propre mère, Mélisende. Quant à la forme de ses yeux, nul doute qu'elle lui a été transmise par Guillaume, son grand-père maternel. Pour le reste, ses gênes proviennent du côté Muller. Chaque été, Tal part en vacances chez eux, dans le Sud-Ouest de la France près de Bordeaux, entre les vignobles et l'océan. Elle ne raterait sous aucun prétexte la joyeuse compagnie de ses cousins germains.

À la disparition brutale de Jade, Guillaume et Mélisende ont pris la décision d'émigrer, afin de s'occuper de Tal à New York. Ils ne voulaient pas lui infliger une difficulté supplémentaire en la déracinant. Leur petite fille a donc pu rester à Manhattan dans l'Upper West Side, à l'ouest de Central Park. Elle n'a pas eu à s'éloigner de son appartement situé au rez-de-chaussée d'un coquet *townhouse* et a continué de fréquenter son école, conservant de la sorte, ses camarades de classe, ses activités, ses habitudes... Ceci l'a énormément aidée. Elle n'a pas tout perdu, même s'il lui manquait l'essentiel.

They were the ones who practically raised her, after her parents tragically went missing in an accident in 2047, when she was only seven years old. Fortunately, she has a lot of memories. A happy childhood.

At the time of the tragedy, her father, a man named David Muller, was forty-five years old, and her mother, Jade, née Calvan, was only forty-three.

Tal gets her golden hair from Jade, who received it from her own mother, Mélisende. As for the shape of her eyes, there is no doubt that they were passed on to her by Guillaume, her maternal grandfather. For the rest, her genes come from the Muller side. Every summer, Tal goes on vacation to their home, in the southwest of France near Bordeaux, between the vineyards and the ocean. She'd never miss the happy company of her first cousins.

When Jade suddenly disappeared, Guillaume and Mélisende made the decision to emigrate, in order to take care of Tal in New York. They didn't want to inflict additional hardship on her by uprooting her. Their little girl was therefore able to stay in Manhattan on the Upper West Side, west of Central Park. She didn't have to move away from her apartment on the ground floor of a pretty townhouse and continued to attend her school. Thus keeping her classmates, her activities, her habits... this helped her immensely. She didn't lose everything, even though she lacked the essential.

Ses grands-parents, aimants et dévoués, lui parlaient français, ainsi que le faisait sa mère. Guillaume a poursuivi sa profession d'architecte. Il a été embauché dans un éminent cabinet. Son épouse, quant à elle, a choisi de travailler en tant que traductrice, elle qui enseignait le chinois en France. Elle avançait à son rythme et pouvait, surtout, se consacrer à Tal.

On ne peut effacer le manque occasionné par la perte incommensurable de ses parents. Cependant, Mélisende et Guillaume ont mis tout en œuvre pour rendre la souffrance acceptable et permettre à Tal de se construire correctement. Ils n'ont pas négligé le recours à un suivi psychologique, les premières années.

La jeune femme qu'elle est devenue, pense qu'à 28 ans elle n'a plus personne, qu'elle est seule au monde dorénavant. Toute seule...

À ce triste constat, les larmes intarissables coulent à nouveau de plus belle.

Des amis, des vrais, elle en a. Mais ce n'est pas pareil.

Perdue dans son désespoir, elle ne contemple pas les lumières de la ville, si dérisoires vues d'en haut, elle qui s'en émerveille d'ordinaire. Elle sursaute à l'annonce de son arrivée à destination.

Elle s'apprête à payer la course, présentant devant le scanner la micro puce intégrée dans le tissu de sa manche, lorsque la voix métallique l'informe qu'elle a été réglée. Une touchante sollicitude qui réchauffe un peu son pauvre cœur frigorifié. Elle prévoit de remercier maître Fleming pour sa gentillesse, dès le lendemain.

Her loving and devoted grandparents spoke French to her, as her mother had. Guillaume continued his profession as an architect. He was hired by a prominent firm. His wife, meanwhile, chose to work as a translator, after having taught Chinese in France. She moved at her own pace and could, above all, devote herself to Tal.

We can't erase the lack caused by the immeasurable loss of our parents. However, Mélisende and Guillaume did everything to make the suffering acceptable and allow Tal to re-build properly, and didn't neglect to provide her with psychological counseling in the early years.

The young woman she has become thinks that at twenty-eight she has no one else, that she's alone in the world now. All alone…

With this sad observation, the inexhaustible tears flow again, more beautiful this time.

Friends, real ones, she has some. But it's not the same.

Lost in her despair, she who usually marvels at the city lights, doesn't reflect on them, so paltry when seen from above. She jumps at the news of her arrival at her destination.

She's about to pay the fare, presenting the microchip embedded in the fabric of her sleeve to the scanner, when the metallic voice informs her that it has been settled. A touching solicitude warms her poor, frozen heart a little. She'll thank Mr Fleming for his kindness the next day.

D'un pas rapide, la jeune femme longe le *coffee shop*, plein à craquer à cette heure-ci. Elle ne prête pas attention aux profils des silhouettes sombres en vitrine et se dirige tout droit vers son immeuble, très newyorkais dans son genre, avec ses briques rénovées et ses escaliers de secours en façade à l'ancienne.

En l'identifiant, la baie vitrée s'ouvre sur un hall qui donne accès aux ascenseurs de verre. L'odeur d'un parfum apaisant se répand instantanément dans la cabine alors qu'une lumière bleu lagon enveloppe Tal. Une musique évoquant la mer envahit l'espace. Elle suppose que ses capteurs corporels ont dû détecter son immense désarroi. D'habitude, on lui concocte plutôt des morceaux gais et entraînants, sur fond de lueurs dans des camaïeux de rouges, accompagnés de subtiles senteurs aux notes d'agrumes se voulant dynamisantes.

Tal inspire profondément pour bloquer un énième sanglot. Elle observe en croisant son reflet dans la glace, que les cristaux qui saupoudraient ses cheveux ont presque fondu. Elle se détourne à la vue de ses traits bouffis et de son nez qui a viré au pourpre. L'image que lui renvoie le miroir est trop déprimante. Elle réalise qu'elle fait sérieusement peur à voir, ce soir, et espère ne rencontrer aucun voisin sur le palier.

With a quick step, the young woman walks along the coffee shop, packed at this hour. She ignores the profiles of the dark figures in the window and heads straight for her very New York building with its renovated bricks and fire escapes on the old façade.

After the identification process, the sliding door opens into a hall which gives access to the glass elevators. A calming scent instantly permeates the cabin as a lagoon-blue light envelops Tal. Music evoking the sea permeates the space. She guesses that the body sensors must have detected her immense dismay. Usually, they concocted rather cheerful and catchy pieces, against a background of gleaming shades of reds, accompanied by subtle scents with citrus notes that were intended to be energizing.

Tal takes a deep breath to block yet another sob. She observes, seeing her reflection in the mirror, that the snowflakes dusting her hair have almost melted. She turns away at the sight of her puffy features and her nose that's turned purple. The image the mirror sends her is too depressing. She realizes she's seriously scary to look at tonight, and hopes she won't meet any neighbors on the landing.

Elle se glisse par l'entrebâillement de la porte de son logement à la dérobée, non sans avoir appliqué, l'esprit ailleurs, son pouce sur la serrure biométrique. Au bruit de ses pas, un éclairage tamisé dévoile une pièce sobrement meublée, parée de couleurs nuancées. Tal allonge précautionneusement le carton rectangulaire sur la table puis retire son blouson et son écharpe qu'elle dépose sur le dossier d'une chaise. Elle pivote rapidement vers le salon et s'assoit dans son fauteuil à reconnaissance de forme, face à l'écran virtuel.

Elle hésite, appréhendant tout à coup d'affronter certaines vérités qui pourraient entacher le souvenir de ses grands-parents, qu'elle voudrait garder intact. Elle se rassure en se disant que ces derniers ont continuellement cherché à la protéger. Le contenu de ce message posthume s'adressant à elle, il ne devrait donc pas être si douloureux à consulter. Une lettre d'adieu pour lui rappeler combien ils l'ont aimée, des photos du temps de son père et de sa mère, avant leur tragique disparition… éventuellement une vidéo… Elle imagine toutes sortes de possibilités. Son cerveau échafaude des hypothèses à cent à l'heure. Mais des angoisses sourdes et incontrôlables lui tordent le ventre : et si elle apprenait quelque chose concernant la mort de ses parents ? Et si on lui avait menti ? S'ils n'étaient pas décédés dans un simple accident ? Et si…

Elle frotte et masse son visage à pleines mains, puis essuie encore ses yeux verts délavés. Elle prend ensuite une bouffée d'air pour chasser la peur diffuse qui s'est emparée d'elle.

D'un geste vif, elle se décide et scanne la clé que le notaire lui a communiquée, lançant la lecture du document.

Her mind elsewhere, she applies her thumb to the biometric lock, and slips through the crack in the door to her apartment. At the sound of her footsteps, subdued lighting reveals a soberly furnished room, adorned with nuanced colors. Tal carefully stretches out the rectangular cardboard box on the table, then removes her jacket and scarf, which she places on the back of a chair. She swivels towards the living room and sits down in her pattern recognition chair, facing the virtual screen.

She hesitates, suddenly dreading facing certain truths that could mar the memory of her grandparents, which she would like to keep intact. She finds comfort in telling herself that they have continually sought to protect her. The content of this posthumous message was addressed to her, so it shouldn't be that painful to look at. A farewell letter to remind her how much they loved her, photos from the time of her father and mother, before their tragic disappearance... possibly a video... She imagines all kinds of possibilities. Her brain is guessing at a hundred miles an hour. But vague and uncontrollable anxieties twist her stomach: what if she learns something about the death of her parents? What if they had lied to her? What if they hadn't died in a simple accident? And if...

She rubs and massages her face with both hands, then wipes her faded green eyes again. She takes a breath of air to drive away the diffuse fear that has gripped her.

With a quick gesture, she makes up her mind and scans the contents of the USB the lawyer gave her, starting to read the document.

L'obscurité est tombée sans qu'elle s'en aperçoive, quand arrive le mot de la fin. Tal, en proie à une très vive émotion, laisse planer son regard. Il ne neige plus. Les flocons n'ont effectivement pas tenu sur le sol qui brille d'humidité glacée. Une lune pâle, d'un rond quasi parfait, éclaire l'appartement. Ses larmes ont séché, tout comme la voûte étoilée. Elle considère distraitement l'aube commençant à poindre, avec ses premiers halos pastel qui blanchissent le ciel laiteux et font danser les ombres chinoises de la rue. Le soleil ne va pas tarder à se lever, mais il est fort probable qu'il restera caché derrière les nuages cotonneux que l'on distingue à l'horizon. Sûr, une nouvelle tempête menace. Un jour de plus où il ne fera pas bon glisser le nez dehors.

La jeune femme recouvre ses esprits et s'étire doucement pour réveiller ses muscles engourdis par l'immobilité. Elle est vidée. Sonnée par ce qu'elle a appris. La nuit, en passe de devenir blanche, lui pique les paupières. Songeuse, elle enfile un gros pull et se prépare un thé brûlant.

Une confession. Des mémoires. Ecrites à plusieurs voix... des voix qu'elle connaît ! Un secret si bien gardé...

Elle n'en revient pas. Elle ne s'y attendait pas.

* * *

Darkness has fallen without her noticing it, when the final word arrives. Tal, in the grip of a very strong emotion, looks around. It's not snowing anymore. The flakes didn't stick on the ground, which glistens with icy dampness. A pale moon, almost perfectly round, lights up the apartment. Her tears have dried, as has the starry sky. She distractedly considers the dawn beginning to break, with its first pastel halos that whiten the milky sky and make a shadow play dance in the street. It won't take long for the sun to rise, but it's very likely to remain hidden behind the cottony clouds that can be seen on the horizon. Surely a new storm threatens. One more day when it won't be a good idea to stick your nose outside.

The young woman comes to her senses and gently stretches to waken her muscles, they're numb from inactivity. She's empty. Stunned by what she's learned. The night, about to turn white, stings her eyelids. Pensive, she puts on a big sweater and prepares a hot tea.

A confession. Memories. Written in many voices... voices she knows! Such a well-kept secret...

She can't get over it. She didn't expect this.

Elle mesure a posteriori, la sérénité qui n'abandonnait jamais ses grands-parents, même dans les moments difficiles de leur vie. Au plus loin qu'elle s'en souvienne, elle a toujours perçu ce lien d'amour puissant qui les unissait et qui transpirait dans chacun de leurs gestes, de leurs paroles, et ce, à la veille de leur dernier souffle.

Ces réminiscences ressurgissent dans une joie éblouissante, au cœur de la douleur et de la peine de les avoir perdus.

Puis cette dernière phrase qu'elle vient de lire, aussi douce et poignante qu'une embrassade sur un quai de gare : « Si nous partons, ma petite Tal, nous ne te quittons pas vraiment. Ne sois pas triste, mon ange. »

Tal se sent parcourue d'un sursaut d'énergie. Son corps s'est revigoré, un nouveau feu brûle en elle. Ses yeux pleins d'étoiles pétillent.

Elle est maintenant investie d'une mission de la plus haute importance. Elle promet mentalement de s'y engager.

« Vous réussirez. Vous ne perdrez pas vos souvenirs en chemin. Je vais vous aider à les consigner. Je vous assure que vous pourrez revivre tous ces instants. Je ne veux pas que la vie, que vos vies, vous glissent entre les doigts et fondent comme neige au soleil, sans laisser de trace. »

Tal, toute ragaillardie, s'efforce de rassembler ses idées.

With hindsight, she assesses the serenity that never abandoned her grandparents, even in hard times. As far as she can remember, she always perceived this powerful bond of love that united them and that transpired in each of their gestures, their words, even on the eve of their last breath.

These reminiscences reappear in dazzling joy, in the heart of the pain and sorrow of losing them.

Then this last sentence she has just read, as sweet and poignant as a hug on a train platform: "If we go, my little Tal, we are not really leaving you. Don't be sad, my Angel."

Tal feels caught up in a burst of energy. Her body has invigorated, a new fire is burning within her. Her starry eyes sparkle.

She's now entrusted with a mission of the utmost importance. She mentally promises to commit to it.

"You'll succeed. You won't lose your memories along the way. I'll help you record them. I promise you'll be able to relive all these moments. I don't want life, your lives, to slip through your fingers and melt like snow in the sun, leaving no trace."

Tal, exhilarated, tries to put her thoughts together.

« Mettre en vente l'élément central du tableau et la montre dans des lieux différents. Oui, c'est ça. Voilà. Conserver les deux autres pans avec moi. Mais avant : copier les confessions contenues dans la clé numérique sur une boîte électronique codée. Par la suite, ne pas oublier de noter au dos des parties gauche et droite du triptyque, à l'encre digitale indélébile, les références du lien internet permettant d'accéder à la boîte en question. »

Le destin saura quoi faire.

Elle le sait : ses grands-parents se retrouveront. En décembre 2099. 2099… Elle frôlera les soixante ans. Ils n'en auront que trente et un.

C'est tout simplement… vertigineux.

Elle les reconnaîtra.

Eux ne ressentiront probablement qu'une impression de déjà vu, en la rencontrant.

Ainsi, chaque histoire qui leur sera permis de vivre, ne tombera jamais dans l'oubli.

Parce que c'est écrit.

Parce que notre âme nous survit.

Le regard de Tal se perd au-delà de la *skyline* qui scintille de milliers de lumières. La lune esquisse un sourire, à présent, dans l'encadrement de la fenêtre. On dirait qu'elle couve la jeune femme des yeux.

Une jeune femme qui pense qu'il y a un homme, quelque part à New York ou ailleurs, un homme qu'elle a aimé dans une autre vie.

Qui sait ?

L'astre rond cligne de l'œil. Le cœur de Tal s'accélère, gonflé d'espoir.

"Sell the central element of the painting and the watch in different places. Yes that's it. Simple. Keep the other two sides with me. But first: put a copy of the confessions contained in the USB stick in a coded electronic safe. Afterwards, do not forget to note on the back of the left and right parts of the triptych, in indelible digital ink, the references of the internet link which will allow access to the box in question."

Fate will know what to do.

She knows it: her grandparents will meet again. In December 2099. 2099... She'll be close to sixty years old. They will only be thirty-one.

It's just... dizzying.

She'll recognize them.

They will probably only feel a sense of déjà vu when they meet her.

Thus, every story that they'll be allowed to live will never be forgotten.

Because it's written.

Because our soul survives us.

Tal's gaze is lost beyond the skyline that sparkles with thousands of lights. The moon smiles now, in the window frame. It looks like it's staring at the young woman.

A young woman who thinks there's a man, somewhere in New York or elsewhere, a man she loved in another life.

Who knows?

The round heavenly body winks. Tal's heart quickens, swelling with hope.

Elle songe qu'elle le rencontre peut-être de temps en temps ou bien tous les jours... dans le métro, le bus, le train ou dans des salles pleines à craquer...

She thinks she may meet him any moment, any day... in the subway, the bus, the train, or in a crowded room...

ÉPILOGUE

La vie est un départ et la mort un retour.

Lao Tseu, **Tao te king,** *autour de 600 avant J.-C.*
Province du Guangxi, Sud-Ouest de la Chine

EPILOGUE

Life is a departure and death a return.

Lao Tzu, Tao Te Ching, around 600 BC
Guangxi Province, Southwest China

Province du Guangxi, Sud-Ouest de la Chine

24 août 1907

Shushan

Ma vision du monde et de l'univers tout entier a changé, en ce doux matin d'été qui suivait une nuit claire de pleine lune.

C'est arrivé il y a presque sept jours. Nous étions au milieu du mois lunaire, je m'en souviens très bien…

Depuis, le temps s'est figé.

Ce matin-là, alors que je revenais du temple où j'avais livré aux moines les offrandes de ma communauté, j'ai été alertée par de faibles gémissements. Ils provenaient de la cour. J'ai saisi de suite la gravité de la situation. Pour sûr, il ne s'agissait pas des râles d'un animal.

J'ai aussitôt abandonné ma brouette et je me suis précipitée au bas de l'échelle que j'ai grimpée quatre à quatre. J'ai vu Baoqiang, mon mari, plié au sol par la douleur.

Lao Dong, ainsi qu'on l'appelle au village, s'était grièvement coupé en taillant des bambous. Il perdait beaucoup trop de sang. La manche de sa sempiternelle veste bleue à petit col se trouvait imbibée d'une immense tâche d'un rouge sombre.

Guangxi Province, Southwest China

August 24, 1907

Shushan

My view of the world and the entire universe changed on the balmy summer morning that followed a clear moonlit night.

It happened almost seven days ago. It was the middle of the lunar month, I remember it very well...

Time has since stood still.

That morning, as I returned from the temple where I had delivered my community's offerings to the monks, I was alerted by low moans. They came from the yard. I immediately understood the gravity of the situation. Of course, they did not come from an animal.

I immediately abandoned my wheelbarrow and rushed down the ladder four rungs at a time. I saw Baoqiang, my husband, bent to the ground in pain.

Lao Dong, as he is known in the village, was severely cut while pruning bamboo. He was losing too much blood. The sleeve of his usual blue jacket with a small collar was soaked in a huge stain of dark red.

Affolée, j'ai couru du mieux que mon âge me le permettait jusqu'à la rue traversant le hameau déserté. J'ai appelé à l'aide en hurlant. Personne ne m'entendait, les paysans travaillant dans les champs à cette heure-ci. Je désespérais. Seuls les canards me répondaient en écho. Dehors, il n'y avait pas âme qui vive, excepté un couple d'étrangers, sur le sentier. Ils se promenaient en admirant nos maisons en bois montées sur pilotis, près de la vieille roue à eau que j'ai toujours connue.

Je les ai appelés en gesticulant, implorant les cieux pour qu'ils me viennent en aide. Immédiatement ces gens ont compris ma détresse. Je les ai vus dévaler le coteau en se hâtant.

Bonté divine ! Une apparition.

La femme, était d'une telle blondeur que mes aïeux l'auraient sans conteste prise pour le diable en chair et en os, avec ses yeux si ronds et si clairs, que l'on pouvait s'y mirer dedans. Son époux, un géant – jamais je n'aurais pensé que l'on puisse être aussi longiligne – avait la peau étonnement pâle, de la couleur que prend le riz qui a séché sur nos terrasses ensoleillées. Son visage se révélait curieusement parsemé de grains bruns en haut des pommettes et sur les ailes de son nez droit. Pas moins que si des lentilles d'eau poussaient sur sa face ! On ne voit rien de tel par ici !

Distraught, I ran as fast as my age would allow to the street, crossing the deserted hamlet. I screamed for help. No one could hear me. The peasants were working in the fields at this hour. I was in despair. Only the ducks answered me. There was no living soul outside, except a couple of strangers on the path. They were walking around admiring our wooden houses on stilts, near the old water wheel that I have always known.

I waved at them, imploring the heavens to come to my aid. Immediately these people understood my distress. I saw them hurry down the hill.

God's goodness! An apparition.

The woman was so fair that my ancestors would have taken her for the devil in flesh and blood, with her eyes so round and so clear that you could see yourself in them. Her husband, a giant – I never thought you could be so slender – had surprisingly pale skin, the color of rice that has dried on our sunny terraces. His face was oddly speckled with brown marks above his cheekbones and to the right of his nostrils. No less than if duckweed grew on his face! You can't see anything like it around here!

Je n'ai eu aucune difficulté à leur faire entendre que je voulais qu'ils me suivent. Ils m'ont emboîté le pas jusqu'à chez moi. Ils ne me comprenaient pas mais se montraient réceptifs. Ils ont réagi promptement avec une admirable efficacité. Je chassais les mouches de mon éventail. Elles étaient collantes, je m'en rappelle. La dame a pansé la profonde blessure de mon Baoqiang qui souffrait atrocement puis a mis en place un garrot en utilisant le linge propre que je lui tendais et une ficelle qui traînait sur la table de la cuisine. L'homme a ensuite hissé sur son dos le blessé – le bougre pesait son poids de riz, malgré sa carcasse décharnée. Il faut dire que le plus proche docteur se situait à Yangshuo. Ce n'était pas la porte à côté. Une bonne heure de marche. Il ne fallait pas s'attarder.

Comme d'ordinaire à cette époque de l'année, la chaleur se faisait accablante et ce jour-là, il n'y avait pas un brin de vent. L'air était immobile. Le jeune homme vigoureux transpirait à grosses gouttes, si bien que sa gracieuse compagne l'épongeait régulièrement à l'aide d'un mouchoir blanc joliment brodé. Elle veillait à tenir correctement son ombrelle bordée d'une fine dentelle, de manière à ce qu'elle reste constamment au-dessus de la tête de mon vieux Dong. Elle humectait les lèvres du malade, avec une compassion qui me bouleversait. Elle lui adressait des mots exotiques inintelligibles, d'une voix douce et mélodieuse, la même que celle que l'on adopte afin de consoler les enfants. J'étais émue par tant de générosité.

I had no trouble making them understand that I wanted them to follow me. They followed all the way to my home. They didn't understand me but were receptive. They reacted swiftly with admirable efficiency. I chased the flies away with my fan. They were everywhere, I remember. The lady bandaged the deep wound of my Baoqiang, who was in excruciating pain, and then put on a tourniquet using the clean cloth and a string I handed her that was lying on the kitchen table. The man then hoisted the victim onto his back – he was able to use his muscles, despite his gaunt body. It must be said that the closest doctor was in Yangshuo. It wasn't next door. A good hour's walk. We couldn't tarry.

As usual at this time of year, the heat was sweltering and there was not a hint of wind that day. The air was still. The vigorous young man was sweating profusely, so his graceful companion regularly sponged him with a beautifully embroidered white handkerchief. She made sure to hold her parasol, lined with fine lace properly, so that it stayed above my old Dong's head at all times. She moistened my injured man's lips with a compassion that overwhelmed me. She spoke unintelligible exotic words to him, in a soft and melodious voice, the same as one uses to console children. I was moved by so much generosity.

Je me remémore la poussière, le long du trajet. Je sens encore son odeur et son goût de fer au fond de ma bouche. Ou alors était-ce tout ce sang. Je ne sais. La terre, volatile, venait se coller à mon corps moite. Elle s'infiltrait partout, dans les narines également. À bout de souffle et de forces, je suivais le convoi tant bien que mal. Je trottais en m'appuyant sur mon bâton en bambou, tout en tenant les doigts blêmes de Baoqiang et priant pour que l'on n'arrive pas trop tard. La tâche brun-rouge s'étendait à vue d'œil. La vie s'enfuyait en s'écoulant. Je fixais avec anxiété son regard vitreux… Ah ! Pourvu qu'il ne perde pas connaissance !

Par chance, nous avons croisé de robustes montagnards. Ceux-ci ont rebroussé chemin et sont allés, au pas de course, quérir le médecin. Ce dernier nous a rejoints à cheval et a pu, ainsi, prodiguer les soins plus rapidement. Juste ciel !

« Rassurez-vous madame, il est tiré d'affaire, votre époux. Il est solidement constitué, ce sacré Lao Dong. Et fort comme un tigre ! Envoyez-moi chercher, s'il n'est pas remis sur pied d'ici à la lune ascendante. Surtout s'il a de la fièvre. Et donnez-lui ces décoctions. Il s'en est fallu de peu, vous savez. Il se tenait sur la mauvaise pente. Pauvre homme, il ne lui restait qu'une infime quantité d'énergie vitale, pour ne rien vous cacher. Ses chances de survie étaient extrêmement réduites, avec une telle hémorragie. Le malheureux se trouvait sur la route qui mène à l'au-delà, je vous le dis. Il n'était relié à nous autres que par un fil. Il n'aurait manifestement pas tenu jusqu'à Yangshuo ; aussi vrai que le soleil se couche. » a précisé le docteur, en essuyant son front qui dégoulinait.

I remember the dust along the way. I can still smell its smell and the taste of iron deep in my mouth. Or was it all that blood? I do not know. The volatile dust stuck to my sweaty body. It infiltrated everywhere, in my nostrils as well. Out of breath and out of strength, I followed the convoy as best I could. I trotted, leaning on my bamboo stick, while holding Baoqiang's pale fingers and praying that we weren't too late. The reddish-brown stain was growing visibly. Life was flowing away. I stared anxiously at his glassy gaze... Ah! Hoping he didn't lose consciousness!

Luckily, we came across some robust mountain people. They turned back and went at a run to seek the doctor. The latter joined us on horseback and was able to provide care more quickly. Good heavens!

"Rest assured ma'am, your husband is off the hook. He's solidly built, old Lao Dong. And strong as a tiger! I bet he'll be back on his feet by the rising moon. Especially if he has a fever. And give him these concoctions. It was close, you know. He was in the wrong place at the wrong time. Poor man, he only had a tiny amount of vital energy left, to be frank with you. The bleeding meant that his chances of survival were pretty slim. The unfortunate man was on the road that leads to the beyond, I tell you. He was only connected to the rest of us by a thread. Obviously he would not have held up as far as Yangshuo; that's as true as the sun goes down," the doctor clarified, wiping his dripping forehead.

Sans l'intervention de ces gens, mon brave Baoqiang ne serait plus des nôtres, aujourd'hui. Il l'a échappé belle. Il leur doit la vie. Nous leur en sommes extrêmement reconnaissants.

Je souhaitais les remercier mais j'étais démunie, ne parlant pas leur langue, ne possédant nulle richesse à offrir…

En conséquence, j'ai fait ce que je pouvais faire, ou plutôt ce que je savais faire.

Au moment où nos routes allaient se séparer, j'ai pris leurs mains douces et chaudes dans les miennes.

Il n'y avait personne aux alentours, à part des oiseaux qui virevoltaient et qui piaillaient gaiement. Pour sûr, ils avaient senti venir l'averse et ils s'affolaient. Le vent s'était levé et apportait avec lui un air chaud et humide. À cet instant, une fine pluie de la saison des prunes nous a enroulés d'un tiède rideau aux marbrures argentées. L'eau ruisselait sur nos faces. La mousson. Aucun de nous n'a bougé.

Un mystérieux pressentiment nous alertait.

Un je-ne-sais-quoi allait se passer. Devait se passer. Maintenant.

On sent ces choses-là.

J'ai permis à leurs esprits de fusionner avec le mien, reliant nos énergies à celles de l'univers.

Without the intervention of these people, my brave Baoqiang would not be with us today. He made a narrow escape. He owes them his life. We are extremely grateful to them.

I wanted to thank them but I was destitute, not speaking their language, having no wealth to offer...

As a result, I did what I could do, or rather what I knew how to do.

As our roads were about to separate, I took their warm, soft hands in mine.

There was no one around, except birds flitting and chirping merrily. They had sensed the downpour coming and they were crying gaily. The wind had picked up and brought with it warm, humid air. At that moment, a fine plum-season rain wrapped around us in a warm, silvery, marbled curtain. The water was streaming down our faces. Monsoon. None of us moved.

A mysterious presentiment alerted us.

Something was going to happen. Had to happen. Now.

You can feel these things.

I allowed their minds to merge with mine, connecting our energies with those of the universe.

Ce que j'ai vu m'a emplie de gratitude. Oh ! Vous ne pouvez imaginer combien ! Comment dire… J'ai vu… j'ai su… l'amour que leurs âmes se vouent depuis des lustres et des lustres. J'ai compris que la mienne demeurait liée aux leurs et qu'elles se rencontraient lors de nos passages sur terre. J'ai perçu qu'ils ne concevraient pas d'enfants dans cette vie, mais que ce n'était que partie remise. J'ai éprouvé la conviction que, bien plus tard, leurs petits-enfants les entoureraient et que l'un d'entre eux, une fille, ne serait autre que moi-même !

C'est inouï ! Vous rendez-vous compte ?

Et par quel miracle ? Sincèrement, je n'en sais fichtre rien. Il n'est pas nécessaire de comprendre les phénomènes pour les percevoir.

Ce jeune homme et sa délicate épouse, dont je tenais les mains il y a tout juste une semaine, deviendraient donc mes propres grands-parents !

Ciel !

L'émotion nous a littéralement submergés. Les larmes, qui roulaient sur nos joues, se mêlaient aux perles de pluie.

Aussi impensable que cela puisse paraître, nous nous reverrons, nous trois, à l'issue du siècle prochain, sous d'autres cieux, aux antipodes de mon pays tant aimé… au cœur d'une lointaine contrée, aux hivers froids et blancs… dans un futur où les maisons dressées verticalement toucheront les nuages, semblables à d'immenses tours du tambour aux mille reflets brillants, rappelant les rizières inondées et parcellées de mon village.

Sornettes, me diriez-vous.

What I saw filled me with gratitude. Oh! You can't imagine how much! How to explain it... I saw... I knew... the love that their souls have had for ages and ages. I understood that my soul would remain linked to theirs and that they would all meet during our journeys on this Earth. I felt that they would not conceive children in this lifetime, but that it was only a postponement. I was convinced that much later their grandchildren would surround them and that one of them, a girl, would be myself!

It's unheard of! Do you realize?

And by what miracle? Honestly, I don't know. It's not necessary to understand phenomena to perceive them.

This young man and his delicate wife, whose hands I held just a week ago, would therefore become my own grandparents!

Heavens!

The emotion literally overwhelmed us. The tears, which rolled down our cheeks, mingled with the pearls of rain.

As unthinkable as it may seem, the three of us will see each other again at the end of the next century, under other skies, at the antipodes of my beloved country... in the heart of a distant land, with cold and white winters... in a future where houses erected vertically will touch the clouds, like immense drum towers with a thousand brilliant reflections, reminiscent of the flooded rice fields of my village.

Nonsense, you tell me.

C'est vertigineux, ces vies qui s'enchaînent, j'en ai encore la tête qui tourne !

Tout ceci est incroyable, n'est-ce pas ? Je vous l'accorde volontiers.

Pourtant je n'en doute pas une seconde, figurez-vous.

J'ai enduré, autant que s'il était réel, l'incommensurable chagrin que j'éprouverai en les perdant tous les deux dans l'avenir, moi qui n'aurai pas atteint les trente ans.

Tout comme j'ai su qu'ils s'éteindraient doucement au cours de la même nuit, au creux du même lit, tendrement enlacés.

Et la neige qui virevoltait sous la voûte laiteuse... si blanche, si pure, si légère. Je n'en avais jamais vu avant... C'était divinement beau !

J'ai eu la certitude qu'ils se retrouveront encore, alors que je

serai, à nouveau, une vieille femme. Ils n'auront que trente et un ans, dans ce énième passage sur terre.

Une spirale sans fin.

Et vous voulez que je vous dise : ce ne sera point par hasard, parce que le hasard, ça n'existe pas.

Nous ne nous reconnaîtrons pas, malheureusement.

Nous ressentirons l'intuition de nous voir pour la deuxième fois, quand nos regards, miroirs de l'âme, se croiseront.

Et, indubitablement, nous éprouverons les uns envers les autres, des sentiments véritablement profonds, enrichis au fil du temps.

It's dizzying, these successive lives, my head is still spinning!

This is all amazing, isn't it? I will gladly grant it to you.

Still, I don't doubt it for a second, you know.

I have endured, as much as if it was real, the immeasurable grief I will experience losing them both in the future, I who will not have reached my thirties.

Just as I knew they would gently be extinguished, on the same night, in the hollow of the same bed, tenderly embracing.

And the snow that swirled under the milky firmament... so white, so pure, so light. I had never seen this before... It was divinely beautiful!

I had the certainty that they would meet again, and I would be an old woman again. They will only be thirty-one years old, in this umpteenth passage on Earth.

An endless spiral.

And let me tell you something: it will not be by chance, because there is no such thing as chance.

We'll not recognize each other, unfortunately.

We'll feel an intuition that we're seeing each other for the second time, when our gazes, mirrors of the soul, meet.

And, undoubtedly, we'll experience truly deep feelings for each other, ones enriched over time.

Des sentiments qui nous étonneront, tant par leur force que par leur évidence.

Une simple impression de déjà-vu.

Feelings that will amaze us, both by their strength and by their evidence.

A simple feeling of déjà vu.

Remerciements

Parce que ce roman n'aurait pu voir le jour sans eux, je tiens à remercier ceux qui m'ont aidée, même si quelquefois ils l'ignorent, ceux qui m'ont encouragée et qui ont cru en moi, ceux qui ont enrichi mon inspiration, de près ou de loin.

Merci tout particulièrement:

À ma famille, pour tout cet amour qu'elle me donne, sa patience et tout le reste, tous ces petits riens, ces paroles, ces regards, ces gestes et tous ces moments essentiels, ô combien précieux.

Je n'oublie pas Simone et Luc, mes grands-parents, pour tout ce qu'ils m'ont si généreusement transmis, et qui, bien que partis, sont toujours avec moi. Je pense à eux.

À mes amis et leur énergie communicative, leur optimisme, leur tendresse, leurs rires.

À vous tous, mes proches, famille et amis qui m'accompagnez dans la vie, merci d'être là. J'ai tellement de chance de vous avoir! Merci pour chacune de vos paroles d'encouragement à réaliser mon rêve.

Acknowledgements

Because this novel could not have seen the light of day without the people who helped me, I would like to thank them. Even if some of them don't realize it, I include all those who encouraged me and who believed in me, those who enriched my inspiration, from near or far.

Special thanks:

To my family, for all the love they give me, their patience and all the rest, all those little things, the words, the looks, the gestures – all these essential moments, oh so precious.

I must not forget Simone and Luc, my grandparents, for everything they so generously passed on to me, and who, although gone, are still with me. I think of them.

To my friends and their communicative energy, their optimism, their tenderness, their laughter.

To all of you, my loved ones, family and friends who accompany me in life, thank you for being here. I'm so lucky to have you! Thank you for every word of encouragement, they have made my dream come true.

À mes premiers lecteurs, Gérard, Françoise, Benoît, Mireille, Marie-Thérèse, Claude, Anne-Christelle, Sandrine, Patricia, Corine et Marjolaine, pour leurs remarques pertinentes, leur enthousiasme qui m'a portée, leurs soutien, leurs petits mots après lecture, leurs larmes d'émotion.

Aux auteurs, Isabelle, Philippe, Paola, Dominique, Cécile et Jessica, pour leur amitié, pour cette formidable entraide, tous ces partages et cette communion au sein d'une même passion.

À tous ceux qui me suivent sur les réseaux sociaux, à la communauté des auteurs, lecteurs, chroniqueurs et autres merveilleux artistes qui marchent à mes côtés, sur le long chemin de la création et de l'écriture. Tous vos cœurs, vos incitations à ne rien lâcher, vos compliments, vos félicitations à chaque nouvelle étape franchie... m'ont donné la force de persévérer.

À Philippe, Sandrine, Hélène, Didier, Stéphane, Lionel, Christian et Yves, pour vos recommandations sur ma page Facebook. Vous êtes adorables.

À Marie-Thérèse pour la réalisation du logo de mon blog et à Laurent pour s'être spontanément chargé de me procurer une photo de presse.

Aux membres des comités de lecture pour leurs retours, Marie-Laure, Muriel, Geneviève, Nadine, Florence et auparavant, Philippe, Muriel, Joëlle, Caroline, Virginie, Sylvie, Jean-Marie, Nadine, Charlène et Magali. Merci de m'avoir lue et d'avoir pris le temps de me faire part de vos avis qui m'ont fait chaud au cœur.

To my first readers, Gérard, Françoise, Benoît, Mireille, Marie-Thérèse, Claude, Anne-Christelle, Sandrine, Patricia, Corine and Marjolaine, for their relevant comments, their enthusiasm, which inspired me to create, their support, their notes, their tears of emotion.

To the authors, Isabelle, Philippe, Paola, Dominique, Cécile and Jessica, for their friendship, for the wonderful mutual aid, all the sharing and the communion we found in the same passion.

To everyone who follows me on social media, to the community of authors, readers, columnists and other wonderful artists who walk with me on the long path of creation and writing. All your hearts, your encouragement to never give up, your compliments, your congratulations on each new step taken… have given me the strength to persevere.

To Philippe, Sandrine, Hélène, Didier, Stéphane, Lionel, Christian and Yves, for your recommendations on my Facebook page. You are adorable.

To Marie-Thérèse for creating the logo for my blog and to Laurent for spontaneously providing me with a press photo.

To the members of the reading groups for their feedback, Marie-Laure, Muriel, Geneviève, Nadine, Florence and, previously, Philippe, Muriel, Joëlle, Caroline, Virginie, Sylvie, Jean-Marie, Nadine, Charlène and Magali. Thank you for reading this and taking the time to share your heartwarming thoughts with me.

Au jury composé de professionnels du livre (journalistes, libraires, bloggeurs) du Prix du Livre Romantique 2019, pour l'attribution de la 3e place à *La Chinoise du tableau*. Merci à l'équipe des Editions Charleston d'avoir sélectionné mon manuscrit parmi les 5 finalistes.

À Francine, Lectures Plurielles et l'Organisation Zonta Olympe de Gouges, pour la sélection et la présentation de ce roman au Prix D'une Première Œuvre. Quelle fierté de constater que vous avez pensé à moi ! Merci à Cécile qui a tenu à me dire combien elle avait aimé *La Chinoise du tableau*.

To the jury of book professionals (journalists, booksellers, bloggers) for the 2019 Prix du Livre Romantique, for selecting *The Chinese Woman in the Painting* for 3rd place. Thank you to the Charleston Publishing team for selecting my manuscript among the five finalists.

To Francine, Plural Lectures and the Zonta Olympe de Gouges Organization, for the selection and presentation of this novel for the Prix D'une Première Œuvre. I'm so proud to see that you have thought of me! Thank you to Cécile who told me how much she loved *The Chinese Woman in the Painting*.

Merci à tous pour cette formidable reconnaissance de mon travail.

À la tutrice de mon mémoire professionnel, qui m'a dit un jour « Vous devriez écrire, vous avez une belle plume. Je ne plaisante pas, Florence, ne riez pas, c'est un conseil que je vous donne. Ecrivez un roman ! ».

À tous les libraires, bloggeurs, groupes littéraires... qui m'ont accueillie, qui ont contribué à la promotion de mon livre. J'en suis très honorée.

À Marc Duteil, mon éditeur, à qui j'adresse toute ma reconnaissance pour m'avoir accordé sa confiance. Mille mercis, Marc.

À ma maison d'éditions, correcteurs, graphistes, comité de lecture, auteurs, pour votre travail remarquable, votre professionnalisme et votre chaleureux accueil dans la maison.

Enfin à mes lecteurs, merci du fond du cœur, vous qui avez éprouvé de la curiosité à l'égard de ce livre, vous qui lui avez accordé un peu de votre temps, qui m'avez laissée partager cette histoire avec vous et fait exister les personnages dans un autre esprit que celui dans lequel ils sont nés. Vous que la magie des mots a peut-être fait sourire, pleurer ou rêver, sachez que j'ai éprouvé un plaisir indicible à l'écrire. *La Chinoise du tableau* s'est imposée à moi. Si elle vous a permis de vous évader, si par bonheur vous l'avez aimée, j'en serais comblée.

Thank you all for the tremendous recognition of my work.

To the tutor I had for my professional thesis, who once said to me, "You should write, you have a nice style. I'm not kidding, Florence, don't laugh, this is my advice to you. Write a novel!"

To all the booksellers, bloggers, literary groups... who have welcomed me, who have helped promote my book. I am very honored.

To Marc Duteil, my editor, to whom I extend my gratitude for placing his trust in me. Many thanks, Marc.

To ,y publisher, proofreaders, graphic designers, reading committees, authors, for your remarkable work, your professionalism and your warm welcome.

Finally to my readers, thank you from the bottom of my heart, you who have felt curiosity about this book, you who gave it a little of your time, who let me share this story with you and allowed me to bring the characters to life in a different spirit than the one in which they were born. You, whom the magic of words may have made smile, cry or dream, know that I had unspeakable pleasure in writing it. *The Chinese Woman in the Painting* came to me. If it allowed you to get away from it all, and if by chance you loved it, I would be satisfied.

C'est une joie immense que de vous faire découvrir mes écrits. L'écriture est un enchantement que l'on s'offre à soi-même, une liberté aussi, un refuge, un havre de paix, un épanouissement. Dans ces moments de solitude heureuse, le lecteur n'est jamais loin. Il est une entité abstraite, lointaine, mais il est là. Car on écrit pour diffuser des rêves, des histoires, des pensées, pour transmettre des souvenirs, des connaissances… Alors quelle fabuleuse récompense pour celui qui écrit que d'être lu !

N'hésitez surtout pas, contactez-moi, que ce soit sur les réseaux sociaux ou bien sur mon blog aux adresses suivantes :

https://www.facebook.com/florencetholozan.auteur/

https://www.instagram.com/florencetholozan/

https://www.linkedin.com/in/florence-tholozan-76418a18b/

http://florencetholozan.over-blog.com/

Je serais ravie d'échanger avec vous.

Avec toute ma gratitude, merci à tous,

Florence

* * *

It is a great joy to share my writings with you. Writing is an enchantment that we offer to ourselves, a freedom too, a refuge, a haven of peace, a fulfillment. In these moments of happy solitude, the reader is never far away. They are an abstract, distant entity, but they are there. Because we write to spread dreams, stories, thoughts, to transmit memories, knowledge… What a fabulous reward for those who write to be read!

Do not hesitate, contact me, whether on social networks or on my blog at the following addresses:

https://www.facebook.com/florencetholozan.auteur/

https://www.instagram.com/florencetholozan/

https://www.linkedin.com/in/florence-tholozan-76418a18b/

http://florencetholozan.over-blog.com/

I would love to chat with you.

With all my gratitude, thank you all,

Florence

* * *

Notes

Page 206: « **Lune** » chanson de Carla Gilberta Bruni Tedeschi auteure-compositrice-interprète, extraite de l'album **Little French Songs** (piste numéro 13) sorti en 2013.

Page 215: « **No Surprises** » est le troisième single extrait de l'album *OK Computer* du groupe Radiohead, paru en 1997 paroles interprétées par Thom Yorke.

Page 485 : « **Fuir le bonheur de peur qu'il ne se sauve** » chanson interprétée par Jane Birkin en 1983 dans l'album **Baby Alone in Babylone**. Auteur-compositeur: Serge Gainsbourg.

Page 485: **Milord** est une chanson du répertoire d'Édith Piaf, composée en 1959. Les paroles sont de Georges Moustaki et la musique de Marguerite Monnot.

Page 587: **Nuit de Chine** chanson créée et interprétée par Louis Lynel en 1922 sur une musique de Ferdinand-Louis Bénech et des paroles de Ernest Dumont. Enregistrement Bénech et Dumont.

Notes

Page 207: **"Moon"** by Carla Gilberta Bruni Tedeschi, singer-songwriter, from the album *Little French Songs* (track number 13) released in 2013.

Page 216: **"No Surprises"** is the third single from Radiohead's album *OK Computer*, released in 1997, lyrics performed by Thom Yorke.

Page 486: **"Run away from happiness lest it run away"** performed by Jane Birkin in 1983 on the album *Baby Alone in Babylone.* Songwriter: Serge Gainsbourg.

Page 486: **"Milord"** is a song from Edith Piaf's repertoire, composed in 1959. The lyrics are by Georges Moustaki and the music by Marguerite Monnot.

Page 588: **"Nuit de Chine"** created and performed by Louis Lynel in 1922 to music by Ferdinand-Louis Bénech. Words by Ernest Dumont. Bénech and Dumont recording.

Discussion Topics

1)   Traditional Chinese painting aims to capture not only the outer appearance of a subject but its inner essence as well—its chi: energy, life force, spirit. What comparisons can you draw with western art?

2)   In The Chinese Woman from the Painting, the triptych painting draws people together. What has to be done with the paintings to unite people again in a future lifetime?

3)   What might the author be suggesting about art?

4)   How does the old Chinese woman, Shushan, communicate with Ferdinand and Madeleine?

5)   Is this unrealistic, or has anything like that ever happened to you?

6)   What's special about Mélisende's and Guillaume's relationship?

7)   Is there anyone you'd want to spend one or more lifetimes with?

8)   Ancient beliefs hold that ceremony and art could affect future outcomes; that raindances could bring rain; cave paintings, a successful hunt; prayer, health and abundance. To what extent does art cause things to happen?

More books from
Harvard Square Editions

People and Peppers, Kelvin Christopher James

Gates of Eden, Charles Degelman

Love's Affliction, Fidelis Mkparu

Transoceanic Lights, S. Li

Loveoid, J.L. Morin

Close, Erika Raskin

Clovis, Jack Clinton

Living Treasures, Yang Huang

Leaving Kent State, Sabrina Fedel

Dark Lady of Hollywood, Diane Haithman

How Fast Can You Run, Harriet Levin Millan

Nature's Confession, J.L. Morin

No Worse Sin, Kyla Bennett

Hot Season, Susan DeFreitas

Stained, Abda Khan